瑞丽的瑞丽

戴荣里◎著

德宏民族出版社

图书在版编目（CIP）数据

瑞丽的瑞丽 / 戴荣里著. —芒市：德宏民族出版
社，2018.11

ISBN 978-7-5558-1109-1

I. ①瑞…　II. ①戴…　III. ①散文集—中国—当
代　IV. ①I267

中国版本图书馆CIP数据核字（2018）第234235号

书　　名：瑞丽的瑞丽

作　　者：戴荣里　著

出版·发行	德宏民族出版社	责任编辑	方　萍
社　　址	云南省德宏州芒市勇罕街1号	责任校对	张家本
邮　　编	678400	封面设计	郭　凯
总编室电话	0692-2124877	封面题字	韩益　雨石　李彬　唐朝
汉文编室	0692-2111881	发行部电话	0692-2112886
电子邮件	dmpress@163.com	民文编室	0692-2113131
印　　刷	云南天彩印务包装有限公司	网　　址	www.dmpress.cn
开　　本	787mm×1092mm　1/16	版　　次	2018年11月第1版
印　　张	23	印　　次	2018年11月第1次
字　　数	303千	印　　数	1~4000册
书　　号	ISBN 978-7-5558-1109-1	定　　价	58.00元

如出现印刷、装订错误，请与承印厂联系。

代　序

　　大地是沉默者吗？不，她拥有千万种语言！

　　孤傲的石头是它的语言，挺立的大树是它的语言，柔软的庄稼是它的语言，溢香的荷花是它的语言，就连天的澄明也是它的语言。草原是它的散文，大山是它的长篇，流水是它的诗歌，飞燕则是它的心田。

　　我习惯了在城市里行走，习惯了这份天与地之间的悠远。每天脚踏大地，路过蝶飞蜂舞的花园，与晨练忙碌的人们擦肩而过，在大地上行走，感觉到悠然，恬静和踏实。在大地上仰望苍天，你会领略大地的广博、蓝天的悠远。风吹大地，会把一个人的心从冬吹到春；踱步炎热的夏天，大地开始沉吟；秋来了，蟋蟀开始唱歌。我愈来愈喜欢一步一步地行走了，如那沉默不语的蚂蚁。荷花池从枯萎中醒来，又从鲜亮中走向枯萎，亭子的二胡声牵来夏风，落叶迎来初冬的笛声。在城市公园欣赏城市里的庄稼，它们排列在城市的田野里。

　　我享受过城市里秋天的收割，这种收割更注重仪式感。和乡野里的收割不同，收割者脸上透出收获的欣喜而缺少农民惯有的疲劳感。清晨沿着公园行走，亲近草尖上的露珠，亲近成长的一切，感受大地的眼睛。小心翼翼地嗅闻着野草的清香，感受草们的身姿。大地是很会说话的智者，它操纵着万千语言，呈现大地的千姿百态，仰躺在大地上，倾听大地的心声，不知不觉已泪流满面了。

很多时候，我感觉大地长着一双眼睛，它用双眸凝视着人类对它的摧残。我对着大地歌唱，我对着大地祈祷，我甚至静默成一块孤独的石头融入大地。我知道，大地喜欢说话，大地有时也以沉默代表着诉说。

大地袒开胸膛，但始终没合上自己的眼睛。它有时双眸如水，平静地，观察着人类的贪婪；有时怒睁双眸，扭动着痛苦的身躯挣扎；有时又双眼微笑着，笑看婴儿的蹒跚、雏鸟的飞翔。大地划开胸膛，大地失去了原色，风停了飘带，水变混浊，高楼挺起身子挤碎了大地最坚强的肋骨，我听到大地战栗的声音。我在人类所谓智慧开垦的欲望之河，抚摸着大地的胸膛，看她逐渐干涸了的双眸。此刻，大地无语，我亦无语。

人类在大地上生存，习惯了向大地永无休止地索取。我们在获得中又不断催生新的贪婪。人类以改造自然为借口，不断毁坏着大地，也在毁坏着人类自己。大地是永不停歇的河流，日夜生长的树木，四处鸣叫的飞鸟。大地，在大地上的人群，依靠大地的品质，展开自己的羽翼。我抱愧在大地的胸膛里生活了几十年，我为我从未读懂过大地的眼睛而惶恐。

是的，大地的双眸，此刻，正看着人类，看着我，看着和我一样的芸芸众生。大地是谁的子女，又滋养了谁，未来将以怎样的姿态与人类对话？我凝视着大地，大地也凝视着我。

自从离开了故乡，似乎习惯于整洁的城市地面。城市用硬化面永远关闭了大地之嘴，我每天这样生存，以为就享受到高贵的生活。自从大地失去了表达的可能性，城市上空现代工业的雾霾，让大地纯净的眸子蒙尘。我曾为自己是大地的儿子而自豪，而今，大地闭上嘴巴，混浊了双眼，而我，却还在自我陶醉中。向往虚假的绿色、标榜高贵的整洁，变异的大地，再也长不出庄稼，滋生不出清脆的鸟鸣！

我期待大地再发出属于大地的语言，让大地回复大地的原生态。尽管我知道，这样的愿望，在时空转换里永远是落伍者的思想。在人类扭着大地的耳朵强奸大地意志时，我想站在大地一边。

我看到生活在沙漠之海的人们，对异地造访者扯断沙漠中孤独之树上的枝条所表达的极端愤怒之情时，我就想，其实大地的眼睛就是沙漠中的那棵树啊！

维护一棵沙漠中的树需要几百年，而毁掉一棵沙漠之树却只要一瞬间。我愿作大地的护卫者，让大地明澈的双眸看着我，对我倾诉。

我会坚守，对着大地，对着苍天，我发誓！

2017 年 8 月 8 日 于北京游燕斋

目 录

代 序 •

瑞丽的瑞丽

人过五旬少出走，没想到一翅膀飞到瑞丽来工作。从严寒的北方到温暖的边疆之城，瑞丽山美、水好、人善良，感觉来对了地方。

我沿着我所住的市委宿舍的周边行走，叫不出名的花儿，喊不出名儿的树儿，跟不上飞翔节奏的蝴蝶，一切都是新鲜的；市委大楼是一座老楼，树木也旧成老人的模样，花园里的火山石本身就是浑厚的颜色。我在三角梅前拍照，它的花瓣没有北方的蜡梅含蓄，但也不算张扬，红的如火，黄的像缎，白的似雪。我对这样的景色很是着迷。报到的第一天，我就徜徉在院子里，东边走走，西边瞧瞧。满眼佛意，四处禅花。

景颇族的闫副市长，很热情，抽时间拉我到户育乡，看到边疆少数民族村寨，贫苦户得到政府的扶持，心中感到温暖；村村通的公路，硬化面厚达二十厘米以上，即使在内地，这样的标准也让人赞叹。农户家的生活很殷实。土生土长的闫副市长，说起曾是退伍军人的父亲，当年漫山遍野去打猎，让他的少年不缺少美味的滋养。闫副市长指着一种清凌凌、毛茸茸的菜对我说：这是竹毛衣，生态不好的地方难以找到。他的脸上洋溢着自豪，他接着说：现在没有人打猎了，村民们拓宽致富的路子，国家精准扶贫的政策好，再有两年，就可以全面脱贫了。一位从北京来的小伙子李豪，喜欢上了果树种植，他种植的百香果，有几百亩。他通过规模种植带动了边疆农民发财致富。李豪说：一家富，不算富；百香果，有味道。这个小伙子，把电商与扶贫结合起来，把规模种植搞得有声有色。从生活了十几年的北京城，来到瑞丽，人就像重新漂洗过一样。在瑞丽，立体种植的还有一位来自南方的叶海波，用信息技术做智慧农业，可以监控每一株果树的生长。叶海波原来是房地产商，他发现浙江人喜欢吃杨梅，但当地的杨梅不够甜，就想到瑞丽来扩展杨梅产业回销浙江，结果一炮打响。目前他的果园就在勐秀乡一片原始森林旁边。柠檬一片，火龙果一片，杨梅一片。原始森林的鸟鸣陪伴着这位创业者，他喜欢看夕阳西下的山峦，山峦起伏犹如剪影。有一棵树被日光抛弃，月光请出来，被星星烘托着，美极了。

瑞丽的祥瑞之气处处可以感受到，早晨，薄雾轻纱般拂面。有人说瑞丽的云彩是有根的，从山顶长出来，从瑞丽江长出来，从山坳里长出来，从温泉里长出来。瑞丽的温泉水日夜荡漾，有一处宾馆里的温泉水，夜里观赏如蓝宝石，旁边有个池子可以煮鸡蛋。我品尝过温泉水煮出来的鸡蛋，略微有一点硫磺的味道，绵绵的，好吃。

瑞丽的气候适宜，冬天不冷，夏天不是穷凶极恶的热。芭蕉树、棕榈树、橡胶树、大榕树比比皆是。动植物的多样性，在这里得到完美的体现。一个朋友领我到莫里瀑布游玩，一路行程，两侧美景，与开屏的孔雀合影，在清澈的河水旁驻足。寄生在大树上的石斛，跳跃在树叶间的鸟儿，每一处美景都会让你留恋。我在莫里大瀑布前留影，前方春意盎然，后面寒风阵阵；又到一处小瀑布前，则有无限奥妙藏在飞雨中，瀑布上面是树木与草，瀑布下面是深潭和乱石，小瀑布则如善解人意的仙女，轻轻地飘来荡去，是山中的精灵。

瑞丽的美丽其实不止在于山水江河，还在于人与自然的和谐。来瑞丽挂职两年多的马剑书记，约我到一个景颇族村寨，老房子、老核桃树、雕塑般的老人，都给我留下很深的印象。我见到长刺的木瓜树，看到五角茴香树，也看到英国绅士般的高颈大白鹅。景颇族多居住在山上，房子多是零落散居在山上，狗儿悠闲，鸡鸭悠闲，常见大黄狗在屋檐下晒太阳，牛儿也是悠闲的，放牧者的脚步也是悠闲的。大山深处的景颇族好像就这样悠闲了几千年，与山一起，与水一起，与山水中的动物与植物一起。

傣族喜欢在坝子生活，如果说景颇族尚武重义，那傣族的平和之气，多因为沾染了水的色彩。人与自然的结合，酿成了民族的气质。少数民族人民在瑞丽和谐相处，我有不少景颇族和傣族的兄弟，他们对待我像亲人、如兄弟，我感觉到仿佛置身故乡。

吸引外地人来瑞丽的原因不仅仅是因为这里宜人的气候，大概还与翡翠和红木有关。瑞丽的翡翠，更多来自缅甸，各种形状的都有，政府专门修建了珠宝一条街，让各路商家进驻，我时常在下班后进去观赏，不懂装懂，却也学了不少鉴宝知识；我曾到一处树化玉展览处游览，大小不一、形态各异的树化玉让我啧啧不已，正如一位读书少的学子，一旦到了书的海洋，定然会慨叹世界原来如此丰富；做红木家具的，则更让你凌乱了眼目。我到一家红木销售店里参观，越往里走，越感觉眼睛不够使的。各类木材，名称记不过来；各类家具，设计样式直让你咋舌；各类造型的想象力丰富、奇异，打破我以往的思维。有很多整根树木剖开的桌板，几十米长、四五米宽，这样的树，要长多少年啊？！一个早年杀猪的老板，靠做红木产业发达起来，现在热衷于慈善事业，也算是红木经营行业的一个有趣故事。

在瑞丽工作、生活，几乎每天都会遇到祥瑞之景，美丽之色。在山水之间，民族之间，甚至动物之间，常见美好所现。我常常被这样的祥瑞美景所折服，作为一座边疆小城，瑞丽以包容的心态，接纳数万缅甸人口，这些缅甸人在瑞丽平静、幸福地生活，给瑞丽人带来便利的同时，也在享受着瑞丽的美好生活。

瑞丽的美是自然、平和、毫不张扬的美，这个城市正如其名，瑞中蕴美，丽中藏美。瑞丽的瑞丽只有细细地去品味，才能愉悦你的眼目，触动你的心灵。作为北方人，能在寒冷中感受温暖已然是一种幸福，而在瑞丽中领略瑞丽则不仅仅是一种欣赏，而是心灵的撼动与升华了。感谢瑞丽，让我体会到从未有过的体验。在这座美丽的边疆小城，给我的现在与未来该是怎样的鲜亮啊！我欣赏着、享受着，也在期待着更多瑞丽的瑞丽呈现出来！

2018 年 4 月 10 日 于市委宿舍

瑞丽洗石

此刻，在鸟仙子的叫声中，我在欣赏书房办公桌上一块来自南宛河的石头。这是一块以小见大、以拙藏巧、以古朴蕴含现代气息的石头。山的脉络沿等高线形成不同的褶皱，自上而下的一个断裂带则像被树木掩映的深沟。我喜欢爬山，泰山、黄山、衡山……爬过数次，南北方的山的确不同。不同在山石的形状，树木的高矮、水韵的伴随。我凝视着这块只手可握的石头，想当初，我和智荣、王兵和阿珠四人，在南宛河边，本欲到河中心去淘石头，怎奈水深流急，只好作罢。听说对岸是不能去的，缅甸人早年在对岸埋有地雷，时有贪鱼的人被炸伤。我赤脚沿岸行走，鹅卵石硌的脚生疼，想起小时候赤脚在小河里奔跑的情形，却无这样的感觉。我在水中一块一块的淘洗着各种样式和颜色的石头。王兵说，他不喜欢这里的石头，我听到这话很不是滋味。但我不能强求别人和我一样喜欢石头。此刻，这块摆在我书桌上的石头，就如袖珍的山水，让我感受到自然的造化。在我眼里，这些可爱的石头，每一个都有无限的象征，每一块都写满时空的记忆，每一枚都缀满美学思维。我看着它们，心中欢乐无限。

我一共捡了六十多块石头，随同我一起喜欢石头的刘阿珠老师也捡了不少。同来的智荣没有捡石头，或许他对这些石头司空见惯了吧！我爱自然的一切，对这些石头而言，它们被河水冲刷了多少年，经过石与石的碰撞，沙与土的打磨，雨与水的亲吻，它们日渐显现出圆润中的棱角，不好再变的气质，犹如人到中年沉淀的品相。我摸着一块又一块形态各异的石头，猜想它们从哪里来，带着哪个山寨的气息，和民族的文化，或者当初怎样被人类遗弃在河床里，今日它又怎样发出或乖巧或尊贵或威严或诙谐的人的味道。我在河水里，摇动这些石头，让淤泥从它们身上滑落，把寄生在它们身上的微生物一一剥下，我看到河水已让它们周身变色，岁月让它们忍辱负重了无数日月。不知道是我该庆幸发现了它们，还是这些石头该庆幸我把它们从沉睡中唤醒。我真想一块一块把南宛河里数不尽的石头请出来，并不是我怀着多么强烈的贪婪、占有之心，而是我想每一块石头都是会说话的生命。它以自己的历程教育人们，唯有经过时间的淘洗，才能造就独有的品质；只有经过与其他事物不断地磨合，才能在长河中占据一席之地。这些富有生命灵感的石头啊，是风月寄存者，是争斗默写者，是自我砥砺者。我在每一块石头身上游走，它们或沉实如金，或轻松似木，或滑润如肌，或粗糙如砾，都会触动我的心灵。它们与淤泥为伍，与脏水相伴，与岁月之磨刀石争抢地盘。最终它们老了，饱经风霜而坦然静默于长河的一隅，没有更大的洪水波浪，它们静悄悄地躺在那里。但遇到大的风暴，它们也会迎击风浪，像风浪一样抗击风浪。我在一块石头前羞愧，岁月让一块无形的石头修炼成山川的形状。众人喜欢翡翠，我却独独喜欢这大自然打磨的原石。原石的美感储存着岁月历练，而在翡翠制作的所谓宝石中，再精美的造型我都会猜想到人工雕琢的痕迹。人再能，再精巧，也无法超越自然的神武之力。我在捡到的每一块石头身上，看到了岁月的美质，天然的赠予。而翡翠挂件却给我们的俗念，就像人的层级尊卑分类一样俗不可耐。万颗翡翠赶不上一颗自然养育的石头，是因为石头是自然的。此刻，在我的书桌上，这块具有山峦形状的石头，对我而言，形同兄弟。它像我见到的太行山麓的层层山峦，又像西部高原上蜿蜒而去的黄土高坡，也如云贵大地的层层水田，还像少时在故乡永远走不完的名山大川……

　　王兵兄弟虽然不喜欢石头，但他最终还是帮我把这些石头背回宿舍。我如获至宝，当夜就把这些石头洗了几遍。石头们退去身上的污垢与鱼腥气后，在清水里一个个如饱学之士、轩昂君子。有三块心形的石头，一红一黑一泛黄色，让你对芸芸众生浮想联翩，多有感慨，岁月让不同的心虽有修炼，但却难以改变它们当初的颜色；有一块鹅卵石身上坑坑洼洼，写满了文字，难道这是它在天地间书写的日记堆积？一块无规则的石头处处透着美的规则，像一位铺排宏大的哲学家，每一句话充满着逻辑。我把每一块石头贴近鼻孔，嗅闻着它们的气息，清水已将依附于它们的龌龊涤荡走，但仍有些微的气息和颜色，带着它们在南宛河中生活日久的气质。我短暂的淘洗不过是对它们无尽岁月的一个总结，也许在南宛河中，这些石头会被岁月打磨得日渐美丽。或许最终它们会被其他砂石冲撞成万千沙粒，但此刻，它们定格成美的永恒，定格成自然的沉淀物，定格成一种气质的凝练，定格成给我以精神启迪的最佳参照物。面对这些灵性之物，我想，贾宝玉的宝石怕是逊色多了。

　　朋友让我写一写傣族的泼水节，那么盛大的场面我怎么下笔？就像我一个喜欢石头的人，让我去做翡翠雕刻师。淘洗的石头啊，美丽如斯。一代一代的傣家人，一个寨子就如一块石头，在泼水历练中打磨着自己。正如岁月淘洗石头一般，年年泼水节，让美的形象存留下来。南宛河与我，淘洗的是石头，傣家人的泼水节淘洗的却是人心啊！殊途同归，美的定格与传承，所遗留给人间的是无限向往。傣族的泼水节正如永不停息的河水，让人心更圆润，让造型更美丽，让世界更美好！

2018 年 4 月 15 日星期日　于市委宿舍

瑞丽的文人

从北京到瑞丽，我以为一定到了文化的沙漠，如今三个月过去，我清晰感受到了边疆浓烈的文化氛围。感谢麓川书院为我所做的一次文学讲座，尽管我讲不出什么，但瑞丽的热情鼓励着我，令我不敢懈怠。书院是个文化平台，组织者乔丽曾在中国作协进修过，文笔十分优雅。书院读书群交流热烈，乔丽经常组织大家郊游、读书、聊天，让小城充满了文化的气息。那次讲座，去了二三十人，和我在北京组织的读书活动不同，几乎每个参加讲座的人，都分享他们的阅读感受，提出他们的期待。有位母亲，带着她女儿来了，细心听着朋友们的点评。书院包容的气氛，可以从人员构成上看出来。年龄跨度大，职业相异多，就是从事的艺术门类也卓然不同，有玉雕大师、书坛高人、文渊老将。每个人都很真诚，相互交往十分舒畅。我喜欢这样的氛围，拉拉杂杂讲了一些自己的见解。

通过麓川书院，我认识了几位喜欢读书的人，也与书院的几位朋友到附近村寨行走。书院组织了几位文化人，准备到芒岗村修建一处真正的书院，大家创意颇多，就感觉没有跳出北京的文化圈子。有一位姓冯的小伙子，谦和爱学，读书甚多，交流颇深，犹如清华博士毕业的刘洪强老弟，切磋就是学习。他给我找来一套王小波的书，我在阅读中纪念这位曾到陇川下乡的知青。

其实，除了麓川书院认识的王朝阳、陈函等朋友外，深藏民间的艺术高手在瑞丽也有不少。有一位专门经营民族饮食的美术老师张国荣，他家墙上的孔雀浮雕，栩栩如生，这是他亲手雕刻的。张先生喜欢民族文化，招收了一批从事傣族、景颇族文化挖掘的人；木材协会的会长孟建新老兄，则在瑞丽生活了三十多年。往来北京与瑞丽，通达而含蓄，自有文气；因为瑞丽是重要的翡翠经营地，翡翠文化波及到附近县市，来瑞丽的翡翠文化大师自是不少。如张竹邦、摩忾先生，给瑞丽的翡翠研究带来了升级。借着对翡翠知识了解的机缘，我和这些文化大师或直接、或间接的交往，让我体会到瑞丽是一个不可让人小看的文化富矿。红木藏着文化，一边是加工厂，一边是成品的所在，你能感受到红木的制作过程，文化的艺术形态，红木文化传递者的深厚内涵。我曾经到一家树化玉加工场所参观，一棵三十多米长、直径一米多的树化玉已经被玉雕工人加工了一年半。我们惊叹于树化玉的美，却不知道自然之美中已经蕴含了人的力量。玉雕工人中缅两国皆有，他们以他们的生存方式，注入对树化玉的日雕夜琢之中。晶莹剔透里含着他们的汗水，灵巧光滑里藏着他们对生活的信心。这些树化玉展示的是一个团队、一段时空、一串文化基因。了解了这些，再去树化玉场所参观，我就会猜想那块树化玉有多少工人奉献了心血、审美与时空转换。树化玉有文化，红木有文化，翡翠亦有文化。这个不过二十余万人的小城，真正的文化高手深藏民间，令人不敢小觑。

　　我所难忘的，是当地普通民众和文友一样的热情。可能是初来瑞丽写过几篇有关瑞丽的文字，不少朋友把我当做知音，这驱使我每天发一点文字到微信公众号。每次的点击量都不在少数。各行各业的朋友经常在微信圈留言，满含着鞭策、期待和信任。瑞丽人的善良基因给文化传播留下了一片绿地。我在读者的信任中向前行走，深感瑞丽文化氛围的平静与清新。

　　从昆明飞回瑞丽的当天，收到著名散文作家王鼎钧先生的书《白纸的传奇》，这位已经93岁高寿的文坛宿将，是我敬佩的一位真正将心交给读者的作家，文坛尊称他为鼎公。感谢江岚老师快递来鼎公的书。鼎公生活在纽约，在书的扉页，鼎公书写着"荣里先生指正 王鼎钧敬赠"的字样。深受佛教、儒教和基督教文化滋养的鼎公，每次电邮都会称我为"兄"，鼎公年龄，高过我的爷爷辈，而以这样的谦虚姿态敬重他人，不是我多值得尊重，而是体现了鼎公的修养与人品。在瑞丽，我能感受到瑞丽人鼎公一样的人品，瑞丽文人相交，对你尊重有加，不是说我多厉害，而能感受到尊重你的瑞丽人背后的善良。

在边疆瑞丽，这样的一种文化氛围，会支撑着瑞丽文人成长为参天大树，这不是我的胡说，且看今后瑞丽文化的发展。

2018 年 4 月 12 日星期四 于瑞丽市委宿舍

大地的蚊子

平生最怕蚊子，纵使只有一个蚊子咬你，也让你无法入睡。想起少时在沂蒙山区，当大地被太阳烘烤了一天，席子铺上去还能感觉到温热时，那么多蚊子紧叮慢咬，竟然也能在大人们讲述的故事中睡去。盖因那故事的迷人，能战胜蚊虫咬人的痛苦，没想到，在城市里过久了，人就娇贵了，有小虫子咬就受不了了。艰苦的条件能孕育人的坚韧，"虱子多了不咬人"说的其实不是说虱子本身不咬人，而是说人感觉不到虱子咬了。什么东西一多，就见怪不怪了。北京城区雾霾重，但夏日里家中有纱窗，蚊帐就基本用不上，有个把蚊子，也好应付。北方的蚊子像北方人，还没飞来，发出的声音就和轰炸机一样，容易被人发现的事物就容易被人消灭，几乎越来越成为世界上唯一的真理。

瑞丽的蚊子很精。来瑞丽的头一个月没有发现蚊子，所以瑞丽的冬天应该定义为"没有蚊子的季节"；进入二月，蚊子开始小试身手，咬我数次，我权当没有发现它；但进入三月，蚊子开始大肆进攻我，每晚我都会被咬得遍身疙瘩。我从卧室转移到客厅，蚊子跟着我到客厅；我从客厅拐到书房，蚊子跟着我到书房。这里的蚊子聪明，蚊子之蚊，从虫从文，所以瑞丽的蚊子是有文化的蚊子，不像北方的蚊子，傻大憨粗，呼啸而来，痛快而死，这些蚊子叫的声音像隐形战机，你刚听到它们的声音，蚊子们已经吸血而走，聪明的蚊子飞快而舞，撩拨得你气急败坏，你最后所打的只能是你的皮肉。飞旋而起的红疙瘩炫耀着蚊子的智慧，而你望着徒然的四壁，一切都是空空荡荡。想睡去，蚊子又来，又打，还没打着。一日喝多回宿舍，索性以身饲蚊，把四川大学邓曦泽教授馈赠的七十多度的白酒打开，我的血里含有酒精，屋子里弥漫了酒气，我想这些蚊子们应该纷纷醉倒。遗憾的是，瑞丽的蚊子毫不领情，大快朵颐之后，依然优雅飞翔在整个屋子，从卧室到客厅，从客厅到书房。我的身上布满了它们的累累战果。仅仅从勤劳的角度讲，这些蚊子值得歌颂，值得赞扬，值得颁奖，值得授予"劳动模范"称号，只是可怜了我这一身来自北方的躯体，面对弱小的蚊子，我只能报以伤痕累累，*丝丝心痛*。

或许，瑞丽的蚊子就这样潇洒生活了上千年，也许是它们本身面临着生存的紧迫感。不像北京，几千万人口的大城市，蚊子们不仅可以咬男人，也可以咬女人；不仅能咬中国人，还能咬外国人；不仅能咬老明星，也能咬嫩模；不仅能咬皇家后裔，也能咬流浪瘪三。所以，北京的蚊子占尽了资源优势，随便咬，随便啃。而瑞丽的蚊子多，蚊均占有人比率太低，一个横竖不过二十万人的小城，蚊子们层层叠叠，从水塘里来，从垃圾堆里来，从厕所里来，从吸毒人扔掉的弃物里来，从密林丛竹中来，从遗传的基因中来，从缅甸而来，从瑞丽江而来，还有从内地乃至北京等大城市饥荒的奔突中来。这些蚊子，怀着一腔喂饱自己的热望，对瑞丽人发起猛烈的攻击，它们既有战略计划，又有战术经验，还有生存智慧，它们每天把自己喂成中产阶级，甚而蔚然而成气候。我似乎看到一个与人同高的巨大动物赫然而立，它们长长的吸管，貌似可怜的身躯，挺立在城市上空，卓然而立的样子神灵活现，它们促生了一个词——登革热。在边疆，登革热为非作歹了多年，每年一到夏天，瑞丽人就要对抗登革热的侵袭，而人们容易忽略蚊子，忽略这个貌似弱小其实很强大的东西，带来了登革热的传播。

在京数年，热衷于厕所革命，而瑞丽的厕所，从城市到乡村，确实还存在着很多需要改进的地方。我在瑞丽城区，看到一个公共厕所，布满了污泥浊水，孑孓与蚊蝇遍地，难以想象城市还有这样的缺失；而在边疆村寨，人畜粪便的处理也让人堪忧。乡村要想振兴，垃圾、粪便的处理不容回避；城市要想发展，消灭蚊蝇刻不容缓。河北岳良村我的一个朋友做的真空处理垃圾项目，实现了真空回收垃圾和粪便，农户家里蚊蝇几近灭绝，这是让我欣慰的。我想，假如瑞丽也实施真空回收项目，一个城市的面貌就会发生重大变化，而我也用不着满身疙瘩了。这事不能和瑞丽蚊子商量，它们断断是不同意这样做的。

2018 年 4 月 4 日星期三 于瑞丽

弄岛采花

一大早，同事智荣就来接我去弄岛采花，这是泼水节的第一个节目，同行的还有智荣的同学王兵和英语老师刘阿珠。吸取上一次没能参加目瑙纵歌节狂欢的教训，这一次我早早做好准备。采花二字含有多少想象啊，汉族采花的地点在弄岛，"采花大盗"是浪荡公子的代名词，而傣族的采花则有另外一番含义。何况，弄岛那个地方，一个"弄"字，写满无限诗意，不过傣语的"弄"字却是"塘子"，"弄岛"是"长青苔的塘子"。我倒是喜欢用汉语的字面意思来解释"弄"，弄权、弄身、弄鸟音，弄风、弄月、弄生活，怎一个"弄"字了得。

弄岛的采花场是原生态的，写满诗意与美丽。在这个美丽的节日里，早早到了盛装的男男女女。赵瑞仁副市长是傣族，平时向他了解的傣族文化颇多，此刻，他正忙碌穿梭在众多傣人之中，和几位傣族老人跪靠在象征天地神位的灵座前，嘴中念念有词。打扮得鲜艳夺目的傣族男女也跪在地上祈祷，这样的场面让我动容。据说泼水节的来历，就是为了驱逐邪鬼恶魔，祈祷风调雨顺。这个边远之地，这个季节正是干旱与雨季的交汇点，凭借生活经验，也是疾病的多发期。在古代，缺医少药的地方，不能抵抗更多的疾病侵袭，人们归之于恶魔肆虐，于是，各类祈福仪式应运而生。几乎每个民族都有类似的传说。因为地域和民族习惯的不同，各个地方的祈福仪式自然不一样。而傣族的祈福仪式，选择在山野林坝，选择在春光明媚的日子，在这样一个时空交汇点，万众集于一地，在头人的带领下，怀着虔诚，怀着激动，怀着对祖先的神识，怀着对未来的崇敬，在此时此刻，举行隆重的祭拜仪式，展开盛大狂欢的泼水节。

我从傣族小伙子手中接过长长的象脚鼓，在鼓声中整个人顿时变得年轻了。打一声鼓，山谷回应；再打一声鼓，荡气回肠。

傣族青年敲打的铓锣，似乎那声音比对手敲的鼓更有气势。我从一位傣女手上接过锣槌，抬起铜锣，和着鼓点，一槌下去，荡开五湖四海；又一槌下去，荡涤万千尘埃；再打一槌，催开万千笑脸；还打一槌，令人心潮澎湃……

傣族小伙跳起来了，他们那么潇洒、英俊、自由、虔诚。金黄的衣服显示尊贵，活泼的舞姿来自远古，跳啊跳，跳出民族的魂魄，跳出历史的脉络，跳出美好的生活。傣家姑娘跳起来了，跳出仙女般的轻盈，跳出傣族平和的品性，跳出和平代代的幸福，跳出对天地向往的心情。跳起来吧，姑娘们，穿金戴银的姑娘们，或展一袭黄裙，或袭一套红装，或打扮成紫罗兰花盛开的样子。在这个采花的时刻，傣族姑娘风情万种，傣家女子令人心动。

赵瑞仁先生是个风趣的傣家人，他通过土电话（两个涂着振动共鸣膜的竹筒连着一条白线）和环球小姐通话，大声喊着"我爱你！"这种传统的求爱方式传达了傣族人们的几多妩媚、几多柔情和几多幸福。我也尝试着与环球小姐用土电话对话，我对那头的环球小姐说："赵市长说他爱你！"老赵哈哈大笑：要爱你就说出来！整个现场的气氛有趣而热烈！在这样的时刻，你可以感受到傣族人们的欢快与自由，从古至今没有改变，成为傣家的生存之魂。

我随着采花的人群向山里行走。近山的花已经被采光了；行至中山，见一傣家人正束紧几枝花，问其花名，那人用傣语答："没哥帅"。我解释：没有哥哥帅？傣家人笑了，同行的人笑了，聚拢来的采花者都笑了。

　　我和王兵终于在山上发现了一棵"没哥帅"，采集到我们所需要的花朵，回来的路上，智荣将花儿插在汽车上，犹如凯旋的战士。在这个快乐的采花日，我与傣族人民一样兴奋，当晚所做的梦，就如我在活动现场的舞姿一样自认为优美绝伦。

2018 年 4 月 14 日星期六早 8 点　于市委宿舍

佛瑞丽

在人大哲学院读博士时，学院每年总要办一期宗教班，参加学习的有来自全国各门各派的宗教人士，在这样的场合，让我得以认识不少高僧与道长。江西新余的通能住持是我的好友。有一年，我去新余，通能还以俗家菜肴招待我，可见他将佛与人生结合的密贴。龙泉寺的学诚大和尚对"茶禅一味"的解释，令人开悟。与佛家的交往，可以让你开启另一扇智慧之门。我等俗众，听一听这些修行者的参悟，学一学他们的悟道之法，也会使自己对工作增添虔诚之心。

古往今来，学佛者纵使整天在寺院里，也未必能很好地参禅悟道。佛经教义博大精深，求其正途者少，得其玄机者寡，所以，僧人开悟的故事就成了佛学界的佳话。佛学作为哲学的一个门类，多少有些牵强。但因办班机缘结识各类宗教人士，倒也为我认识世界提供了更丰富的借鉴平台。

来瑞丽后，感觉佛学氛围浓厚，既能看到高大宏伟的金塔，也能看到村寨所建的奘房。傣族信仰佛教，一般孩童时期就入寺庙修持。和北方寺院的肃穆入寺不同，这里的孩子们，几乎是欢天喜地进入寺庙的；"小和尚谈恋爱"是云南十八怪之一，傣家孩子修行几年还俗后，照样可以娶妻生子。我问傣家朋友，他说如今修行的孩子少了，总觉是傣家佛文化传递的遗憾，但傣族的奘房却传递着浓厚的佛家气息。每年，在泼水节的前一天，傣家人用粽叶蘸水，为佛像洗去尘土。他们静穆之姿，虔诚之状，已然将佛存心中。

与傣家人交往，他们的平静、肃然与善良，能让你感觉到佛性的力量。在边疆，各民族宗教信仰不一，但彼此互相信任、和谐共处的气氛会感染外地人。金塔或奘房四周，有高大的青树，或是菩提树，各族人民信奉这些树为神树。我分管大瑞铁路建设，就有一个村寨为了避开大青树而改变了工程设计。傣族人对大青树的敬畏，传递着对佛的虔诚，传递着对自然的敬重。在瑞丽，几乎每个村庄都有上百年的大树耸立在村头，人们世世代代护卫着它们。偶有大树毁坏，也不用神树烧火，自然崇拜显示了傣家人的佛性通达古今。

说佛瑞丽，感觉整个瑞丽就是佛境。山水自然和人文适性，无不在佛光之中闪现。那一日去莫里瀑布，阳光从树叶间洒下来，犹如佛光；瀑布的冷和佛陀的笑定格在树荫里，你会为这样一处静谧的所在而欢呼。周围的树几乎都像《西游记》里的模样，则更给人一种神秘感。村寨里的奘房肃穆、庄严而又平静，像傣族人平静而肃穆的脸庞。一个拥有信仰的民族，一个懂得敬畏的民族，才是让人感到可亲可爱可以信赖的民族。

每到一个村寨，我都会在大树前不厌其烦地拍照，我猜测着那棵大树的年龄，也猜测着一个村庄变化着的历史。在佛性中浸润的傣家人啊，如何在对佛的参悟中感受生活的美好？又如何在细致的生活中虔诚坚守着对佛的信仰？傣家人的平和显现在女子脸上是妩媚，男子脸上是宽厚。我见过一位编织竹具的傣族大妈，人过九十了，还能编织美编。她脸上的皱纹，一丝不苟地平展开去，可以想象她是怎样修炼了一生。边疆的傣家人以佛为善，以佛启智，在自然之佛和心性之佛的启迪中，修炼自己。生活即修禅，信佛即爱自然。傣家人是天人合一的忠实践行者。在不少村寨，我看到那些陈旧的竹楼，浑然一体展现于大山坝子之中，你就会被傣家人的智慧而折服。周末，我喜欢到寨子里不停地走走，看一眼奘房，看一眼大青树，与平静的傣家人平静地交流，人就敞亮了许多。

边疆瑞丽，弥漫在永远的佛光里，因此我称其为"佛瑞丽"。无论自然和人文，佛瑞丽，显示着瑞丽的历史与现实，显示着瑞丽村寨奘房的庄严与静谧。望一眼瑞丽江水，佛性满江；看一眼高大的青树，佛性飘逸；瞅一眼自得其乐的傣家人，佛性荡漾。这样的边城，大青树下，喝茶聊天，望天开悟"茶禅一味"，那才叫一个妙啊！有时，我真想请通能和学诚大和尚来此一游，想必他们的感受会比我更多些吧！

2018 年 4 月 2 日星期一早 5 点 于宿舍

孔雀开屏

河南信阳董寨的朋友，经常发来他所拍摄的长尾雉照片，很美；长尾巴的为雄性，挺起来三两枝，威武雄壮；雌性尾巴则蓬松成椭圆形的一蓬草。春天交配时，雄长尾雉驾轻就熟，与雌鸟交配在返青的田野上，弹奏着大自然的生命之歌。我问朋友，那鸟长那么长的尾巴干什么？朋友答：为了吸引雌鸟，雄雉的尾巴越长越美，越长越受雌鸟欢迎。自然界就是奇妙，鸟儿以尾巴为旗，宣告自己的壮美；以美色诱惑伴侣，完成繁衍后代的责任。

我去过数次瑞丽的莫里瀑布，那里的水好山美。孔雀开屏时五颜六色，真是美丽。偶然看到一位摄影师在俯摄、仰拍、斜照，恨不得把孔雀的魂魄都收到相机里去。我看着被人围观的孔雀，羽毛中的椭圆形黑点散开着，那分明是对人类的不信任。远处草地上的母孔雀，耷拉着短促的羽毛，如被动无奈的守门员。雄孔雀展翅的那一瞬，我忽然看见人类的历史，倏忽间就藏在孔雀开屏的一瞬间。

有人开玩笑说，俄罗斯男人就像雄孔雀，而婚后也说明了的俄罗斯女人游走如桶，就如雌孔雀，虽然这样的话不无揶揄的成分，但说明了从演绎的生命史上，共同演绎了自然界动物的生命史。

我在瑞丽的一位艺术家房间内，看到了他为墙壁塑造的立体雄孔雀的形象，他几乎把雄孔雀塑造为一个武士，你能清醒感受到雄孔雀羽毛下膨胀的身体，孔雀的眼睛如英雄般闪亮，我突然感觉到凛然中的一股寒气。在中国雄性崇拜的历史里，孔雀之美中藏着一种生物

进化的力量，中国的历史，又走过了怎样的血性中自我修复的文化历程？

雄孔雀以自身之美吸引着异性获取交配权，一旦完成交配，雌孔雀就会孕育后代。我看到一只雄孔雀飞翔过河，也看到一只雄孔雀飞翔到很高很高的大树上，而雌孔雀只能散漫地在大地上行走，拖着它们散乱的羽毛，她们承载过雄孔雀的欢愉，负担着孕育子女的责任，在完成动物学母亲的义务中，几乎感受不到人类青睐的目光。而如果我们回顾一下我们人类自己的历史，又有几位母性留下她们的光芒？

在瑞丽，孔雀观赏点不少，但和过去相比，孔雀的数量少了许多。自然的造化让鸟儿们有了各自的分工和造型，就如我们人类一样。几千年来对中国人文化最大的变革当属于男女平等了，而真正意义上的平等，跨过的不仅是生理意义上的鸿沟，而应是观念意义上的沟沟坎坎。

面对被当地人奉为吉祥鸟的孔雀，我感觉到一种概念的缺失。人们的所谓吉祥，目标只是雄孔雀，那些在雄孔雀周围的雌孔雀，没有多少游客投以关注的目光。繁衍人类的母亲常被人类自己遗忘，在儒家文化兴盛的地方，至今还存在着"女人不上桌"的陋习，所以我对尊孔崇儒的所谓传统文化的传播者们，总报以怀疑的目光。

我不可能赐予雌孔雀一身美丽的羽毛，或许雌孔雀本来就对这种被忽视习以为常，因为他们缺少人类式的思维和社会活动；而在我们人类之中，这种男女的藩篱以及由此维系的传统文化如此道貌岸然地大行其道，却没有人追问一句它的合理性，让我感到十分奇怪。

面对孔雀开屏，我想到自然法则，更想到人类的自我反思，自我警醒与自我完善、自我调整。也许，醒悟过来的人类，会瞩目那些行走在草地上的丑陋的母亲们。在这个世界上，很多貌似丑陋的东西恰恰在承担着神圣的责任，这些丑陋者无缘于赞美，他们把屈辱藏在内

心深处，一生潦倒，但他们胸中藏着一团生命之火，正是因为他们的顽强、执着，人类得以延续，动物得以存活，自然得以平衡。

　　面对孔雀开屏，我看到了完美背后的不完美——我不知我该说什么。

2018 年 4 月 7 日星期六　于瑞丽

瑞丽知青

瑞丽的田野风光无限，沿着茂林修竹掩映的山村公路走一段长长的硬化路，看到红桑椹果出现的地方，向左一拐，进入一条弯弯扭扭的土路。树枝贴着地面压过来，咖啡花开成白色的一片，不远处，一幢鹅卵石搭建的二层小楼坐落在山坡上。这就是杨进财先生所要引荐的老知青孙英夫妇的家了。

一条狗游动过来，笑盈盈对着我们，看上去亲切可爱。狗性知主人，杨先生一喊，女主人带着围裙迎上来，一口京腔片子，好像让我回到了北京街巷之中，久违的皇城生活扑面而来。女主人忙唤孙英老师出来，孙老师穿着大褂，袖口挽着，一如乡村老师，又有着农民的气色，还藏着知识分子的气质。寒暄过后，女主人向杨先生连连道谢，感谢杨先生帮他们联系人安装上宽带，杨先生连说"不谢不谢！"主客之间顿同家人。

女主人沿着树间小路，边介绍边往里走，这是火龙果，那是百香果，这是大冬瓜，那是菠萝花，这是蜜柚果，那是柠檬果……我像进入了花果山。满眼见花，有长在树上开着黄、粉等色的石斛花，有榴莲花、龙眼花、三角梅、月季等等。我在一棵叫不出名来的花树前留影，只见同一棵树上，竟有红白两种花儿在盛开。在泛着层层叠叠的白色花瓣那片树林前，女主人让我一定要留影，用女主人的话说这是集橙子、柚子和橘子三者风味于一果的新品种，名叫"混血橙"。我第一次听说这样的果子，对其充满无限遐想。

沿着院子转了一圈，女主人邀请大家在鹅卵石对面的竹亭里落座。亭子建得有傣家风味，起名"听雨轩"，茶随风香，女主人煮了芋头，剥开一品，绵软适口，没有北方芋头的硬，也无当地芋头的水。羊奶果却是甜甜的，如樱桃般的甜，吃上去有些沙口，我可以绝无吹嘘地说，这是我来瑞丽后吃到的最好的羊奶果。

孙英先生是 1969 年从北京抵达瑞丽的，当时一同来的北京知青有一千多人，还有昆明、上海知青，当时他只有 19 岁。一同来的还有姐姐。孙英回忆说，那时瑞丽县城只有一条街，没有建设的风景点，却处处是风景。傣家小卜冒还保留着用毯子蒙着小卜哨求爱的习俗，经常看见一张毯子裹着两个青年人的头，爱意盈盈，让人向往；羊肠小道上，傣族妇女戴着斗笠，挑着担子，边唱边往森林深处走，是边城最优美的风景。他的叙述把我们带入一个唯美的境界，大家扼腕叹息民族文化的飞快消失。因为喜欢读书，几经波折，孙英先生被推荐到云南师范大学读书，毕业后分到开远一中教书。那时，女主人在黑龙江插队，鸿雁传书结为连理。此后，俩人一同调入华北油田学校任教。1985 年夏天，夫妇二人借一机缘同到瑞丽，女主人开始喜欢上了这个美丽的地方。发函到瑞丽教育局，请求调来工作，可惜没有回应。孙英老师后来到北京市劳动部门工作，提前办理了退休手续，和夫人相约到瑞丽来。2002 年，二人同到这一处美丽的地方安营扎寨。来之前还专门到农业大学学习了一年种植技术。他的水果甜就是运用学习的功夫；养的猪拉屎不臭，也是调配饲料的原因。一晃十几年过去，这片山林在他们手上焕发出生机与活力。孙英老师是第一个将海南岛的火龙果引种到瑞丽的人。第一次邮寄的火龙果苗，因为是通过邮局，寄到时已经枯萎，无法栽种；第二次通过空运先送到芒市，连夜又让芒市的朋友骑摩托送到瑞丽。瑞丽的火龙果就是靠这十棵火龙果苗繁衍开来。开始几年收获的火龙果吸引众人，一拉到集市，顾客先抢后

问价钱。附近的村民开始是"盗贼",后来孙英先生逐一教他们种植,免费提供给各家各户火龙果苗,一家家"盗贼"变成了富裕户。火龙果蔓延到附近的县市,如今,可能很少有人知道是这对知青夫妇才是最初的移栽者了。

两位知青过着天堂般的生活,享受着北京人难以享受到的空气与阳光,播撒着他们的文化气息。他们凭借着教师资格,辅导了数不清的孩子。当天,有一位来自腾冲的初中女生,女主人帮她辅导课程。我对这对知青夫妇肃然起敬。

像孙英夫妇一样返回瑞丽服务的知青并非只有他们两人。还有一位知青,在户育乡村寨建立了图书室,说一口流利的景颇语;另一个知青拉着小提琴给自己种植的香蕉听……瑞丽知青,是一个时代的缩影,当年,曾有八千多名知青投身到瑞丽这片热土,播撒着他们的青春汗水。返城的知青们会时常回瑞丽,关心瑞丽,回望那段美好的时光。孙英夫妇的"听雨轩"就成了北京知青来瑞丽相聚的好地方。在今年人代会的提案上,曾有一位与会代表提议:要建一处知青村,为知青寻根提供一个平台。我听后隐约感觉到瑞丽人与知青之间悠远的历史故事。

在瑞丽知青孙英夫妇的庭院,我感受到瑞丽的历史之美、自然之美和当下之美,我也感受到瑞丽知青的热爱之情、责任之心和担忧之意。瑞丽知青,不应该成为一个过去的历史符号,而应该成为可待挖掘的历史记忆。我希望看到更多的瑞丽知青,再返瑞丽,回味他们的青春时光,讲述他们眼中的民族文化,策划瑞丽美好的未来……

2018 年 4 月 8 日星期日早 7 点 于瑞丽市委

瑞丽的缅甸人

瑞丽不愧是边疆小城，一寨两国是中缅和谐相处的一个缩影，一个寨子两国人民自由的穿梭来往的生活。我在瑞丽大街上行走，看到黑皮肤的缅甸人幸福自由地生活在中国这个柔情的地方，生活在中国最美的边疆小城上。

在中国，恐怕找不到任何一个城市，能像瑞丽一样显示着中国人民与外国人民这样浓烈的友谊。缅甸的孩子们可以到中国上学，骑着自行车穿梭在中国的马路和田野上。在瑞丽，巴掌大的小城市，竟然有两个国家级口岸；在全城常住人口中，接近一半人来自于缅甸。中缅之间的关系，通过一个小城市非常热闹的气氛展现出来。在 1956 年周恩来总理走过的畹町桥，依然流传着两国领导人的动人故事；在畹町物流园区，来自缅甸的西瓜等农副产品正源源不断地运往中国内地，而装卸者大多是来自缅甸的打工者。恩师那天与勤劳的缅甸小伙子们在西瓜车前合影，缅甸小伙子们还有些羞涩。缅甸小伙子传递西瓜的动作，让我想起 37 年前我在泰安西货场和小伙伴们传递红砖的情景。此刻，西瓜上下翻飞，传递着中缅友谊，也滋润着缅甸人的生活。在瑞丽，经营珠宝的缅甸人更多，来自于缅甸的珠宝经销商，有的摆摊经营，有的则背着一个书包四处游走。喜欢嚼槟榔的缅甸人，牙齿会染上浓厚的咖啡色，但他们手中的翡翠却晶莹剔透。从宿舍到办公室的路上，不时会遇到缅甸人，四处兜售他们的珠宝。他们在我的目光里走远，我在他们的勤劳中反思。

　　瑞丽拥有上百公里的国境线，很多村庄和缅甸的不少村庄鸡犬相闻紧密相连，有的两个村寨只隔一条河流。在户育乡的一个山寨，俯瞰跨河吊桥上，中缅两国人们自由地来往（更多的是缅甸人来瑞丽），两国地理位置相距很近的寨子，中缅人民之间互相通婚，缅甸嫁过来的人不少；当然，有些缅甸人本身就和瑞丽土生土长的人有着世世代代的亲情关系。紧靠边疆住的缅甸人，偶遇战事，也会跑到中国附近的村寨来。我沿着边疆公路走，一边是茂密的森林，一边是川流不息的南宛河水，在这里，你会感觉到两国人民唇齿相依，同饮一河水，共享一片天，鸟儿自然可以自由飞翔在两国，两国人民也可以自由舒畅地交往。这样的境界，除了民族因素之外，与瑞丽的包容和民族政策、历史传承大有关系。

　　因工作机会，得以和缅甸的一位地方长官交流，在与他们相处之中，能感受到他们对中国的情谊，一起照相时他们会紧紧攥住你的手。缅甸长官有一点汉族血统（姥姥的姥姥是汉族人），能说简单的汉语，我也能说简单的缅语问候"美格拉吧"（缅语"您好"之意）。通过翻译，我与长官相谈甚欢，长官只有四十五岁，却用"大哥"一词来称呼我，我用"old brother?"确认，他点点头，让我大为感动，我连忙用英语和汉语称呼他"老弟"，一时间，在缅甸人簇拥中，有江湖老大的威武感。中缅交往之情谊，可从这些细节中感受出来。

　　我计划着有一天去缅甸看看，缅甸人为我国的油气管道提供了通道，显示了缅甸对中国的友好；中国人对缅甸人的亲切，可以从瑞丽街头处处感觉到。同事描述的缅甸风光，自然、唯美、深邃，丰富，撬动着我的心海。

　　瑞丽，一个展现祖国情怀的城市；也是让缅甸人深感温暖的城市。在这个城市生存，虽没有国际大都市的宏伟，却能领略国际交往的情调；虽没有呼天喊地的口号，却有点点滴滴的关心。瑞丽之美，彰显着国与国之间交往的平等与自然，显示着城与城之间的舒畅与和顺。中缅友谊如瑞丽江水，源远流长，中缅人民相互之间的互融共帮，也为瑞丽的历史和现实塑造了荣光。

一个城市的包容，不仅体现在对本国民众的包容，更在于对他国人民的欢迎与相洽。瑞丽方圆不大，但瑞丽的格局，瑞丽人的面孔，却会牢牢烙印在中外人民心中，倘若你在这里生活一段时间，你会深深爱上她的包容品质与国际情怀。

2018 年 4 月 6 日星期五 于瑞丽

勾魂牌

瑞丽人吃饭前都要饮茶，这是西南边陲城市通有的习惯，似乎是从古代传来。安逸这东西会传染，只有没多少挂碍、思想自由的民族才能享受这份天赐的快乐。喝酒前的饮茶，就是一种过渡，犹如一支曲子，没有过门的铺垫，曲子浑厚的韵味就难以尽显。瑞丽人的喝酒，其情形大概如此。当然，更多时候，人们还是喜欢打牌，四五个人一桌，或拱猪，或猜点，有点小赌博的行头，输了的喝酒，赢了的大笑。人活着，整天活在意义里就没有了意义，关键要活的有趣味，天天活得要像唱歌，或激越，或婉约，或雄奇，或隽永，那就活出味道来了。人与人交往，最好还是要有趣味做基础，趣味是美好心灵的再现，臭味相投容易交。我不喜欢和没有趣味的人交往，大意如此。北京人对没有趣味的人名曰"装逼"，虽刻薄，但逼真。

忽然想起在山东做技术员时，同事们打牌贴纸条，直把人贴成大花脸，纸条贴在脸上，随风飘摆，像苏堤上的柳丝，脸上没有被贴纸条的赢家则笑如春风扑面。我喜欢观赏，看被贴纸条者的仓皇，也看赢家的张狂。后来这样的观众我也很少去做了。在北京机关若干年，虽说有同事喜欢中午打牌，有领导也提醒我说，打牌也是联系同事的方式啊，但我总觉得大家是在玩儿童游戏，所以多年拒绝打牌，也拒绝去做牌场的看客。

然而到了瑞丽，这里的气候与环境容易让头脑滋生其他想法。譬如在京，中午休息时间只一个小时，吃过饭走一圈就到了上班时间，无法午睡；而在瑞丽，两点半才上班，不午睡似乎违背良心。倘若去喝酒，众人皆玩你独看，也就失去了交流的味道。一位朋友劝告，不会拱猪，你这挂职一年就算白挂了，最好带个"拱猪博士"的头衔回去，岂不更妙？我听了，不置可否。

四夕山，处在畹町，山不大，却靠近水库边沿。取名四夕山，大概是整座山之四面都处在夕阳里，暖暖的，有味道。四夕山有一水库，木旦兄请我去小坐。木旦兄人很敦厚，周末约我来这里闲逛，却也是别有一番情趣。我在另一桌喝酒，有男士名曰钱程，另一女士名曰月圆，就是缺少一位姓花名好的人了。牌打的是猜点游戏，手摸五张为限，点少者喝酒。我多年与牌隔绝，摸起牌来，手生涩，脑愚笨，众人皆宽容；月圆先发牌，演习两圈后，规则渐懂，随摸牌开玩。第一圈两张牌，加起竟然是十，自然不输。规定遇十要加酒，第一局月圆输了，只好喝下加过的酒，我知道这局，对我是运气，而喝者月圆为发牌者，正如一个掌权的人反被执法，多少有些不甘；随后几局，有运气，也有技巧，在要与不要之间，输赢已成定局。月圆与钱程几位弟兄，多是在瑞丽同事多年的老友，月圆为女士，其他为男士。纵横几十年的交往，友情渐笃。有了第一次的输牌，随后的月圆要牌就有了急切感。

我要，我要，我还要——月圆就差娇喘吁吁了，众人遂大笑。男女之间的快乐，悟透而不说透，也是人生的一大趣事。不一会，我已经喝得头脑晕乎乎的了。朦胧着眼看众人，月圆如花，钱程如红布，想必我的眼里已充满血丝了吧！

等进入正餐的时候，已装满大半肚子酒。月光洒下来，再喝就成了自己主动去要酒喝了。于是喝了来瑞丽后最大的一次酒，而这次大醉，诱因就在于打牌。在瑞丽人貌似悠然的喝酒气氛烘托下，其实藏着击倒北方人的杀机。在不知不觉中把你放倒，才显瑞丽人的智慧，这要比北方人呼天喊地的把你放倒更加可怕。

　　我数十年不打牌，这次打牌，堪当记忆，此牌可名之曰"勾魂牌"。为使我的魂魄苟全，今后，我还是不打牌为妙！无论月圆在，还是花好在，还是做一个看客清醒些。

2018 年 3 月 31 日星期六　于宿舍

边城漫步

在食堂吃过晚饭，准备四处走一走，消化消化，事实上也用不着消化，南方的米饭总填不满肚子，倒是那一碗白菜汤很合我的胃口，辣菜总是要吃一点的。好歹有学生们邮寄来的山东煎饼，撒上芝麻盐，再补充一下，散步才算有底气。

来到瑞丽，除了夫人在的那二十多天，能一起出外沿着边城的大街走走，平时所走的街道也就是从政府到市委，然后再从市委到政府，一天来回共四趟，看到的是傣族、景颇族、汉族、缅甸人。缅甸人我分不清他们各属于什么民族。脸黑，面部表情忧伤，你不主动和他们打招呼，他们很少理你。缅人的孩子很有趣，有一次路过看他们蹦弹珠，弹了三次，都蹦准了珠子，孩子们欢呼，我也大笑。沿着通往市政府的路，有很多家制作家具的作坊，刺耳的电锯声，难闻的油漆味，有时店家还用木屑做饭，呛得眼流泪。

三月的大街最适合晚饭后闲逛，特别在这人口稀少的边城。说是晚饭后，其实太阳还高挂在西天，一个象征就是半圆的月亮已经升起来了，像挑战，又像是呼唤。从市委大门出来，不是顺着平常向东走的路，而是一路向南。过第一个岔路口左转，是珠宝街。这里卖翡翠的多，也卖琥珀和其他饰物。此刻，大街上和店里已经没有多少人光顾。据银行人言，今年的翡翠生意大不如前，瑞丽的珠宝市场面临着经营模式的转换。我认识一个青年人，网络经销翡翠，每日可或收入上千元。看来实体店还是要和网络经营结合起来。信息化时代的购物已使得整个市场立体化起来。

大街上的店铺炫耀最多的是手机店，店面干净，音乐激昂。店员一副讨好顾客的表情，介绍手机比介绍原子弹还卖力，看了想笑。缅人开的店铺，各种布料、杂货、服饰似乎都有，但又没有一件值得我这个北方人买。边疆的美食似乎不大讲究遮盖，有个流浪汉路过那摆着二十多个盆子的食摊，咽着口水，就像一位贪恋升迁的人看着那么多空位子而不得上位一样的表情。竟然有好多女人，在岔路口，卖米饭，雪白的米饭有雪白的女人来买，用一个塑料袋，装几碗，随意而自然。在其他城市我没看到过，如果卖的是包子或者馒头，倒是对我这个山东人的胃口，可惜没有。

有卖坛坛罐罐的，我停在旁边，观察良久。也许是喜欢观赏文物，我对这一类的东西天然地感兴趣。这应该是边疆小城特有的，越来越同质化的边城，或许几年之后，这些东西都会消失了吧！那个高过我的大坛子，装满了米酒，看着就诱人。酒坛是酒鬼的定身符，我不是酒鬼，但有喝酒的嗜好，在大酒坛面前，那红布诱惑着我，一直诱惑到古人月黑风高之夜独自饮酒的境界。

继续向前走，是娱乐的场子，几个年轻人在玩桌球；再往前走，又看到四支队伍在篮球场打球，围观的人之外是一圈数不清的摩托车。瑞丽人喜欢骑摩托，这个小城人口不过二十万，骑摩托的怕有相当数量，缅甸人更喜欢骑，所以出租车想拉本地人很难。我来瑞丽后，推行出租车打表，司机师傅们尽管支持，但是做出了牺牲，我感谢他们。

沿街西行很久，路过几家水果摊，除了榴莲和百香果之类的与内地略有不同之外，已经看不到与内地有多少差别，我一直惊异于此，为什么当地那么多外地见不到的水果，难道当地人不经营？就像明明是当地的黄金产品，却被许多人熟视无睹一样。看来这是中国的"粹外文化"作祟，各个城市大抵如此。

继续西行，能看到有些正在挣扎的工地，工地尽头是瑞丽正在完善的弄莫湖景区。那一晚，我和夫人以及夫人的两个朋友，沿湖而行。涌上想买两处房屋居住下来的想法。湖水平静，曲径游廊，诱人颇多。男人们漫无边际地走，女人们扭着美腿而行，享受湖边的时光。这里人少，湖就秀出风韵，不像内地，人多扎心，一个圆明园看月，恨不得把我挤成烧饼。我在湖畔一个人郁郁而行，大概到了任何一个城市，如果缺少了友情和亲情，一个人的寂寥就会涌上来，寂寥中的美景就不是美景了。

我希望瑞丽尽快发展，但我又怕瑞丽发展起来。发展起来的瑞丽能这么悠闲吗？发展起来的瑞丽能这么秀丽吗？听说当年的弄莫湖可是有着广阔的湿地，而今这些湿地却永远地消失了；如果空气，清新的空气消失了，再怎么呼唤都很难恢复到以前。我在北京生活，深感雾霾之烦，二十年前的北京，也和瑞丽一样，清新、疏朗，尽管各种专家出尽了招数，政府加大治霾力度，居民期待的是转好，而很难再回到二十多年前。从这个意义上说，我不希望瑞丽发展得太快。

沿湖只能转一圈了，我毕竟老了。沿湖转数圈，那是青年人的事。弄莫湖公园门口，到处是跳舞的人们，有姿势优美的，也有胡蹦乱跳的，而我已无这样的心境。在边疆，就这样我要漫游一年，我希望我走过的每一步都有感觉，都会留下美好的回忆。无论边城之美渐渐消失还是向着大城市逐渐重塑，我无法改变一个边城的过去、现在与未来，所能做的只是欣赏加感叹。或许对着路人和朋友，停下来，说几句体己的话；或者一起呼吸几口新鲜空气，而当下的瑞丽空气，正如瑞丽原生态的食物，大城市里是很难吃到了。只是，很少有人意识到空气的珍贵。

回到宿舍，不觉已经十点。人乏了，困觉就香，不想其他了，很快，我就进入了梦乡，这是我来瑞丽后最美的一个觉，赶上一顿大餐的美味。

2018 年 3 月 29 日星期四早 7 点 于瑞丽市委宿舍

独树成林

人长期生活在习惯的环境中，就如井底之蛙一样肤浅。不会相信天下会有黑天鹅，也不会相信木瓜花是红色的，更不会相信木瓜树会长满了刺。在北方，老人们常常告诫孩子们，独木不能成林，本意是不错的，意味一个人要团结第一，多一个朋友多一条路，朋友多了路好走。信息封闭的时代，这样的经验传递百年而不衰，互联网时代，信息传递打破了人的认知，科技革命冲击着人们的经验感觉。历史不再像历史，现实也在被现实冲垮，未来在不断被未来构建着。在这样的一个时刻，我来到瑞丽。迥然有别北方的山水，改变着我的传统认知。

譬如，独木难成林就被瑞丽的"独树成林"所打破。

那是一棵瑞丽常见的榕树。就是一棵植根于大地的榕树。它的主干矗立在那里，平静而优雅，如陈年的化石，诉说着不尽的沧桑。树的主干伸向四方，搭成层层叠叠的华盖；而在树的枝条延伸处，垂下许多条气根，气根一个猛子扎入大地，如去土地里寻宝的穿山甲。这些气根由小变大，由细变粗，由弱变强，由一个变成多个，由一束变成一排，由一个战士变成一支队伍，它们簇拥着主干，成了大榕树的兄弟或者儿女，依偎着大树，唱着一个家族的歌谣。我在榕树下站立，几次被这种精神冲撞着，内心响起哭喊的声音，我听到黄河的咆哮，我看到远古的刀耕火种，我甚至感觉到一个民族从时空中破壁而出。

它们构成一棵树的宣言，它们让一棵树完成了自己最完美的精神修炼，在众多树之中，它们沉默了多年，经受着风风雨雨，对脚下的这片土地不离不弃，爱得深沉。我在树下，沿着一根根气根抚摸过去，它们没有怨言，根根挺立如柱，个个精神抖擞。我数了一根又一根，每一根形似而神不似，每一根都在簇拥着大树，护卫着大树，犹如孩子护卫着母亲。我移步到大榕树的主干跟前，仰望粗壮旺盛的主干，对它充满了敬仰。这棵大榕树，在这块土地上已经生活了成百上千年，它看惯了芸芸众生的生与死，它领略到与大地相依相存的真谛，它靠自己延伸出的灵魂之手抓住大地的温情，在仰望中俯瞰，在沉思中寄情于深远。这棵榕树始终相信自己，用自己的无数只手，以与大地的爱情之魂，走过涅槃之路，造就了一座精神丰碑。

沙漠上的胡杨号称能一千年不死，死后一千年不倒，倒后还能一千年不腐。而瑞丽的榕树独木成林不过是其外在形式，而构成其长盛不衰的魅力在于，它有孜孜以求的内生动力，它让自己日渐强大，手与手相连，脉与脉相继，砍掉一只手，还有万千条气根深入大地；无数只手，顽强、坚韧、挺拔、静默成一位位精神护卫者。这样的树，会永远活着！我在大榕树下颤动着，我听到一个巨大生命的呐喊，这是与大地互为同盟者的呐喊，也是一位自爱、自强、自信者的呐喊。它永远不会死去——一股股电流般的感觉涌动到我的全身。

这是瑞丽一棵具有纪念意义的大榕树。而在瑞丽的每一个村寨，几乎都有大大小小的这样的榕树，它们把根扎下大地，与大地的心脏对接；它们是大地的儿女，顽强地在大地上支撑起属于自己的一方天地，也支撑起属于人类的绿荫。正是因为这样的执着，我相信它们的生命永远不会衰竭，倘若不是人类刻意的破坏它们，这些榕树将会越过一代又一代苟活的人类，永远地存活下去。理论上，它们拥有无数只与大地相连的手臂，就像安泰碰触大地获得永恒的力气一样，又像植根于民众的那些灵魂一样，它们拥有不衰的滋养的力量。

独树成林，在瑞丽是一个现实，也是一个神话。

2018 年 3 月 30 日星期五零点 30　于市委宿舍

瑞丽的雨

到瑞丽后就盼雨。雪在这个地方是不可能下的，有一次到腾冲，听说下了冰雹，担忧中有期盼。北方人对冷有亲密情结，在艳阳高照的时刻，我期盼天空来一片云，再来一片云，无数的云朵堆积在一起，下一场轰轰烈烈的雨。每当北京下雪，我就会让夫人和朋友们发来图片。我静静地观赏每一张画，欣赏雪花飘浮在空中的感觉。喜欢雪花打在脸上那份冷冷的凉。北方之冷是埋藏在心底的基因，我在寒冷的季节，匍匐在瑞丽的天地间。感觉瑞丽的天空犹如北方的秋天一样高远。云是洁白的，生怕乌色沾染，整个冬季没有一点北方的影子，我在瑞丽，期盼雨就像一个孩子期盼出外的父母早日归家一样的心情。

有地道的瑞丽人告诉我，瑞丽就分两个季节，雨季和旱季（瑞丽人的简单与容易接触大概和这种泾渭分明的季节有关吧！），好比坦桑尼亚，漫长的旱季的大地之黄，急骤的雨季的漫天绿色，相互映衬着动物的迁徙，这样的印象给人是多向度的感觉。但瑞丽则不一样，纵使是旱季，也看不到大地裸露着黄色，只不过绿色略微浅淡了些；到瑞丽弄莫湖行走，满湖的水，就如昨天刚刚被雨水注满一样。去莫里瀑布六次，每次看到的瀑布都像长生不老的美女；到原始森林里去，彻夜不断的小溪从山肚子里流出来，让你不会想到这是旱季的大地。我在花朵中间行走，也在绿荫下面驻足，感觉瑞丽的旱季超越于坦桑尼亚几多倍。坦桑尼亚旱季的大地像秃子，而瑞丽旱季大地的依然茂密，不停息流淌的瑞丽江，昼夜不停地欢歌，似乎在高傲地吟唱着自

己的曲子。

毕竟旱季的阳光具有灼人的力量。瑞丽的春天没有北方春寒料峭之意，就如瑞丽江水，平静而和缓。在整个旱季，我看瑞丽就如一位在学校里做学问的老教授，几十年如一日，漫步在校园里。听瑞丽人讲，几乎整个冬天，瑞丽都不会落一滴雨。人们已经习惯了这样的干湿分明的季节。而瑞丽的冬天就是一个蕴含春意的称谓，根本没有冬天的冷与凄厉。也许正是这样的冬之绿意形成了当地人性格之平顺。我站在瑞丽冬日的阳光下，感受北方秋日的天空，似北方之春意温暖却比北方之春平顺的瑞丽。满眼是绿，满耳是鸟鸣，好像从无风。北方之春是冰箱里化冻而出的食物，瑞丽之春是款款而行的松鼠，从一个树枝跳到另一个树枝罢了。

那一天去德宏机场接恩师刘大椿，在去的路上就突然有雨了。雨似长鞭，击打着车窗，像要把我从车里拽出来似的。竟然有雷，一阵紧似一阵。担心从昆明而来的恩师、师母乘坐的飞机会晚点，没想到按时到达。观看着窗外之雨，敬望着慈祥的恩师，不知是自然给我的惊喜，还是老师带来的欢乐，心顿时被快乐充盈着。

天似乎出现了空洞，向大地叙述着这几个月之所以冷漠的原因。雨滴是它的眼泪，在大地上纵横流淌。我有几次，都涌上一丝冲动，想对老天爷说，停一会吧，让大地消化一下你的语言，让大地慢慢聆听你的新声。但老天自顾自地下，大地徜徉在雨水里，雨水充盈着隔窗听声的我的心海，就像大地一样饱和。这是今春的第一场雨啊！恰恰下在恩师来瑞丽的当口，已经年逾七旬的恩师神采奕奕，如被雨水洗过的大地，充满清新。

接恩师来的第二天，第三天，赖老天开眼，让恩师得以游览瑞丽美景。瑞丽的春雨，就是这样可人，迎接老师而来，正如一个蹦跳不已的孩子，一旦把自己的"长技"示人之后，就归于平顺。恩师周游瑞丽的几处景点之后叹曰："瑞丽很美！"应龚茂丹部长之约，恩师在离开瑞丽的前一个夜晚，为瑞丽市的几百名干部做了一次讲座。所谈是智能革命的问题。老师的话像瑞丽旱季的阳光，而听众的掌声听上去就如噼里啪啦的雨声。我想，众多人将老师的话听到了心里。

送老师走的那一天早晨，突然狂风大作，雨又大降。在送老师去飞机场的高速路上，积雨撞击着车轮，溅起水花，车漂移出旋转的弧线，我想着瑞丽的雨水对老师这一迎一送，是否也暗含了我的心境。

送走老师，百无聊赖地在大街上走，怅然若失。看被天泪打湿的路途越深越远，我没有打伞，任凭渐渐小起来的雨滴打湿我的衣服，亲吻我的脸颊。去书店买了几本书，书与书的内容毫无瓜葛。我漫无目的地在大街上行走，这是一个干湿交接的时光，也许，漫长的雨季就要来了，带着闷热与混沌。我执意买了一个透明的器皿，希望用它腌一坛鸡蛋，以一种生活的姿态度过这个漫长而难耐的雨季。

瑞丽的雨，该来的还是来了……

2018 年 3 月 27 日星期二 于瑞丽

瑞丽话语

因我来自外地，每次参会，总有领导提醒大家要说普通话，其实他不知道，我最想听的还是瑞丽方言。对一个写作者而言，当地方言中含有各种文化的元素。

听瑞丽人讲话，不要竖起耳朵，就像听唱歌一样，边疆人的慢生活在瑞丽话语里轻松体现，瑞丽话轻歌曼妙，感觉有一个水果扔过来了，你刚要接，人家就收回去了，"么么嘎"如一个拴在手里的绳子，瑞丽人在说完话，总要拽一下。

如果你在听瑞丽人说话时，将瑞丽话与北京话和山东话做对比，则更有意思。瑞丽女人说话柔情，像清溪流水；瑞丽男人说话，如商量事情，我见到一位领导批评人，满脸严肃，但说出的话没有一点刚性，这在北方是断然不可能的。瑞丽话语是被这里的青山绿水洗得太透了吧！要不就是各个民族文化的相互渗透，让瑞丽话带有处处照顾别人的礼貌？真是一方水土养一方人啊！傣族艺术家金小凤老师歌儿唱得好，平时说话的声音就像唱歌，我喜欢听，而更多的傣家儿女，说话就如她一样的优美；有一次在读书会上，我听一位阿昌族妇女数落她的丈夫，这哪里是数落啊，分别是赞美啊！能把数落的话说出这般意蕴体现了一个民族的语言智慧。

到景颇族山寨吃饭，能感受到村民拖着唱腔说话，如深林里的鸟鸣。在大山深处，在多少个围坐烤火的夜晚，村民们一代又一代锤炼了这些语言。瑞丽话语里融合了汉语、傣语、景颇语、德昂语、傈僳

语等民族的话语，这些民族互相间的密切交往，将他们的民族文化、当地山水、时代气息融入话语之中，听起来你中有我，我中有你，让你分不清对方是什么民族。在瑞丽，我多次把汉族兄弟混淆为其他民族的兄弟，一问，人家要么是南下干部的子女，要么是农场子弟，来瑞丽都几十年了，从他们的眼神和行头已经看不出是其他民族的人了。一个叫"小咪渣"的影友，精瘦精瘦的，一说话就是"么么嘎"，她的话语让我疑似她是景颇族妇女，一问原来是山东威海老乡。顿感亲切之余，山东胶东姑娘的那份泼辣、壮硕在她身上荡然无存了。这里的水土改变了她的基因，这里的话语又让她进行了深度改造，让她与当地人混为一体。有个农场的兄弟叫"华哥"，是南下干部的孩子，也难以从他们的话语中感受到山东人的气息了。或许他的父辈能保持着山东人的体格和齐鲁话语，但到他这里已全然变为当地人的姿态了。我想，假如我在瑞丽生活几年，会不会也变成当地人，肥硕的身躯苗条成柳，山东硬话演变成瑞丽软语？我想象着我那时的样子，再回北京或山东，肯定会被朋友们刮目相看。我喜欢到阳光下暴晒，感觉瑞丽的昼夜温差大，在太阳底下暴晒一番，人就舒服多了，但副作用就是脸黑了几层，脸一黑就有了与当地兄弟交流的资本，我有时走在大街上，看到在瑞丽经商的缅甸人，有时会主动向他们打招呼："妹哥拉吧！"（注：缅语"您好"之意）"妹哥拉吧！"对方回应着，笑容绽放。瑞丽的话语没有国际大都市的意蕴，但有边疆小城的隽永。对，隽永，隽者，肥肉也，永者，长远也，隽永的话是各民族互相融合的结果。瑞丽话语饱含了瑞丽人的智慧、包容与放松，听一句话，你就能体会到他们生活的惬意与悠远。

瑞丽人赴宴，开席之前喜欢玩牌，我不打牌只能当观众。玩牌者边打边吃，小菜一碟，瓜豆之类自然也要上的。打牌的人边打牌边斗嘴，输牌的人还要喝酒，有的臭牌篓子开席前脸已如红布。有抓到好牌的就会喊"美美——"拖着长调，我开始不知道这个词代表着什么，后来在几次会议上，听到几位领导也如此说，对比着山东话去听，就知道此话代表着厉害或者太好的意思。有时到极美之时，我也会喊上一句"美美——"，听者哈哈大笑。瑞丽人说话保留了很多古音杂调，他们喜欢把一辆车说成一张车，把碗称为钵头，从很多话语里你能依稀感受到青藏线上移民的腔调，能感受到明朝皇帝逃难时随从的语调，也能感受到土司、山官独霸一方的自豪，更能感受到几个民族载歌载舞的气息。我喜欢听，但很少学瑞丽话，在瑞丽话里生活，犹如在阳光下暴晒，黑的是脸，但心却是热而荡漾的，我喜欢这样一种情调，在边疆真好，有瑞丽话听。

2018 年 3 月 23 日早 5 点于德宏州委党校

牵花城

我对花总是敏感的，所以家里养了好多花。出差几天不回家，总担心这些花儿们缺少滋润。美好的事物总会给人美好的感觉，在城市，特别是大城市，远离了田园，在雾霾中生存，在逼仄的楼房中喘息，花朵的笑颜送你明丽的感觉。空气中弥漫着些许的香气，在下班后时光，你依偎着花，花缠绵着你，这样的时光会让你忘却俗世的烦恼。我是异化的乡下人，在远离了土地的城市里生存，尤其是大城市里生存，看多了岩石一样严峻的脸，就喜欢鲜花，就喜欢闻一闻花的香气，然而，这样的享受只是短暂的，隐秘的，甚而是苛刻的。办公室里总不能有过多的争奇斗艳的花儿存在。在北方，到了冬天，即使在屋里，大多数花儿也冬眠起来，很少开放。我真期待有一天，到繁花似锦的城市去旅游一番。有一年冬天，随鲁迅文学院的师生们一起到海南，花儿正艳，灼烧我的眼睛，在花儿之美色和炎热的双重烧烤中，我选择了逃避。有没有一个柔软的城市，在冬天里，像淑女一样端庄，款款而来，带着花的香气？这样的愿望，在寒冷的北方，只是一种奢望，我等了一年又一年，盼了一冬又一冬。北方冬天的风景，室外变化不大，室内的花儿虽多了起来，但总给人一种隔膜感。在一个大型超市，我终于发现鲜花簇拥着柜台，惊叫起来，走近了看，才知是假花，一时竟也无语。期盼冬天之城的花就成了奢望。

有谁知，就在某一年的某一天，这种愿望成了现实。一下飞机，长得像花儿一样的也美副部长和方安品副部长像花儿一样笑着，野外的大地上长着北方夏日里才能看到的玉米。我看到形似三角的花一瓣一瓣绽放着，有红的，有黄的，也有绿的。两位部长介绍说，这些都是三角梅啊！是德宏的州花。汽车驶入瑞丽市区，四处可见这种花儿。在寒冷的北方，此刻，只有蜡梅在室外绽放，屋里的花多了些人为的痕迹。而在瑞丽，举目望去，四处可见花的影子，花儿在城市里成长，城市在花的烘托中妩媚起来。广州号称花城，瑞丽的花却比广州自然多了，我这样说，广州人可能不高兴，我两次滞留广州生活，一次八个月，一次十个月。广州之花，品种没有瑞丽多，更没有瑞丽自然，或许是气候，或许是瑞丽人对花的宽容，任凭花儿自生自长罢了。

就在花海里徜徉了两个月，城里的花有鞭炮花、木棉花，乡下的花则更多，木本加上草本的花，数都数不过来。在北方只有春风吹过许久，向日葵才会盛开。而在瑞丽，向日葵的花色在冬天你依然可以看到，我猜想你的梦一定遗落在这里。

竹子开花你信吗？我在一家经营景颇族手抓饭的小店里就餐，看到高大缠绵的凤尾竹，竹子开着花，就像非洲女人的长辫子。朋友介绍说：这些花开过之后不久，竹子就要死了。竹子以开花的方式向这个世界告别，让我的心为之一惊。

瑞丽人赏花也是一绝。原谅我总和北方相比，北方人总把花放置在室内，一是气候使然，再就是显出养花者的小情怀。在瑞丽，很少看到室内养花的，室内的绿植也不多。瑞丽人习惯于看漫山遍野的绿色，看开满街巷的鲜花，把花移到屋子里，似乎是心胸狭隘的表现。我站在大街上看花，在田野里看花，有几次与朋友还到原始森林里看花，总以为日本的樱花先声夺人，没想到中国边陲小城的樱花毫不逊色。在瑞丽勐秀乡，我在山之阳面，端详着樱花绽放。不远的大榕树，有着独木成林的架势，据说，当年的日寇，在其上搭设碉堡，可以南望瑞丽城，北眺陇川县。鬼子一定贪恋和佩服瑞丽的樱花，在樱花面前他们知道中国美景之多，鲜花之美。这些曾经的入侵者，假如他们还活着，在他们耄耋之年，可曾对当初的侵略忏悔？朋友李军兄弟的姐姐一二十年醉心山野，我去拜望她时，桃花正开着，开着的还有榴莲花和羊奶果花，在北方还是大雪纷飞的时刻，这里已然开放着向果实奋进的花朵。在这些花朵面前，我充盈着一种自豪，是一种疆域的广阔，也是一种气候的舒适，更是一种时光的延伸，在这些花朵面前，我想变成一枚绿叶。

瑞丽人天天吃花。爱好吃者必有其史，好吃者应有其境。瑞丽的花不仅耐看，大多数花，还是能吃的，黄花菜自不必说，棕包花也是美味，我沿着一个傣族村寨的山岭一层层向上走，我要寻找的是一种叫白花的菜。当时在餐桌上，我是被这种白花菜打惊了舌面，那么好吃的花，我是第一次碰到。在漫山遍野间，我一步步挪动着，还没有看到白花树，在我几乎绝望之时，景颇汉子一指远方的一棵树，你看，就是那棵树，山岗上，花正飘。那是一棵高昂的树，树干很高，高出周围的树木许多，向一个傲视群雄的汉子，而那些雪白的白花，在树的枝条上飘摇。无拘无束，犹如被男人宠坏的女孩儿。这些花与风相嬉，飘着白色的裙摆，卓然而立，犹如古代的仕女。我看呆了，这样的灵魂化为佳肴，焉有不鲜之理？只是可恨的厨师，没有把她们原有的形状保持在盘中，人们只知道食其味，而没有领略到她们的美姿。我将来要研究一道菜，以树为干，以白花铺其上，将自然的白花树移植到盘中，那是怎样的一种意境？我也担心去白花树顶端采撷的农人，原本很喜欢吃的白花菜，以后也很少点了。

瑞丽人竟然以花为枕。在祖国内地，以花做枕头的不在少数，内地人能用的鲜花，瑞丽人也能用来做枕头；但瑞丽人用来做枕头的花，内地人想做却没有。莲花和玫瑰花内地人可以用来做枕头，瑞丽人也会做，但有一种开着红花的树，倘若你在高速上遇到，同行者会指着对你说，你看那花多红，鸿运当头的"红"，这种花我们瑞丽人用来做枕头啊！我想睡着这样的一个花枕头，一定有高树的气节，红花的梦想，幸运的吉兆。这种红花叫攀枝花，她把对枝的依恋奉献给瑞丽人的头颅。

瑞丽人与花的渊源恐怕没有一个人能说得清。我找热作所的一位负责人，给我介绍一下瑞丽的花，她说，太多了，你要介绍什么科属的？我的天，我还是混沌着，如果把一朵花根究到是什么科，什么属，那是植物学家的事。对我而言，这些花好看就行，能装点世界就行，品种繁多就行，让一个小城充满花的香气与美丽就行。为什么非要知道这些花儿们的名字？为什么非要问询他们是什么科属？去莫里瀑布，植物多样性催生木本的花次第盛开，草本的花铺满山间。这样的境界，值得去一点点欣赏，万千花朵值得我们一朵朵去竞猜：猜测她们的祖先来自哪里，猜测她们传了几世几代，猜测她们何时开花，何时结果，猜测她们拥有怎样的风世界。

我在清晨醒来会闻到花香，晚上散步会听到花开的声音。在这样一个城市工作、生活与学习，你好像总被鲜花牵着，从一处花海走向另一处花海，从一朵别致走到另一朵别致。牵花之城让你成了一朵花或者一枚绿叶。

我时常感佩瑞丽之花的丰富多彩，而更让我感佩的是：瑞丽之花是自然之花、自由之花。这些没有雕饰，很少修剪，却依然代代相传、盛开不衰的花儿们，正如瑞丽各族人民一样争奇斗艳，生活多姿。

我喜欢这样一个牵花之城，也喜欢更多内地的朋友与我一样到这个美丽的城市或牵花，或被花牵……

2018 年 3 月 28 日星期三晨 6 时　于宿舍中

芒岗之水

在瑞丽，芒岗村是一个典型的移民村寨，村民是 20 世纪 60 年代从保山北庙水库库区搬来，大多还带有保山口音。如果上溯一下保山人的来历，则是从南京迁徙而来，所以听芒岗村民讲话，会有很多南京话的尾音和风俗文化涵盖在里面。我喜欢与芒岗村民交流，是因为他们兼具南京人的文化传统，又有山寨乡民的朴实、善良。

那一天，随市里的同事到芒岗村，村寨不大，风景却很别致。芒岗村矗立在山前怀，村周围是山与坝子，西面的坝子上是百香果棚架，一枚枚油黑闪亮的百香果悬挂在那里，随风摆动。我在一家旧房子前驻足，这是典型的院落，带有汉家传统民居的四合院特点，南北厢房黑瓦黄墙，养牲畜的厩房设在西南角。院子里有一株玉兰树，还有一株榴莲，体现着东西民居文化的结合。芒岗村的先人们，早年从南京抵达保山，可以说蕴含着巨大的奉献，从富庶的江南之国抵达当时被称为蛮夷之地的云南，没有报效国家的忠心，是难以完成这样一种抵达的。即使是 20 世纪 60 年代，从保山到达瑞丽也需要步行十几天时间，难以想象，在明代，从南京到保山，路途迢迢几多艰险。经过几个月的长途跋涉，有的先人死在了旅途上，有的先人克服千难万险，最终抵达保山，开辟起新的家园。芒岗村的先人们自然不会想到，几百年后，为了支援更远的边疆，他们的子孙开始了又一次迁徙。虽说如今从保山高速抵达瑞丽，不过几小时旅程。但 20 世纪 60 年代，从保山到瑞丽，需要通过瑞丽江，那时的江上还是吊桥。我从一本知青史志看到，当时通往瑞丽的路崎岖不平，没有一条像样的公路。为了保山的水库早日建成，这些人从保山移民到瑞丽，在密林山岗中，选择人迹罕至的所在扎下根来。我随着芒岗村民的脚步，从山脚一直走向山里，那些开垦的梯田，一层层，一片片，我还能清晰感受到第一代芒岗人披荆斩棘的勇敢，也能感受到在芒岗的保山人对美好生活的向往，感受到他们顽强生存的力量。我来瑞丽不过两个多月，芒岗村就去过四次，这个村藏着历史故事，我喜欢芒岗的一切。

芒岗的村民是善良的，也是豁达的。有一次，他们领着我从村头走到村尾，我计划着对村里的厕所进行改造，想领着北京的厕所研究专家去芒岗村调研。芒岗村不同于中国北方乡村，有一条小溪贯穿村庄，让整个村顿时充满了灵性。我喜欢有水的地方，尽管目前芒岗村中环绕的水还不成规模，但有了自然之水滔滔不绝的流淌，对一个村庄而言，就孕育着无限生机。

的确也是如此，沿着村口新铺的青砖小路，向山里走，清澈的溪水在路旁哗啦啦地流，惹得心都快蹦跳出来了。北方的三月还春寒料峭，而这里已然是春天了。对瑞丽而言，这个时节正是一年的旱季，芒岗村的水流却能这样充足，这让我升腾起探究的欲望。沿着溪流一点点地向上走，移民局已将上山的硬化路修到山的深处。水从大山深处汇聚成溪水，沿山沟流下来，围绕着村荡个旋儿，又向大山远处流去。芒岗村处在水的源头处，自然风光无限。我建议芒岗村民，要沿着已铺就的青砖路两侧，间隔种植一些花果，用竹条弯曲成美丽的拱门，相间而映的花果会构成一幅通向大山深处的唯美图画。一条溪水带动着花果飘香，一条小路引领人们来感受芒岗的自然风光。青砖路还在向前延铺着，我们转向土路，伴着小溪向上走，跨过土坝，翻过山梁。有位村民介绍说，以前没有公路，种粮食要靠牛驮，一头牛每次只能驮两口袋粮食，从大山深处小心翼翼地缓缓而行。如今，路随山转，硬化路铺到山根，再也不用用牛驮运了，缘溪而行，可见溪水两旁长满碧绿的青草，挺拔的高树。我一会涉水而过，一会驻足赏景。路过一片竹林，竹子横亘在小溪上面，形成美丽的棚架，这里的竹子，和北方不同。北方之竹，疏朗、俊美、挺拔，是君子的象征；而这里的竹子，如匍匐着身躯探望爱孙的老人，充满慈祥、善意。有一种草，会蜇人，同行的一位老弟被蜇，痒痒的不得了。越往里走，越接近原始森林。在靠近原始森林的地方，建有一个储水池，流往山下的溪水，就是从这里延伸到远方的，村民说，我们吃的水是从大山的肚子里流出来的，是大山里的圣水。曾有卫生部门的人员到这里化验过，说这里的水达到了矿泉水的指标。我建议村民开发矿泉水，让更多城里人享受原生态的味道，享受大山之母的赠予。

芒岗之水山腹中来，从远古流到现在，从原始之地，一路漂流，流出现代化的风姿。期待美好生活的芒岗人，给这些山中之水，改道赋形，也计划着将来打造几处小瀑布，让这些水儿们展现她们窈窕的风姿。下山时，遇到几位美丽的女子，村民介绍说，她们是嫁往外地去的芒岗村姑，每次回家，她们都会沿着童年走过的路，寻找水的源头，上山游玩一番。是的，芒岗之山水，是迷人之水，圣洁之水。在瑞丽，这样的山寨因水而活，因水而生。芒岗的村民们，生活在仙境里，一代又一代的芒岗人面水而生，饮水而醉。如今，这一条水龙，围绕着芒岗村，滋润着芒岗村的未来。我站在森林深处，站在水的源头，站在春天的路口，看着芒岗，想象着芒岗未来的样子。

我曾同几位作家和书法家一起到芒岗村废弃的小学校园去考察，这几位文化人策划着在那里修建一座书院。未来的芒岗村，就会得到更多文化的润泽。未来的芒岗，会在文化之水和自然之水的滋润下，承先民之气，养后代之美，在多向度的烘托中，这里将变成花果飘香

之所，人文荟萃之地。

芒岗之水，令我难忘，芒岗之水，令人向往！芒岗之水，更让我对这样一个移民村庄的未来，充满无限遐想。

2018 年 3 月 15 日星期四 于瑞丽

翡 翠

何为翡翠？两种颜色不同的石头也。翡为红，翠为绿，构成翡翠的主色调，当然也有白色或间杂的黄。北京的朋友王极洲，为我介绍了翡翠文化研究专家张竹邦，腾冲人士，一生编撰当地史志，涉猎文化门类宽泛，对远征军很有研究，出版了好几本专著，殊异于正史，多是采集于当年参战者的口碑和日记。腾冲一战，国军英勇顽强，壮怀激烈，博物馆里观展之后，内心钦佩英雄。只可惜有一部分参战者未得到公正待遇，后半生流落异国，成为贩毒者。英雄乃时势所造，毒贩也产生于无奈。张竹邦先生大笔如椽，不为尊者讳，也不忘士兵苦，依琢玉之刀，刻覆玉之皮，从更深层的角度还历史本真，让后人有了端详历史的另一窗口。以这种精神去研究翡翠，张先生就把翡翠看成了生命。

张先生赠我他所撰写的六本翡翠文化专著，每本都有哲思。和一般的翡翠品鉴大家所不同的是，先生不单讲翡翠的开采与成分，而将玉与历史，翡翠与人性，翡翠与自然，翡翠与社会融合在一起讲，不呼天抢地扰乱视听，而如潺潺小溪流泻，声美，心纯，宁静。另一个特点是先生在做翡翠经营时，更注意挖掘翡翠散落的原始脉络，每天精研细究于翡翠文化之中，就是为了翡翠文化的挖掘与传承，这样的一位修道者自是不同。

我认识几位翡翠的经营者，有的摸爬滚打数十年，有的富甲一方，有的赌石成癖好。赌石有讲究，这些人经验丰富，所得也很深厚，但他们或限于笔力，或讳于商业秘密，平时攀谈都很少把鉴玉心得示人，而竹邦先生通过对翡翠历史与现状的研究，对比古今中外翡翠文化发展，通过收集实物、案例，不但认真总结出行之可效的翡翠鉴赏经验与理论，且较早完善定论了翡翠文化及其要素，昭示出成功翡翠经营与雕琢者的变相思维或反向思维，对那些超世脱俗不落窠臼者的品质大加赞赏，得以将翡翠文化推向雅俗共赏的境界。

摈弃了行业竞争与金钱的羁绊，张先生对翡翠的识别就要高人一筹，理性大于感性，平顺代替忽悠，静穆多于喧嚣。先生如翡翠，不急不躁，温良平和，有研究者的风范。为研究翡翠之开采，先生数次去缅甸矿区踏勘，与采玉者交流，与赌石者过招；腾冲是过去五六百年间马帮驮运翡翠入关的重要集散地，通过研究腾冲翡翠历史文化，自然可以梳理翡翠在中国的流转。张先生祖上又是当地有名的翡翠儒商，留下了一百五十多年前经营翡翠珠宝的实物与账簿、日记，世代卓有传承。得地利之巧，张先生对翡翠研究可谓驾轻就熟，纵是年迈，他每早仍要到翡翠市场寻宝交流。有一次我俩在早市约会，看鉴宝者众，听说宝者寡，而以翡翠文化研究为其一生使命的知识分子则少之又少。先生跟前，我始觉自己渺小、肤浅。

赌石之途，妙趣横生又充满凶险，一刀富，一刀穷，一刀砍出麻布，意味着赌石的变幻莫测。小石头藏大境界，人对石头的态度，蕴含着一个人的贪婪与冷静，大胆与谨慎，期待与不安。几乎一瞬间，浓缩了人的诸多情感，也是大社会的真实写照。我在翡翠夜市上，听到人们兴奋的讨论声，解石后的惋惜声，还有斩获至宝后的鞭炮声，你会想象到官场、学堂、军营、乡村、国际社会和历史传承。纵是所谓的鉴石高人、毒眼，抑或开石圣手，也无法猜出每一块石头的真相。赌石就在这种吊诡之气中，一切蒙混于无限的变幻莫测之中，一刀就见分晓，而这一刀割下的不仅是石头，割乱的更是赌石者的神经，在解剖石头的同时也解剖了自己，又是在搏击周边的观赏者。斗鸡时，观众能在观赏过程中享受刺激，而赌石则让你在期待中饱含担忧与折磨。张竹邦先生一生花费了多少这样的时光，经受了多少这样惊心动魄的场合，才练就了一双不急不躁的慧眼，不温不凉的禅心，不忧不闹的笔力？先生之思，如琢如磨，如雨如雪，如光如阴，一点点，一滴滴，一丝丝，日积月累，渐成大家。

我虽认真拜读过先生数本专著，但所得还是皮毛。纸上得来终觉浅，周末到腾冲游玩，去翠玉行，听伶牙俐齿的林女士讲解翡翠，滔滔不绝，自惭形秽之余，十分敬佩赏玉者的心境。又见橱窗内一只玉镯动辄几十万，顿感囊中羞涩，玉石无价之说，由来已久，一旦标出高价，反让人惶恐。我对玉石制品的价格颇感不解，踱步到一原石旁，问先生此石价值几何？先生回答惊人："你买他多少价就值多少价！"一语惊醒梦中人，先生真乃懂玉高人也。

先生说古人以白玉为美，而翡翠以绿为美不过五六百年的历史，白绿之分，打破了中国赏玉的审美藩篱。依先生看，石本为石，随着时代演变，绿色成为赏玉之变，代表大自然的主色调，爱绿之美，当属自然。石之为石，本真自然，如若无人之创造孕育其中，则是单纯的自然之物，无所谓艺术之美，更遑论文化。太阳就是太阳，不是文化，而太阳神则是文化。单纯理化、地质的翡翠谈不上文化，我们的琦罗玉、段家玉这些富有品牌特性的艺术品才是翡翠文化，有个性才构成文化。先生对翡翠文化的开悟，醍醐灌顶，令我深思良久。

回望腾冲古城，这座经营玉石与瑞丽不分伯仲的城市，因为有了张竹邦先生而熠熠生辉。张竹邦先生就是一块翡翠，一块凝聚着众多文化符号的翡翠，我佩服。

2018 年 3 月 26 日于腾冲，时与恩师周末同往和顺小镇

瑞丽的小吃

来瑞丽的第一顿饭，是接送我的傣族美女也果请的，有一道菜叫牛干巴，真是好吃。这里的牛干巴和内蒙古的牛肉干相比，片薄、肉筋道，越嚼越香。瑞丽产牛，毗邻的缅甸也产牛。这里虽信奉佛教，牛肉还是很多人愿意吃的。还有一道菜，把牛干巴用锤子锤绵软，然后撕成丝，伴之以各种佐料，棉絮一样蓬松成一盘，特别美味，吃着怕会闪掉舌头。

三八节，受妇联主席之邀，到勐秀乡观看傣族、景颇族、德昂族妇女烹饪比赛，对少数民族的炒菜算有了现场感觉。有包烧鱼，全用粽叶包着，鱼味和绿叶味混合，凉拌生姜，入口如吻恋人；杂菜汤和舂核桃味道也格外别致。还有景颇鸡肉稀饭，鸡是山鸡，米是香米，二者混合，可谓强强联合，位列稀饭之首。少数民族做菜善舂——舂南瓜子，舂黄鳝，似乎万物皆可舂而食之。被当地人称为撒撒的一道菜，蘸水和食料都很讲究，我享受不了它的怪味。好多北方来的人喜欢吃，吃一碗，还要另一碗，劝都劝不住。景颇族妇女，不光能把鸡做成"鬼鸡"，对鸡足也可深度加工，可做成蒜香鸡脚、煳辣子鸡脚等等，菜是好菜，菜名却和菜一样原始，听上去趋俗不美，而北方，对鸡脚美之曰"凤爪"。

有一种白花菜，花蕊有黄有红，花朵全白，炒作一下，鲜美可口，有两次吃这种菜，我都吃得汤水不剩。更有一种螃蟹花，说来也妙，我不知道瑞丽人如何喜欢将花入菜，北方人也爱吃花，但数量少，生吃的居多。

没想到蚂蚁蛋也能吃，内地却是很少吃的。但吃起来略微粘口，有稍微的酥粘感，吃了这一筷子，还想下一筷子；茶叶和菜打口，吃下去可去除这种粘稠，再吃一口水蕨菜，巩固一下会更好。瑞丽的青菜多，有两次，朋友直接从田地里拔菜，洗净入锅，你感觉吃的是整个大地的鲜物。

瑞丽天热，需要败火，苦味的菜果，皆可入菜。有一种苦子，叶间簇拥，绿如樱桃幼果，不过比樱桃大，做成汤菜，口感略苦却很顺心。苦凉包菜也是如此效用，其形是散开的，吃起来也有一番味道。鱼腥草的根，如在北京吃就有异味，可能放久了，失去了鲜度，味道难以保真，在瑞丽，这种菜好吃。脆中含腥，腥中藏着微甜，细品有甘气，也算爽口之觉。有一种帕哈菜，貌似北京春天的洋槐叶，炒鸡蛋有韭菜味，或者像香椿，也能麻痹人的味觉。

洋酸茄，天然的酸料，景颇族炒菜多当醋用。我在瑞丽，到乡下去，见到这种长在树上的果实，怀着好奇，摘出来品尝，几乎酸掉牙齿。洋酸茄品相像西红柿，和其他菜一起凉拌，可以改变整个菜的味道，增加菜的色调。有一种帕贡菜，与小鱼合炖而食，味道很鲜，大概两种菜是前世情人，相见恨晚，灵魂相接自能造出妙味。有种马蹄菜，凉拌热炒都好吃；棕包，别有一番奇妙，炒出来柔软如蟹黄，会做的厨师能保证其形其色完美无缺，不忍心下筷。还有一种青苔菜，如丝如海带，与红辣椒绿青菜相配成肴，看上去就如福禄寿的翡翠制品。

在瑞丽，各类昆虫，自然也可入菜。最诱人的当是竹虫，洁净可人，一盘竹虫，就是一盘碎玉。还有棕虫，样子虽狰狞一些，比北方的知了还大，但更好吃。蜂蛹自不必说，当然还有蚂蚱之属。我真佩服边疆少数民族吃的艺术，后来到勐秀村寨，看到当地村民把一截树干挖空，两头堵上泥巴，中间挖一小孔，供蜜蜂出入。到一定时间，去除两头的泥巴，蜂蛹自可采来饱餐。野生的蜂蛹采摘情况我没有见过，但吃过野生蜜，一勺入口，能打败城市里的所有蜂蜜，真乃天下美味也。

我欣赏瑞丽的美食小吃，很多菜到现在我还叫不上名字，但这些原生态的美味，确实颠覆了我对菜的感觉。

2018 年 3 月 9 日星期五 于瑞丽

从昆明到瑞丽有多远

很久没有见到大城市了，今日抵达昆明，高楼那么陌生，涂口红的女子那么陌生，贴瓷砖的地面也那么陌生，甚至，千人一面的形象还是陌生。这个和北京一样的城市，一点没有呈现春城的形象，它和内地城市没有区别，被一幢幢楼房簇拥着，被混凝土掩埋着。被云南人称作"大寨子"的昆明，找不到一点大寨子的气息，高楼、广告牌、汽车喇叭、官员与流浪者……

这个城市，我分不清它与北方的区别，分不清它与其他城市的差别，我甚至想，在这个温暖的所在，为什么屋顶和北方一样光秃秃的，没有一点绿植？拙劣的设计师以规范为刀切割创新的勇气。高明的设计者总以他们自以为是的思想统治世界，他们让世界归于一种建筑格调，远离自然是他们的追求，高耸入云是他们的目标。我从一个边疆小城——瑞丽赶来，为的就是缩小瑞丽与昆明的距离？就是为了让瑞丽高楼林立，陆地充满公路，森林渐渐消失？我是为了羡慕昆明的大而来，还是为了倾向于昆明的繁华而来？

我从北京抵达瑞丽，用的是飞翔的姿势，而从昆明抵达瑞丽，仅有飞翔是不够的，一个小时的空中飞行，看到的是白云层层叠叠，森林一山一山。和北方不同的是，从昆明抵达瑞丽，在飞机上，你看不到黄土，你所看到的就是无限延展的绿色，我喜欢从昆明飞往瑞丽的感觉，在空中，你以你从未有过的音乐感，感受白云与山野托浮着一架飞行器，一只人类自己发明的大鸟。从昆明到瑞丽，空中俯瞰，绿色渐浓，浓成眼神照顾不来的风景。我曾经猜测我要抵达的城市该是怎样的一种样子，在空中，我已经隐约感觉到瑞丽的美了。这一小时的空中旅行，该是怎样激动心海，又该是怎样给你想象的未来？

从玄幻般的空中贴地疾驶，是芒市赶往瑞丽的一小时旅程。我清晰记得接我的徐科长、方部长、也美部长和蒋谦主任。甜玉米在野地里撒欢，三角梅招摇我的双眼。我从未看过这样的春天，一小时的路程，就是一个悠远的春天。有芦苇一样的甘蔗花，有繁密茂盛的大榕树，有汪洋般泛滥的野草刷刷倒向车后边。我感恩接我的每一位同志，他们以他们的理解介绍着旅途的景物，而我，无法以他们的介绍解读我眼中的景物，正像他们无法理解一个来自北京的人如何惊异于边疆的一草一木？

那一小时的汽车行驶，对我犹如一个世纪。空中飞行充满想象，而贴地疾驶又好像让我与大地有了对话的机会。无论是蝴蝶的轻盈，还是飞鸟的孤鸣，对我都是一种禅意，都会引发我的共鸣，春天在冬天里突然窜出来，让你猝不及防，无法想象。无边美景如电波刺激，一遍又一遍，一轮又一轮，我有想哭的感觉。平稳涌流的瑞丽江水啊，如一把梳子，轻轻梳理着我，让我的心静下来。蒋谦老弟开车，善解人意，从畹町下高速，穿城徐行，瑞丽小城的一切尽收眼底。即使今日，我也难以忘记蒋谦给我介绍的每一处细节。我知道，我的优势与不足，就是喜欢观察细节，而初识细节就让我对瑞丽念念不忘。

从昆明到瑞丽有多远？是一个小时的飞机加一个小时的汽车的距离？还是从现代到古代的距离？是从冬天到春天的迁徙，还是空中到大地的回归？是自我的凝视还是对他人的省察？是对城市的厌恶，还是对自然的留恋？是哭与笑的分界还是切割？我抚摸着时间之光，思忖昆明到瑞丽的距离。在虚幻与真实之间，琢磨一个人精神的厚薄。

我知道，我深深地知道，丈量昆明与瑞丽的距离，需要的不仅仅是测距仪，而是精神的光芒。我愈来愈感知，一个人的世界，有时连自己也难以说得明白，就像从昆明到芒市的飞机上看到的白云不可揣摩，就如芒市到瑞丽的汽车上看到的荒草一样无法猜测。每个人感知世界的方式不同，所得到的距离感就不一样，的确如此。

2018 年 4 月 9 日夜 11 点 于昆明

户瓦鸟语

周末，邵兄约我去勐秀拍鸟，一大早和几位摄影家驱车而行，这些发烧友，自称"鸟人"。有位兄弟坚持拍鸟八年多，被大家誉为"鸟神"，我乘坐他的车，我问他：总共拍了多少鸟，他笑眯眯地对我说：五百多吧！我看他在微信朋友圈晒出来的鸟，俊秀可人，十分羡慕。呼兄原来在教育局工作，退休后醉心拍鸟，夫人相伴，走山串水，与鸟为友。我问他吃不吃鸟？他说：小时候吃过，自从爱上拍鸟，就不吃了。他的眼神，如他拍的鸟儿一样，澄澈、自然、唯美，让人钦佩。

户瓦山寨的村民们支持这帮发烧友，用黑网搭设了一个鸟塘，鸟塘不大，"长枪短炮"一摆，正好与来喝水吃食的鸟儿形成最佳角度。我走进里面看，快门声声传递着摄影者内心的信息，像给这些鸟儿们鼓掌。陈俊兄弟让我用他的相机拍几张。透过观察孔，能看到鸟儿们自由地跳跃，喝水的动作十分可爱，吃食的样子乖巧动人，一蹦一跳，像孩子，又像神灵。瑞丽这地方鸟多，据说七百多种，堪称鸟的天堂。摄影协会的邵兄介绍说：鸟很灵性，这么多的人来拍，好多鸟儿闻到人气就跑了，现在拍的这些鸟儿大胆，很配合，是典型的鸟模特。

我住市委宿舍，每天早上鸟儿唧唧喳喳，像呼唤我似的，我向树上仰望，却看不到它们的身影。我看这些摄影者的作品，一只鸟就如一件乐器，这些歌唱家一个比一个会唱。

赤尾噪鹛小巧玲珑，跳舞时扮相很美；红胁蓝尾鸲（又名蓝眉林鸲），典雅尊贵的气质，让你想象一定是一位贵妇人托生的；纹背捕蛛鸟啃食花朵，倒像人间的盗花贼，或者就像唐伯虎；喜欢从树根穿梭到树顶的绒额鸭（shi）鸟，就是一位天然的旅行家，不停息的双脚就是它领略世界的武器；蓝绿鹊喜欢寂静地生存，如躲在深山里修行的僧人；棕腹仙鹟则是吃虫的高手，它不时点头，不一会就抽动一下身躯，像是在叩谢着大地；高傲的栗腹矶鸫喜欢翘起尾巴，让我想起在城市里的流浪诗人，整天挺立仰望的头颅；楔尾绿鸠则是一位俊美大方的神灵儿，喜欢在人跟前蹦蹦跳跳；叫声优美的银耳相思鸟像在呼唤着爱情的春天；林雕则是威武的霸主，以侵略其他鸟为己任，但它的威风又让人想起古今中外的多少英雄。我看着呼兄发给我的鸟图，对这些千姿百态的鸟充满向往。

平生第一次拍鸟，在鸟塘里，我真切感受到鸟儿们的力量。古往今来，这些鸟儿们一代又一代，活在竹林里，生在树荫里。风是它们的朋友，树是它们的依托，山泉水是它们的滋养品，自然纯净着它们，它们送给自然纯美的舞蹈、清脆的鸣叫。

呼兄建议我录制一下鸟鸣声，我一个人跑到山岗上，静静地坐下来打开手机。树叶一片一片落下来，打着旋儿，而鸟声四起。树叶的落姿与鸟声的起叫互相映衬，我感觉整个人飘起来了。

我静静地享受在日光里听鸟声此起彼伏，鸟儿们好像觉察到我的心思，它们在森林里纵情欢叫。我听到苍老的声音呼喊着，如一位历史老人在叙述着自己的沧桑；又听到一只鸟儿鸣叫着，像在寻找一位失散许久的恋人。

在北京，我听到最顶尖的演奏，看到最顶尖的演出，今天，我像僧人一样静默。风过了，叶落了，我就静默地哭了，我没想到这里这么多鸟，多得让我一时难以想象。

鸟儿们，我爱你们，无论你来与不来。

我真不想说什么，对于一个城里来的人，你的一声啼叫已经让我心醉，我还有什么理由苛责于你！

我听鸟，像听祖先的声音一样。早晨的鸟声是最清脆的，你抢我夺，我从来没在任何地方听到这样的声音，如泣如诉，如歌如诗，一时簇拥如花，一时疏朗如竹。有一种鸟如诗人的执着，有一种鸟如怨妇的哀怨，有一种鸟透露出超越万鸟的仙气。我要哭了，我真要哭了？！在鸟儿们中间，我感觉到自己的渺小。

拖拉机的轰鸣声打乱了我的思维，我厌恶现代化的声音打破鸟儿的鸣叫声。我知道我已经不属于我，也许未来的某一天，这种互相比赛的鸟音会永远消失，我怕看到，我怕来到，我怕成为现实。的确的的确，我不希望这样的事实发生，急功近利的人类永远在急功近利着。

我想哭泣，我担心我的录音成为绝唱，而所有的拍摄者将成为未来的伟人。

我憎恶人类的残酷，我憎恶我自己。

未来的我不知如何面对这一刻，我在鸟语中泪流满面，没有人看到，我不需人看到，

我知道，流泪的人总是流泪，而鸟声会逐渐减少。

我在家中，聆听两个小时的鸟音，感觉度过了两个世纪。

我对谁说，我如何应对鸟儿？

户瓦之鸟，你是我的爹娘！在我的记忆里，眼泪与悲伤同在，历史与现实同庚。我诅咒建设，也诅咒拍摄，只希望你们自由地活着，如我一样。但我的头发突然间白了，我不知道你们的悲哀，我也不知道我的悲哀所在。

爱你们，爱你们的声音！我静静地录下你们的声音，就像录下我的灵魂……

2018 年 3 月 13 日星期二 10 点 于瑞丽

柔软的瑞丽

北京的冬天，人容易长膘。我在这样的时节，来到温暖如春的瑞丽，一个月下来，就瘦了十几斤，多年的减肥目标无意中实现了，我感觉还会减下去。整个人瞬间飘柔起来，腰细软起来了，左摇摇，右摆摆，舒畅得很。这种瘦，当然有原因，不停顿地走，肉就让山路给瓜分走了；不停地看，体重就让美景给吸走了。现在身子轻柔得像碧绿的叶子，活跃在风中，点头微笑着给人的是一张日渐变黑的脸。头发再没有北方那样刚硬，尽管我喜欢那份刚硬的风格。一种冷，逐渐被一份温热代替，瑞丽的气候，是最能改变人的外在品质的。

似乎瑞丽的一切都是温柔的，温柔的水面，温柔的风。瑞丽的早晨，从薄雾或者柔冷开始的。别说我生造了"柔冷"这个词，从未感觉到的冷，或是干燥的，或是刺骨的，也或是湿硬的，而瑞丽的冷，如父亲的眼光，严厉中透着爱，有一丝冷，但不让你恐惧。在这种柔冷里，你会体会到温暖的爱意。

中午，阳光开始一点点地浸润你的面颊，如情人的手，轻轻拭去你眼角的泪；一束束阳光舔舐着你的衣服，如换岗的门卫，用另一种口音，护卫着你的幸福。下午的凉意，在阳光的懒散撤退中，渐渐地升起来，沿着大地，沿着不息的河流，沿着街道，和着夜晚的酒杯声，和着夜晚母亲呼唤儿子的亲昵声，和着牧人要牛羊入圈的声音，开始是一点点，后来是一缕缕，再后来就是一片片的凉意，在大地上弥漫开来。透着边疆的情怀，透着少数民族地区的悠闲，好像一下子就把温凉的面纱搭在了你的身上，然后星星点缀着夜空的面纱，月亮构成大写意，星空下的大地是柔软的，唤走了白天的黄皮肤，在树影里斑驳着，在花海里窃窃私语着，它们密谋着，次日凌晨该用怎样的一种姿势迎接人类？夜晚，双脚踩在大地上，如在海面上游泳。风是静的，叶子也是静的，鸟鸣声更让旷野发出幽怨的回应。在瑞丽，这种两头柔冷中间温热的"哑铃"天气，几乎荡漾着一年的大部分时光。"花开四季、果结终年"，几乎每个瑞丽人都会用这样的话介绍瑞丽，其中的自豪自不待言。的确，我感受到了这个地区的柔软，是边疆小城的柔软，是温润大地的柔软，也是来自远古的柔软。

瑞丽人的话语，就和大地上的黄色土壤一样，绵软而柔和。经常听领导批评下属，也是拖着长长的腔调，好像在研究着来自远古的事；朋友间相遇，也是拖着腔调说话，话是软绵绵的，听上去就感觉舒服；瑞丽的少数民族有傣族、景颇族、德昂族和傈僳族，严格地说，在瑞丽，汉族才是少数民族。景颇族生活在山林里，过去以狩猎为主，性格有刚毅的一面，也有侠肝义胆的一面。我在景颇族山寨参观，时常被他们的热忱所感动。有两次，我一个人到景颇山寨去逛，山民的热情让我清晰接收到他们远古祖先的淳朴脉搏。在山林里，看着过周的孩子怀揣的钢刀都闪烁着温柔的生活之光；狗儿在草垛或者码垛好的劈柴堆旁休闲，缎被一样柔软的皮毛在阳光映衬下，对来客不理不睬的神情，去掉了霸蛮之气的狗，此刻显现着它的可爱之色。我在景颇族村寨小学校里，发现一条小蛇，水纹一样波动着游走，地面也被它的优雅举止活泼起来，拍照时竟感受到它所播撒的那份飘逸，所带来的温暖让人心动。尽管朋友圈里有很多朋友惊叫，但我还是喜欢那条柔软的小蛇，阳光下，闪烁着金子一般的柔光，她莫非是白娘子变的？

瑞丽的傣族，是平和、洁净的民族，在没来瑞丽之前，我认识瑞丽土生土长的一位金嗓子歌唱家，她的歌声如天外之音，给人神灵般的召唤。到了瑞丽，听傣族美女帅哥们唱歌，想象着他们，在悠远的过去，夜色苍茫之中，该怎样以一种温柔的歌谣驱赶着蛮横的野兽，呼唤着未来的美好？我喜欢听《月光下的凤尾竹》，也喜欢听《有一个美丽的地方》，在少数民族地区，一边听少数民族歌谣，一边欣赏原生态的自然美景，这份心情怎一个柔软了得！傣族女性，不温不火；据说傣族男性也和齐鲁男子一样，做家务的甚少。我想，这不能表明男性的霸蛮，更多地体现了男主外、女主内的分工，或许这是辩解之语，而沿袭几千年的农耕传统，傣族男女的分工，自有其内在的合理性。

其实，瑞丽人的慢生活，靠柔软的自然之境千百年养成，四季如春的气候，让民众没有更多的饮食之虞。这样的气氛中，放羊人的自得心理就容易产生。我在瑞丽一个多月，大城市的惶恐与紧张，已然去掉了一多半。小城市的柔顺之气密贴着你，瑞丽让你的锐气隐藏起来，我安然享受起这样的生活，不再企望拥有鲁迅一样刚直的头发，而对柔软产生出更深厚的情感。

端详着瑞丽，软黄的地面上镶嵌的是数不尽的绿色植物、看不完的美景瀑布、听不够的婉转鸟鸣。我总以为瑞丽的读书人少，参加了一次瑞丽人自发组织的读书会，却让我叹为观止，瑞丽爱书人读书的景致也是柔软的，不为黄金屋，也不为颜如玉，更多的是一种阅读的恬淡。如开屏的孔雀，信奉神灵的人总认为是为自己打开的，而对孔雀而言，想打开就打开，想关闭就关闭，率性而为而已。

我在瑞丽莫里瀑布前驻足良久。莫里瀑布有三条，一条主瀑布，也是那种诗人抒情般的流畅。长发一样飘逸，柳丝一样婉转，高僧一样超然。我在主瀑布前惊呆了许久，仰望、平视、俯瞰，瀑布尽显柔中之刚，一丝一缕构成纱，背对着瀑布照相，会感觉主瀑布的冷滑沿着脊背行走，叙说着时光的轻柔。另一条小瀑布距主瀑布不远，好像主瀑布的女儿，乖巧而柔顺，在阳光里时而像雨丝，时而如布帘，犹如调皮的女孩子撩拨着水花。一座弥勒佛端坐在瀑布的对面，脸上的笑容洋溢开去，他似乎被这条瀑布深深打动了。我跨过瀑布下的一段横亘着的枯木，想接近瀑布，感受她的温柔，我看到弥勒佛大笑着，阳光从树叶中间轻柔地播撒下来，那一刻，简直要醉了。另一条瀑布我没能去观赏，因为天已向晚，我猜想，在柔软的瑞丽，那一条瀑布也会有着柔顺的品质，滋润着这片美丽的土地。

2018 年 2 月 6 日星期二　于瑞丽

遇见人民的幸福

在瑞丽，处处感受的是与北方不同的气候与环境，人也好像与异地不同，这里的慢生活，让来自忙碌大城市的我，真有些不适应。早晨，人们快八点才从家中晃晃悠悠地醒来，在北京，早上六七点钟的地铁已经人满为患。瑞丽早晨的大街上，似乎一切都是寂静的，平和的。偶尔有一两个人走过或骑车路过，也是小心翼翼的样子。真是喜欢上了这个城市，朋友们发来北方大雪纷飞的形象，而这里却似绿油油的春天了。路上开着的车似乎不太守规矩，显示着边疆人的随意，行驶在乡间公路上的汽车，前面有摩托车也不喜欢让路。当地的文友说，这就是瑞丽人的任性，我笑了，却没有笑话的意思。一条单纯的狗行走在大街上，另一条微笑的狗却在微笑中睡在地上，它和大地一样安详，没有城里狗们那样的机警与左右逢源。放牧的人儿，悠闲地甩着牛鞭，牛鞭像波纹一样柔软，连放牧者自己也吓唬不到，大概是放牧者与牛达成了默契的条约，晃一晃鞭，就知道大概的意思了，边疆的牛们在自然之景下，悟性也是自然的。

也许是瑞丽的湿气过大，在边疆小城生活不到二十天，突然在一天早晨，刷牙扭脸间，不知怎么就突然闪了腰，也许是乐极生悲，在北方的冬天，这段时光习惯了冬储式的以静制动，而瑞丽春天般的景色，招惹的我南北走动，城里乡下乱窜一番，身体过度劳累了吧？第一次扭伤了腰肢，感受到从未感受到的疼痛。硬撑着去上班，手托着后腰在会场站着，脸上渗出豆大的汗珠。整个后腰仿佛被锯断了一般，我强忍着，但钻心的疼痛一阵阵袭来。青年时代曾经笑话那些托腰喊疼的老人，等今天我也这般，感慨岁月折磨人啊！不知不觉就弱不禁风了。

大鹏市长是位关心同志的人，他知道我扭了腰，好好向我推荐，走过那标志性的大榕树，就可找到一位盲人按摩师，他的手艺很好。让我不妨去试一下。

沿着大鹏市长指引的路，我寻觅到那位盲人按摩师的所在。按摩房不大，一间屋，四张单人床。按摩师是位年轻盲人，盈江人，一问，才二十八岁。性格开朗，从业却有十一年了。一个钟点五十元钱，我急于治好病，塞给他一百元钱。小伙子连连感谢，让我躺在单人床上，埋头对准一个呼吸口。以前在北方，按摩场所我从不问津，今日，按摩师一搭手，我就感觉一阵舒服袭来。突然就想到毕飞宇所写的《推拿》，他是把盲人按摩师的心理写出了味道，此刻，我是感同身受了。

按摩师的手不时在我身上游动，按住穴位用力，不时拍打，有时还拍打出音乐的节奏来，阵阵惬意袭来，让我的腰部疼痛得以缓解。按摩师一边按摩，一边问我来自何方。我说我来自山东，他说他认识很多山东人，山东人好啊，来瑞丽的山东人一多半大车司机，开春时到这里运水果、红木和珠宝，山东大车司机很多成了按摩师的好朋友。按摩师根据山东人的特点，能一一喊出他们的绰号，我被按摩师逗笑了。按摩师说，他十几岁时因视力减弱渐渐双目失明，和众多盲人相比，他很幸福，也很知足，他知道了这个世界本来的样子，因此比众多的盲人更幸运。盲人按摩师的话叮咬了我一下。别人是因为失去而遗憾，而他却因为失去而感恩！

我问盲人按摩师结婚了没有？他骄傲而幸福地说：结了，新娘是缅甸人，喜礼不过五千块。新娘和他一样也是盲人，新娘会做饭，会洗衣，很会照顾丈夫。自己身上穿的，戴的，都是新娘一点一点打扮的。

我仰脸看了按摩师一眼，感慨于他的满足。他接着夸起缅甸女人的好，当地傣族姑娘和景颇族姑娘的好，然后说，人活着，就是要心好。接近一个钟点快结束时，按摩师像我在寻求一篇文章美好的结尾，对我腰部的几个穴位加重了按摩的频率和力度，我的腰部感觉放松了许多。最后把我的身子猛的一掰，让我疼痛得喊了他一句"坏蛋"，这一句把他惹笑了，我也笑了。

按摩师让我在按摩床上再休息一会，然后他问我要联系方式。他快速地输入手机，告诉我有个语音识别软件，可以轻松地帮助盲人识别；紧接着，他要我的微信号，并很快加入，他时而在微信里用语音，时而用书面语，让我大为惊诧。一个盲人，对生活的态度如此欢快通达，深深感染了我。

在深夜，我听着盲人按摩师的语音，感受到边疆小城的温暖，盲人按摩师语音我时说，我们会成为一生的朋友。我想是的，这个无法看清世界的盲人按摩师，赠送给我的何止是一个温暖的夜晚！

2018 年 2 月 7 日 于瑞丽

甜透瑞丽

　　甜蜜的爱情酿造的蜜一定更加甜蜜，中西合璧的蜜会更加富有味道。在瑞丽，有一对夫妇，丈夫养中华小蜜蜂酿蜜，妻子养意大利蜂酿蜜。让自然之美呈现两种文化风情。在泼水节即将举行的下午，我随光勇和雪梅两位朋友，怀揣着欣喜赶往这对夫妇的养蜂基地。

　　闻着荔枝花香绽放在大片土岗的时候，车停下来，我感到延伸开去的蜂箱；车停下来，下来一位高个子的中年人，面清目爽，自称是养蜂场的主人。只见他打开蜂箱，密密麻麻的蜂子粘在蜜板上。有人帮我拿来了头罩。主人抖掉蜂子，轻轻割下一块溢酿在板外的蜂蜜递给我。那块蜜泛着金黄，是黄花的颜色，是清新的格调，是清纯的再现，是大地的奉献，我接过来，迫不及待地送入口中，一股清香，一份和荔枝花香并无二致的醉心味道洋溢在口中。从来没吃过这样新鲜的蜂蜜，从来没感觉到这种带有鲜花气质的高贵。我看着主人割蜂的动作轻松、娴熟，一个个参观者人人分得一块蜂蜜，大家啧啧称叹，是蜜甜坏了他们的舌头，还是蜜蜂的勤劳打动了他们的双眼？

　　割蜜是一件技术活，主人摆开工具，一盆、一刀、一离析机。刀触蜜板，轻轻割除蜂巢上的蜜盖，露出里面的蜜，酿蜜时间不同，蜜的形色自然不一样。褐色或浓重的像老教授，浅黄或稚嫩的如新学子，藏着的深厚成分自然不同。我分别品尝了几种不同颜色的蜂蜜，口中感觉自是奇妙。有一种浅些的蜂蜜，主人割给我一大块，吃下去，甜得腻人，也许是太多了，有些齁着的感觉，浓甜中感觉到略有些苦。

好东西不可多吃，贪多自然改变品质，这是佛家偈语。

我对主人取下的一块洋溢在蜂箱之外的蜜板感兴趣。主人说：蜜蜂很勤劳，不及时取蜜，蜜蜂就会在巢外酿蜜（主人一直喊蜜蜂，我用山东话喊蜂子，犹如把一位先生喊为贱民，我为我对蜂蜜的不恭敬而自责）。我拿着布满蜜蜂的蜜板留影，一点也不害怕。这是四月的天空，瑞丽的天空这时候特别透明，不像雨季，漫天遍野的布满雨丝。这时候的瑞丽的天空，犹如北方的秋天。复苏的万物像眼前的荔枝，绽放着枝叶和花蕾，正是蜜蜂们最疯狂舞蹈的时刻，也是大量生产蜂蜜的时刻。借助空气的纯净和大地的干燥，这时候产出的蜜具有天然的品质。我曾去过北京郊区，见到养蜂人。郊区的野花零散而无辜，但弥漫在空中的雾霾让那些蜜蜂无法像瑞丽的蜜蜂一样纯正无邪，就像纯洁的女人，但偏偏生活在嫖客中间。我看着这些瑞丽的蜜蜂，它们成为世界上最幸福的昆虫。只是它们缺少人类的思维，不会体会到大自然赐予它们的幸福。

主人唤我们凑近蜜板，在涌动着的蜜蜂中间，有两只黑色的蜜蜂，主人介绍说，个小的是工蜂，个大的是蜂王。我第一次知道蜂王是母的，看来蜜蜂们一直沿袭着母系生活制度。据主人介绍，蜂王只有一次出去寻找雄峰做爱的机会，之后就在风箱里生子养育，一个蜂王一次可以下几千次蜜蜂子。正如一只鸡可以下出数倍自身体重的鸡蛋一样，蜂王以奉献之心成蜜蜂泱泱大国，的确令人赞叹。蜜蜂坚贞不二的爱情也值得人类学习。主人介绍它们的情形，犹如介绍自己的孩子，洋洋自得之色显现。参观者听之，说之，笑之，悟之。主人说：蜜蜂是世界上最无私的昆虫，勤劳可爱不说，为人类产生甜蜜，更为自然界传花授粉。果园的老板喜欢养蜂人，喜欢蜜蜂们在果园里跳舞。

主人是个有心人，十八岁时因为羡慕老师的养蜂手艺而跟随老师养蜂，这一养就是二十九年。十年磨一剑，这近三十年，也让主人的养蜂技术技高三筹。瑞丽人喜欢吃蜂蛹，当地发展胡蜂、大土蜂来培养蜂蛹，个大好吃。遗憾的是，大土蜂是食肉动物，喜欢吃其他蜜蜂，包括胡蜂。主人发明了保护器，放在中华蜜蜂和胡蜂蜂箱前。大土蜂一接近，就会被电伤。各类蜜蜂"美美与共"、和平共处，为人类的贪婪提供不同的食物。我不知道那个离析机是否是主人的发明，将削去巢盖的蜜板装入其中，转动手柄，蜂蜜就会离析出来。传统割蜜，连蜂巢一同割掉，无异于杀鸡取卵，蜜蜂做巢需要时间，所以一年产蜜甚少。现在有了离析机，较好地解决了这一问题，产蜜量大增。我提议在齿轮下方加个护碗，可以避免长期转动齿轮，有铁末影响蜂蜜品质，主人慨然接受。

据同行的记者朋友雪梅介绍，主人从事甜蜜事业，主打两个品牌"龙蜂子"和"千千吻"。还和褚时健的公司合作，出品"褚橙庄园"商标的系列产品。主人介绍。意大利蜂个大适合大蜜源植物，产量高，犹如掌握高科技的现代化工厂，量大了吃起来口感就不如中华蜂的蜜细腻。这中华小蜜蜂产于本地，犹如当地没经过嫁接的水果，因为中华小蜜蜂个小，善于利用零星蜜源植物，采集的花粉少，产蜜少，蜂蜜口感细腻好吃。我把意大利蜂比作当地的一位大商人，把中华小蜜蜂比作背着小包游街串巷的小经销商，大家都笑了。

主人认为蜜蜂是人类健康之友，而瑞丽蜂蜜巧借当地自然资源，成就天然纯正本色，当属蜂蜜佳品。瑞丽蜂蜜是自然割下而成，不添加任何物，也不进行任何加工。主人的心胸很大，他计划着把这种最原始的蜂蜜推向全国、推向世界。他组织了养蜂合作社，联动当地农民养蜂，计划至少在两三年内养殖三万箱中华小蜜蜂，让大山深处的自然馈赠惠及更多人。

我品尝着这从未体味过的蜂蜜，感受到主人真纯亲切的诉说，也感受着整个加工过程的幸福，为自己拥有一个美好的下午而高兴，同行者的笑脸告诉我，这蜜也甜透了他们的身心。

甜透瑞丽的蜂蜜必将会甜透全国，这位主人的名字叫龙建平，他在建设着平凡的世界，却有着不平凡的味道。

2018 年 4 月 13 日星期五早 6 点　于瑞丽市委宿舍

在边关吃煎饼

煎饼套牢了我童年的味蕾，让我这一生都难以走出煎饼的味觉。在泰安时，泰安的煎饼金黄如纸、香味如桃，让你没法不去贪恋它。去广州工作后也没断了吃煎饼的念想，当时要求回去休假的同事，回来不带煎饼不去接车；到北京更是缺不了煎饼，北京的山东同乡多，朋友圈里晒煎饼，大多能获得阵阵迎合声。煎饼成了勾起童年回忆和乡情感觉的佳品。我喜欢吃煎饼，在北京，一顿早餐能连吃五六个。夫人说：别吃了！再吃就胖成猪了。

来边关瑞丽工作后，这里的小吃丰富，且多是原生态，可以放心去吃。但多年形成的饮食习惯，一下子扭转过来实在不容易。客观地讲，市委食堂里的饭菜虽然不丰富，但也还算可以。主食是米饭，吃几碗不压饿，菜是当地菜，偏辣，偏酸，偏单调。北方菜讲究色香味，这里的菜注重原始美，南方有"千人千山千才子"，北方不过"一山一水一圣人"。吃菜在瑞丽，丰富而单调，丰富就其菜品而言，单调就其做法而说。不像北方，尤其我的家乡山东，虽然菜多几个雅评（黑乎乎、黏糊糊、甜乎乎、咸乎乎），但终究是齐鲁味道。譬如蒙阴光棍鸡吧，佐料入其内，吃起来有嚼头，瑞丽名菜"撒撇"要是放在山东，定然把蘸水与主料合二为一，而瑞丽诸君喜欢把菜一分为二、为三，凸显瑞丽人为吃不惜费千般工夫，也看出瑞丽人拥有大把的悠闲时光。一位北方人，对我来瑞丽数月很少吃撒撇，感到稀奇；瑞丽人把撒撇当做尤物，几乎每餐必点，我望而却步。当然有些好吃的，譬如对北方人口味的牛干巴、白花菜、帕哈菜炒鸡蛋之类，我是吃了再吃。不过说实话，毕竟大快朵颐的机会少，还需回宿舍补两个煎饼。当然会夹上山东芝麻盐，或者裹上两个鸡蛋，一口口生生咬下去，像生煎饼的气，又像遇到久违的心上人。

在彩云之南，在边关，在一个叫瑞丽的地方，煎饼成了学生的符号、朋友的记忆，家乡的情感。不到三个月，学生、同乡、朋友和家人，就给我邮寄来二百多斤煎饼，虽然我横竖吃了不过十几斤，但这些煎饼的确成为我战胜饮食习惯的法宝。细心的学生李立群，还邮来了咸菜和大蒜，煮上当地的柠檬鸡蛋，剥开卷上咸菜和芝麻，一口大蒜，一口煎饼，那叫一个美啊！

瑞丽的确有很多美食，我很喜欢吃，但要一下子从北方的饮食气氛中拉到瑞丽食客中充当大咖，还是有些不行。所以，更多时候，我在外面吃饭，多以欣赏他人的吃饭豪情填饱心情，而肚子还是要回来靠煎饼增容、支撑。"家藏娇妻不好色"，有煎饼侧卧在家，心中就有底气，做客即使不饱也会呈超然之色。

我在瑞丽吃煎饼的心情很复杂。北方吃煎饼囫囵吞枣，瑞丽吃煎饼，一口就是一口，怕吃快了记不住这种吃的感觉。来瑞丽数月，人瘦了十几斤，一是吃得少，二是走得多。感谢北方的亲人、朋友和学生们，他们知道我喜欢吃煎饼的老毛病，让我在瑞丽美食中不忘饮食传统。有时我吃煎饼时，也感觉自己与瑞丽人的异化，吃一口煎饼好像对不起瑞丽人、瑞丽菜、瑞丽民众的热情，吃着吃着就把煎饼放下来。但几次踌躇之后，就如丢弃了一条鱼的猫，梭巡半天，还是把那鱼吃了。我会躲到厨房的角落里，一口一口把煎饼吃掉，生怕让瑞丽人看见（窗外就是无数双瑞丽人的眼睛）。

有细心的朋友在与我共餐时，喜欢点一些馒头、大包子之类给我吃，但终究比不上煎饼，我感念他们的细心。我计划回北方时，一定

动员几位山东老乡，在瑞丽开一家煎饼店，做原生态的煎饼，别让如我这个北方佬一样的外地人，如此仓皇，但愿有人接招，随了我们这些异乡食客的心愿。

2018 年 4 月 16 日星期一早 7 点 于市委宿舍

手抓饭

　　从市委到市政府的上班路上，每天的步行都会发现许多新鲜事。初来瑞丽，看到缅甸人手抓饭，总要驻足观看，他们熟练的动作，捏饭团的手犹如一条游鱼在河里觅食，这样的吃法的确与汉人不同。看到一个视频，外国人不会用中国筷子，左顾右盼之后，见无人监督，用手送食之状，令人忍俊不禁，看缅甸人悠闲地吃饭，全无那位外国人的紧张之状。

　　有一天，朋友约我说，去吃手抓饭吧？有了观看缅甸人吃一碗手抓饭的经历，我爽然应约。

　　随车来到景颇宴饭店。老板娘是甘肃人，明眸皓齿，已是两个孩子的妈妈，是我在麓川书院认识的书友。在上海打工时看上了景颇族小伙的朴实、善良，五年前跟随男友来到瑞丽，已是两个孩子的妈妈。

　　她领我参观了这个景颇宴小院，院不大，风格却独特。缠绵的凤尾竹开出的花朵如打出的绳结，据说，竹子一开花，就寿终正寝了；每个小木屋里摆着一张桌子，桌子外是瑞丽四季常绿的植物。甘肃姑娘很会推销景颇族文化，将景颇族的风俗习惯和饮食文化印成张贴画，在一幅婚礼图画前，甘肃姑娘向我介绍说，自己和那位景颇族小伙一起迈过草桥，意味着两人一生一世不分离。那些景颇美食栩栩如生，有烤猪，有竹筒饭，有竹虫，我调侃甘肃姑娘，是不是因为贪恋景颇美食才嫁给了老公，她说不是。当时在上海，对景颇族的文化习俗一点不知，她就感觉老公与城里人有着不一样的善良。从遥远的甘肃追随老公初来瑞丽，思乡之情折磨着她，但她渐渐喜欢上了这块土地，她和丈夫一起经营着这个小店，为丈夫养儿育女，穿上景颇族妇女的服装，人家看不出她来自甘肃。口音如果不是硬听，她的略显涩滞的尾音，你不会感觉到她是甘肃人。

是一位女作家邀请我来这里吃饭，女作家还曾认真描绘过老板娘的爱情，可惜没有见到甘肃女人的老公。在小木屋里，大家说笑着，谈论起景颇族人的许多故事，有一位文友，还说起景颇族的好酒，说从集市上买来米酒回家，走在半道上，酒已经喝光了，干脆横卧路旁而眠。我羡慕这样的生活，轻松地获得感，满满的幸福度，有意思。

不多一会，手抓饭被抬上来了，桌板太大，不能通过门进，只能通过窗入。将桌板架上桌子的那一刻，我惊呆了，景颇族的手抓饭，数量不是一碗一碗，而是整整一桌。在桌子中心的两边，有两个汤盆，一碗肉，一碗汤，构成阴阳鱼的形象。两个碗周围，是满铺在桌子上的各色米饭，有白米饭、黄米饭、紫米饭。文友见我疑惑，说这都是米饭的原色，不是染的；在米饭的四周，有烤猪、烤鱼，有葛根、竹虫，还有几种我叫不上名儿来的菜肴，密匝匝围了一圈，挤挤拥拥好像等待口司令检阅的部队，我还没伸手，就已垂涎欲出。

虽然有店家给配置的塑料手套，我还是坚持不用。我想纯正地享受这样一次大餐。看着五彩缤纷的食桌，我想起坦然的大地，想起大地上的植物、动物与河流。手抓食物的过程，就感觉与大地契合，与苍天感应。在送食物入口的那一刻，才真正体会到天人合一的美好，体会到对大地的愧疚和人类文化传递的钦佩。在古时曾被北方人称作蛮夷之地的瑞丽，景颇族人这样吃着手抓饭，该是多么惬意，多么富有人性展示之美。我感受到瑞丽之奇，景颇族美食让我顷刻对这个民族充满敬仰！

一口饭，一口肉；一段话，一份情；一个菜，一个故事。在谈笑风生中，饮食如同欣赏音乐，静穆相对时，伸手就是一幅图画。这样的进食，让我的胃口大开，这顿饭，吃得十分畅快，是我来瑞丽最开心的一次。我想起小时候，在沂蒙山区的土地里，拔一棵葱，手扯掉外皮，嘎嘣嘎嘣吃，就是这种感觉，一顿手抓饭，让我回到童年，回到与大地融为一体的感觉。以至于第二天中午，又去吃了一次手抓饭，我也向远方的朋友推荐手抓饭，承诺他们如果来瑞丽，一定请他们去吃。

2018 年 3 月 5 日星期一晨 于瑞丽

人与树

那一天去参观养鸡场，看到柠檬蛋，一问养殖者，吓了一跳。此鸡蛋非彼鸡蛋，乃是用柠檬水拌和了玉米等饲料，喂养的鸡。鸡蛋个大饱满，三块五一个，供应北京、上海、广州等大城市，当地人很难吃上。我问鸡蛋产量，喂养者说，当天产蛋率可以达到百分之九十八以上，这就意味着几乎每只鸡都在产蛋。我顿时对柠檬鸡的喂养创新产生兴趣，对这个鸡群体产生敬重之情，当然，看到每只个体的鸡站着一个狭小的位置，犹如深圳大工厂里忙碌的打工者。它们聚精会神地吃，孜孜以求地产蛋，不仅让我肃然起敬。对某些浑浑噩噩的人而言，他们真不如鸡。都说人是万物之灵长，但有些人活着，无异于行尸走肉。这些柠檬鸡应该是他们的学习对象。我非刻薄者，但也自思，应该像这些柠檬鸡学习，敢吃祖先未曾吃过之食物，每日勤恳工作，在饱食物质食粮和精神食粮之后，为人类留下有益身心的东西。喂养者笑着说，此鸡喂了柠檬，鸡蛋具有酸性，男性吃了容易生儿，惹得大家一笑。

自然界的很多事物，能给人很多启发。我曾经在泰山脚下生活了个若干年。那时养成一个习惯，每天观察各类树木，我对山东的树木有诸多研究。杨树的挺拔、柳树的婀娜、梧桐树的阔大、松树的庄重都让我喜欢。我写树，写树的气质，树的风骨，树与自然的契合；我拍树，拍出树的历史，树的沧桑，树的生活故事。我更喜欢一个人仰望大树而思考，依靠古树而沉思。在孔子墓前，看那些成百上千年的古树裂开皮肤好像向人类讲述着自己所看到的历朝历代的中国人所经历的文化传承、断裂与复合。我也曾到人迹罕至的某一处山顶，静静对望一棵硕大的古树，我看着它静默成一位僧人，无欲无求，山风相伴，白云为伍，泪就留下来了，我喜欢这些树们，它们是我活着的意义，行走的标杆。

有一年，弟弟来电话说，家中的一棵老榆树老了，要砍掉卖了，我大为光火。那棵榆树是我童年移栽到我家院子的东南角的，在我的故乡，一到春天，榆树花儿满天飞，落在贫瘠的土地上，也能成活一大批，但很少有能活成我家那棵榆树的。后来父亲在前院盖了房子，依着锅台，那树日日生长，竟长成了参天大树。与挺拔的白杨不同，这个榆树伸展着众多枝丫，它们像无数伸展的手臂，向世界探寻着什么，犹如我好奇的心伸展向众多领域。弟弟认为这棵树老了，我说对一棵树而言，人真是太自大了，一棵树可以活几百年甚至上千年，而在人间，上百年的老人却很稀罕，我对我家的这棵榆树，自然应该负保护之责，弟弟很听话，榆树得以继续活着。去年旧事重提，弟弟还有一些不好意思。每每看到倒下的树木，我的心头就一紧，我就感觉又一个历史老人倒下了。很多树木，不仅是自然的记录者，更是历史的见证人。泰山上的那棵迎客松倒下了，一座山就失去了趣味。我神伤数日，为一座城，一座山失去一个伟大的标志而神伤。

到边疆瑞丽工作，看到古老村寨里的古树被砍伐，我总是冒着被人疏远的可能，苦心批评一些村民，遇到不以为然者心中愤恨，在某一路段，不知因为什么原因，树桩绵延数里路，我好像看到很多与这个城市风雨同舟数十年乃至上百年的老人匆然之间成为人类的刀下之鬼。那些树桩，就像控诉人类屠刀的状纸。我在北京，对一棵古树能保留在路中央，深感快慰，而在一年四季如春的瑞丽，看到这些树木被伐十分痛心。

　　城市需要建设，建设难免动土，在动土之时，决策者要念想这些自然老人，念想它们给城市做过的贡献。有市民告诉我，过去，每到夏天，经过那些被砍伐的路段，绿荫如盖，十分惬意。我真想把那些屠树者拉过来打上几巴掌，我认为，对这些屠夫应该追责。因为很多树，值得我们仰望、尊重和保护，况且它们在我们爷爷的爷爷的时代就存活着。在瑞丽，曾有一棵大榕树，据说日本侵略者曾经在上面建过岗楼，我在其上留影，抚摸着它伤痕累累的身躯，看着那些弹孔，我为这位树老人祈福，也为它的生机无限而欢呼。

　　在树跟前，我们人类还是要存一些善意、良知和敬重吧！这样的心情不仅会保护一座城市，也会庇荫我们的子孙！

　　　　　　　　2018 年 3 月 17 日星期六早 7 点　于市委宿舍

目瑙纵歌

来瑞丽之前就听说瑞丽少数民族节日多，所以十分期待。夫人因为开学归京，未能参加目瑙纵歌节，我则在志愿者小张的陪同下赶往纵歌现场。

路上，可以看到景颇族小伙子穿戴着民族服装，三五成群向纵歌场奔，他们脸上洋溢着幸福的表情；女人们打扮得花枝招展，我边看边与他们留影。硕大的纵歌舞池也清扫一新，维持治安的警察也格外勤劳，在人群中穿梭。我在参与纵歌的人群中走，犹如回到了远古。

景颇族是生活在山里的民族，因山养性，富有豪侠仗义之气。我曾到过几个景颇族山寨行走，寨子里的山民你住一个山包，我住另一个山包，有疏离错落之美。显露出古香古韵的竹楼，盘桓在山间，令人遐思；悬挂在树上的牛头饰品，让你回想起景颇族祖先世世代代沐雨打猎的过去。这里的房屋融入自然，这里的自然与人融合在一起。呼吸一口山里的空气犹如仙气，仰望湛蓝的天空灿如仙境。景颇族有福，与这样的天地为伴；景颇族有幸，直接领受大自然的恩赐。在沟沟坎坎中蹦跳，在追逐野兽中欢呼。渐行渐远中蹦跳成了他们的动作，代代传承中，与野兽抗争，与山水相盟成了他们的品格。春天，大地不像北方那样富有复苏的迹象，景颇族祈福苍天与大地，向山野宣誓，为圣灵欢歌。舞蹈起来的族人犹如孔雀，犹如飞鸟，犹如大地上的蝴蝶。景颇族啊，或选择庭院，或在村寨旁的平整场地上，蹦蹦跳跳，蹦出了韵律，蹦出了文化，跳出了自信，跳出了传承，跳出了民族风格。

我在穿戴时鲜的人群里穿行，耳闻景颇族欢快的笑声，我问小张来参会的都是景颇族吗？小张说，其他民族也有。近处有几位少数民族姑娘走来，她们的衣服上悬挂着银铃，犹如树上成团的鲜果，人一走，风铃一般，哗啦哗啦响，一定暗合了姑娘们的春心。我停下脚步，问她们来自何方，姑娘们含笑相告，他们是德昂族，家在户育乡，靠近边境。我问她们的名字，她们嘻嘻笑着，说德昂族是没有名字的，不知真假。姑娘们玩自拍，我也与他们合影留念。互留了微信，她们后来邀请我加入她们的微信群，每天我都能听到她们在微信群里美妙的对歌。寻着她们的歌声，我感受着蓝天下的羊群慢慢地走过山野，我看天空中盘旋的飞鹰，感受山民的欢快之情滚过大地。

纵歌的舞池外面，是出售食物与服装的市场。这样的时光，是景颇族人狂欢的季节，有海量的食物四处排列，让你目不暇接：烤乳猪、竹筒饭、甜玉米、牛干巴、过手米线、草袋烤鱼、粽叶糍粑……每种食物都让我留恋，每个摊位都引我驻足。一位七八岁的景颇儿童，人瘦且伶俐，穿着盛装，腰配钢刀，煞是威武。我为他拍了照，小伙子摆个造型，犹显先民风姿。

在纵歌现场，我看到很多古老的手艺在展现，几位竹编景颇族老人，竹条在他们手里如面条，上下翻飞之间，竹编艺术品很快成型。这些编织生活之美的老人啊，该是怎样的富有成就感！他们把生活与艺术串联，他们才是真正的艺术家。织布的也都是一些老者，额头的皱纹布纹一样细密，我担心这样的手艺因为缺少传承而消失。在勤劳的景颇族手工艺人中间穿行，我体会到一个古老的民族在传承与新生之间，时刻在寻找最佳平衡点。在米酒和水酒摊子前，景颇族妇女，用一种独特的方式捏住竹筒边上的一个小口打酒给我喝，我真怕未来会丢失掉这样的细节，倘若汉族不再使用筷子，还成其为汉族吗？在走往世界一体的路上，每个民族都要保持自己的个性，不丢根忘本才是啊！

同为挂职干部的马副市长早就来了。一身景颇族服装，帽子也戴得十分端正。人又有军人的帅气，腰刀一挎，犹如袁总统宣誓就职，好不威风，让我贪羡这一副好身材，这一身好衣服。在他的鼓动下，我与他一起随着纵歌的队伍步入舞池，在舞池里，成千上万人边舞边歌。这是一只浩大的队伍，好像从远古走来，从高山之巅走来，从仙境中走来，他们排成两列队伍，边走边舞。舞出了韵味，舞出了文化，舞出了威风。遗憾的是因为开会，我只转了一圈就从舞池里出来，难以领略其后的宏大场景。后来从电视上看，倍感遗憾。再后来，本想去参加芒市的目瑙纵歌节，弥补一下，却又赶上出差，整个德宏州的纵歌过程，我只能感受皮毛了。

我计划，明年一定提前买好一身衣服，也像马副市长一样身配腰刀，在舞池里跳上一上午。我没有他帅，但心中的激情一点也不比他少。这一点，我很自信。

2018 年 3 月 7 日早 于宿舍

勐典桑葚

芒岗村是我来瑞丽后最喜欢的村庄之一，山美水秀人善良，具有移民村的风范。这个村的许多村民和我投缘，我喜欢周末到这个村里走走转转。村长李光勇与老村长配合默契，整个村呈现欣欣向荣之势。我写过芒岗村后山里的水，水让这个村子富有了灵性。我的公众号文章，芒岗村民争相转载，他们把我当做荣誉村民。光勇的侄女李冬梅对我的文章期期转载，使我深受感动。前几天，冬梅说：他同学种的桑葚熟了，约我一起去采摘。周末闲暇，我约了爱读书的小伙子冯恩勋一起去。同行的还有老村长的女儿，村长女儿带了她的女儿，文静可爱。问她多大了，小姑娘伸出四个手指，大拇指压了一半，妈妈旁白：四岁半了。姑娘很可爱。在幼儿园里是班长，一路看手机视频，我问她什么，她也不回答。

老村长女儿开车飞快，不一会就到了勐典。那片桑树园就在公路旁边。早有捷足先登者采了许多。桑葚们挂在树上，如皇宫里站队等待宠幸的妃子。熟透的桑葚掉在地上，园主舍不得扔，捡起来晒干留用。这些成片的桑葚足足有十几亩，荡漾在坝子里甚是威武。桑树枝条上弥漫的是层层叠叠的桑葚果，生怕赶慢了错过春天。人在美食面前往往露出贪婪的表情，我也不例外。恩旭帮我拍摄的照片一张张都透出贪婪的表情。摘一颗熟透的桑葚放到嘴里，甜甜的；再摘一颗半熟的桑葚，酸酸的。手儿像弹鼓，桑葚果的根脉轻盈，一触就掉，就好像它等待采摘者好久好久一样，就盼着这一刻了。我吃一颗，舌长一寸，再吃一颗，颈伸三分。不知不觉吃了许多。一棵树是一棵树的味道，干旱之地成长的桑葚，没有舒润之地的桑葚润滑、好吃。我光顾吃了，果盆里没有采摘几个，倒是那四岁半的小朋友，采摘了大半果盆。村长女儿喜笑颜开，冬梅也很欢快。我自小生长在山村，喜欢东家爬树，西家采果，有一年把王文玉家的樱桃采摘得精光，惹得人家捶胸顿足。只是，故乡的桑葚树成片的少，多是一棵一棵单独生长的，从果实泛青就开始吃，不会等到果实熟了。乡下孩子嘴馋、调皮，宁愿挨打，也不能不让小嘴受用。今儿进桑树园，犹如回到童年，只是桑树是改良了的品种，个大，但甜度没有小时吃的桑葚浓烈。

问园主产量，答曰亩产三四吨。再问为何想起种桑树，园主说，看到芒市同学种收获很大，就在自家地里实验一下，从网上订购了树苗。再问，竟然来自山东。人啊，纵使在边疆，也走不出故乡的味道。吃着桑葚，看着园主，互联网时代的田野果实，打破了传统的路径依赖。

我把恩旭拍的照片发到朋友圈，故乡的朋友说，这是我们家乡配置的品种，要一个月后才能采摘。有人对我边摘边吃充满怀疑，我回答他们说，这树上的桑葚不打药，瑞丽的空气出奇的好，根本用不着洗，是大自然的味道。

回到家，桑葚的味道依然浓烈。恩旭发来微信：今天很快乐。对我而言，不仅仅是快乐。芒岗的两位母亲一个儿童，带领我在桑葚园里穿梭，这边疆之美被恩旭定格，这份味道也是融入于桑葚之美的。

勐典桑葚，藏着故乡的味道。

2018 年 4 月 1 日星期日 于市委

蚊帐空间

今夜，是最值得纪念的一个夜晚。一觉睡到天亮，香甜无比。一则昨夜微醺，头晕而眠；二则安装了蚊帐，可以稳躺中军帐，只是苦逼了那些蚊子们。往夜，它们与我耳鬓厮磨、卿卿我我，或东咬一口，或西叮一嘴。我是北方人，能忍，能受，由它们喝。任凭瑞丽的蚊子们撒欢畅饮。我能听到血液在蚊子的吮吸下疾驰增援的声音。这些蚊子无声而聪明，贪婪而深入，坚持而不懈。以其弱小之躯，不畏我北方之气。蚊子贪恋我的血液，说明我还有人味，不错不错。

我知道瑞丽蚊子的厉害，也曾经探究驱蚊之法。有朋友建议，可以打开空调，彻夜长吹，蚊子怕冷，属于欺软怕硬的准儿，保证你不会挨咬。我则觉得此法有诸多缺憾。缺点之一，就是空调在冻蚊子之时，也把人冻了。如若刚来瑞丽，那时我的脂肪尚多，实行此法，吹吹倒也无妨，只是此时已瘦下一二十斤，一吹凉到骨头，不妥不妥；再则，用空调费电。记得我在济南工作时，立式空调和壁挂空调都有，整个夏天我都会让它们闲置在那里，我喜欢自然的空气。中医有理论，倘若过于喜凉，易惹寒湿之气。这也符合能量守恒定律，在这个世界上，贪恋过多的东西总是要还的。可见此法不妥。

又有朋友建言，还是燃上蚊香，在袅袅香烟中入睡，蚊子们纷纷落地，你的美梦冉冉升起。做梦娶媳妇本是男人的美事，他忽略了那能毒蚊子的蚊香，自然也不会放过人的器官，犹如吸毒者，吸的是兴奋，坏的是身体，不当不当。

自然打药与烟熏，也不是好办法。药味难闻，烟火辣眼，所以我宁愿挨咬数日，与蚊子讲和，听蚊子无语而下口，看蚊子默然而伸嘴。在朦胧中睡去，在叮咬中苏醒。浑浑噩噩与蚊子周旋，叮叮当当与蚊子对话。我爱世间的一切生命，迂腐至极——都舍不得打蚊子一下。在蚊子的亲吻中忍受疼痛，在蚊子的吸吮中半睡半醒。打蚊子的最终结局是看到自己的血喷射于肌肤之上，惨烈而无聊，还充满丑恶。与其如此，不如看蚊子喝血后志得意满地飞去，你造化了一个生命的飞翔，那是一种唯美之姿。蚊子毕竟是蚊子，一只蚊子靠你存活已是造化，万千蚊子靠你生长岂不是神话？

有朋友见我每天发朋友圈的内容多是山水花鸟，认为我不是支援边疆而来，而是游山玩水而来。对此我不想辩解，边疆处处花草，北方的冰雪无法波及到这里。工作已很忙碌，于己于人，何必再以繁重示众？再说，以微信圈展示工作，一曰不当，二曰根本没有必要。有人说，你每天发文，是否不干工作？我笑笑。每天早晨六七点钟之间，我会快速敲打一篇千字文发到我的"原生态千字文"公众号（时有错别字也是这种匆忙所致），断断没有一次是利用工作时间写那些轻松愉快的文字；我能把所见到的花鸟鱼虫之美，发于朋友圈，一则自愈身心，二则为读者提供审美空间。对那些责问我是哪根葱的读者，或者追问不为民做主的读者，我真是不能回答，也不愿意回答。美的意象可以图片展示，但蚊虫叮咬却很难展示于人，你一打算拍蚊子，蚊子早飞走了。这样的疼或者不适只有自己能感觉，拍出来那是妄想。

终于在一架蚊帐里面，我找到了瑞丽的春秋。蚊帐由四个立柱撑起，一面有门，透过蚊帐的顶就可以看到天花板。这顶蚊帐一搭，就仿佛房子中的房子，禁区中的禁区，特赦中的特赦。自此，我和蚊子隔帐相望，两小无猜。它回忆它的甜蜜过往，我欣赏我的悠然睡姿。它肯定咒骂我这个老东西缺少奉献精神，不能以身饲蚊，但它同时忽略了人之所以为人，在于人会使用工具，能将能力延伸到无限状态。

登高而能远望，臂非加长也。人蚊有思想之别，人非蚊，蚊非人啊！

我的蚊子兄弟，不能用一种方式喝血啊！纵然我没有惩戒你的动作，但可以保持我对你的疏离感。我宽容，不代表我永远承受；我不语，不代表我不知道你一夜一夜地咬我，一次一次的贪婪。的确，蚊子兄弟，我们相聚一室，本是人蚊缘分，你咬之又咬，我忍之又忍，你让我的血液无法正常流畅，你让我不该做梦时做梦，不该醒来时醒来，不该逍遥时逍遥，你以你的小思想牵扯我与你一起小，你以你的龌龊想引诱我的龌龊，或者你想以你的蝇头小利获得我们之间永远的平衡。但自从发现你的存在，你以你的形象周旋在我周围，以自以为美的方式，飞翔在我的视域内，我真不忍心拍死你，拍死其他生命的动作会幻生人内心深处的报复感。我以蚊帐的超然与你保持一种疏离，演绎廉颇蔺相如的故事。

其实，蚊帐外的你不甘于此，因为我曾经是你的食物，你尽可以随便一口一口地去吃，而今，你在蚊帐之外，肆意着你的眼光，而干瘪着你的肚皮，我也可怜你。你吃鸡蛋吗？我给你准备一个。你吃煎饼吗？我把煎饼砸碎成末。你喝水吗？我在上班之前，在餐桌上放一碗水你去喝吧？倘若你喜欢吃肉，我去买一块肉来你吃。只是我不会再让你吃了，你可以寻找更多的生存方式，延缓你的生命。蚊子先生，你毕竟是世间的生命，尽管我不喜欢你的生存方式，但我要维护你生的尊严。

感谢这顶蚊帐，让我在超然中反思过往的疼痛与叮咬。过去的时空，我未曾伤害过万物，但万物却让我得其启迪。蚊帐空间，让我的身体有了舒展打开的机会，为我获得自由外的自由，思想中的思想，生存中的生存。

有一顶蚊帐真好！

2018 年 4 月 17 日星期二早 5 点　于市委宿舍

等嘎古树茶

勐海的古树茶好喝，我去过当地村寨，满山的古茶树叙说着勐海茶的历史；在冰岛，古茶树也散布在一座座山峦。观赏古茶树，欣赏茶农制茶的过程，就是一种极大的享受。我虽不善品茗，但对好茶的存在，还是十分喜欢探索来龙去脉。勐海古树茶之多，冰岛古树茶之险，皆给我留下深刻印象。当初，我曾为到瑞丽工作不能观赏到古茶树，感到小小的遗憾；而某一天，当有人告诉我瑞丽也有古茶树时，我的心底一惊。因我此前问过数人，知道瑞丽所产茶多为农场二十世纪五六十年代种植的台地茶，口感虽不错，但毕竟不如古树茶浓烈。

驱车数十里，抵达弄岛镇等嘎村的时候，第一眼看到古树茶，我的心都亮了。瑞丽原来也有堂堂正正的古树茶啊！就生长在海拔一千多米的山岗上。和勐海、冰岛的茶相比，这里的茶不呈气势汹汹的规模，它们一棵棵掩映在众树之中，和其他树亲如兄弟，它们卓然而立，高高挺立如北方的白杨树。在树之顶端，那些深绿的叶子拼命接近远处的阳光。我们一行几人，在树林里穿梭，一会发现一棵，一会又发现一棵。据说，这里曾是德昂族居住的地方，以前曾经有几千亩茶树园；而后，一些人为了造地，不惜砍伐古茶树，我看到残存的古茶树桩上又重新长出新叶，这些茶劫后余生，小心翼翼地攀附在大地上，好像在控诉着人类的残酷。我在一个蓬松成一团，曾被砍了又长，长了又砍的古树前瞩目良久。我不善喝茶，但我爱古茶树的历史味道；在古茶树前，我尽管没有爱茶者的心痛，但我依然诅咒砍树人的愚昧与粗暴。我建议茶人要学一学勐海，为这棵古老的茶树打个栅栏，阻止别人的任意砍伐；我看到在一棵高而挺拔的茶树前，有采茶人为了能采到古茶树叶，不惜折断粗壮、坚硬的树枝，我看到茶树新崭崭的伤口，好像自己的心也在流血。同行的人一同惋惜着古茶树的命运，我在瑞丽看到古茶树的欣喜，也蒙上一层深深的忧伤。就如拥有幸福的人不珍惜幸福一样，每个人都相信自己是幸福的独裁者，当失去幸福的可能性最终必将抵达的时候，他以短视的目光指挥自己去做武断至极的事情。而这样的故事演绎从古至今都在不断地发生。勐海很多古茶树的死亡缘于过度采摘，而刚被一些人发现并逐渐引起重视的瑞丽古树茶却被更多人当作普通的树木而砍伐。我不知道该怎样陈述我的心情。

随茶人回来的路上，他邀请我去品尝一下古树茶的滋味。在茶厂，我看到一位爱茶者的捉襟见肘。因为资金问题，制茶设施还不够完善，全靠日晒成茶；当日天阴，茶人有些焦灼。正如一位娶了美女的穷人，却不能给美女提供好的所在。茶人请我上楼，取出他制作的野生茶泡开，第一泡，茶汤泛着绿色，茶人解释说是花青素；第二泡已无青色，像北方春天的田野，遥看黄色近却无，晶莹、透亮，喜色呈现；第三泡下去红意连连，不枉品茗。我让茶人准备了两个透明的杯子，茶汤越来越深，让你品饮之心大增，第四泡我则让茶人直接把茶汤放在茶壶里，把一泡、二泡、三泡、四泡，簇拥成一个有序排列的美景。犹如一个人的成长，从青涩，到稚嫩，再到成熟，抵达老练，汤越来越厚，颜色越来越深，拍照后，我一一喝下，口口回甘，杯杯迷人。我猜想，再泡就无颜色了吧，第五泡，感觉就如一位承接科研任务的知性女子，成熟中闪着亮色；六泡更美，整杯圆润如玉，恰如一个人到了事业的勃发期，剔透中藏着低调；第七泡轻盈缀满玻璃杯，从上往下看，茶汤似要穿越杯壁，从侧面看，整杯充满不屑一顾前几杯的勇气；第八泡我不忍心让茶的傲气这么被人发现，换上一个瓷杯，茶汤像是抗议，满满地要滚落出来，好像透着委屈；等第九泡要端上来时，我让茶人再把茶壶端上来，仍能看出茶色不减，犹如金枪不倒者。这一刻，我懂得了野生茶的厉害。因为急着赶回市内，无法继续看九杯茶之后的形状，但能泡九杯的瑞丽野生茶，算让我亲眼目睹了自由生长的古茶树的天然魅力。

回来的路上，满口余香绕着车棚转，这是一次怎样的体验？在瑞丽，在等嘎茶厂，一个不出名的地方，我喝到了从未喝过的好茶，温馨了我整整一个下午。

2018 年 4 月 18 日星期三　于瑞丽

王小波与瑞丽

王小波号称自由骑士，得当文学一时之先。他的作品即使放到今天，一些正统的刊物还不敢刊登，但他的文学著作却深受读者欢迎。当你读过许多有着概念印记的文学作品后，王小波所留给你的是他海阔天空的自由想象。善于思想的王二构成王小波的灵魂，而王小波的思想又岂止在描写一两个闲散的人物和农村寂寥的时光？王小波离开这个世界已经二十多年了，但这位被称为"中国的卡夫卡"的作家，成为许多学者研究的对象。

我不知道王小波曾经在德宏州度过他两年多的知青时光，告诉我他在陇川下过乡的是文学青年冯恩旭。实际上，王小波在书中多有描述，作为一个阅读者，我更多的倾向于欣赏王小波描写的一些细节和他的语言风格。而作为他生活过的陇川农场，对我则是那么陌生。在周末，与三位老师一起驱车前往，提前联系了陇川的文学爱好者李建芹老师。在芒市出差的高萍老师也及早赶回来，在陇川县景罕镇陇把分场二队等着我们。

感谢瑞丽的文友们，他们喜欢阅读王小波的作品如痴如醉，数年前，一个"王小波门下走狗"的论坛，曾风靡一时，瑞丽有作家向往之、参加之。瑞丽的作家们曾经到王小波生活过的地方数次，使我对王小波下乡过的地方充满了期待。

在陇把农场景罕14队，高萍老师指着一溜铁皮屋对我说：这是知青们当年的集体宿舍，以前是土坯房，后来老百姓改成了铁皮屋；出大门左转，高萍老师指着两棵树说，这是李银河老师在王小波逝世十周年时来村子亲手种植的两棵大青树，树上长满黄花，能治很多病。我扯下几根黄丝咀嚼，甜丝丝的，如阅读王小波作品一样的感觉。有两个下地归来的妇女，也在撕扯着树上的黄花，也许她们早已忘却了王小波，但她们依然在王小波生活过的土地上过着平凡的生活。高萍介绍说：当年，王小波因为个子太高，下田插秧需要不断弯腰，工作效率不高，生产队长就派他去放牛。

放牛的王小波找到了他思想放逐的地方，读书成了王小波的寄托，也成了他一个人思考这个世界的最佳窗口。没有这一段放牛的知青生活，就不会有自由写作的王小波。陇川和瑞丽的气候相仿，冬天的田野，依然是一片翠绿，老牛们也不希望王小波牵拽，王小波希望自己和牛一样自由行走在田野上。这时的王小波，从阅读中回归田园，又从阅读中超越乡村。他拥有了陈清扬，拥有了属于青少年对男女之情的朦胧与思索，更拥有了对周围环境的调侃与揶揄。在一边顺手咀嚼身边野草的滋味，一边读书，有时还吆喝跑远的大黄牛的气氛中，王小波和那些规整在田园里栽秧的其他知青不一样，他获得了短暂的从身体到大脑的自由。这自由，让他有了思考自己、思考女人、思考大地上的人群、思考世界上的一切的机会与可能性。

陇川的乡村与瑞丽的乡村并无二致，在陇川的土地上，他甚至思考着瑞丽的知青们该是怎么样子。我问同行的李建芹陇川和瑞丽相比，她更喜欢哪里？她毫不犹豫地回答：陇川。她解释说，除了陇川是她的家乡外，陇川纯粹，瑞丽杂乱；陇川当地人多，瑞丽外地人多。我笑笑，对她的阐述不予评论。但王小波在纯粹的土地上产生不纯粹的思想，在单一的思想中产生着杂乱无序的文字。阅读王小波，让你惊奇文学作品可以这样跳跃啊！需要有目不暇接的功夫，需要信马由缰的本领，需要天上地下的奔跑，需要进行语言的切割、嫁接与重塑，需要打破惯常的思维。王小波的父亲曾是中国人民大学哲学院的老师，我行走在人民大学校园里，多次搜寻曾在人民大学任教的王小波父子的踪迹，学生的喧哗早已淹没了这对父子的过去。我的阴谋没有得逞。而在陇川，假如没有高萍老师介绍，王小波所下乡的农场，也如其他农场一样普通而无奇。现代化的农村已经让曾经火热过的一代陈迹难现。在村头，高萍指着一条通向远处的路，说当年的王小波就是沿着这条路，和牛一样低着头走向远方，他和牛一样笨重的行走。长远的旅途像王小波的面容一样忧伤，我看着那条伸向远方的路，想象着当年的王小波该是怎样的犹豫与彷徨。一个十七八岁的娃娃，离开了北京，同行者性格各异，而自己又成为另类放牛者。在山上，王二闪现，王二的思想闪现，围绕着王二的环境闪现，陇把就这样在平淡中成就了王小波。倘若在冬天的皇城，肆虐的寒风不会让一个青年滋生更多的想法，御寒成为第一需要的时候，思想就会滞后于思想本身。我看着伸向远方的路，摄影的刘阿珠老师没把从大青树上扯下的黄丝扔掉，连同我的影像定格。那黄丝，好像王小波的灵魂。

高萍老师领我们一起参观了王小波当时的宿舍地，地上已经重新矗立起房子；高萍老师指着不远处的一处旧土坯房给我们说，当年他们住的房子依稀就是那个样子；土坯房子旁边有一棵大青树，郁郁葱葱，王小波经常在这棵树下读书。我找来一条小板凳，拿过王鼎钧先生的书，摆拍了一下。我却难以体会王小波当时的心情，他或许是放牛归来，或许是看陈清扬归来，或许是刚刚给远在北京的母亲写过信，或许是打算哪天赶到瑞丽去看看一同从北京来的知青。在这棵大树下，读书时他是怎样的心情？今天，同一棵树下，时空已经转换，我难以领略彼时的王小波如何把握自己所拥有的自由。

因为是周末，场里的干部不在，我建议高萍老师领我们找当年熟

悉王小波的农场职工了解情况。高萍老师领我们到了当年的生产队长王队长家里。

王队长家已和其他职工一样盖起了楼房。王队长的爱人曾是妇女主任，一听说我们谈论起王小波，就说王小波是一位喜欢读书的人，吃饭都在看书。老人边说边把我们领到屋子里，左眼刚做完手术的王队长躺在沙发上，这位年过七旬的老人说起王小波，并无多少兴奋之情。"他不好也不坏，不上进也说不上后进。"我一连问他几个问题，诸如王小波谈没谈对象，当时工作如何？王队长似乎有些不悦，语气中流露出并不喜欢谈王小波，倒是对王小波回去探亲不回来充满微辞。老队长说，有个捣蛋的北京知青离开陇把时，曾威胁他，他奉劝那位知青回去依然要好好做人，否则就要吃大粮（注：指进牢狱），结果那知青回去不到半年就进大牢了。"王小波不好也不坏。"做了三十年农场干部的王队长，眯缝着眼睛，依然透出老政治家的风采，他以政审人员的口气这样断定着王小波。虽然有关王小波爱情的几个版本广为流传，但文学作品毕竟不能等同于现实生活。我们因为吃了王小波所下的"蛋"，就来找他这个现实中的"鸡"，自然会失望而归。我想追问一下老队长，希望不希望为王小波建一处纪念馆，但看到老人根本对这个话题并无多少兴趣，遂作罢。

王小波走了，至于这个地方要不要给这位自由骑士留一处纪念馆，交给农场职工讨论，怕更多的人会认为不该侵占本来就少的土地而作罢。而一个在历史中成长的农场，最可怕的就是迷失了思想者的历史。我十分遗憾，为什么这么多狂魔一样热爱王小波的人，不建议在这个他曾经生活过的地方，在这个让他的思想放逐自由、放逐边界的地方，建一处让后人瞻仰的思想家的纪念馆，而任凭岁月侵袭，竟然让思想者所热爱的一切渐渐消失？我只能从队长半是陈述半是不屑的口气里搜刮一点王小波的历史。后来通过高萍老师介绍的北京老知青，了解一些王小波的一鳞半爪。一个时代结束了，我们固然不能尘封在历史里，但对一段历史有着另类记忆的思想家，断然不能忘记。我建议当地政府尽快为这位思想家塑一处家园，为一位自由作家展现那一份自由。在纪念馆里，有晃动的老牛、躺在山坡上看书的王小波，当然还要有风吹草动的律动形象。

我回到瑞丽，与几位文友谈起这次拜访王小波的先后，文友们兴奋无比，与村民的表情形成强烈反差。很多历史，因为亲近而疏远，很多思想，因为熟悉而丢失。面对王小波，此刻，我只有手捧其书，如饥似渴，完成我的回忆与追索。

2018 年 4 月 20 日 于瑞丽

美女与牛粪

瑞丽美女爱牛粪，你信不？甚而我还听说，有一个爱牛粪的美女团队，这些美女个个貌美如花，对牛粪的品质颇有研究。倘若，你在跟随某一美女随车出行的路上，这位美女大呼小叫起来，那是她一定发现了最好的牛粪。你会看到美女眼里放出夺目的光芒。这是真实的呼喊，比遇到一位狂帅的男人还让她着迷；当美女向你夸赞那牛粪的形状是如何完美，牛粪的品质如何圆润且富有青草的芳香，你就不会把牛粪当做牛的排泄物了。那一天，在通往芒岗村的路上，那位美女一声大喊，把我直接吓了一跳。等我看清她是为一摊牛粪而欢呼的时候，我对这位美女产生了好奇；当我听说有一帮美女也如她一样善于鉴赏牛粪，且为牛粪而欢呼的时候，我怀疑自己是不是进入了《西游记》中所描写的某一个小国。在瑞丽，每天让我惊奇的事情已经很多很多，打破我的传统认知的人和事层出不穷。而这位倾情于牛粪的美女，还是让我目瞪口呆。

人们爱说鲜花插在牛粪上，意味美好的事物被牛粪所玷污。其实，在内蒙古草原，去年我曾和几位贴心的朋友前往。夏天，曾在草原上的一条蜿蜒河流旁，发现大量或干或湿的牛粪。有的鲜花从牛粪下钻出来，有的鲜花从牛粪上长出来。前者显然是正在成长的花草被牛粪覆盖后，不甘沉沦，再放异彩；后者却是在牛粪上落下的新花种，在牛粪的滋养下绽放容颜。无论怎样一种形式，这些鲜花在牛粪的衬托下，愈加娇艳。这些鲜花，因为牛粪的丑陋，明显闪亮过大地上其他鲜花；又因为居高而开，明显高过那些匍匐于大地的鲜花。它们闪烁在草原之河畔，像夸赞自己的英明、妩媚。牛粪无语，只是默默滋润着这些鲜花，借助鲜花之艳，我记住了这些草原上的牛粪们。少时，因为干牛粪可以搜罗来烤地瓜吃，对牛粪充满感激；而在草原之上，我发现牛粪竟然甘于奉献自己的养分，让鲜花挺立于青青草原，卓然身姿，构成草原妩媚的一景。我在草原上，从一堆堆牛粪上远远看过去，这些鲜花耀眼夺目，我想说，是牛粪成就了草原鲜花的灵魂。

而瑞丽的美女爱牛粪莫非也是为了滋养鲜花？我探问美女，美女说这只是其中一项。其实，在瑞丽，在少数民族地区，爱牛粪的美女何止一二，只因牛粪的用处太大了，有关牛粪的记忆太多了。在遥远的年代，傣家人每逢冬天，围炉闲话，用来取暖的就是牛粪。牛粪烧着了，带着草香。孩子们一边听着大人讲故事，一边向牛粪火堆里扔玉米粒、豆子，不一会就成了爆米花。在美食中听神秘的故事，是傣族孩子们的兴奋点。每逢夏天，牛儿们狠劲地吃草，排泄的粪便又粗又大又圆又好看，闪着黑黝黝的亮光，小伙伴们争抢着这些牛粪，在墙上甩成一溜溜牛粪饼儿，如烤炉内的一溜溜烧饼的模样。这些牛粪就会成为傣家人取暖时的尤物，帮他们驱赶寂寞长夜，当然也会成为傣家孩子们成长的玩食提供者。一饼牛粪，散发的是大地的芳香；一粒爆米花记忆的是儿时的情感。从这种环境中成长起来的美女，带着大地的情感，带着民族的文化，带着儿童的记忆，也带着青春的向往，从乡村走向城市，当她们再从城市回望乡村时，在马路上看到有模有样的牛粪时，当然会欢呼雀跃。她们在呼喊童年，再向牛粪证实那些老人们当年讲过的故事是否属实，在追问消失的牛群如今走向了何方。在她们眼里，这些牛粪不再是丑陋的象征，而藏着童年的幸福，像她们终生的小伙伴。一位傣女调侃说，我们喜欢的美食撒撇，其实就含有牛粪的前身（青草的消化液），牛粪里滚雪球的屎壳郎的虫蛹也可以用来做菜呀！

　　美女对牛粪的情感让我心有所动，而她说，家中的鲜花几乎离不开牛粪。她家有一株昙花，因为长期用牛粪做养料，一次开花，竟然从晚上九点开到次日下午两点。牛粪给她的成长带来的何止是记忆，而是生活中鲜花般的感觉与滋润，无怪乎，她对牛屎钟爱有加了。

　　只是，我作为北方人，对牛屎一向只是单向度的理解，而真正对牛屎的钟爱，根本谈不上；对美女爱牛粪也理解得太过于肤浅了。这位美女，这位生活在瑞丽的美女，不仅是牛屎的知音，也应该成为启迪我这类愚氓之人增长智慧的老师。在人与自然的和谐上，美女与牛粪的默契值得我思考整整一生。牛粪啊牛粪，你何以如此美好？美女啊美女，你何以如此知性？在瑞丽这样一个地方，美女和牛粪，成为大地最好的诠释者。

　　　　　　　　　　2018 年 4 月 26 日星期四　于市委宿舍

喊沙的喊沙

喊沙是一位傣家美女，她的眼睛大而圆，像探照灯，能把人一下子照亮。在喊沙从小成长的村寨，我问她的一位小学同学，喊沙小时调皮不调皮？她同学说：喊沙好学，一家人本分能干，兄妹三人都考上了大学。我问喊沙，你做小卜哨时，有多少小伙子追你？喊沙大笑，肯定很多。话语中带有自信，也有自嘲。弄木崃村在一个坝口，村头有栋古旧的木房子，陈旧中透着古朴，是喊沙少时住过的老宅。这栋老房子，现在只有喊沙的父亲一个人住着。孩子们像树上的小鸟，长大后，会飞了，就飞远了。当孩子们再回到村寨，建议老父亲将旧房推倒重建，喊沙父亲不依，使这所旧居成了硕果仅存的几家中的一家。我敬佩这样一位老人。

在喊沙父亲的旧房子里，我感受着傣家传统民居的魅力。明天就是五一，天明显地热了，而在旧房子的底层，格外凉爽，会让你体会到傣家祖先建房技术所闪现的利用自然风的智慧。脱鞋爬到二楼，喊沙介绍她少时梳洗打扮的阳台，推窗远望，鱼塘碧水荡漾，阡陌玉米摇摆。二楼分里外间，外间是榻榻米，用来招待客人；里间则是老人居住。盘腿而坐，人就瞬间静了，屋外鸟儿衔风而鸣，独留一屋子的寂寞时光。我和王光远老师及我的学生吴兴民，享受着这份静谧，如享受那一抹阳光。喊沙的父亲，赤裸着上身走来走去，两只臂膀上，交错着文身，也许是岁月久了，纹身闪亮发黑。我问喊沙，女子也文身吗？喊沙伸出左手臂示人：文！看——我是孔雀帮主！她边说边笑，像拥进窗门的花儿般娇艳。

我翻看着喊沙提供的影集，寻找喊沙一路成长的影子，依稀能从裸着上身的喊沙父亲身上，看到他父亲年轻时的挺拔与豪气。老人穿着类似汉人穿的"免腰裤"，说着曾经的苦涩而又甜蜜的生活，回忆着一块铁皮屋面板只有二十元的过去。为他养育了四个儿女的妻子，已去佛国，当下老人每日感受着子女们的反哺之恩，发黄的芒果洋溢着子女拥戴老父的温暖之光。喊沙的妹妹，知性而恬淡，她是中学政治老师，唱歌虽没有喊沙那般放得开，带有知识分子的拘谨与内敛，但遇到客人开喉就唱得热情，也足以透出傣家人的好客。喊沙的哥哥，勤快而精心，妹妹拿过他哥哥缠柄的一把刀给我看，竹丝缠绕的刀柄细密有致，妹妹又拿出另一把长刀，刀柄上缠绕的竹丝更加细密，简直就是艺术品。一大溜儿板凳上编织的花纹，据妹妹介绍，也是哥哥所为。我看着我手中摇着的编扇，猜测大概也该为他哥哥所做。他哥哥虎背熊腰，此刻，也像他爸爸一样裸着上身，与几位穿戴整齐的客人，围着一张方桌喝酒。喊沙那一米八几的丈夫，静静坐在旁边，看上去有些鹤立鸡群，像吃酒，又像裁判，不知言语着什么。

说起吃酒，喊沙可是遗传。喊沙领我们去她叔叔的酒坊里参观，只见红米酿出的美酒，像杨梅汁，像葡萄水。我看着那酒儿一点点渗出，淌到盆子里，像米儿讨好人类的语言。喊沙的妹妹急忙打给我们吃，糯口而清香。妹妹揭秘说：当初她们兄妹几个上学，全靠父母的酿酒手艺大放光彩。那时的喊沙，光会喝酒和指挥，不会干活，只有哥哥、妹妹、弟弟去干。喊沙大笑，也不辩解。我则调侃喊沙：怪不得又当旅游局长，又当弄岛镇长，原来你从小就有做领导的基因啊！

第一次认识喊沙，是在弄岛五十万头牛屠宰场项目开工现场，感觉那时她的眼睛瞬间把全场照亮了。后来听同事说，喊沙是位幸福的母亲，有双胞胎女儿正读大学。傣族取名字很有意思，喊沙之意绝非我们汉语意思所能理解。我当时还以为喊沙这名字，一定取自鸣沙山。在沙漠之上，在纯净的天与地明显分野的地方，围手而呼喊，只见万千沙子，金子般自上而下滚落着，是豪情满怀，是生命涌动。而傣族的喊沙，则是另外一种意思解释。

喊沙，此刻是瑞丽边疆小镇弄岛镇镇长的名字。这个有着酒缘，唱着酒歌，晃着大眼睛的傣家女子，一路欢歌一路情，一路成长一路风，把自己的印迹融入脚下瑞丽这块土地。央视《乡土》栏目的制片人郭老师，显然对这位能干的傣族女干部很感兴趣，我向郭老师介绍：和内地相比，瑞丽的女干部成长迅速，与政府重视少数民族干部的成长很有关系。喊沙向郭老师介绍着弄岛这几年奋斗的足迹，介绍着村民与政府联动打造柚子合作社的前前后后，也介绍着自己逐渐振兴起来的村寨。旁边有村干部介绍说，他们这个村寨民风好，村人自古就爱练武。喊沙的一位胖叔叔是武者，另一位瘦叔叔也是武者。午饭时，我收敛了酒量，怕说错话。武者不可得罪，还是谨慎为妙，否则被打成乌眼鸡，那该如何是好？

我更喜欢以汉语意思来解释喊沙二字。因为喊沙的性格也颇含汉字之意。一个"喊"字，活灵灵展现出喊沙的性格。喊沙之性情，自由而旷达，善笑而无碍，富有亲和力，她说话爽朗，具备领导声大而急的性格特点，喊字贴切而有神韵，足以展现喊沙的脾性；一个"沙"字，却又把她贴近乡土，始终钟爱傣家之风的心情，说了个透彻。喊沙之汉字意思，更和了这女子的品性。这位风火镇长，被选到外交部挂职一年，离开瑞丽时，几多留恋，几多好奇。在瑞丽吃了多年的撒撒不见了，享用多年的酸菜疏远了，香美可口的牛干巴成了尤物，北京城里的烤鸭，喊沙镇长看得上、吃得惯吗？这次喊沙回瑞丽，亲朋好友多来相聚，又有多少味觉上的委屈需要好好倾诉？含有多少思乡情怀需要一一道来？

那一天，喊沙领我们几人到与她名字相同的村寨，在泼水广场，仰望四面佛，王老师问她，是先有喊沙村，还是先有你这位喊沙女？喊沙笑着回答，肯定是先有喊沙村啊。我回来想想，其实未必如此。按傣族人起名字的习惯，叫喊沙的女子，绝不仅喊沙镇长一人，当代傣家有叫喊沙的女子，不代表古代没有叫喊沙的女子。一个叫喊沙的村庄，能塑造很多带有喊沙灵魂的傣族人。所以先有人名叫喊沙，还是先有村名叫喊沙，实在难以考据。

喊沙村，是我十分喜欢的一个村，因为这个村保留了众多的传统民居；奘房里的僧人，自由穿梭在落叶之上，也给人敦实可靠的感觉。和每一个傣族村寨一样，村里的大青树，挺拔中藏着古朴。我在喊沙村，第一次看到傣画家的画，第一次吃到傣女榨的甘蔗汁，第一次欣赏到斗鸡的场面，第一次享受到善良的傣家人在路边设置的供行人畅饮的甘泉水，第一次看到石斛花，第一次听到孔雀叫，第一次看到对岸缅甸的村庄。第一次听到一位叫喊沙的女人，陈述她对喊沙村的爱。第一次看到傣族老人精湛的竹编手艺，第一次与两个傣家小孩子品尝熟透的桑葚，第一次在略显陈旧的竹楼前留影，第一次品尝羊奶果的酸甜味道，第一次在日光下想象着月光下凤尾竹的样子，第一次联想喊沙村与喊沙镇长的关系。这许多第一次，是这个叫喊沙的村子，慷慨给我的恩赐。

喊沙的喊沙，是一个村庄的喊沙故事，也是一个行走者的喊沙欲望。是人与村庄历史的契合，也是自然赐予人类的美丽关照。喊沙村代表着众多傣族村寨，显现着丰富而持久的傣族文化；喊沙镇长也是傣家人的一个代表，镌刻着时代新人成长的底色。在精神与物质的互换中，在历史与现实的延展中，在人性与传统的呼应里，我在回味着，喊沙的喊沙所给予我的多重审美享受。这不是简单的重合，这是历史的交错；这不是简单的相融，而是灵魂的洗礼。在这里，喊沙的喊沙，所要告诉我们的或许更多、更多……

2018 年 5 月 1 日早 4 点 特稿于市委宿舍

瑞丽斗鸡

瑞丽的平和之气，自然的唯美与人的善良。这是四月末的一天，我与我的影子走在弄岛的路上。同行的还有央视《乡土》的制片人与弄岛的同事们。谈及民族文化，认为喊沙不可不去，我和我的朋友，在弄岛镇镇长喊沙的引导下，进入一个叫喊沙的村子。

喊沙村我是来过的，军弟带我来过数次，一个优雅的傣族寨子，在瑞丽，这个村所保留的传统民居较多，我喜欢那些带着岁月断面的竹楼，还有显示着傣族人生活的壁画（乃村中画家所画）。菩提树悠闲地晃着果实，四头大象恭维着四面佛像。泼水广场上，清晰可见水波荡漾，让你回想那火热的泼水场面。傣家的狗走来又走去，凤凰花开，榴莲挂果，一派边疆气象。这是瑞丽的春天，也是傣家的春天。上次买过一次甘蔗，像少时一样嚼着吃，这次大家建议榨汁喝。泛绿的汁液喝入口中，凉丝丝、甜蜜蜜。看扫地僧，宽展着臂膀，拿一把大扫帚，鲁智深一样横扫落叶，一扫帚，又一扫帚，风吹落叶飘荡在他扫过的地面上，好一幅禅意画。喊沙说：这是奘房。军弟看有摩托车，说我们今天赶上了斗鸡。

果然就赶上了斗鸡。池子里的两位鸡主，一位肯定是缅甸人，一位是中国人。他们像呵护孩子一样，一口一口向鸡身上喷着矿泉水，喝一口，喷一口，鸡像角斗场上的重量级拳手，享受着主人的梳理。羽毛喷湿了，再喷翅膀下面；尾巴喷湿了，再喷它们的头颅。两只斗鸡体型不大，偏瘦偏小，但鸡眼灼灼，一看就是斗士的表情。鸡主继续小心翼翼地喷洒着鸡身，观众们操着当地话，窃窃私语。我掏出手机，静静地录制着这一切。鸡主脸上没有笑容，那肃穆、庄重之情，好像面临着一场重大的考验。

瑞丽的斗鸡终于开始了。两位鸡主跳出池外，这个直径约五米的池子，围挡约有一米高。两只鸡为了人类的欢愉，当然也为了自己的生存，开始向同伴发起攻击，斗鸡开始了。

中国的斗鸡史传袭了几千年，与斗羊、斗狗的游戏一样，满足的是人的欣赏欲、赌博欲。我曾在北方看过几次。有些狗瘦若刀削，但一上场，众狗皆怕，可谓所向披靡；有些羊看似温顺，但残害起同类，比老虎还凶残。我见过一只鸡把另一只眼睛啄瞎了，但那只瞎眼鸡，最后依然胜利了。虽然等待它的是永恒的死亡，但死亡前的勇士精神多少有些悲壮，让人叹息。

喊沙村长的小叔子是一位斗鸡高手，此刻他的鸡还在池外。在斗鸡现场，他介绍斗鸡的来历，讲了平时调教斗鸡的辛苦。他指着池子里的鸡评点着，像一位将军在指点江山。黄鸡主动挑战，灰鸡不甘示弱，立即跃起，振翅而搏，叼啄对方的要害部位。鸡毛片片飞，让你想象着大漠孤烟之地，两军对垒的雄伟。一只鸡发起冲锋，另一只鸡也急忙应战；一只稍有懈怠，就被另一只钻了空子，狠啄一口，周围一片欢叫声，当然有鼓励，也有惋惜。押宝的双方都喜欢对方输掉，与其说是两只鸡在用劲，不如说是池外的人在用心。我也恨不得变成一只斗鸡，跳进池子，帮那位看似弱小的黄鸡一把。但此刻，我只有咬住嘴唇，暗暗鼓励那位弱小的斗鸡。多年来，我喜欢同情弱者，但对不屈的弱者常常报以钦敬。此刻，这只黄鸡看上去有些弱势，在前几个回合，灰鸡以他的强大身姿、硕大的脚趾占了上风。但渐渐地你从黄鸡的搏斗里看出了它的智慧，黄鸡一会把头钻入对方腹下，一会把头缠绕在灰鸡长脖一侧，找准时机就狠啄灰鸡一口，让灰鸡有些招架不住。这只富有心计的斗鸡引来众人的喝彩声。我一边用手机录制，一面对这只斗鸡报之以敬仰之心。做人就要如这只黄斗鸡，既要不管自身弱小而挺立起信心，又要有生存的智慧。灰鸡虽然体格高大，但在黄鸡的频繁攻击之下，体重也成了它的累赘。世界上很多事情充满了悖论，得到即是失去，荣耀则意味着堕落。瘦弱的黄鸡越战越勇，看直了我的眼睛，拽长了观众的脖子。观众的声音里含着唏嘘、惋惜、拍大腿的声音。一方鸡主呈现出要掉眼泪的感觉，另一方鸡主好像在鼓励着自己的斗鸡。而两只鸡，此刻都显得有些疲惫，在跃跃欲试中也呈现出想喘一口气的缓冲。此刻，他们的羽毛已经炸开，不见了刚才的喷水之湿意，我想，它们的胸腔里装着的一定是战斗的灵魂、胜利的意志。此刻，它们忽视了人的存在，在它们心里，只想着如何战胜对方，如何让自己存活下去。和北方的斗鸡不同，这里的斗鸡多少有些温顺之气，不够血腥，但在这种柔弱里，我感觉到瑞丽斗鸡的文化味道。

据斗鸡者线保兴所言，瑞丽斗鸡每天都有，喊沙村是周六、周日，帕色是周一、周二，等贺是周三、周四，弄恩是周五。鸡主有的来自于其他县市或东南亚国家。我很惊异于这些人的执着，是视觉的满足还是赌博的狂欢在吸引着它们乐此不疲？！

两只斗鸡还在酣斗之中，铃声响了。原来十五分钟到了，因为要去参加一场研讨"美女与牛粪"的聚会，我只好离开斗鸡场。而围绕在斗鸡场周围的看客们，丝毫没有注意我们何时离开，斗鸡成为他们最关注的事业，斗鸡场外的一切与他们何干！

2018 年 4 月 29 日星期日　于瑞丽市委宿舍

河边村

汽车转过好多个山梁，再越过一个大坝子，甩过几道山梁，正当你要慨叹山梁真多时，汽车就停下来。依山而新建的仿古村寨映入眼帘。村支书穿着民族服装迎接我们，一旁的村会计，也穿着民族服装。村支书的头发，大多已泛白，脸瘦体弱，笑是原生态的。问年纪，竟然小我一岁。他喊我大哥，我没想到，未入寨门，就先认了一位瑶族兄弟。

村子叫河边村，没看到大河，只看到小溪。溪水浑浊，雨季的山洪，汇入小溪，溪水就不再清澈了。跨过一座小桥，山坡上，瑶族人的房屋层层叠叠，能看出是近几年新盖的统一民居。屋顶仿古，整个屋子为木结构。村支书拉着我的手，向前走，我问村支书：平常穿民族服装吗？村支书说不穿不穿，只有客人来了才穿。我避开那一溜宣传画板，也不听乡镇书记的介绍，顺着村西的路，沿街步行上去。看到一个老人赤脚坐在路边，旁边放着他的水烟袋，他对着我笑，我问他在干什么，他也不答复我，嘴向不远处的一棵树上一努，我顺眼望去，只见树杈上挂着一个中年人，中年人的手，在靠近上面一个树杈上的圆木箱，原来那人在采割蜂蜜。老人看我知道了秘密，他就笑了，他旁边的狗也笑了，笑得很悠闲。

通往山顶的台阶，长满了青草，看来这个村的村民数量不多，外来的人也不多，村支书拉我到一个展厅里参观，那是来自北京的一位大学教授的展厅，展示着这位教授对这个古村落的关心。我似乎看到

20 世纪 30 年代做乡村实验的大学教授的身影。院子里有鸡游动在房檐上。云南的鸡，善于飞屋上墙，这种鸡叫做"飞鸡"，也有喜欢栖树而眠的鸡，叫"树鸡"。这些鸡不同于北方的鸡，如健美教练一样，一身疙瘩肉，吃起来香，汤也有别于贪吃懒跑的鸡。鸡的一生，善于奋斗者有虫子可吃，品质差不到哪里去。

通往山上的路似乎很遥远。我问一位村民，新建的房子多少钱？村民说十四五万。再问钱来自何方？答曰一部分来自政府补助，一部分来自贷款。我问村民靠什么致富，贷款能还上吗？答曰：就是种地，没钱还贷款。我再询问，那以后怎么办？答曰：贷款要 20 年还完，那以后还不是要靠政府？我一时愕然，中国式扶贫，倾向于主动给农民建房和注入资金，而对农民内生动力的挖掘还不够深入。

我通过深入调研感觉到，不调动起农民的致富积极性，不培养农民自我改变的意识，脱贫只是形式。在云南，靠着金山银山过苦日子的现象大有村在，改变这种面貌，重要的是改变贫困户的思想，让他们从"等靠要"变成"思挖拉"。思考自己落后的原因，挖掘自己所依赖的资源，拉住人才、项目和文化品牌，始终靠不息的奋斗去改变现状。有个贫困县，靠着近十二万亩古树茶园，却有十二万贫困户，对比起来让人震惊。拥有资源不会利用，享有品质文化却不会打造品牌，这是造成云南部分县市资源丰富而贫困者众多怪相的真正原因。在河边村，一方面我看到政府为农民住房整体式完善做出的努力；另一方面，我对农民自身能力的匮乏感到十分忧心。一个缺少内生动力的村庄，仅有富丽堂皇的房屋是不够的。倘若要我为这里的农民寻找出路，我则不会选择全面改善农民的住房（危房改造例外），我会从改善当地农民的素质入手，加大对他们培训的投入，让他们人人学会一到两门致富技术，这对持续改变他们的现状，真正实现乡村振兴不无益处。另一个问题在于互联网时代，乡村农副产品要提高附加值，一要依托互联网，二要打造当地品牌。而这些所依托的基础，则是人本身的变化。教育和培训，技能与产业，都是贫困农民求得脱贫的关键。

瑶族山民是自由的，但他们多少有些拘谨；我盼望能听到他们歌唱自己的歌曲，村支书很扭捏，半天也没有领大家唱出一首歌。在云南，几乎每个民族都是能歌善舞的民族，善于向外界展示本民族文化的魅力，也是民族村落所要思考的开放途径。能向外界打开的村落，发展的步伐就快一些。河边村的村民，依托着大山，要想走出一条致富途径，政府在引导时，自然不要忽视培养村民的致富技能，而更重要的是让村民富有开放思想，学会与外界沟通，让自己的思想对接山外，山里的产品才会为外人接纳，致富脱贫才有可能。

我与瑶家女子交流，又与瑶族老人谈心，吃了刚从木臼里捣就的米糕，剥着香喷喷的玉米，他们给我穿上瑶族服装，戴上瑶家帽子，我与村支书兄弟一起合影留念。离开瑶寨时，老支书恋恋不舍，嘱咐我一定找时间再来，我则把帽子买下来留作纪念。老支书夸耀着中国农业大学李教授对瑶寨的关爱，我在现场看到李教授的两个弟子在为瑶寨服务，我真希望那两个孩子就是瑶族青年。遗憾的是，大多瑶族青年到山外打工去了，山里只有老人们的笑脸。

上车后，山就远了，瑶寨消遁在视野里，而我的心头多了一丝深深的牵挂。

2018 年 4 月 30 日　于瑞丽

等扎小记

等扎村,隶属勐秀乡的一个小村寨,村里主要居住着景颇族和傈僳族。上次与交通局的几位同事巡查边疆公路,在山岗上看去,等扎村依路而生,靠山而在,一边是坝子,一边是河水,算是有特色的村庄。山势蜿蜒,河是界河,据说还能"一河漂两国"。这个村有点别趣。

中午与央视制片人郭威一行,采访完翡翠雕琢艺术家王朝阳先生,品鉴王先生的作品,多少有些沉醉。我非贪恋翡翠者,但对美妙的翡翠制品,还是特别喜欢欣赏。王先生的作品,依形造势,不走俗路传统,挂件或流绿滴翠,或朴拙藏巧。他所创作的佛教系列,卧佛或于金蝉之内,或灵现于青菜之上,有对比,有层次,有意境。朝阳先生喜欢围绕主题而雕琢,他选择傣家老妇人所创作的玉品,原生态格调中凸显少数民族文化味道。他还创作了红色系列,军帽富有浮雕感,草鞋透出行军者的意志。朝阳君的大作,时常触动我的心灵。作为玉雕高人,至今仍每日不辍,右手中指第一骨节上,突起个硕大的硬茧,表明着他的寂寞跋涉之旅。

我与宣传部长棍么一起,在开往等扎村的路上,棍部长讲述着山村小路从过去到现在的变化。他说,过去骑单车读初中,土路崎岖,走几步就要扛一段;现在的硬化路虽然损害严重,终究是平坦之路,好在!他用当地话评价着这条路。在边疆瑞丽,我不时感觉少数民族兄弟的易于满足。他们喜欢把当下的生活与苦难的以往相比,幸福度一下子就增长十分。更多人在感谢国家，感谢民族政策好，感谢政府这几年加大了扶贫力度。

车刚到等扎村头，棍部长说要拐到老家去看看。村里修了村道，厚达二十多厘米的混凝土，显示出修路人对质量的重视。车子抵达一处小山包，前面是个急弯，不好闯过，车子只好停下来。下车后棍部长搬下一洗脸盆，盆里散布着苹果和一陈旧的铝锅，在慢坡硬化的路上，有位老妇女在收拾油菜籽，棍么说是他的亲戚。慢坡向里延伸，则成为一个院落，院落里存放着烧山后余剩的泛着焦黑的树木，一位酷肖棍么的老妇人，悄然从藤椅上站起，棍部长用景颇语亲切呼唤着她，老人掉了门牙，笑从口腔里出来，透出虚无空洞的时光，叙述着无数少数民族山乡女人平生的勤劳。

棍么部长的父亲早在十几年前就去世，老母住不惯城里，喜欢家乡的空气，喜欢纯净的山水，喜欢养鸡喂狗，喜欢从一个山岗走到另一处山岗，老人依山而老，平平静静。我感谢大山，为瑞丽培养了一位优秀宣传干部；我也感谢这位平凡的老母亲，她告诉我什么叫与世无争。

楼是木楼，因只有棍部长母亲一人居住，通往二楼的木梯，已被散乱的木柴挡住了路，看来已好久无人上楼了。我突然想起远在山东的母亲，也曾在沂蒙小山村，有那么几年，就母亲一个人，守着一个石砌的院子，走来走去，他老人家在回忆着我早逝的父亲，平凡地生活。平凡的母亲总是相似的，而从山乡到城市的儿女们，常常被这种平凡所震撼。棍么告诉母亲说：再等十年，要搬回山村与母亲一同居住，而我，却只能一个人在边关遥望故乡，祝福天国里的母亲，幸福安详了！木楼虽旧，但牵拽着儿子的心肠，在母亲眼里，儿子永远是最珍贵的宝贝；在儿子眼里，母亲永远是温暖的港湾。棍部长沿着院落逡巡，他可记得幼时栽下的那棵小树，现已独木成林？古旧的院落，催老母亲长出白发，却让儿子的笑容，越来越融入母亲的脸面。

棍部长邀请我，一定要去看看他的扶贫项目——小锅米酒。另换了一辆爬山车，辗转数个山头，在山与山之间，突显一处平坦的土地，一处新建的小型工厂。只见砍好的木柴，沿墙而垛成一溜风景。两只狗，一只摇着尾巴，另一只见人不叫反躲。主人介绍说，这是见识少的狗，狗见人少了，就怕人，来人就躲。我看到这只向柴垛后羞涩躲藏的狗，突然想到了一个词——纯粹！想到了世世代代的山民，纯粹如水的目光，我突然涌上一股想哭的感觉。

大山无语，我亦无语。在酒坊里，我看到我的影子也消失了，只有酒香，只有山洞里二十多个大坛子，矗立成威武之姿！我与酒坊主人握手留念，主人叫洞才，是傈僳族扶贫户，现在他每年可有几万元的收入。见他怯生生的眼光，闪烁着傈僳人的大山味道，你能感受到他黄狗躲人般的纯粹。他几乎没说一句话，但我似乎读懂了他眼里要说的万千话语。

从酒作坊下来，沿新修的公路步行一段，倍感舒畅。这些新修的乡道、村道，将为等扎村人插上致富的翅膀。作为分管交通的挂职副市长，我为自己能很快融入边疆之境，为边疆建设奉献微薄之力而庆幸。多为众人修路，孤独的心路才能打开多重通道。即将开通的这些乡村硬化路，不仅缩短了村寨人通往山外的距离，而在重新规划着乡下人未来的时空。用棍部长的话说：这路修成这样，好在！好在！超出了山里人的想象。

沿着平坦如砥的路，走过数百步，抵达一处温泉。掬水洗面，惬意无比；以温水暖臂，顿觉寒气跑远。等扎村，拥有山中之山，水中之水；能酿最美的小锅米酒，能秀最美的山水美景。

其实，瑞丽的每处村寨，如等扎一样，多为璞玉。需要的是王朝阳先生这样的高人，在发现中雕琢，在品味中提升，在聚焦中梳理出

万千主题，在隆起的硬茧中，我们靠艰苦与拼搏，欣赏从点滴磨砺中炫耀出的华美。

等扎的下午时光，因为公干而未能品上小锅米酒，却让我体会到万般酒香。

2018 年 5 月 2 日 5 点　于床榻

夜行车

今夜，从芒市开会回来，已是夜里十点半。边疆开会，动辄夜里举行，也算特色。入乡随俗，只能苦中作乐。从瑞丽赶往芒市，匆匆扒了几口饭，来不及问肚子饱了没有，就开车上了高速路。

瑞丽到芒市的高速路新修不久，路好车稀。我有个艺术家兄弟刘欣欣，现住日本海滨。喜欢到世界各地裸奔，虽说在美国大峡谷裸奔所留下的身影没有美女美妙，却也共天山一色。欣欣兄适合到边疆高速公路来裸奔，他会感觉到超越美国与日本。这里毕竟是祖国，王小波就喜欢这里的自由与洒脱。

从瑞丽到芒市的高速公路有多寂寞，行走在其上的汽车就有多威武。我在北京开车，车常如乌龟爬行。这里的高速公路，让汽车很任性，如大半生找不着女人的光棍，一旦娶个女人，像供着神物一样。很远见不到一辆车，我们车为了找同伴，也只好快加油门，否则感到对不起这路。这里的汽车，如果是人，一定能享受到趾高气扬、扬眉吐气的快感。

从瑞丽赶往芒市，正常驾驶，也就一个多小时的路程。开车的司机是傣家人，开会的同事是余加昌，这让我心头失去了拘谨。索性在汽车上学起傣歌来。昨晚在民族中学，喊沙的妹妹喊瑞，教我唱那曲傣家的祝酒歌。喊瑞是中学政治老师，身兼副校长等数职，唱歌有磁性。她一句一句地教，我一点一点地学，今晚在车上，所学的夹生歌算是派上了用场。我很奇怪：很多傣家人不会唱傣歌，不会说傣话。

和我一样出生在 20 世纪 60 年代的傣家司机，也不会。但他会辨别我的唱音吐词是否正确。一路行程一路歌，听人家评点也是享受。

傣家兄弟听完我唱傣家祝酒歌，建议我要唱一曲景颇族的祝酒歌。他不会想到，我提前也做了功课。勐秀乡文化站的毛站长，唱景颇歌最拿手，我虽未得其真传，却也是感受过他教唱的认真。虽说我是公鸭嗓子，毛站长是小伙子，耐心可不小，也是一句句教我，让我在去往芒市的汽车上，有了声嘶力竭向两位同行者显摆的功底。傣家司机让我唱笑了，他一定听出了我哪里跑调；余加昌快让我唱哭了，他一定听出我的声音比汽车马达声好不了多少。管他呀，我依然故我，一路欢唱。唱完景颇歌唱傣歌，唱罢傣歌再转回来唱景颇歌，不知不觉就到了芒市会场。人像打了鸡血一样兴奋着，下车到会场，我感觉在会场的表情一定是神采奕奕的。也许此刻，会场外的司机兄弟也在咂摸我的一路欢歌偷笑哪！

按下会议内容不表，会议开了两个半小时，我们才得以从会场出来。沿芒市大街而行，两旁的路灯如欢送我们离开的朋友们的笑脸。这是真正的夜晚，也是真正的高速路。收费站把芒市的背影丢在身后。汽车在高速公路上行驶，好像没有了世间万物——包括星星与月亮。今天下大雨，天还阴着，月亮和星星不便出来；鸟儿也不叫，不曾看到高速路上有野兽出没。就我们这一辆车向前、向前、向前，马达发出的韵律，比我的歌声要好听得多。回来的路上，我没有唱歌，就让汽车马达一直在唱，一直在疯，一直在与高速路在赛跑。

高速路两旁的万物，动物和植物，凤尾竹和红橡木，长隧道和矮山丘，都在静默地听着马达的轰鸣。我从马达声里，听出韵律，也打着祝酒歌曲的节拍，用心在发音，用身体在伴舞。也许我永远无法理解刘欣欣老兄的裸游到底意义在哪里。因为没有蝉儿回应，没有芒果的金黄回应在漆黑的路上，甚至没有两位教我的歌唱家的心理感应，否则他们此刻会发短信给我。

拥有黑暗的路似乎比来时的路更加漫长，越想尽快到家，越感到离家遥远。从遥远的北京，抵达这个人口少得不能再少的城市，去一趟芒市，就如去了一趟大城市。

夜在夜的肚子里思想，终于闻到大粪的气息，我知道快接近这富有人味的城市了。而夜已深沉下去，乃至到了自己也不知道自己有多深沉的地步，就像大师不知道自己做大师到底有多深沉一样。

快到家了，我才知这高速的空旷，就是为了显示夜的逼仄、夜的深沉、夜的伦理或者夜的明天。而我的心感觉被掏空了，感觉很累，似乎一天一天就像不停息的陀螺。

我在夜行车上，唱了一夜歌，唱了一路歌，唱了一车歌。第一段有声，第二段听声，第三段以沉默为声，但都是歌，只要你会听。这都是夜行车载我，在高速路上来来去去的啊！

所以，我要感谢夜行车，特别在深夜万籁俱寂之时！

2018 年 5 月晚 11 点 于夜行车上

只要房子能挡风雨

每过几个月，我总会让故乡人拍几张少时住过的房子发给我。现在微信方便，想见任何人，通过微信可以视频。而那些房子沉默如山，自从父母离开这个世界，老屋沉默了十多年了；后院房子屋面上的瓦，像犁了一辈子地的老牛，塌落了屋脊；家人或故去，或嫁走，或搬进城市，唯有那房子，怀着一脸的忧伤，存活在故乡。雨季，老天爷拧开水龙头，一阵一阵无情地浇，后院的房子是老父亲购买的，为大炼钢铁时公社里所用的食堂，檩条都熏黑了，屋梁也熏黑了，小时睡觉，在风雨天，会有黑灰从上面掉下来，我脸黑，怕与小时常受黑灰污染有关吧？

后院有竹，疏朗而旺盛。在北方的冬天，万物凋零了，只有竹昂首挺胸。不知为何，我自幼喜欢竹子。每到春节，家家插青，竹子成为常客。赶集的人，无论穷富，只要家里没有竹子，都要买一两棵回家。退集的人，形成竹海在游动，从一个村庄到另一个村庄。红色的春联与翠绿的竹子相映成趣，会洗去石墙围成的小院一年积攒的几多陈旧。那时，在老屋前的锅灶前，有一棵我移栽过来的酸枣树，十分旺盛。春天，在锅灶旁，一边吃着母亲刚做出的葱油饼，一边闻着酸枣花香。那时，在如今的竹林下面，是一个水汪，常被被我当作大海，足以让我和鹅与鸭快乐整个夏天。从汪的这边游到汪的那边，不过十几米，犹如横穿英吉利海峡。沿东墙，种着十几棵大杨树，比赛着长，有种小黄雀，叫得和小学女同学一样好听，爬到树上去寻，能摸到鸟蛋，烧了吃，香味比鸡蛋受用，只是小黄鸟会悲鸣几天。春天，小黄鸟下蛋勤，常摸常有。有一次摸鸟蛋，摸出一条蛇，连人带蛇从七八米的树上摔下来，几乎摔晕过去。所幸树下是父亲挖汪堆起的叠沙，有沙发一般柔软的缓冲，不至于把人摔惨。那时我的顽皮远远超越同伴，善于爬树摸鱼，偷瓜摘樱桃，无恶不作。被蛇一吓，从此不再爬树。原来觊觎鸟蛋者并非只有我这个馋鬼啊！自此形成习惯，受某事打击后，会从此中止某事，如打牌，如求知，好处是不再有危险，坏处是常常失去上进创新的机会，不能享受更多的刺激。不过，唯有喝酒一事除外，受酒损伤虽大，却一直没有戒除。

父亲退休后，念及两个儿子将来要有房子住，要娶妻生子，遂于老屋之前盖一新房。新房五间，多出旧房两间，东窗外有两棵石榴树，是母亲移栽过来的。一棵是甜的，一棵是半口（半甜半酸）。每到石榴挂果，娘就念叨我的归期，直到把石榴放到木柜里，放皱变色，母亲还在期待着儿子回来。怀念母亲看我吃石榴时欣喜的目光。母亲故去十年了，那两棵窗前的石榴树也消失了。是随母亲到了另一个世界，还是怕引起我的感伤一并消亡了？石屋是父亲开石塘修建的，他把一块块石头起出来，然后房屋就建起来了。父亲不识字，他把书写之功用在石头上。石头在父亲手里，犹如我笔下的纸张，錾子开几个口，用绳子连成一串，几锤下去，巨石豆腐一样整齐分开。父亲眯眯笑着，将石头一块块抱出石塘。石塘边的石头们，排列着，构成父亲书写的文章。看老屋，想起父亲在寒风的瑟缩中，一锤又一锤，锤声震响了山野，震跑了野兔，震落了挂在柿树上的片片黄叶。我至今难以想象，父亲竟然有那么持久的韧性，一个冬天，又一个冬天。大锤落在石头上的声音沉闷而浑厚，錾子开石的声音有一种撕裂果实的快感。在北方，广袤的大地上，父亲的锤，像鼓锤一样，整个冬天，都在敲响着大地的胸膛。

　　靠近大门，有一棵大榆树，已有几十年，当时也是我移栽的。北方的春天，榆钱飞舞，赶上几场雨，榆钱也不嫌弃故乡贫瘠的土地，扎根出苗，一点点成长着。像山区的孩子，不经意间就长成了树。这棵榆树与我一样，活了几十年，比我小几岁，算我兄弟吧。兄弟的枝丫钻入天空，长成无数只手，它们拥抱着天空，怀揣着热情。扎根在大地之上的这棵老榆树啊，有几次弟弟要砍掉，我说，留个念想吧，爹走了，娘走了，只有这棵榆树，还记得爹娘的欢笑与愁容。大门曾生满斑驳的锈，我喜欢这种与老屋配套的苍老。门本来就是挡君子不挡小人的，挡人类不挡畜生的，只要门不烂掉，它就有它的尊严与象征。不知怎么，门就换了，还刷上了新漆。谁想出了这个迎合人的主意，给羊群刷上绿漆，形成晃动的绿地，可用来欺骗上级？

　　我每当看过老屋，就会几周充满活力；家人几次商议改建老屋，我总觉不忍心。到瑞丽工作，看到村寨里一个又一个老房子倒下，看到一棵又一棵大青树倒下，我的心啊，像被人割了刀子，一直在流血啊！村庄失去了历史的记忆，还叫什么村庄？大地失去了大青树，还叫什么古老的大地？我曾经是一位狂热的建设者，可后来，我越来越诅咒混凝土，越来越诅咒我自己。我以我引以为豪的方式矗立起高楼，却消弭了绿色、大地、飞禽走兽与清新的空气，历史的记忆。不可复原的一切在自我安慰中成为永远的回忆。旧真不是垃圾，我要告诉世人，在旧物面前，恰恰需要人类自己提醒自己。

　　这大半生，与工程项目为伴，早年住在帐篷里，后来住在活动板房里，再后来住砖瓦房，再后来住到城市阔大楼房里，越来越远离土地，原始的记忆越来越远，可我想亲近土地的感觉一直没有变，想回到老屋里喘息的感觉一点没有变。刚工作时，一位老工人对我说：只要房子能遮风避雨就行啊！这位老工人一生都是乐天派，有时我懈怠了，就喜欢回忆老工人爽朗的笑声，他低微的满足，永远是我学习的榜样。

　　我在想，老工人的话是对的。只是人类越来越脱离自然了，越来越追求完美了；只是光滑的混凝土上长不出庄稼，过分的城市化会毁坏我们的家园；只是越来越多的人，已经习惯了在完美中死去，而不愿在自然中苟活。

　　我感到无奈，面对越来越少的土地，面对越来越华丽的村寨，我只有呼出我一声重重的叹息！

2018 年 5 月 7 日 7:30 于市委床榻

做人的内与外

感谢北京建筑大学的模范教师秦红玲教授，数年前，经她引介，得以在其任教的大学经管学院任校外导师。每年除带两位研究生外，有时还要给整个研究生班讲课，这让我有更多时间熟悉大学里的教学。以前，也曾做过山东大学的特聘教师，但真正实质性地推进教学和理论提升，应该是在读博士之后，在北京建筑大学从教的历练中。博士同学毕业后，许多选择留在大学，不少人羡慕在企业里工作的我；而在央企工作的我，却羡慕那些在大学里任教的同学。这类"围城效应"，我相信每个人多少都有一点，而我一直在做着穿越内外的尝试。

做研究生导师，让我体会到理论之于实践的重要，也让我知道实践对理论的提升效能。学院派教育的最大失误，是与实践的相对脱离；而实践者最大的缺陷，是系统理论的缺乏。我以我对大学的认知，实践着我的教学，我也以我的肤浅理论，推进着教学。我对我带的研究生，说不上谆谆教诲，却也能亲切有加。我希望通过贴心的教学，让他们感知理论之外的实践比理论本身更重要。因此，我更多强化他们的方法思维，与社会共融的系统思维，更强调理论层面以外的心理教育和人文引导。

一个学生，在学校获得的不仅仅是文凭，更多的是做人的境界。我以我高校内外的教学实践，平衡自己的思想与行动。希望每个学生既要钻进去，又要跳出来，不要做一个不通社会的"书虫子"，更

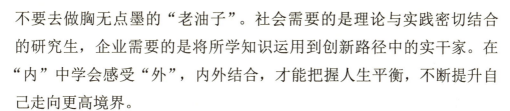

不要去做胸无点墨的"老油子"。社会需要的是理论与实践密切结合的研究生，企业需要的是将所学知识运用到创新路径中的实干家。在"内"中学会感受"外"，内外结合，才能把握人生平衡，不断提升自己走向更高境界。

事实上，套用这样的思维，在工作中想着工作外，在亲人中想着亲人和社会的平衡，在单位中想着单位内与单位外的互融，在一个地区的发展中想着和周围地区的交流，在人际交往中想着突破狭隘的小圈子走向更远的范围，在一国发展中想着数国之间的联动……这种内与外的结合，对每个人走出狭隘，走出片面思维的藩篱，做出更好的选择和努力，都有着举足轻重的作用。这是统筹学理论，也是系统学的要求。一个人，在具体的实践中，把握内与外的平衡，可获得更多的审美感受，也能使自己在获得心理愉悦的同时，形成健康向上的处世观。遇事不埋怨，干事不偏颇，有拦路虎想战胜的办法，错过机会也不气馁，而是学会抓住下一次机会，心态阳光，就会拥有正能量。

其实，每年在评阅四至五篇研究生论文时，我最大的感受，就是很多研究生没有跳出学院思维。我支持论文的规范化，但我想，一个永远在套子里生存不会创新的学生，一定不是好学生。所以，我对敢于想象、敢于创新的学生，充满期待，也愿意给他们打高分，哪怕有时他们的论文个别地方不符合学术规范；而对循规蹈矩的学生，特别是缺乏想象和创造的学生，只有片面站位而缺少整体思考的学生，一般予以严肃提醒或给低分。不少研究企业的管理的学生，只从企业的管理做单向度思考，站在企业角度考虑问题，只考虑了"内"，而对国内和国外市场这个"外"思考过少，"见子打子"的工作法，会让他"只见树木不见森林"。这类学生如果走向工作岗位，则会习惯于沿着"计划——实施——总结"的传统工作思路工作，而那些懂得"内与外结合"的学生。则会形成"计划——系统筹划——实施——总结——

沟通——内外"的创新方式工作，这类学生更有益于社会，更容易成长为参天大树。

我在每次评点完论文后，总要与学生交流一番，毕业数年的学生会发来信息说：老师，我感觉您教给我的方法让我受用很多。我想，他至少通过数年实践，知道了"内外结合"的道理，才不会去做一个盲从者，这也是作为教师最快乐的时候。

2018 年 5 月 15 日星期二 凌晨 3 点 于瑞丽市委宿舍

大爱起于瞬间的灾难

收到好友张凡主编的书籍《汶川十年》，当天捧读数页就放不下了。不仅惊叹记者出身的张凡主编的文笔，更惊叹在汶川大地震十年之后，能再一次感受受难者的心路历程。

2008 年，是不平凡的一年。这一年的大雪铺天盖地，连一向温暖的南方也没有错过；"5·12"大地震撼动着每一位中国人的心。那年春天，我正从京沪高铁筹备组转到另一个单位工作，在与一位朋友去往东阿的途中，感受到地震的余波。当我们依然与往日无异地享受生活的快乐时，在汶川，在北川中学，一批正在上课的中学生，却在一瞬间，感受到从未遭受过的巨大自然灾难的重创。他们有的当场死亡；有的在废墟里挣扎不出，在呼喊、惊恐中死亡；有的则怀着强烈的生存念想，或自救或被救，最后存活下来。而更多学生，面临着截去单腿、双腿或单臂、双臂。世界给这些风华正茂的孩子们，开了一个惨痛的玩笑！从此，揭开了他们的另类人生。但这些孩子们——生的力量，在冲撞着他们的心胸；对知识的追求，引领着他们奔向光明。在经过或短或长的治疗之后，这些孩子们重回学校，与义肢为伴，以坚强为力，以自信为基，走出了一条不屈的路、抗争的路、奋进的路。

张凡通过描绘这样一个群体，通过描绘每一位被自然伤残而又绽放出青春之花的孩子们的英勇故事，读来让人流泪。在对震灾现场如临其境的描述中，让我们再次感受到汶川人们所经历的悲苦，而孩子们顽强地应对困难，在苦难中挣扎、求学，自我砥砺、向往光明的心路历程，又让每一位读者唏嘘不已。

多难兴邦！中华民族，历经多种苦难而不倒，靠的是自强不息的精神，靠的是对光明的期盼与大爱无疆的世代传播。在爱与被爱的传递中，在救与被救的切磋中，在现实与未来的选择中，在死亡与生存的较量中，你能感受中华民族始终洋溢着生生不息的力量。张凡，以他的如椽大笔和记者的写实技巧，真实再现了这场灾难的宏观场面和原始背景，让我们再一次走进灾难的历史画面，从中感受到人在巨大天灾来临后的弱势与微小，但作者所要描绘赞美的更是宏大灾难场面后的崇高，是祖国爱意相连、举国同助的人道主义壮举的精神血脉的伟大。在对每一位受难学生近乎白描的细腻中，读者会感受到温情的力量、求生的可贵、坚强的精神感召以及超越许多狭隘思维的大爱之举。

这是一本大爱之书，以更宏大的视野回望汶川地震给汶川人们带来的重创；这也是呈现受难者十年过程之爱的好书。汶川十年，不仅体现了祖国的爱之力量，更体现了人们之间最撩动人内心深处的爱之唤醒的个体美好。每一个学生的成长都写满了艰难，但也写满了爱与希望。当我们看着这些受难的孩子，一脸阳光地生活在大学校园和企业里时，我们为他们庆幸、祝福，欣喜若狂。

历史需要记忆，灾难需要回望。《汶川十年》不是悲怆者的哀伤，而是奋进者的咏叹。大爱无疆，大爱起于瞬间的悲伤。而生的路更长，对每一位知道死的滋味的受难者而言，生就是幸福，而爱的阳光播撒的不仅仅给这些不断成长的受难者，也会播撒到读者的心田。《汶川十年》的意义也正在这里。

2018 年 5 月 15 日星期二 凌晨 4 点 于市委宿舍

做事的深与浅

人与人的性质貌似都是一样的，吃喝拉撒睡，一样少不了；但人与人，又的确是不一样的。有的人过着千篇一律的生活，有的人每天丰富多彩。有的人念念不忘自己的功绩，整日牢骚满腹，年龄越大越像蚂负蜕一样苦累不堪；而有的人总把过去的成绩很快甩去，以归零的心态天天进步，活得轻松而又洒脱；有的人每天盯着别人的缺点不放，认为天下人唯有自己厉害，其实自己是草包一个；有的人始终看别人好处，天天阳光心态，处处谦逊待人，受到委屈也坦然一笑。有的人得一官位，就高高在上，作威作福，说话官腔十足，做事目中无人；有的人位至高位，如履薄冰，勤勤恳恳，待民如同亲人……身边人，过来事，只要您善于观察，就可以发现每个人的做事风格，其实是他内在心理的体现。为什么同样的岗位，有的人勤勉、朴实、平和、善待同事、严于律己，而另一些人不可一世、盛气凌人、假公济私、虚浮行事？盖因内心世界的不同，而造成行事风格的不同罢了。

有些酷吏，在任时，恨不得一下子超越世界，违背规律做事，超越人性放言，甩开膀子胡闹，殊不知，得到的是自然界的报复、勤劳人民的反对、个人威信的丧失。"上帝让人灭亡，必先让其疯狂。"不顾规律的瞎计划，缺少法度的乱安排，十分任性的乱指挥，最后导致的不仅是自己的灭亡，也对一个地区，一项工程，一件事情带来毁灭性打击。

所以，做事的恰如其分很重要。把握做事的度，对工作好，对同事好，对自己好。

就牵连工作深与浅的问题。太深，会伤及工作。当各方条件还不具备，硬去做事，事倍功半，劳民伤财。有些人为了政绩，有些人为了面子，有些人为了讨好上级，唯名、唯利、唯权，势必不顾别人劝阻，遇事则大发号令，这样做的结局，自然构成对周围的自然环境、人文环境的深度毁坏。这类人做事，多源自于无知。不懂政策，所以敢大开其口，随意安排；不懂法律，所以敢目空一切，胆大妄为；不懂技术，所以不知深浅，认为当个芝麻官，就拥有了风火轮，就有了金箍棒；不懂世态人情，以理论套理论，自以为是。这种酷吏，看似气势汹汹，其实色厉内荏。剖析他所做的任何一件事情，都不是为了完美地解决问题，而是为了事情后的名利、个人欲望或其他瓜葛。看他貌似很深地去做事，其实暗含了肤浅的认知、轻率的决策、无知的判断、自大的情绪。所以，对这类为官者，我一向报以避而远之的态度。此类官员，每天忙得屁颠屁颠的，脑子里是"大计划"，眼睛里是"大事情"，以忙为由，很少学习或干脆不学习，靠自己不切实际的想象去做事；缺少对基层的深研细究，缺少对民众的人性关怀，大谈其"深"，其实很浅。说到底，这类人缺少深度学习和严格自律，或者说缺少自知之明。是政策的无知者，法律的盲目者，技术的外行人，世态人情淡漠者。自然等待他的是失败。这类酷吏，多以"工作狂"形象示人，其实是外强中干，形式大于内容的为官者，看似其深邃似海、作风凌厉，其实肤浅之极。有些人当时显现政绩大而狂，过后就看出其危害远而深。对这类外深内浅的为官者，确实要提高警惕！

还有一类官员恰恰与此相反：做事慢腾腾，如乌龟爬行；手脚软绵绵，如练太极八卦。遇事先牢骚，做事带情绪，十倍于事的资源还嫌少，数倍便利的条件不会用，身边人个个都缺点一大堆，件件工作都要等到万事俱备。工作根本没有一点积极主动性，更别说创新意识。对自己讲究享受，兜售资本；对同事，喜欢说消极话，大家一起不要露头，"枪打出头鸟"嘛！得过且过活着足矣。塌天大祸熟视无睹，草房失火他也不急。这类人慢腾腾、温吞吞，一只眼睁，一只眼闭，胸中自藏千万甲推来阻去不干事的兵，让你气不得，哭不得，笑不得。他有他的理论，他有他的躲事八部兵法，他有他的金蝉脱壳之计。宏伟的事业，往往毁坏在这类人的推脱之间，延误之后。和前一种酷吏相比，这类人更隐蔽，这种人更可恶。此类人中，不乏当年意气风发、偶遇某事以后意志彻底消沉者，不缺以"好人主义"自居，浑浑噩噩、无所事事者；自然也有半斤八两，年纪轻轻就官气十足的所谓"新官僚"。这类人的危害力很大，他们凝结成一种繁衍不息的消极情绪，纵使整个团队各个零件都很优秀，但因为这种人引发的消极情绪影响，工作难以开展，困难难以解决。这类人，虽"浅"犹"深"，害处甚大！

人非圣贤，孰能无过？笔者无意给人戴帽子，也不会打棍子，实在通过研究改革开放几十年来的所谓官场，正反两方的"深浅人"越来越多，严重阻碍了各项事业的发展。

深者不深，浅者不浅，让急需发展的各项事业不深不浅、徘徊不前。剖析原因，纵然很多。但转变看人用人方式算作一法。干部考核机制的定性与定量，应是态度、方法、能力与结果和可持续发展的有机结合的系统性考核。只是，当下的干部考核，更多的是短期目标考核，而对干部做事中过程之美、结果之真、未来之影响缺少综合考量，而这恰恰关乎干部做事的"深"与"浅"。所以能让酷吏大行其道，

慢吏常有市场，而形成做事非快即慢、非浅即深，总偏离正常的轨道的现象，岂不悲乎！

只是，每位干部在为人做事之前，是需要有一种创新的勇气、踏实的干劲、为民的情怀，符合规律地去做任何事情，对目前的官场存在的一些丑恶现象也算有效的抵制和矫正。

2018 年 5 月 16 日 凌晨 5 点 于瑞丽市委宿舍

去看畹町回环村的猴子

在瑞丽，有几次去莫里瀑布，车甩个头，窜到芒市一侧的一个旅游点。这里原打算做瑞丽江漂游的，站在这个旅游点上，但见江水滔滔，涌流不绝，很有气势；更美妙的还是对岸，但见茂林修竹，耸立于河畔，往远处看，一山高过一山，一鸟鸣过一鸟，使得山更挺拔、林更幽静。随行的人说，对岸他去过，有个很奇绝的小村庄，叫回环村，归畹町管，却是古老村寨，村寨有傣家人，也有德昂人，有犀鸟，也有猴子，直说得我心里痒痒的。没曾想，在一个美好的时日，我与马孝忠副市长以及瑞丽史志办的同志，在畹町镇兰天水书记的引导下，得以畅游该村，实现了我的梦想。

那一日，我执意坚持，要先去看一眼江边的凤凰花。抵达瑞丽江边，但见中缅女子徜徉在凤凰树下，或清新如画，或作小鸟依人状，或群体，或个体，纷纷与凤凰花合影留念；偶有小女孩，将花挽成花环套在头上，倒也十分可爱。地上很少见花朵洒落，并没有前两天自媒体所吆喝的"盗花贼"大肆盗花的景象存在。喜欢从道德的高度评价日常行为，不好。在凤凰花下，每个爱花人的美心，几乎都是值得赞美的。我拥有了这一片花海，同事们也拥有了一片花心。一车同事谈笑风生，再往畹町走，人的神情就不一样了。

到抗日关口黑山门纪念点，向左一拐，再过几道弯，就到了回环村了。

回环村，村不大，沿着我的视线，两边的房屋好像一根藤上结出的瓜，形成一字型排列。可以想象，当年的山民，如何巧妙地将一个村的房屋，一栋栋建立在山脚下的平坝上，正像瑞丽市的其他坝子一样，村寨因山而美，因水而活，而这个沿山而起的寨子，更有一种意味深长的风度。

我在山脚下走，看左边的山峦，高而逼仄，幽深之中，多少给我些压迫感；听到孔雀的欢叫，而这里确是有犀鸟生活的。以我仅有的地质学知识看，此处村寨的选址，是存有一定危险性的。但硬质的石岩，保护这个村寨的山民世代平安繁衍，就像犀鸟一样安详生存在大山之中。我期待看到猴子，兰书记说，这个季节，猴子迁徙到缅甸了。不过，村民和他都见过。每到春天，这里的犀鸟，会吸引大批的摄影爱好者，如盈江犀鸟谷一样热闹，摄影协会的朋友几次邀请我都没能来，十分遗憾！

路是标准的乡村路，听说原来的路是石块路，古朴而自然，后来我在通向江边的路上看到了，因为水泥硬化路的修建，这些石块路就消失了，这很让人失落，让一个村庄的古朴，顿时减分不少。但所幸，兰书记他们后来明白，保持了一条通向江边的石块路，我走在上面，一边硌着脚，一边说着话，像一位享受按摩的人，感受着春风的抚慰。

通向岸边的石块路让我想起这个村庄曾有的古朴气息，但见路两旁一丛一丛，一片一片，生长着茂盛的竹子，直刺云天，有凤尾竹，有龙盘竹，还有其他我说不上的竹种。竹影婆娑之下，但觉阵阵凉意袭来，顿生古人诗心禅意，扫去了我刚入村时看到混凝土路对村庄侵蚀的不快。这样的民族村寨，道路不要轻易地改建成硬化路，即使改，为什么不弄成大地的颜色？即使修，为什么树两旁不密植上树木花草？我建议书记：还是要对长长的村路进行改造，形成自村头到村尾的花海树河，让背包客尽情享受花果相间行走的美感。倘若沿路形成花果的拱棚，这个村子岂不成了世外桃源？只是生生一条路，带给村民方便的同时，把村落的古旧，无情淡化了。

所幸有村头的数棵大榕树，一棵胜过一棵，挺立在村头，宣示着这个村落曾经的古老。我在村头，在村长家，拍石榴花果，看芒果树青，听孔雀欢叫，摸大青树皮的纹路，一种古朴之意油然而生。很多民族村庄的古老元素在消失，而回环村，还保留着更多的民族元素。显示民族文化故事的墙壁画令我眼热，但我更喜欢的是苍老、陈旧的竹楼木屋。从村头走到村尾，这种房屋虽然在减少，但所幸还有不少；只是屋面改造得太多，好像给一位古朴的老人披上了现代的纱巾，多少显得有些不般配。我建议兰书记对屋面统一做民族化的改造，让村落在古老传统里回归德昂文化的氛围。

一位不会汉话的老人，他在编织一个鱼篓，我靠他儿子翻译，与他对话，并从他手里接过他正在编织的鱼篓，编织起来。世世代代的德昂人、傣家人，生活在这里，以他们的勤劳与善良，相伴着大山。有的一生没有走出大山，他们靠自己的智慧，种田、渔猎和编织。与野兽作斗争。当年日寇驻扎，虽打破了山寨的平静，但没有掠走山民的善良与纯朴；今日回环村，既有不会讲汉语的老人古朴之风的存在，又有老人儿子流利汉话所带给我们的现代舒畅感。

兰书记领我们到一家酒坊去参观，女主人领我们去看了她的储酒屋，又看了另一间储酒屋，女主人的勤劳让我们赞佩，她一家靠酿酒致富，靠白米酒、紫米酒发财，过上了小康生活。桂花酒是她的独创，斟上一小杯品尝，但闻桂花香，喝下肚思量，真乃好酒，装满了一个村的芬芳。这样的酒坊，村里有两三家，一家有一家的特点；我看到几家人正晒香料烟，打捆的香料烟方正如书，德昂人正是这样一年一年书写着春秋。

遇到一位穿黄衫的老者，问年轻村长，才知对方是老队长，八十五岁了，身板还硬朗；旁边的屋子显然比他还老，在这个院子我拍了数张照片，生怕古物也如石块路一样消失似的。在村里看到了瑞丽江边一样的凤凰花树，只是分离开的两棵，一棵在路东，一颗在路西；看到花生树，粉红的花挂在树上，簇拥成花海，据说此花结出的果实有花生一样的味道；而桂花树的香味，纵穿了整个村庄，即使我们在往岸边走的路上，这种花香还尾随着我们。

德昂村人的聪明从古至今就从村落的布置上显示出来。如果说村头的大榕树是一首乐曲的美妙序曲，那古老的奘房藏在村尾则成为神圣的结尾。新旧两栋奘房，矗立在村尾，更让我感兴趣的还是那座木制竹围的古老奘房，它就像一个世纪老人，诉说着一个村庄的过去。据介绍，此奘房建于清朝末年，少说也有一百余年，但见雕饰的动物和花朵油漆脱落，榫卯建筑有些开裂，但依稀能感觉到德昂人的智慧与精巧。这座奘房，已被列为州级文物保护单位，我倒是希望它的被保护级别尽快提升。因为这座古老的奘房，代表的不仅是一个民族，一个时代，而且是我们中华民族文化的化石。

沿石块路而下，抵达瑞丽江，但见瑞丽江水碧绿如翡翠，我的眼界心胸大开。当时在对岸形成的心中谜团，今天终于破密打开。回环，一个美妙古老的村寨，藏在深山人未识，它以它的独特，让我获得一上午的眼福心悦。感谢您，回环村！我想来看猴子，虽然没看上，但我看到了更多的美景与历史；我想来拍犀鸟，没拍上，但我拍到了更多灵动的万物。

回环村，一个值得再来的村庄。有一天，我会以一个背包客的身份，沿村循河而行，独享这个村庄的古老，独赏这个村庄的美景！

2018 年 5 月 17 日早 8 点 于瑞丽市委宿舍

瑞丽杨梅

杨梅不是江南产的吗？瑞丽，在云南的瑞丽，竟然也会产杨梅？不可能吧！我的回答是肯定的。瑞丽不仅过去产杨梅，现在也产杨梅。过去的杨梅个头小，产量小，不出名，仅供当地人吃；而现在的杨梅，不仅吸引了周围县市的人群，还畅销到江南甚至全国。因为要接受央视采访，我才通过了解相关人员知道，瑞丽当下杨梅的种植面积数量连年增加，销售价值也很可观。

我感谢已经调走的马剑副书记，他是第一位接待我初来瑞丽挂职的市委领导。无数个 1 月 1 号，在我的人生中几近忽略。而 2018 年的 1 月 1 日，我记得真真切切。这一天，马剑副书记热情接待了我，我从寒冷的北京，抵达温暖的瑞丽，在温暖的层面上，感受到马剑副书记的另一种温暖。当时，陪马剑而坐的，还有分管文教的赵瑞仁副市长。因为初来乍到，瑞丽只是头脑中的概念，所以对接待我的领导倍感亲切，至今对当时的情形记忆犹新，我感谢这两位领导、同事加兄弟。也是在那一刻，马剑的心性，我了解到位了；数天之后，马剑领我一起到户瓦村寨杨梅生产基地，让我第一次看到颇具规模的那一大片杨梅种植基地。

杨梅，本是江南的果品。江南人喜欢吃，就像他们喜欢听评弹一样。移植到瑞丽来，可是费了一番周折。马剑副书记介绍我认识了江南才俊叶海波，这位青年企业家，起家于商场的努力，兴盛于投资房地产，归根于做智慧农业。他当初发现了瑞丽，瑞丽吸引着这位年轻人创业的眼球。当他决定在瑞丽再走智慧农业之路时，浙江商会名誉会长王岳亮先生，毫不迟疑地支持了这个青年人。

大山里的山民总是淳朴的，叶海波比他们还真诚。一夜之间，他就带着打印机和现金，将漫山遍野、分家别户的用地补偿费分发到每一户村民。村民相信现实，而不相信表白。租地成功后，村民杀了一头牛，举行了最热烈的庆典仪式，载歌载舞，欢迎这位来自江南，为他们打开致富新路的年轻人。

一片又一片杨梅果园，在群山之巅建立起来了，真实的保边富民的基地建起来啦！叶海波，这位善于创新的年轻人，以他多年商场练就的智慧，转移到对瑞丽新时代农业发展的智慧平台上。在这里，叶海波怀着一种实现梦想的愿望，将江南人喜欢吃的杨梅优秀品种，特别是稀少的贡品品种，引种到勐秀乡海拔一千米之上的山地上。在这里，他通过六年的坚守与拼搏，培育出一棵棵妙味横生、品相优雅的杨梅树，形成规模了。

我和马剑副书记第一次到叶海波的杨梅基地时，正逢北方的冬天。杨梅树和火龙果依然沉歇着，柠檬果偶尔也有零星挂果。那一天，马剑副书记坐在山岭上，我知道，他一直生活在边疆，习惯了这里的空气与田野，不像我这个呼吸过过多雾霾的人如此稀罕杨梅园林和其周围的美景。我早被杨梅树林下面的原始森林所吸引，那条好像永远流不完的溪水，将原始森林和叶海波的果园从中间分开，相映成趣。我和叶海波的下属——智慧农业的执行人金经理，一点点走过他的杨梅树，指点着一棵，再指点另一棵。抵达原始森林时，金经理提示我说，原始森林有瘴气，还是不要轻易进去。出于好奇，我还是执意往里走了几十米，我是一位容易被美景诱惑的人。尽管金经理一再说明，当年的远征军，很多人就是在中缅边境线上，被这种瘴气所熏倒而丧命的，但我对原始森林仍充满了诗人般的幻想。

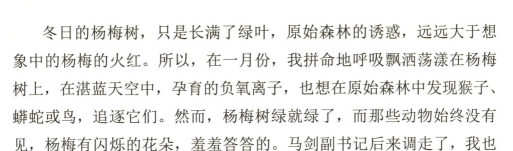

冬日的杨梅树，只是长满了绿叶，原始森林的诱惑，远远大于想象中的杨梅的火红。所以，在一月份，我拼命地呼吸飘洒荡漾在杨梅树上，在湛蓝天空中，孕育的负氧离子，也想在原始森林中发现猴子、蟒蛇或鸟，追逐它们。然而，杨梅树绿就绿了，而那些动物始终没有见，杨梅有闪烁的花朵，羞羞答答的。马剑副书记后来调走了，我也好长时间没再去观赏杨梅果园，不明不白的，就这样与杨梅隔膜着，在瑞丽度过了四个多月。

当有一天，叶海波告诉我说杨梅熟了时，我还像生活在梦中，突然被惊醒一样。

杨梅的确熟了，漫山遍野。杨梅睡了一冬天，此刻终于醒来了，漫山遍野的美，超过采摘它们的美女。杨梅，满树挂果的杨梅绿中透红的景致，的确不同以往了。和我刚来时的浅淡，断然不一了！

很多女子带着男人，很多老人带着小孩，很多当地人带着外地人，来到叶海波的杨梅基地，来到这个海拔适合视野与呼吸的山地上，在这个美丽的地方，著名军旅词曲作家杨非曾撰写过歌词《有一个美丽的地方》，俯瞰远方，可见瑞丽的秀美与陇川的豪迈，于是歌就歌了，杨梅就杨梅了。我喜欢叶海波这位创业者不断进取、扶持边疆农民脱贫致富的勇气与智慧。这位年轻人，以他的坚韧与担当，通过六年的心血与付出，闯过一个难关又一个难关。今天，迎接我的这一片片杨梅园林的火红，在汇报着叶海波的奋斗过程，不同颜色杨梅有着不同味道，像叶海波走过的路。

在瑞丽杨梅产地，最让我动情的，是叶海波扎根瑞丽勐秀大地六年的坚韧与付出。很多人，因为曾经沧海而落到难为水的境地。海波，这位年轻人，没有把过去的辉煌当做负担，敢于担当，敢于奉献。六年坚守如一日，靠辛勤劳动和逐日积累创造了智慧农业的奇迹。他有着现代企业家的智慧，更有着实干家的坚强。杨梅以它的品相、口感、原生态，赢得了品尝者的赞美，也让叶海波看在眼里、笑在身上。杨梅啊杨梅，它怎么会知道，凭借这位江南人，它们就从浙江大地翻山过海，落户瑞丽，将江南人品鉴的昔日贡品，端上了平常瑞丽人的餐桌！

这绝对是一次奇妙的迁徙，无论对叶海波还是杨梅。边疆人等待着致富，江南的杨梅，等待着一种新的突破。通过六年的耕耘与培育，叶海波走向了成功。其间，叶海波获得了许多同乡从始至终的支持，也赢得政府多方面的帮助，瑞丽民众的善良与宽容、支持与推动，让叶海波的杨梅园林，带有边疆的纯朴、野性与善良。

我去勐秀山上这一片位于海拔一千多米的山地上采摘杨梅时，杨梅们已被当地的美女追逐成流寇了。在采摘现场，我和几位当地汉子，听一位美女对另一位美女调侃说：别吃了，吃多了你就会怀孕的。虽是玩笑，又带有多少对杨梅褒奖啊！

叶海波向我介绍了整个杨梅园林的品种，我没有记住几个。黑炭杨梅，形黑而微甜；黑金杨梅，个大而悠远；而水晶果杨梅，长相轻盈、透亮，有种皇家的尊贵，吃在口中，有松香，还有草莓的味道。说实话，我从来没吃过口感这样好的品种。夫人爱吃杨梅，真想揣几个带回北京给她吃。海波说，水晶杨梅是皇家贡品，树大叶绿而挂果较少，我悄然看过去，果然稀疏。物以稀为贵，这种金黄剔透的水晶杨梅，的确是杨梅中的极品。杨梅树还有保护生态的作用，倘若森林失火，杨梅树是最好的隔离带。

因为周六下午要回市政府开会，我只好依依不舍地离开叶海波的杨梅树园林。走在回来的路上，想起杨梅，口水还是流下来，人是容易被外界诱惑的动物。瑞丽有了杨梅，接受杨梅诱惑的人会越来越多，杨梅的成熟周期长达一月，根本不用担心昙花一现。所以，因杨梅而来瑞丽的游客会越来越多。

在瑞丽，不仅有江南的酸爽美味，也有皇家的尊贵享受。叶海波这位创业者，让瑞丽百姓饱尝江南杨梅的地道美味，他的杨梅基地选在瑞丽原生态的山地上——山美无瑕，水美无污，天空澄明，果美如画。我想，不等叶海波的杨梅酿成美酒，不等他的果实制成果脯，树上的杨梅就会成为无数采摘者口中的美食，叶海波的杨梅基地会成为无数喜食杨梅者心中的天堂！

感谢叶海波，感谢这位聪明的年轻人，给瑞丽带来江南的美味与诗意。

2018 年 5 月 19 日星期六 22:40　初稿于市委宿舍

5 月 20 日 23 点　修改于北京

离京返滇的前几天晚上

这个城市似乎不再属于我，尽管这里有我的住房、朋友和学生；也可能历史上这个城市就没有让我亲近过，高楼林立、面孔陌生，高大上的外表下，裹挟的是更多人的冷漠与僵硬。我从学校里走过一遍，从东门到西门，再从西门到东门。去年的核桃树挂了今年的核桃，去夏的博士帽戴在了学弟学妹头上。老校长的铜塑手指又磨亮了许多，有去遵义工作的博士同学回校参加他老师的葬礼，相约行走在校园。走到我们共同住过的红一楼，楼梯口加了一道门，楼梯改成了坡道，宿管阿姨陌生地看着我俩，我俩却感到她陌生中透着熟悉。这个校园就像一个家，曾经暂时安顿过我们的身体与灵魂。而我感觉，我的灵魂一直漂泊在路上。

那天夜里，参加了一个盛大的聚会。曾经的好友中的富商，酒桌上洒满叹息，也许过度的逍遥让他已经对这个世界丧失了记忆；诗人兄弟的诗，童尿一样闪过酒桌，人们看到了一个儿童的玩笑，却没有闻到更多的味道。酒，味道十足的酒，从一个嘴唇滑落到另一个嘴唇。生活在大城市的人们总是这样歌舞升平。而西南方的小城，不用我牵挂，就有人询问，询问使我变成祥林嫂一样的机械人：自然之美、人文之美、历史之美、边贸之美。我一遍遍介绍，一遍遍完善着对一个小城的描摹。我迎合着北京城里的人，对边疆小城的探寻，而我的心已离他们很远很远，他们生活在城市，我生活在乡间，我把自己想象成在山林里游走的野人。

友人摸着我的脸说，你真黑了，黑成了铁块；我答曰：脸黑心不黑。有人打圆场，他原本就黑。不仅黑了，也的确瘦了，瘦成了一个青年时代的我。那时头发黑，现在头发一点点白了，是到了瑞丽才开始白的，一天一根，还是一天数根，我无法数清楚。

我计划在北京的时间，一半用来工作，一半用来休息处理家事。遗憾的是，几乎每天都在忙于工作，为着那个蹁跹小城，我越来越与北京形成了讨价还价的关系。昔日各个部委的朋友们，今天成为我为这个城市呐喊的倾听者。我不知道自己为什么会喜欢一个并不发达的小城，落后于内地的小城，甚至偶有战火的小城。而小城的小吃尽管丰富，但有时会驱赶一个异地人的胃口。在北京的几天，我连吃几天九转大肠、红烧猪蹄、大葱蘸酱之类的大菜弥补在瑞丽的亏空，一边向北京人介绍瑞丽的撒撇等美食。作家朋友、同学和同事，请我小酌，像富豪怜悯农人一样，给我点一些我爱吃的菜。虽然短期内不可能让我瘦下去的身体膨胀起来，但足以让他们自慰。我在众人贪婪的目光中张开贪婪之嘴，不知道是品味远去的时光，还是品尝久违的味觉。

而怡人送的白衬衣足以让我感动，她说：你一天换一件白衬衣，别给北京人丢份。这样的好兄弟，在北京过去的时光里，给我语言的琉璃闪光，也让我在这样的时光里感受家乡的温暖。一位乡党，喜欢吃狗肉，他的家乡沛县盛产狗肉，每逢冬天，这位哥哥就要弄些家乡的狗肉，兄弟们一起打牙祭。我回北京的这几天，他几乎每天打电话约我，后来都有些着急了。对不起这位老哥，在北京的每一天，几乎像兔子一样忙，为着远方的小城尽快实现他的梦想，我只能选择忙碌。山东的一位作家兄弟去世了，因为与有关部门研讨中缅通道的事宜，我没能去德州参加他的葬礼，请这位好兄弟原谅我吧！说好回故乡临沂，看望接连失去两位亲人的妹妹，也因一次招商活动而泡汤，感觉心里对不住妹妹；就是原单位，我也没顾得回去看一眼。我似乎成了大忙人，而时间分配给我的只有这些。我感觉自己每日就在城市与乡间奔跑。

昨晚，终于与恩师同餐。恩师谆谆告诫我，一个人在外，要学会把握自己；而同吃狗肉的老乡，则让我处处注意安全，特别要躲着点炮弹；鲁院的老师则希望我多吃点肉，说我瘦了不好看。他的口气，就像我同学，我同学和他说的正相反：胖得像猪，人就废了。

今日，就要离京返滇了，我像一只迁徙的鸟儿，自由中藏着悲悯。从北京到瑞丽我感受到清新；从瑞丽到北京，我找回我的胃，好像失去了灵魂。而今，我又要从北京飞往瑞丽了，事实上，我是一只永远飞翔在空中的鸟，不会归属于任何一个城市，但任何一个城市都会成为我心中的风景！

　　　　2018 年 6 月 3 日星期日 8:30　即将飞离北京前于光大花园家中

澜沧走笔

在勐海大益茶厂买茶时，遇到几位去年开会时认识的大益展厅的朋友，久别重逢，分外欢喜。趁兴买了些茶，离开时还有些恋恋不舍。我非嗜茶之人，但北方的朋友知道我在云南工作，有时不得不买一些茶邮寄给他们，以避朋友唠叨。

勐海之茶，号称王茶，冰岛之茶，据说有王后之称。去澜沧观茶，当地古树茶，则有香妃之誉。到澜沧的当晚，我与当地一位朋友去茶舍品茶，果真闻到澜沧古树茶的茶香，分外独特。我抑制不住又买了一些，拟送亲朋好友。当地茶人实在，不善讲价，也不好意思削价，双方相让着成交。我对这样的民风，怀着一份向往。

人在车中坐，车在画中游。沿着弯弯曲曲的弹石路行走。可以尽赏澜沧的村村寨寨。一寨一风景，一山一风情。古树茶各有味道，台地茶亦风光无限。车上的歌者，据说是当地文化局的女子，一路解说一路歌，她是拉祜族人的一个缩影。

石老县长是对拉祜族文化遗产保护做出突出贡献的人。他认为民族文化对促进民族团结、边疆稳定和经济繁荣具有十分重要的作用。拉祜族"能说话就能唱歌，能走路就能跳舞"，此次澜沧之行，我算是切身体会到此言不虚。拉祜族演出团队有三位老艺人，深谙拉祜族的歌舞艺术。带领一个演出团队，连续八年到央视演出。如今，他们的歌声与舞蹈，征服了祖国大江南北的观众。在拉祜族村寨，我第一次感受到这个团队的整齐、宏大与欢快。老县长十几岁时就练就吹芦笙的技艺，他的现场表演，让我感受到一位拉祜族领导者对本民族的热爱、担当与精心。他跳跃的姿势、吹芦笙的悠扬、对历史掌故的熟稔，让你难以相信他曾是一位县长。正是这位县长，在他就任澜沧县长八年的时间里，让拉祜族歌舞走进族人的日常生活，走进央视节目，成为被众多观众瞩目的好节目。

葫芦是拉祜族的象征，因为据传说拉祜族的祖先是从葫芦里走出的一男一女，随后繁衍了拉祜民族。如女娲造人的传说一样，拉祜族对葫芦造人的传说深信不疑。在拉祜族村寨，房子上镶着葫芦，村头摆着葫芦，随处可见各种葫芦的塑像造型。芦笙的关键部件也是葫芦造的。芦笙这件乐器意为拉祜族是葫芦所生。拉祜族将插秧、割草、收稻等一系列农活编排进舞蹈，一把芦笙，演绎万千世界。芦笙阵阵，伴着舞姿翩翩，把拉祜族勤劳、欢快、纯朴的性格演绎得淋漓尽致。拉祜族的歌，取自原生态的一切，演员以原生态的演出，勾勒着现实生活。拉祜族用歌声演绎生活，用芦笙吹出动物的叫声。歌因芦笙而动听，芦笙因生活而表达丰富。我花一百元买了一支芦笙吹奏，我以有形的姿势，感受着拉祜族无形的想象。在拉祜族人家，我看到一位拉祜族妇女正织着一个书包，对其中的牙齿样的图形不解，问询她，她说，祖先生下孩子，当时奶不够吃，是靠吃狗奶喂活了孩子。因此，拉祜族人崇敬狗，从不吃狗肉。锯齿图形就是为了纪念恩狗。我感佩这样一个有着三千五百多年历史的民族，至今保持着报恩之风。一个将生活升华到舞蹈的民族，让生的滋味更有韵律；一个有着感恩史的民族，书写的是尊重伦理道德的文化。

我从拉祜族的舞蹈里看到他们的坦诚，我从孩子的稚嫩声音里，感受到这个民族蕴含着伟大的希望。澜沧，是一个有着十几个少数民族的边疆县，各个民族和谐相处，共同护卫着高山坝寨，一代又一代，繁衍着他们的子孙。拉祜族人以歌者的心态生活，以不息的抗争酿着

生活之蜜。在边疆之地，众多少数民族也如拉祜族一样勤劳、勇敢、善良，以自己的智慧开垦着不同的田野。

我在一个移民村，看到从山顶移到坝子里居住的拉祜族，整洁的石板路和新盖的平房，有着城市的气度与舒适。新一代拉祜族，拥有了开启新生活的住所。难怪小伙子们跳起舞来无拘无束，小姑娘们唱起歌来声音嘹亮。是清新的自然之美，润亮他们的声音；是幸福快乐的生活，塑就他们的舞姿。在当地政府的引导下，政府将院士请来，种植林下三七，我步行在布满松针的林间小路上，看着那些挺立向上的三七绿苗，真为拉祜族高兴。

生活无时不在演绎着动人的故事，有着古老传说的拉祜族，在新时代，依然在书写着美好的故事。无核葡萄大棚，在扩展着拉祜族的美好生活领地；俯身插秧的拉祜族，给你带来的是他们勤劳不息的耕种习惯。在澜沧，我以我走马观花的肤浅，感受着这个民族的昨天、今天与明天。一个懂得用歌表达生活的民族，也一定会让生活过得像歌一样美好。

夜晚，我在宾馆，将勐海的茶叶与澜沧的茶叶搭配成十几份，分别邮寄给远方的亲人和朋友。我要让远方的他们，感受到边疆少数民族的情怀，他们或许不知道少数民族的品性，正如茶一般，滋润了历史，澄澈着当下，也在为明天众人的口感积累着自己的品质。普洱辖下的澜沧，盛产普洱茶，而像拉祜族一般的少数民族，正像经年的普洱，历尽风华，藏着韵味，食之万品。

来澜沧喝茶吧！你会有幸接触和拉祜族一样优秀的众多少数民族，他们共同让普洱茶有了更独到的滋味。

2018 年 6 月 9 日星期六 于澜沧

回到北京想瑞丽

我不知道挂职的朋友是否和我有一样的感觉，回到北京，总对瑞丽有一种心疼般的牵挂。好像多年前离开故乡，故乡的一切都会走到梦里来，翻到碗边来，甚至绷紧到一个行人的面孔上。

走在北京的大街上，看到火红的月季，总要和瑞丽的月季相比，比的不是红，而是它们之间被风吹动的差异；听到外地口音，总想想那人是不是云南人；喝一口云南茶，就猜测是不是我写过的等嘎茶厂的古树茶啊！家门口有一家饭店名曰"和顺小镇"，挂职前去吃，感觉十分正宗，现在回来再吃，嘴就刁蛮了，虽不说话，心中却已明白了与瑞丽美食的差别。我在瑞丽，很难吃饱，但回北京后，恶补了"九转大肠""大葱蘸酱"等北方硬菜之后，"牛肉干巴""笋炒白花"等瑞丽小吃的味道，却不时诱惑着我。看一眼红木制品，就会评点人家的红木没有我们瑞丽的大气古朴；听一句官员吹牛，就知道瑞丽官员地方性的实在。似乎北京城里的狗也是不友好的，在瑞丽，狗们几乎普遍地具有暗藏五湖四海、看过万山红遍的气势，你瞅它一眼，它却懒得看你一眼。不像北京的狗，每一只狗都可能咬人，看到北京狗气势汹汹地走来，你要提防；狗也提防着你，它一直转悠着警惕的眼睛。而瑞丽的狗们，眼帘是塌下来的，如莫里瀑布一样优美、可亲。那瑞丽的芒果，鲜掉你的舌头；瑞丽的蜂蜜，透着荔枝花香；而瑞丽的杨梅，颜色红得俏，味道美得贼，北京城纵然大，哪有这种品质的尤物？！

　　我在北京大学校园里行走，过去看，有多少奇花异树让我惊叹？现在再来，我总是想着和瑞丽漫山遍野的花鸟去比比。瑞丽的柔顺，是万千树木动物营造起来的。独木成林的景观，怎么能在北京看到？瑞丽江水的碧绿，怎么能让画家画出？在瑞丽，我天天写文章，赞美这个城市，没想到越写越多，事实上，瑞丽有永远写不完的美景，永远说不完的情话。在瑞丽，我的确怀念北京城里的朋友，北京城的历史，或者饮食，或者狐朋狗友的相聚。而瑞丽城市——老乡之间的亲近，同事之间的相帮，人与鸟的和谐，在大地上的闲逛，北京城里能找得到吗？我在北京，在这个古老的地方，禁不住回想瑞丽。瑞丽就是一个簇新的孩子，天地新，城市新，居民新，一切都是新的。从新的地方回归到旧的地方，从小的地方回到大的地方，从南国回到北方，我还是喜欢我的瑞丽。瑞丽，以它四个多月对我的情怀，让我拥有想放弃伟大追求渺小的奢望。

　　听到人民大学英语外教的声音，我回想在瑞丽，一位英语老师的勤恳与亲切；在艺术学院听学生们歌唱，我回想喊沙的妹妹、勐卯文化站的毛站长一句句教我唱傣族歌曲、景颇族歌曲的情景；在潘家园古董市场，我想到瑞丽赌石市场的繁荣。瑞丽如同一个新的坐标系，不时在丈量着北京的坐标，让城里的建筑、行走的人物、飘逸的歌声，都得到瑞丽的检验。瑞丽啊，瑞丽，多么像回音壁！它在考验着一个有去难回的我。躯壳可以再回北京，而灵魂却永远丢失在瑞丽的荒草野坡。

　　在北京逗留的几天里，瑞丽一直隐藏在我的身后；而回到瑞丽，北京又会魂牵梦绕。这是游子的情怀，也是挂友（注：挂职的朋友）们独有的感受吧！

　　回到北京想瑞丽，也是心中特有的风景，这风景只有经历过的人才能感受到其中的美妙。

2018 年 5 月 28 日星期一 11：00　于中国人民大学

拉祜族点滴

话少的人，一多说话，就受惩罚。随车而行，不知是车上的空调太冷，还是自己习惯于夜里的自然风，车到澜沧县，开始流眼泪和鼻涕，有些煞风景。所以，等车开到古树茶林时，冒雨而行，泪水和着鼻涕，倒像向山林真诚祈祷。

云南美，美在每到一地，都有一地的风景；每接触一个民族，都有自己独特的文化。参加过对越自卫反击战的拉祜族领导石主席，是一位历练丰富的少数民族干部，他对拉祜族的介绍，别有味道。他说，拉祜族是打虎的民族，从青海、西藏一带迁徙而来。传说这个民族是葫芦里生的，每年四月份，拉祜族人都要过葫芦节。葫芦，在汉语里与"福禄"谐音，别有一番意蕴。雷振邦老先生曾在拉祜族村寨采风三个月，写下了反映拉祜族青年男女爱情生活的《芦笙恋歌》，唱遍海内外。拉祜族感激他的创作，送他肉吃。他一时忘了吃，等他回来时，肉已长毛，雷先生为了感谢拉祜族的情谊，竟然吃下长毛的肉。石主席说起拉祜族的故事，神采飞扬，可见他对自己民族的热爱。晚饭时，拉祜族青年男女载歌载舞，以茶当酒，足显拉祜族能歌善舞之风。当姑娘小伙穿着民族服装，对我而唱时，不知是被姑娘、小伙们动人的歌声所感动，还是心疼他们唱来唱去的那份执着、卖力，我竟然不自觉地流下了泪水。我承认，我是一个太过于感性的人，一点不懂如何掩饰自己。拉祜族的歌，是纯真的歌，毫不遮掩的歌，率性而发的歌。我在云南，时常沉浸在这样的歌声里。就像体验一片没有开垦的原始森林，欣赏没有污染的蓝天白云。

当晚，我住在布朗族村寨，这个村寨的人们，也和拉祜族一样纯朴。我在布朗族家里品尝古树茶，茶香醉遍所有来访者。拉祜族女人见我感冒，一定要煮一碗姜汤给我喝；而同行者购买布朗族的茶时，因微信无信号暂时不能支付，布朗人爽朗地说，等回去打开了再支付不迟。看了山寨上的一座佛殿，紧傍其旁的一棵松柏，已经有两千五百多年的历史。这里的少数民族崇尚和善，夜不闭户道不拾遗，依然延续至今，如不亲眼所见，你会当做神话。当地领导介绍说，你可以随便走进每一家吃喝，不管家里有人没人。晚饭后，我到当地支书家里做客，他是布朗族，他说：不管是拉祜族还是布朗族，山顶的大树，昭示着村寨的古老，神灵一直都在大家心里，每个族人都会敬畏神灵。和我所到过的一些边疆村寨不同，这个村没有一位吸毒者。信奉佛教和山神的民族，心中的道德律亘古不变，从而使这里的民风古韵犹存。我到几家茶叶店去品茶，山民的纯朴与自然，从其言行一眼就可以辨别出来。我为我自己对那些少数民族歌手所涌出的眼泪所欣慰，这些纯朴的人，值得我们这些被所谓大城市文化所污染的人流泪，如果我们还存在一点良知，应为在高山之上，仍然存有这些善良的少数民族歌者而欢呼。

茶是拉祜族和布朗族的最爱。这个民族对茶的利用，走过了一条逐渐升华的历史道路。从最初用茶来治疗日常疾病、打仗时用来止血，到生活中用来炒菜、制作茶食品，最后发展成有益于身心健康的品茗文化，澜沧县少数民族的用茶史，经历了与别的民族不一样的过程。这也许是高山上的民族生存轨迹的一个特例。

夜宿高山旅馆，寂静如水。虫鸣唧唧，越显出山中寂静。下午，在雨中，沿着弹石路，有种步行在茶马古道的古朴。这次深入村寨，了解了两个民族的历史文化，感受了古村落的原始风貌，扫清了我过去对云南落后的印象。倘若我们仅仅以城市现代化的视角，来看这些村寨的生存设施，固然会感觉村寨落后；但倘若我们从村寨人的善良来回望城市的龌龊，到底是城市落后还是村寨落后，倒值得我们做深入研究，才能找到合适的答案。

夜已深，而感冒越重，我倚枕难眠。拉祜族，在澜沧县不过二十余万人，云南省不过四十余万人，全世界不过八十余万人。澜沧成为拉祜族聚居的中心，在这里，世界各地族人不仅找到了他们原始的根，也找到了从古沿袭至今的民族清流。在品茶赏葫芦之余，他们该对自己与世界之间做出怎样的对比？

永远记得在澜沧的这样一个下午：新雨过后，小鸡摇摆在屋脊上，自由来去；几乎家家户户都挂着泛黄的葫芦；而各家木屋里总会有茶香溢出。我愿意成为这寂静时空里，一位不言不语的品茗者，来忏悔我喋喋不休的一上午。感冒，是因嘴杂出卖了元气而致。一个人和一个民族一样，保持历史的元气，才能永远健康地活着，在高山之上，在古树茶的滋润中，我喜欢这样一个寂静的夜晚。寂静，总给人深沉无比的力量

2018 年 6 月 8 日星期五 于澜沧惠民镇

昆明赏花记

昆明被称为春城，我一直有些怀疑：海拔高，待久了，人多少有些不适。从普洱调研归来，在昆明又遇到下雨，感冒刚好，没带厚衣服，出门就有些冷。参加完国际人才大会，宋大师姐邀请我去看花卉。想我所在的瑞丽城，也是花卉之城，就想看看有什么商机，于是，慨然应约。随行的还有两位女子，一婉约，一时尚，貌美如花；开车的小伙沉稳、干练、少语，甘当优秀绿叶相衬。对花，宋大姐情有独钟，一路滔滔不绝。作为管花企业的监事长，她与花为友也有十几年了。在云南做鲜花经营者，自然是智慧的选择。

车抵达云花公司，迎接我们的总经理是一位中年美女，姓鲍，貌如花，话亦如花。青春年少时，在铁路施工队，有一位施工队长就姓鲍，同事多年。一看到这个姓，如遇故友，自然亲切了不少。鲍总侃侃而谈，云花公司从烟草公司旗下的一个小协会，发展到今天的大公司，成为面向南亚、东南亚的品牌花卉销售公司，其中的成长故事，自然和花儿一样。

会议桌上摆着两个花瓶，一个瓶子里装满了康乃馨，一个瓶子里则装着玫瑰花。鲍总介绍，康乃馨有单束单朵和一束数朵之分，玫瑰花也是如此。我问我们瑞丽可有好花？能否一起参与经销？她说瑞丽的蕨类，可以用来配花；只不过这几年被江浙一带的经营者占领了市场。江浙花卉经营者，占尽地域优势。花这东西，非鲜不美，非美无价。鲍总领我看了从荷兰拉来的花种，每个花种只要几元钱，栽种几个月就可开花。那些花种放在储存柜里，土豆一样平凡，却蕴含了未来千奇百怪的颜色。同行的女子对荷兰花种赞不绝口，时而留影，时而惊呼。女人对美花，比男人感性。男人赏花冷眼相观，心中却热；女人赏花，心与眼一致，眼是开关，心是电器，一碰就会眼亮，一看就会心热。

离开鲍总，驱车来到花卉市场，才知平时我所见的花卉，不过是乡野里偶遇几位大学生，就为自己彼时的大惊小怪而自羞。刚才看到的会议桌上的康乃馨，不过一瓶，这里则是一堆连着一堆；越往里走，花儿越多，犹如大学校园里的大学生，一群一群。花儿们好像在集中开会。什么睡莲、牵牛花，什么贡菊、绿萝花，还有什么金边玫瑰、芍药花，直看得我眼花缭乱。整个市场就是花的海洋，并蒂莲就有白的、黄的和深紫色的多种；我看着花，花看着我，花们就像几十年前管着我的领导的眼神，好像在说：你小子服气不服气？！我不由自主地回答，我服！我服！有栀子花发出悠远的香气，还有些花，我从未见过，只好问卖花人，卖花人像城里人对待乡下人一样，居高临下的回答，让我只有自惭形秽的份儿了。不懂就是不懂，面对浩瀚花海，只有当真正的小学生，才对得起花儿们的丰富与鲜艳。

管理花卉市场的总裁姓钱，早年在组织部门工作，后来下海经商做过房地产等生意。从管人到管房再到管花，管理跨度真够大的。他领我们经过一个个花店，有卖鲜花的，也有卖干花的；有卖真花的，也有卖假花的。感谢手机，让我把这些花儿们一点点拍下来，回去慢慢地学习与欣赏。

钱总领我们走向一个鲜花大厅，我看到一溜溜的鲜花摊布满大厅。钱总介绍说，下午五点前，大厅里是零售经营者的天下，五点后批发商则会闪亮登场。这里的花朵，让人应接不暇。二楼有个拍卖大厅，完全仿照荷兰的经销模式，等我们走进时，当天的拍卖已经完成。钱总解释说，花的拍卖，有些像股票市场。我看到宽大的显示屏和竞拍者所坐的座位，也坐上去感受了一下。

最让我惊奇的是千奇百怪的肉肉们。这些肉肉的形状，真正打破我的想象，一下子拓展了我的认知空间。营销者为肉肉们起了形形色色的名字，或高雅、或流俗，却也招人眼目。什么"雪爪""洞庭"，什么"加州落日""玫瑰芦荟"，什么"火星兔子""千百惠"。

松露肉肉真形象，鸡蛋玫瑰更可爱，冰灯的确如冰灯，还有石头花貌似石头，食蝇草开口带刺，等着苍蝇光顾，蛛丝卷真像蛛丝，还有楼兰、西山寿，吉祥果，有元宝、红宝石，还有白鸟、吉娃娃，什么草莓蛋糕、樱桃水晶、观音莲、达摩、桃美人、海豹、斑马水，几乎世间万物都可以为这些肉肉命名。世界上最伟大的作家也不可能写尽这些肉肉，世界上最伟大的起名者也不能穷尽肉肉的名称。

有种一摸香，宋大姐让我摸一下闻一下，果然有股沉润的香气。大姐说，这种花，防蚊子效果很好。肉肉很便宜，小的一盆一两块，大的也不过一二十。观看完肉肉家族，让我对花卉的品种有了更加全面的认识。人的认知面对的永远是无限的世界，人只有时时处处做好小学生，才不至于尾巴翘到天上去，也才不至于出洋相。肉肉很微小，你不会放在眼里，万千个肉肉构成肉肉的海洋，花的世界，花的丰富性，你要真服气，才能知道自己的肤浅，你才会为它们真正欢呼！很多微小的事物藏有容易被我们忽视的美质。同类未必同形，同质未必同色，同世未必同品，肉肉的丰富性美感，其实给人类做人的启发何止一二？

离开花卉市场，我就为云南而惊奇，为昆明花美而感叹。也为春城不愧为春城而折服。略感遗憾的是，问及瑞丽的花能否外销，钱总答：切花（注：指剪花）卖难，卖盆花成本高，皆因瑞丽天气热过昆明，不好储存，运输成本太高。我感觉有些失望，钱总安慰我说：地域、气候，皆是老天爷赐予的，只能顺其自然；人能争的东西，和自然相比，毕竟还少。认清自然和个人的努力之间的相互平衡，人就不会妄想，生活就不会太失望。

离开花海之地，行驶在城市漠然的硬化公路上，我依然在回味着花的柔软与芬芳，想着那些花的形状，而同来的美女，则愈发花儿一样地好看了。

2018 年 6 月 13 日星期三　于云培大厦

弄莫湖的鸟

弄莫湖是什么湖？瑞丽的神湖，它从古代一直流淌到现在。没到瑞丽之前，就有曾在瑞丽当过兵的兄弟告诉我，一定要好好围着弄莫湖走两圈。来瑞丽挂职不久，我与夫人和她的两位学生，沿湖走了两圈，正是夜晚，路面干净，湖水平静，灯光柔和。我们陶醉在夜色的朦胧里，尽情享受这一湖的景色。

弄莫湖的传说很多，但传说的美好不等于现实的残酷。据当地世居老人言，瑞丽弄莫湖当年的湿地很大，有一种树，游荡在湖面，早晨在此岸，夜晚在彼岸。弄莫湖的树都像游鱼一样自由。那晚，湖心岛上传来鸟鸣，游人介绍说：这是弄莫湖的神鸟，这是瑞丽最后的灵魂了。我听了，心底一颤，毕竟有很多人，还在怀想昔日的瑞丽，老人们只在怀想里纪念过去了。

弄莫湖，的确是一个神圣的湖，我白天没有时间，只有夜晚闲暇时才能围着湖面转一圈或者两圈。那一天，与同事余加昌一边转着，一边欣赏着湖面，我俩对这座城市未来的发展充满忧虑。假如瑞丽城将来和内地城市一样发展，瑞丽的自然资源必将受到大幅度的毁灭，而跟跑的瑞丽，走在与其他城市同质化的路上，会渐渐消失掉自己的特色。我们说话时，湖心岛的鸟儿们低鸣着，似乎提醒不要这样，不要这样。在温柔的灯光里，我让加昌为我拍照。这是六月的夜空，我来瑞丽半年了。几乎没有和这些鸟儿们对过话，今夜，听到它们的轻叫浅唱，我有一种想哭的感觉。这个城市最古老的灵魂在呼喊，看着它们，我想到瑞丽消失的古树、珍稀动物、古老的房屋、古老的乐器，还有渐渐远去的民族文化。我几次想提议，大家穿着少数民族服装上班吧，好提醒游人知晓，瑞丽是有着自己民族文化传承的民族。好提醒自己，瑞丽人是有着几千年文明史的少数民族为主的。可惜的是，很少有人去想这些，一律的汉化服装，拼命建设的高楼，没能在少数民族儿童嘴唇上继续颤动的傣族景颇族语言，正在这个城市蔓延。钢筋混凝土堆砌的城市，消弭了我对瑞丽的美好认知，我为这些不该消失的消失而悲痛。

正是基于这样的心理，我把弄莫湖湖心岛的鸟儿，看作从古代流传到今天的后生。它们的祖先们，看过瑞丽的大榕树，瑞丽的大金塔，来自异域的传教士，它们的祖先看过大象，看过大片大片的原始森林和森林里的老虎，它们也看过一代又一代的同类，在人类所谓前进的步伐中失去飞翔的翅膀，饮恨而死。我站在远处，虽看不清鸟儿们的种类，但我能清晰感受到这流传久远的鸟儿们灵魂的自由。世居当地的爷爷们的爷爷，和这些鸟儿们的爷爷的爷爷，一同对过话，一同喝过一条江里的水，一同呼吸过瑞丽天空清澈的空气。那时的他们与它们，和谐相处，同顶一片蓝天，享受着一样的自由。而今，人爷爷的孙子的孙子，出了一个又一个馊主意，逐渐在缩小着它们的领地，鸟爷爷的孙子们的孙子，开始由大山转向森林，开始由城市中心走向城市边缘，开始由拥有整个弄莫湖转向最后的湖心岛。它们以有限的自由，获得无限的欢歌。我在岸边，看着这些弄莫湖的鸟，它们的存在，就是对人类莫大的讽刺啊！人类应该为自己留最后一面镜子，就以鸟，以弄莫湖的鸟为镜！

倘若有一天，弄莫湖的鸟儿们消亡了，弄莫湖的寂静靠谁来表达？弄莫湖鱼儿的自由谁去终日陪它们欣赏？弄莫湖的游人到哪里去感受自由的天堂？人爷爷的爷爷的灵魂靠谁来提醒、传承？

我在湖边，久久为这些鸟儿们祈祷。弄莫湖的鸟儿们自由自在地飞翔，扑闪着它们的翅膀，如一位位早晨顶着阳光去上学的孩子。而未来的它们，是否会从湖面上永远消失，我不知道，我怕知道。因为我感觉到人类的魔爪，已经无孔不入、无所畏惧到不去继承爷爷的爷爷的衣钵，而鸟儿的爷爷的爷爷，在他们眼里根本算不上什么。人类已经忘记：或许正是当年鸟儿们之间的互相追逐，唤醒了他们爷爷的爷爷与爷爷的奶奶的那一刻爱情，繁衍了他们，而这一切都成了神话，成为弄莫湖上空的一个谜底。我在弄莫湖岸边，对着这一小岛，流下伤心的眼泪，我不去擦，任凭泪珠化成无声的语言，求得鸟儿们的谅解。

2018 年 6 月 26 日星期二　于悲愤中

沉静的夏天

边疆之夏，如密云布天，遮蔽阳光，漫撒雨花。这个夏天，写满久违的沉静，一如书房里不语的书们。我看着它们，一本一本，在书橱里睁着眼睛，想说话而又怕打扰我的样子。来看我的学生王彦鑫，一点一点地打扫着房间，笤帚扫在地上的声音，像小溪里的水声，愈发显得屋子里寂静。师徒之间，没有多少话，却满屋子的话语。

窗台上的三盆花，已经好几天没有浇了，旅途中才知没有给它们喝水，回到宿舍，却又忘了。一位远在湛江的朋友发来信息，一下子就把夏天拉长了。唯有鸣蝉的叫声，一直想驱逐鸟鸣，鸟儿们也不甘示弱，唯有一种鸟，声音像母鸡，粗长而难听。

夜总在朦胧中醒成黎明，我一个人，手捧一本书，谛听，谛听北方秋天才能听到的虫鸣。虫声唧唧，唧唧虫声，这个世界好有趣。

很多沉静的黎明就在沉静中遁去了，空留我在沉静里沉静。沉静是不出声的手，游离于我和书桌之间。桌灯，平静成导师的慢条斯理；而对面的空座，貌似人民大学红一楼 139 房间的那一袭红椅子。从人民大学东门到西门的距离，就是从市委到市政府的距离。我来到瑞丽，步调与时空，仿佛还没有挪移出校园的浪漫。每每在小树下，我会驻足拍照，我一直不嫌弃自己的地瓜脸，这是父亲母亲的馈赠，我没有理由和资格嫌弃这张脸。我让这张脸，走进众多岁月的影像里，沉淀下来。我对我自己说，你的每一天，都该沉静成故乡的一块黑石头。

越来越爱边疆的石头了。泰山石写满了神灵的符号，或许就是在泰山脚下，不经意间，爱上石头的吧？！而边疆的石头，不只南宛河里有。与几位伙伴淘洗石头的过程，就好像把沉静从沉静里拉出来，这些石头沉静了多少年？边疆的石头，带有原始的味道，正如那些竹林的原始一样。而边疆的原始，正大片地消失，有时我会和那些消失的美景一起悄悄哭泣，哭得黑夜无处躲藏。

这是瑞丽的夏天，边疆的夏天，富有沉静感的夏天。在独木成林的古树下，想想异地那棵命名为"亚洲第一榕"的榕树，我就笑了。沉静从来用不着标榜，而标榜意味着远离了沉静。

夜里，我喜欢用捡来的石头滚动在身体上，是品受压迫感，还是感觉沉静了成百上千年的石头的圆滑？有颗石头，是在大树下捡来的，是被大榕树开了光的，它游走在我的身体上，接触着一个又一个穴位，我感到来自远古的沉静；另一颗石头，则来自怒江，自然是被滚滚洪水开过光的。那颗石头，白天看像一块宝玉，中间嵌顿着一个月亮，月亮是画家写意的笔法。怒江之水太顽劣了，反而让这块石头愈发顺滑。我看着它，就想到自己的过去。水和水的不同，造成石与石的差异。

每晚，石头与身体的对话，演绎着岁月与江水的故事。我与这块怒江石，一起感受着怒江水波涛汹涌、一泻千里的大江气势。我曾站在江边，看着从未看过的汹涌江水，体味怒江为何叫怒江的真实。此刻，属于我的，只有这经过万千江水淘洗的一块石头，它沉静如一只柔弱的兔子，温润成一首缠绵的歌曲。

我在边疆之夏的夜晚，时常这样躲避着各类应酬，一块石，一本书，一个人。在窗帘里，在空荡荡而又藏满无限沉静的屋子里，享受属于自己的那份沉静。

感谢这个沉静的夏天，让我在沉静里觉悟到空气的质感。而风，似乎也惧怕这种沉静，远游北方而去了。我和我的心，以及石头，一块一块的石头，就构成了沉静夏天的忠诚道具。

2018 年 6 月 23 日星期六 早 6 点 于市委宿舍

大地与树

　　单位伙食不错，有水果可吃。作为北方人，苹果自然是最爱吃的，我吃水果总喜欢欣赏一番，看它的颜色，看它的形状，想想它在原野中的形象，然后再慢慢地品味；有时先不吃，放在办公桌上，嗅闻一下苹果的香气，也是最好的享受。倘若在万木凋零的冬天，你面对一只苹果，可以想象时光倒流中，它该在枝头自由地摇曳，悬挂在空中招人喜爱，整个果树挂满这样的果实。这很容易让人想起秋天的山野，果实们争奇斗艳，红得像火。山楂的红不同于水晶柿子，苹果的红又有别于山楂的红，在漫山遍野之间，这些形色各异的果实牵引着乡下儿童的眼睛。童年的秋天的原野，到处是果实的世界，大地与各类树木唱着凯歌。果树们在大地之上，犹如授勋的将军，等待着人们的光临。我时常在几棵柿树上爬上爬下，能把挂在最顶端的柿子摘下来，吃个肚儿圆。最爱一种水晶柿子，悬挂在树梢，好吃极了。果树是乡下儿童比赛的道具，为了果实，也为了成长。

　　在城市的大地上行走，看到一棵棵各自独立的树，在秋天里，很少见挂满果实的树木；即使在人民大学里有柿子悬挂在树上，也很少有人去采摘，倒看到不少自然熟掉的柿子被过往行人踩踏得一片狼藉。城里人已经习惯了从超市购物，习惯了对自然界的一切熟视无睹。包括我，现在很难爬上一棵树，哪怕是最矮小的树。自然赐予我们果实却让我们远离了自然，我在风中行走，树叶和我一样在城市里漂移，你会感觉人活着就像远离土地的树木，这是怎样的一种失落啊！

城市人只记住了果实的风光，在冬天，像我一样，在欣赏一只苹果，一只梨，或者一个橘子，没有人会想象得出冬天里的苹果树、梨树或者橘子树在田野中的样子。城里人习惯了急功近利，或者说生活的急迫感让他们忘记了果实来自哪里。城里的孩子们对果树的想象不一定有宠物狗那般清晰，在大地上，那些滋养了无数果实的树们要在原野里忍受风吹日晒；整整一个冬天，城里人可以猫在温暖的屋子里，享受果树们生产的果实。

我喜欢拍摄冬天的鸟巢，鸟巢悬在树杈间，好像一位孤独的哲人在思考。在布满绿叶的夏天，你只能听见鸟儿的呼叫声。我在大地间徘徊，看着没有一枚树叶的树裸着，看着鸟巢顽强地挺立在蓝天下，执拗地与在寒风中晃动的树枝为伍。很多时刻，我就在那棵树下，仰望、沉思、哭泣，心情悲切，而鸟儿旋转在万千树木之间，自由地飞翔。我长久地盯着一棵树看，看它们孤独无望的样子，看它们在寒风中枝条乱舞。我在寒风中，感觉自己就是一棵没有根的树，任风吹，任雨打，我就羡慕土地上的一棵棵树，因为这些树们有根，树根牢牢扎在大地的胸膛里，像孩子依偎着母亲。即使是最寒冷的冬天，大地依然把自己的乳汁灌溉给树木的根须，让大树即使在无尽的寒意里也透出被滋润后的光线。树靠大地张扬自己的灵魂，而根们是最可靠的通道。而人类，特别是生在城市的人们，却不如一棵树，不如一个果实，不如一只鸟，我们远离了大地，在自我疯狂中，舍弃着大地。

一棵树就是一首诗，而人类不懂得去缓慢地诵读这些诗。我清晰记得，在很多年之前，推土机推掉了一片树林，又推掉一片树林，而后，在这些土地上长出高楼，长出火车，长出人类制造的炊烟，而果实不在，鸟巢不在，根亦不在。我在高楼中，念想脚下的这片土地，想象着一棵百年老树。如果它是果树，它会香飘万里；如果它不是果树，鸟巢会给飞翔者一个温暖的窝。它作为非常平常的一棵树，也会

传递着大地的消息、季节的变化。而今，这一切都被一幢幢高楼代替。未来将有更多的高楼狠心拆散树与大地的亲密，当更多生活在城市里的人驱车很远去观赏大地与树时，那些树木与土地该怎样瑟缩着它们的身躯？

大树与土地在我的眼里日渐减少，城市日渐扩大，我就感觉自己变成了没有根须的树木，在城市河流里漂移。或许，多少年之后，人们像挖阴沉木一样把我挖出来，做成茶几，在上面喝茶。木纹泛出的光泽让人们想象起大地，大地上的书、鸟巢、果实，茶客们开始想象着某一天，约几个好友，坐上一周火车，到城市之外的大地上，看一棵又一棵的树们，在美丽的原野，在广袤的大地上，它们或披着绿衣，或裸体对着天空，它们孤独而又平静，伟大而又渺小，传统而又时尚。不知道那时他们会笑不会笑，而我已经永远沉入泥土，化为大地的尘埃，我只愿意成为那根须的一点营养，一点记忆，仅此而已。

2016 年 11 月 3 日星期四　于北京

凤凰花是什么花？

那一天上午，只在江边凤凰树下一站，我就傻了。

我从来没见过如此浓烈的花，高贵而典雅，蓬勃如树叶，渲染如画布，在江边的大路上，映着碧绿的瑞丽江水，那一刻，我都要哭了。

1月2号，刚到瑞丽的第二天。一位朋友驾车领我到江边大道，指着一棵棵光秃秃的树给我说，这是凤凰花树，等到春天，它们开了，瑞丽江就好看了，城市就妩媚了，姐告的高楼就更高了。

我期待着，然而朋友阴郁着脸色告诉我，有几棵花树，快枯萎了，它们赖以呼吸的土壤被好看的建材遮蔽了。我说，树墩处的建材是可以浇水呼吸的呀？他对我说，树和人一样，能呼吸一斤空气的，你给他三两，他会畅快吗？我到江边去，细心看那几棵枯萎的树，果然，它们在这个春天，大多没有开花。有两棵只开了半边；那半边树，只零散着树叶，如一位老者稀疏的头发。

我在宏伟中感到肃杀，也在寂静中聆听到凤凰树的呼喊。

为了路人的眼目欣赏到整齐的街道，我们就有理由把树墩周围封锁，不让树自由地呼吸？

我到瑞丽江边的第二天，曾追问过相关人员这几棵树枯萎的原因，他们的解释是与树墩周围排布的建材无关。在这个春天，我只有自己到江边寻找答案。不开花的树以它的沉默不语回答了我。在众树独醒之中，这几棵树黯然而眠，我想为它们大哭一场，哭它们就这样静默着，无法向追求所谓美观者打报告，无法向这个世界发出控诉的吼声！

凤凰花是什么花？

它是懂得感恩的花，你给它呼吸，它给你微笑、大笑、抱团的笑、每年逢春的笑、有节制的笑；而当你对它不好时，它懂得规矩，就黯淡了自己，在江边萎缩成僵硬的树干，在委屈中依然保持着自己的尊严。

凤凰花是懂得节制和守时的花。在我初来瑞丽之时，漫山遍野看着那种一年四季不败的轻浮的花，心里无限失望；而凤凰花树，有礼有节——在冬天，固守着一棵树的气节，以光秃秃的坚守，宣布着冬天的气象。这是一棵树的意境。它在说，我就是一棵树啊，让人类知道冬天是冬天吧！在冬天里，它期待自己总有一天会盛开，它拱卫着冬天的冷意与寂寞，以战士的姿态挺立在瑞丽江边，一丝不苟。

而暮春之际，它们就轰轰烈烈地开了，开成团结的队伍，开成火红的颜色，开成一片风景线，毫不掩饰自己的欣喜，毫不吝惜自己的所有。它们开在枝头，开在大路两边，与瑞丽江水对着话，与姐告口岸的高楼们默然相对。它刚刚接待了一批当地的女子，就又迎来缅甸女子的腼腆。而凤凰花树所绽放的花，每一朵高贵如仕女，每一簇红润如美女的容颜，每一树绽放成春天的品格。凤凰花树啊，你以你的品质，将花炫耀在半空，把自己开放成只有通过仰望才能欣赏的模样。世间的盗花贼，只有通过蹦跳、攀爬、折枝等丑陋的行为获取你的花瓣。我看到有几枝凤凰花，倔强地伸向江中，如攀花者的姿势。它是以这样的姿势提醒着盗花贼的丑陋，还是不齿折花者的丑陋而躲避盗花贼，抑或羡慕瑞丽江水的碧绿与自由？

凤凰花是团结的花，守时的花，高贵的花。积攒了一冬天的活力，在春天齐刷刷地开放，是心力所展，也是心劲齐整的表现。每年，只在这个季节，凤凰花伴着春色，在市民的期盼中，喜洋洋地盛开，开成一副尊贵的模样。它们在枝头上，浓烈成火，团结成云，浑厚成海，一簇簇，一片片，直惹路人的眼。

我在这样的花海里，把自己醉成了一位花下老人。看着那些爱花的女人与男人，我佩服当年的栽花人。他是在怎样的一个春天，怀着怎样的心情，将凤凰花树栽在瑞丽江边的呀！而今，栽花人还在不在？假如没有这碧绿澄澈的瑞丽江水，没有沿江而阔的大道舒展，凤凰花树会施展开自己的拳脚吗？花的气势并非一朵而美，而是在万花并发中呈现花海波涛汹涌的美。江水如花涌，红花像水流。在这种景象幻境中，行人如蚁，烘托着花的兴盛。

凤凰花，一种热烈的花，一种懂得回应俗人与高洁者情怀的花。它以它独有的姿态，不占高枝，不屈于地，与百姓保持着相互欣赏的距离。这种距离，让花的高贵与人的自尊相映成趣。在瑞丽江边，我边走边看这些优雅之花，人也稍显尊贵起来。

尽管工作很忙，我也抽出上午的一瞬间，完成与凤凰花的对话。那几棵没有开花的树，我站在它们面前，望着它们，默然无语。更多的人，注视着凤凰花的火红，没有人注视这几棵不开花的花树。那位最初带我来江边的北方人，终于回北方去了。他的话确实是对的，他在不算冷的瑞丽的冬天里，推算着这几棵凤凰花树春天的样子，他的话应验了。而我微弱的建议，没有得到很好的回应，树们依然囚禁在建材之中，以一斤的肺活量呼吸着三两的空气。树被长期减少了呼吸，犹如一位长期缺少营养的人，它们在春天没有开花，有的甚而没有绽放枝叶，我看着这些忧郁的凤凰花树，真担心它们有一天会匆然死去。

很想在无人的早晨，一个人到江边去走走，跟这些凤凰花树说说话。对那几棵没开的凤凰花树，深深地行一个忏悔礼，以正红艳如火的凤凰花的尊贵，不带任何杂念地，向一棵没有开花的凤凰花树说几句话，几句贴心的话。

而此刻的不舍，只有通过回望，让那份美景消失在视野里，消失在瑞丽江边，消失在远方。

2018 年 6 月 24 日星期日 早 6 点 于市委宿舍

挂　友

从 2017 年 12 月 19 日起，我开始有了一些新朋友——挂友。这些朋友，是中组部和团中央选拔的"博士团"成员。在北京，挂友们经过短暂的培训后，分赴祖国各地，分别挂职当地政府或企业。从此，在我的人生履历里，不仅有了同学、朋友、亲人、战友、同事，又开始拥有"挂友"这个新的同道。

博士服务团成员来自祖国各地，涉猎众多专业，有不少挂友是学科带头人或知名博导，与这些挂友同行，你会感觉到与他们的巨大差距。但挂友们之间，相互砥砺、相互帮助，相互学习，虽然天各一方，但凭借着手机、电脑等现代化的工具，感觉大家整日相聚在一起。遇到困惑找挂友，一定能寻找到答案；遇到难题找挂友，一定能获得帮助。挂友，成为帮你排除困难、梳理情感的知音。相同的挂职经历，犹如当年知青下乡一样，挂友之间非常容易沟通；不同挂职地区和专业岗位的差别，也为挂友之间相互帮助提供了更多可能性。在来云南挂职近半年的时间里，我时常收到挂友的信息；我曾经伸出援助之手，也得到过许多挂友真诚的帮助。

瑞丽是个美丽的城市，也是各类挂友云集的城市。挂友们因各种挂职渠道，来自不同城市和不同工作岗位。但同为挂友，不管来自中央、省、州（市），不管来自南方和北方，也不管来自高校和企业，大家为着边疆的发展这个共同的目标走到了一起。挂友们，离开大城市，离开妻儿老小，离开自己熟悉的岗位和同事们，来到艰苦的边疆。

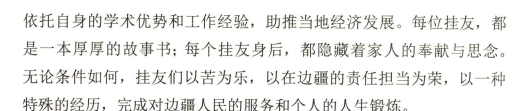

依托自身的学术优势和工作经验，助推当地经济发展。每位挂友，都是一本厚厚的故事书；每个挂友身后，都隐藏着家人的奉献与思念。无论条件如何，挂友们以苦为乐，以在边疆的责任担当为荣，以一种特殊的经历，完成对边疆人民的服务和个人的人生锻炼。

博士服务团，更加注重挂职者对边疆的深层次服务和个人全方位锻炼的统一。我到边疆五个月时间，感受最多的是自己大半生的所得所学所结识的各路英豪，皆可成为服务边疆的资源；而边疆，馈赠给每位挂职博士的则是平台的深度、广度和宽度。从企业单一的业务管理，到政府面向民众的城市化管理，每位挂职博士，所要思考的问题会比自己的以往加大许多倍。到一个陌生的环境工作，几乎每一位博士都要从头开始：深入基层，认真调研，学会决策，更要学会自我约束，因为在缺少熟人监督的环境里，一个人容易放松自己；每位博士所任职的岗位，亦可能成为商人或其他人围猎的对象。在貌似平和的挂职经历中，博士们不在自我锤炼中获得升华，就可能在缺少自律、自我欣赏中毁灭。

因此挂友之间的相互砥砺和提醒，就会成为挂友奋进的方式，躲避风险侵害的安全之道。我喜欢与挂友们交流的一个原因在于：挂友之间的经验可以复制、借鉴；挂友之间的提醒充满真诚、温情；挂友之间的探讨，意味着理论与实践的深度融合与升华。

而参加挂友在一起的调研活动，则可以从其他博士身上学到更多东西。2018 年 6 月，云南省委组织部组织第 18 批赴滇博士服务团的博士们到西双版纳和普洱两地调研，博士挂友们的言谈举止令我心动。领队的是省委组织部人才处的陈鹏隆副处长，陕西人，低调而随和。整个旅程，严格要求而不失欢快，所到之处，无酒而餐，一周时间让我的胃口大开。挂友们交流甚笃。在植物园，我和挂友们一起空抛陀螺叶；在傣医院，我们一起惊叹傣家人的古老智慧；瑶族居住的河边村，我和挂友们与瑶寨人促膝交谈，穿瑶族衣，戴瑶族帽，与瑶族一起合影留念；而在布朗族居住的万亩古茶园里，我和挂友们一起与树洞合影，惊叹茶树上的蟹爪所呈现的生态气象。弹石路上，挂友边走边谈；长木板桌上，挂友们品茗夜话。促狭的挂友陈智勇，总是妙语连珠，有趣的故事能讲一串，他把同乡女挂友涂教授，以雅俗共赏之词逗，从而波及众友欢笑；挂友们年龄老中青结合，专业文理医工兼容，地域东西南北皆有。有挂友一出上句，定有挂友接下句。乍一听，南腔北调韵味十足；细一品，蕴智藏巧局局称奇。你言我语之中藏着机锋，互相交流之内含有深情。

这是一支能打硬仗的队伍。和初来云南相比，几乎每位挂友都瘦了一圈，我本人也瘦了十五斤。而来自司法部的挂友陈宝友瘦成了账房先生，假如他头发全白，一定有仙风道骨；来自公安部挂职的楚雄州副州长王大敏，我真担心一阵风把他吹跑；小伙子王虎超，把自己练成了倒三角形，我发誓回瑞丽后向他学习，一定每天练练哑铃，也为干瘦之躯注入武士之力。马骏院长的确如马一样骏了，头发白了许多；王红也如网红一般，越发俊俏了；而张生，这位来自社科院的读书人，发言有板有眼，宛若西厢记里低吟高唱的书生。

或许是车上吹空调的缘故，一到澜沧，我就感冒了，涕泗横流。智勇与马骏拿药给我吃，次日晨竟见大好，连谢二位再造之恩；王红挂友的石头药，这次没来得及吃，下次感冒再向她索要吧！

十日下午，澜沧县委书记杨中兴同志，在县政府会议室倾听挂友一行的发言。每位挂友侃侃而谈。学院派涂院长对当地一位专家赞不绝口，卢文壮教授则对扶贫要扶智予以诠释，来自国土部的马敏没有忘了向书记建议如何执行国土政策，而民政部罗军的发言不乏拳拳之

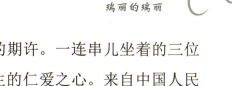

情，袁高明博士的发言饱含对边疆发展的期许。一连串儿坐着的三位医生——王红、曹维明、马骏则不乏医生的仁爱之心。来自中国人民大学的许伟教授研究大数据，一路上，我经常用大数据调侃他，此刻他的发言，断然不能少了大数据的建议。临了是博士导师戴燾的发言，他的首句发言"各位晚上好"，提醒大家时间已经很晚了，大家报以善意的微笑和掌声。每位挂友的发言，均博得众人的阵阵掌声。听着每位挂友的肺腑之言，澜沧的领导们，奋笔记录，频频点头。

一直陪伴挂友们调研的普洱三届政协主席石主席，是拉祜族的优秀代表。拉祜族的美好传说，张口就来；拉祜族的芦笙，在他口中吹出万般美声。拉祜族小伙载歌载舞之后，他会对每首歌、每个舞给予到位的解释。挂友们在歌声中陶醉，挂友们在祝酒歌中喝茶，一起和着旋律，拍着巴掌，响应拉祜族歌手们的演唱。屋外天雨欢歌，屋里挂友轰鸣。被歌声围裹的王大敏，拉祜族姑娘们敬上两杯酒下去，已让他龇牙咧嘴（昨晚他因工作未到，今天罚酒，也算是全程仅有的三位被罚酒的挂友，而其他挂友全程无酒而餐）；歌声中沉醉的李姜，也遮挡不住拉祜族人的盛情。一周的调研，马不停蹄。挂友们为改变边疆而深入调研、献计献策，在民族文化的气氛中，感受着边疆人民的深情。

我无法写下每一个细节，我无法记录每位挂友的深情厚谊和精彩发言，我也无法描述每位挂友丰厚的精神世界。也许，多年以后，我们会怀着款款深情，回忆在云南的日日夜夜，回忆挂友们的点滴交往。像知青一样，艰苦锻炼身心，岁月凝聚深情。一年云南人，一生云南情；一年挂友缘，一生好弟兄！

在拉祜族《舍不得》的歌声里，挂友们与拉祜族朋友依依不舍，当我们离开云南的那一天，我相信，泪水与欢笑一定会挂上每位挂友的脸庞。激情的团队，孕育奋斗的故事；快乐的追求，写满阳光经历。我祝福每位挂友，我期待每位挂友，到我挂职的瑞丽，把酒问盏，共话桑麻。更希望在岁月深处，披着满头白发，回忆七彩云南的难忘岁月……

2018 年 6 月 11 日星期一 早 7 点 于澜沧华隆大酒店 8707 房

好粥妙人煮

山东人喜欢喝粥，千里江山一碗粥，好粥端上来，越喝越香，越喝越想喝，人就吃醉了。

以粥填腹，冬可驱寒，夏可解酒，妙矣。

少时，新麦下来，正逢夏日，早晨煮一铁锅，能喝一天。早晨新粥最香，中午渐酸，到晚饭吃，已经有些难以下咽的酸了，喝不好会闹肚子，唯一的好处是刺激大脑，能让你记很久很久。去草原，喝到酸奶，想起少时喝酸粥，想到过去的时光，满脑子皆酸。大爷善煮粥，一煮一锅，喝一天，失明的堂姐只好一喝一天。母亲善于煮粥，我顿顿能喝新粥，可惜，我家住村北，堂姐住村南，相距甚远，但我很想端一碗粥给堂姐喝，驱逐她口中的酸。

母亲煮粥，喜欢放各类食材。夏天放菜叶，冬天在米里搅上面疙瘩，打个鸡蛋，放几颗酸枣，喷香。当然少不了地瓜，米粒的柔软和地瓜的劲道，诱惑着你的咀嚼肌，喝下去爽润。我调皮，喜欢热粥碗里放几瓣大蒜，泡一会，就熟了，吃起来清脆。粥里还可以放青萝卜、胡萝卜、土豆甚至晒干的眉豆皮子，还有细粉条、粗粉条，一锅粥里，什么都可以放。犹如我当年带领的孩子团队，什么脾气的食料都有，米把它们搅和在一起，指哪打哪，味觉张扬得很。

在工程队若干年，不管头天晚上再累，第二天早上一定要喝上一大碗粥，好像只有这样，才能恢复元气；我衡量炊事员好坏的标准是会不会熬粥、蒸馒头。有个炊事班长，心不在肝上，熬粥马虎，十粥九煳，有线路工将粥泼在他身上，多年后不见他长进，也不见他被辞退，现在才知道他不被辞退的原因。我很感谢他，因为喝过煳粥，才知道什么叫好粥。

去北京大饭店赴宴，商家喜欢先上一碗小米粥，平常的只有米，单点的会放海参。做得好的，喝起来有山西黄米味，有山东海岸风；不会做的，一碗粥就败了胃口。回老家临沂，有一种粥，叫糁，内含面筋，总要多喝几碗；还有故乡白粥，糯米做的，晶莹似玉，面皮上撒一圈炸咸黄豆，围着碗沿喝，喝一圈吃几粒黄豆，黄豆吃完了，粥也喝完了。黄豆的香，溢出口腔；米粥的滑，流进记忆里。

离开故乡多年，多归于团队，至少有伙食团，喝粥之事不必费劲；在北京机关里，早晨食堂的粥有好几种，伴以豆浆之类；周末在家，家人煮粥一大锅，给我盛上最大的一碗，边喝边品评。夫人研究茶道，我喜欢评论粥道。粥道比茶道深厚，茶越喝越没力气，有时会把肚子喝空了；粥越喝越养人，伴以枸杞的粥能壮阳，藏有红枣的粥能补血，夹杂薏米的粥能除湿。我不鄙夷茶道，但粥道与茶道，不在一个档次，真不知道为何能么多人去研究茶道而不研究粥道。粥是高山，茶是小岭，高山看小岭，不过一个个小馒头包；小岭看高山，可能模糊一片。中国，曾被一批研究儒学的人引领坏了，不知道今后，饮品的导向会不会被这批研究茶道的人引坏了。我喝粥时，常作如是想，想到极致处，看看夫人，又不便表达。有时不表达就是最好的表达。

来瑞丽后，周六日，食堂无餐（即使有餐，食堂里粥的味道也是白一色的大米粥，八宝粥之类几乎是奢望），有时只好自己熬，我也得以领会煮粥的技巧。放大米、小米，红米、黑米，玉米、黄豆，有时再放些薏米、红枣，但千万别放肉，粥会走味。这些食料，各有味道，犹如一群山里娃，聚在一起，各有各的脾气，在粥锅里翻滚、打闹、融合，最后混合在一起，你中有我，我中有你。煮粥用的是电饭锅，锅一开，我就会打开锅盖，看一看它们撕咬的样子，最终停息的那一刻，你好像看到一支浑然天成的队伍。用小碗吃，小勺抿，不舍得多品，但必须吃完。虽说有冰箱可以避免粥酸，但粥的味道，别的食物（包括煎饼）都无法相比，这样的粥，带有童年的味道，家乡的味道，北方的味道，体贴人的味道，更带有超越茶道的味道。我喝粥，好像看到对面夫人在喝茶，人就有了底气、勇气和帅气。

欢迎朋友到瑞丽来，遇到周末，我会煮一锅粥给你喝，相信你一定会满意。妙人煮好粥，我虽非妙人，但我会把粥煮得越来越好。你不信，就抽某一天到瑞丽来品尝。的确，这些事光看不行，需要自己亲自煮一煮，味道才能出来。我不骗你，因为我也在认真地尝试煮粥。若干年之后，我的研究兴趣可能会转移到粥道研究上了，这个制高点，怕夫人再出手也赶我不上，妙哉！妙哉！

2018 年 7 月 7 日星期六 于市委宿舍

芒令老芒果树

在瑞丽，我去过不少古老村寨，但芒令记忆最深。

喜欢这里的村民，喜欢这里的风景。

爱一棵树，爱一棵老芒果树。

我一直固执地认为，不热爱历史的设计者，不是优秀的设计者；没有人文情怀的建设者，充其量只是一位堆砌建筑的人。

一生从事过很多次施工，在大型项目施工中，我总会特别注重保护文物。在京沪高铁建设时，在我所参与建设的那段线路中，文物得到有效的保护。

到瑞丽分管交通工作以来，我曾责令道路设计者与施工者不要毁坏古树，我曾强烈谴责在我来之前毁坏古树的那些人。无论出于什么原因，这些古树，都应该得到前所未有的照顾。因为古树是爷爷的爷爷看着长大的，我们没有任何理由，让它们在孙子的孙子手里丢失。

边疆，可赞美的首先是自然景物的优美，古老文化的丰富，一棵古树，依托历史风雨的滋润，传递着文化符号。有时一棵古树就代表一个村庄，一棵古树就是历史故事的见证者，一棵古树躲藏的是万千精神的载体。

在芒令村，面对一棵古树，一棵老芒果树，我流泪了。以一个建设者的名义，我忏悔。因为货场线路无法再优化，躲避不开这棵树，这棵古芒果树，只有移到别处。凭经验我知道，这几乎是相当于宣布一棵古树的死亡。

这不是轻松的一棵树。它藏着一个村庄世世代代的记忆，多少村寨人走了又回来，村头的这棵树怀着庄重，迎接游子的归来。当市面上开始流行缅甸圣德隆芒果的清香之时，我仰脸看这棵老芒果树，那一颗颗青涩的芒果挂在树枝上，它们密密麻麻排布在一起，好像写就了满树的抗议书：不要搬走我，不要搬走我！青芒果们探出愤怒的脑袋，看着我这个分管建设、呼吁发展的城市管理者。我抚摸着这棵树，树皮搓揉着我的手，我真诚向老芒果树忏悔。以往，这棵老芒果树，以挺立的姿势呼唤对岸的缅民；而今，它就要移走了，一个村庄的心也要被它远远地牵走了。面对古树，就像面对一位即将离开这个世界的老人，泪水打湿脸颊。我无法掩映自己的泪水，老芒果树挺立在村头，树近处是平地，中午时分我还在这里看到了游动的蛇，远处的缅甸的山峦。或许，这棵老芒果树，本身就是自然种子的产物，也可能是这个村寨的老人的老人，在某一年的某一刻，为着贪食芒果的孩子而种植的一棵树。而今，它硕果累累，无可厚非地挺立在村头，看着田野和远处的山峦，呵护着村寨的一切。

这不是一棵肤浅的树。它曾经历了怎样的风雨，也曾见到过侵略者的铁蹄。当年一定会有不少野兽曾攀爬上这棵老芒果树，又有多少飞鸟在树上齐声歌唱。我在树下向远处张望，有放牧的老人，头戴斗笠，轻摇牛鞭，享受着一份悠闲。老芒果树，象征着村庄的古老，也会给农人留下栖息的绿荫。瑞丽虽热，但只要到大树底下，暑热就散尽。我感受到老芒果树的清凉。地上落满了好多或青涩或干瘪的芒果，是风所致，还是雨所为？好像没有多少意义了。芒果树一年一年地绿，芒果一颗一颗地结，不和人家比个大，不和人家比清香，它就要这样，平和而又顽强地坚守着，多少年矗立在村头，成为村庄的装点，也成为村民们出游归家的念想。我围着这棵树，转了一圈又一圈。我以村民的心境，怀想这棵古芒果树的过去、现在和未来。多少人吃过它的果实，感受过它的滋味，多少人赞美过它硕果累累的过去，又有多少人把它引以为豪，看成是家乡的炫耀？

这是一棵芒果树，一棵拥有四百多年成长史的芒果树。多少个朝代，官员可能在它面前下马，商人在它的绿荫下歇息，傣家老人会讲一代一代流传久远的历史故事，而年轻的小卜哨又会在它的祝福中，获得一位青年人的甜美爱情。老芒果树，看着一个一个朝代的诞生和灭亡，看着一个村寨又一个村寨人们的生老病死，看着滔滔不绝的江水从一个国家流入另一个国家。老芒果树，依然四季青叶招展，它没有一点衰老的迹象，处处呈现斗志昂扬的味道，我走过一圈就受到它更多的鼓舞。

尽管它的果实平淡无奇，但它在四百多年的历程中久经风霜。更多人的爷爷的爷爷膜拜过它，刻画过它，享用过它。喜欢文身的傣家人，有多少在心头刻上这棵老芒果树的印痕？我曾问询一位芒令村的老人，他对老芒果树的记忆，他对老树的不舍，让老树成为灵性之物。傣家人爱树，是心中怀揣着对大自然的敬畏。这种精神滋生在佛学宗教传承中，滋生在一个村庄的文化礼仪里。几乎每个村庄都有大青树，但芒令的这棵老芒果树，着实让我吃了一惊。它几乎就是平平淡淡地躲在一个村寨里无忧无虑地自由成长，成长成一棵参天大树了，成长为一棵走到村寨每位傣家人心里的古树了。它成了村寨不可或缺的一部分，就像一块芒令的土地，芒令的桑葚，芒令人的骨骼一样。

这棵树，傣家人喜欢的这棵树，一棵平和生长了四百多年的芒果树，该藏有多少难忘的真情记忆？个人的，村庄的，集体的，部队的，外来人口的？而今，为了建设，它不得不要永远地离开这块土地了。

我在芒令，躲开众人。一个人围着这棵老芒果树，静静地仰望这一棵古树，一圈一圈地走，人魔怔了一样。有两颗落果敲打着我的头脑，这是古树的怨恨吗？我无法阻止建设者对一棵古芒果树的侵害，眼泪，不仅声明我是热爱自然的一位写作者，更重要的也是在为我和我一样肤浅的建设者的无奈行为而忏悔。

那一晚我喝醉了。在芒令村，老人们叙述着一个村庄的古老，年轻人唱着傣家歌曲，而我，一直惦记着那棵在村头的老芒果树。我默默祝愿，也仔细叮咛嘱咐，要请专家来，设置最安全的移栽方案，要让这棵树移栽成活呀！哪怕它远离了这片泥土，但只要它还能存活在这个世界上，我想，它就能听懂我的倾诉，也能听懂满村人的念想。

为古树而醉，在芒令，我永远记住了那个让人忏悔的夜晚！

2018 年 5 月 11 日 于市委宿舍

纳　凉

乡村的夏天最有韵味。老槐树下或者大桥底下都是纳凉的好所在，最好在流水潺潺的河边，旁边有刚从山上摘下来的野果子。在树的阴凉下自然享受美味的同时，倘有一个瘪嘴的老奶奶在旁边给你讲古，一个在酷热里笼罩的村庄就鲜亮起来。去河里摸摸鱼，或许会碰上老奶奶故事中被二狗他爷爷放走的那条鲤鱼。

山乡的七月是催庄稼疯长的日子，四处可见的自然空调被乡党们享受着。20世纪的一个学堂里窜出一个不安分的小子，他就喜欢爬到高高的山梁子上享受从马庄水库吹来的凉风，当然也会不顾划破肚皮去爬粮库的高墙，去偷摘还没有成熟的西瓜；西瓜的味道与从河里刚摸上来的鱼烤熟了的味道犯冲，打着饱嗝去集市说书场子里享受一番杨家将的风采，然后饱饱地在柿树杈子上睡上一觉，足以和母亲因为儿子的逃学所馈赠的一顿胖揍相抵消。童年的纳凉是山乡最好的剪影，立体而形象。童年以前的日子除了不记事时的幼年时代，几乎每件事都那样顽固地根植在脑海里了，那是因为每个夏天都是那样让人刻骨铭心。今年的夏天肯定有异于往年，因为每年的夏天老槐树的茂密都不一样，有种核桃树是不能在它下面休息的，它上面的毛虫子可以让你的周身起串串红印，一摸，会火辣辣地疼，那样的感受比逃学挨打还难受。毕竟母亲不是真打，物件狠狠地举起来，打在身上如石头硌碰光脚板的感觉，光麻不疼。山乡的自然空调不光在水边树荫下，大爷的剃头挑子也会搜找最大的树荫，乡党们愉快的笑声和河水一样清凉着，一个夏天就在大家的笑声里过去了。

有一年发大水，大水带来数不清的大鱼，大爷家的哥哥一下子逮了好几百斤。那些硕大的鱼们成为那个夏天我最好的避暑记忆。我们一连几天在鱼腥味里感受着夏天，大鱼惊恐的眼睛没有它滑腻的身体好玩，我盼望着来年我家小小的院落里再有鱼们的光临。

那一年夏天我高考落榜，周围的小伙伴考上小中专的欣喜若狂。那一年我感觉酷热中的寒冷，不用纳凉我就感觉乡亲们的目光如河底冒出的泉水一样冰人。

还有一年夏天，我在县城里吃上从小到大的第一块冰糕，那冰糕大约是三分钱一块吧！这是我的上铺兄弟送给我的礼物，在苍山师范八一年复习班的宿舍里，这块冰糕是最好的避暑圣物，它一下子滑溜到心田深处，现在回忆起来还能感受到那份清凉的彻底。我后来一直把这位朋友当作我纳凉的好友，好多人生的沟坎因为他的帮助让我如履平地，我们一直保持着美好的友谊。

我离开乡下，是生产队瓦解的那一年夏天。麦收后的一个炎热的黄昏，乡亲们分到了生产队里宰杀后做好的牛羊肉汤，几乎每家每人都吃得很饱；夜晚的马路上乡亲们不顾蚊虫的叮咬，老老少少在那晚上的话格外多，足以显示人食肉后的底气。那一年我开始从一个少年步入青年了吧！我看到夜空下的马路上男男女女老老少少，一村子人拉着家长里短，每人都像一片树叶阴凉着别人也阴凉着自己。那样的景象我以后再也没有看见过。

十六岁以后每年的夏天如没有冷冻好的冰糕，似乎一晃就都化为乌有了。期间的大学、工程队、机关生活似乎在记忆里成了空白。我试图寻找关于每个夏天的真实记忆，回忆出的只是电扇、空调、西瓜和食堂的绿豆汤。不时有消息从故乡传来，乡亲们互相漠视、争斗的事件不止一个；有不少不合伦理的男女私奔生子，故乡再没有那清澈的河水和阔大的树荫可以供回乡的游子思恋过往的一切了。

在城市里生活，空调成了纳凉的佳品。一旦一种美好事物的出现必然带来人们思想的变革。从一个朋友家里出来，到另一个朋友家里去，空调成为一种最普通凡俗的纳凉之物。我恐惧空调的所在，让人体会不到天气的自然变化。如时下人之间的感情表达，世间的冷暖被空调淡化成一种冰凉的温度。因为缺少温度的悬殊，一个办公室的同事省略了问候的必要；谁也不愿意成为别人的阴凉了。

我喜欢在一个人的房间里不开空调地生活着，感受外面的热风和冷雨，自然让我回想往事，忘却如今千篇一律的日子；也喜欢一个人到山顶上游燕一样盘旋一番，我知道山、石、树木、花草这些真实的自然之子，它们身上的年轮在真实记忆着每一个夏天。要想纳凉，需要寻找这样的物质构成。

我曾试图在爱情里寻找纳凉的因子，现实的图景让我惊愕；爱情在空调的诱惑下已经变异，她已失却绿色的枝叶，变成光溜溜的树干，成为男女晃在手中的一个寻找纳凉圣境的旗杆！不要指望它能再长出碧绿的叶子，因为它已经离开了土地。

在整个夏天我的皮肤因为空调的作为泛着凉意，但我的心里依然焦灼。我不知道是天空中的太阳作怪还是我心中本身就有个太阳。我感觉自己急需找一个纳凉的所在，为我曾经有过的昨天和充满希望的明天做个交代。既然回家的愿望被远方的信息所打破，我希冀着有一个惊喜到来：是否有这样一处圣地，人们亲切地谈吐，互相树叶一样照应，树荫过滤掉夏天的热风，负氧离子在清洗我们的心扉……

有一天我还真找到了这样一个所在，似刚到那境地突然被蛇咬了一口，醒来才看到手中沾满蚊子的鲜血。那是一个知道温度变化的蚊子，在空调不打开的情况下，蚊子会舒服地叮咬世人的皮肤。

突然羡慕蚊子，这是一种不需要纳凉的动物，一个人可以承受几万只蚊子的叮咬却难以企及蚊子一般的功能，不知道该悲哀还是一种无奈！

我却越来越为自己的纳凉之境担忧了！

2018 年 5 月 12 日　于瑞丽

陪罗军看瑞丽赌石

辛苦了一天，借着瑞丽美好的夜色，我约挂友罗军兄弟到珠宝市场看赌石，同行的有联合国儿童基金会的张女士和刘先生。

穿过熙熙攘攘的饮食摊位，珠宝街的赌石市场就呈现在我们面前了。我凭着这几个月学来的有限的珠宝知识，向他们传授什么是翡翠的光泽、颜色、种和质地，向他们讲着"老坑"和"新坑"，讲着腾冲和瑞丽的区别。摊子有中国人开的，也有缅甸人开的。夜晚闪烁的珠宝灯打向一块块原石，让这条街充满了神秘。我向他们介绍着什么是翡，什么是翠，什么是翡翠的癣，什么又是翡翠的绵绺，我以我有限的知识在介绍无限的海洋，正如一个囊中羞涩的人却要向一位航海家炫耀能买下一座大楼。反正听的三位兄弟姐妹大概也对翡翠不知深浅，我吹得玄乎，他们听着有趣，也就罢了。翡翠摊子上的人都在忙碌着兜售原石，这些待价而沽的石头，有的羞涩如美女，外皮遮盖如围巾牢牢裹着；有的狂飙似铁汉，裸露的胸膛在向买家证明着自己是一块好料子，绝对能登大雅之堂；有的虚伪成绝对的伪君子，显然被人工加工过假翡翠，因为表皮没有过渡层，加之形状规则，犹如泰国的人妖现世。珠宝市场的赌石景象，像官场又像商场，有人性又有惊险。当翡翠一旦形成审美目标，众多的人围石而战，石头就不是石头了。我的家乡生产大黑石，应该是典型的火成岩，比沉积岩美，我小时候在上面奔跑、撒尿、捉迷藏，而今，这些奇形怪状的石头，迎合了城市人歪曲的审美，有的就到了城市人的庭院里；有的还横亘在大城市的楼堂馆所里。我想，我一点点地努力，老了，奋斗得还不如一块不说话的石头。家乡的石头对你是一种挑战，你所要更换的，就是不断更新的审美意识。在今天，过去好多丑的变成了美的，不能吃的变成了美味。在家乡桃园里的桃胶，在我小时候被当做污秽物所抛弃，今天却很昂贵，成为女性的滋补品。也罢，爱喝猫屎咖啡的人类，什么味道都能变为欣赏的佳境。

看完了原石，和罗军兄弟又到成品摊位一游。夜晚的街市，比白天多了一点味道。各色各样的翡翠珠宝都呈现的摊位上。卖者送来谄媚的笑，买者此时也看不出有多少上帝的模样。倒是多了些稀奇的成分。我向罗军兄弟介绍着什么是翡翠，什么是玉髓做的手镯，什么是黄玉，什么又是琥珀，俨然一个行家里手。对不懂翡翠的人，我固然能唬得对方一横一愣的；但对行家，我最好的方式是选择闭嘴。来瑞丽后，业余时间我看过几本翡翠文化书，恶补了一下相关知识，所得也是皮毛，但却时时会派上用场。针对一个琥珀挂件，我们辨别着它们的真伪，里面的蝎子没有古代的审美，倒有现代的气息，就像一个现代诗人平仄都没弄通还要冒充李白。但在摊位前，说贬低珠宝玉石的话，还是要存了十二分的小心。儿童基金会的张大姐是个爽快而又伶俐的北京人，说话有外交官的范儿，品鉴也有自己的独特思考，倾听也是倾听者的架势，像看玉一样舒服。

走着走着，累了，转入一家店铺赏石，这些原石明显比那些散乱摆摊位上的原石个大，一下子就分出了高低。有红有黄，店家任你用珠宝灯打照，我自然用我粗浅的知识，再向诸位来炫耀一番。经营者出身行伍，戎马几十年，转身做文化，就如宋江，对"种""水""通透"等的经验观察，远远比我到位。观赏了一会，我建议店家拿出更好的宝石让大家观赏，店家犹如《水浒传》上的好汉，卷手就耳，"借一步说话"，遂而引我们进入内室：哇，果与外面不同！几种原石让我们大开眼界，外面最贵的充其量要价十几万，这里的石头动辄几十万，有的则几百万。珠宝灯打上去，有的玲珑剔透，有的金光四射，有的沉润如铁。赌石充满了魅力，店家的茶也好。有一位店家的朋友，是来自缅甸的景颇族，谈起好多克钦邦的战斗故事，却也有趣。问其名，才知是棍么部长的表亲，边疆城市太小，处处都能遇到连带关系人。

不知不觉已到十一点了，有鞭炮声传来，看来又有赌赢的人在狂欢了；大部分商家也要打烊了。我和罗军兄弟一行四人从店家出来，步出珠宝赌石市场。还有缅甸的罗兴亚人守着他们的摊位喊叫，大部分的摊位已经收摊了。我们谈论着各自的收获，津津有味，虽然大家都没买一块翡翠，却比买了翡翠还兴奋，这就是瑞丽赌石市场给人带来的味道啊！只可惜我平时工作太忙，来得太少了。罗军一行让我所学的珠宝理论获得了使用的机会。看来，任何时候，保持理论和实践的统一都是十分重要的。

罗军兄弟，祝您做一个翡翠般的好梦！

2018 年 5 月 12 日星期六 于市委宿舍

汽车与大地

我曾有一段时间十分迷恋驾驶汽车在大地上奔驰的感觉。像风，卷着树叶；像鱼，自由地穿梭。我独自驱使机械，大地颠簸着车轮，我感受到超越之美。突然某一天在迷雾之中，我发现空气中藏有我贪婪所带来的污染物，那一刻，我十分沮丧。在阳光明媚的日子，我站立在高楼上，远观城市道路，众多汽车如蚂蚁般蠕动。对的，它们像蚂蚁，一点一点向前蠕动着，不由得想起我小时候的蚂蚁们，树上树下，窜来窜去。大地上布满了蚁穴，我还曾和其他小伙伴们甩一道尿线，泄毁过那些蚁穴。而现在城市里，很少再见到一窝一窝的蚂蚁了，原来蚂蚁长大了，长成了汽车。在城市的每个角落，这些"蚂蚁"们或规则或散乱地停靠在一起，它们让你心堵，慌张或者躲避。我有时不得不在"蚂蚁"们中间徘徊、迂回，找不到回家的路。有时我就驾驭着这样一只"蚂蚁"行走在大地上，我没有考虑过大地的感受，我不知道大地会怎么想起我，当我意识到我自由地在大地上奔跑，我好像听到了大地恐惧的心跳。

"咚咚、咚咚"原来这就是大地心跳的声音，我独自驾车行驶在乡间小路上，车轮碾过的地方泛起了尘土，这些尘土扬起来，又落到车身上。我听到大地越来越响的心跳，好像看到一只柔顺的羊儿在挣扎，车轮毫无顾忌地碾过去，碾过去，在越过一条泥泞的小路时，车轮陷在泥辙里，我看到大地被挤出的眼泪。车辆蹒跚着走，大地呜咽着，那一刻，我想停下来，停在那里，让大地释放我，我真想弃车而逃，沿着乡下自然的路，一直奔跑到天尽头。

我感到了大地的痛，所以我在无数原本打算驾车的早晨，放弃了这个念头。但我为了这张嘴，有时需要从东城赶往西城，从北城赶往南城。城市地铁是必须要乘坐的。人类在为地铁骄傲，我乘坐地铁，就感觉这是人类为大地掏了一个洞，地面已失去了随时补水的可能。有人说，这个城市过去随处可以挖出水来，那时简直就是水上世界，为什么现在没有水了？纵横整个城市的地铁会给你明确的答案。

土地养育了人类，人越来越多，人类已经不习惯从眼前的大地上寻觅食物，他们的眼睛瞄向更遥远的地方，于是，各种交通工具开始形成。人类以更好的理由，为自己糟蹋大地的行为而百般辩解。

我诅咒汽车，诅咒这种飞驰的东西，把人类带向了欲壑难填的境地。汽车让人疯狂，在蓝天下，这些密密麻麻的"蚂蚁"们让城市人获得自由的同时，永远失去了土地的眷顾。汽车多起来了，各色各样的路就多起来了，大地的身体被人类任意摆弄，摆弄成面目全非的屠宰场。我看到流泪的大地，流血的大地，满身伤痕的大地，再也无法完整成一片碧绿的大地。

我负责过征地工作，因为铁路，或者因为其他建设，成千上万亩的土地顷刻间就被征收使用了。一辆汽车的价格足以买几十亩土地，汽车蹂躏着土地，而大地却这么廉价地出售给建设者，永远失去了它最初的模样。汽车最长的报废期不过 20 年，而没有被人类异化的土地可以世世代代养育生活在其上的人们。在大地上修建的道路驮载着强盗一样的汽车，它们在大地上横冲直撞，而我就是怂恿强盗的人，我就成了强盗的盗魁。我看到那么多养育了一代又一代善良人们的土地，被并非善良的人们糟蹋着，一块又一块土地消亡了，我的心都碎了。这是世界之美吗？世界之美就是要在汽车的轰鸣中享受穿越的生活？我真希望人类拥有不占用土地的风火轮，起码大地不会被糟蹋，大地还可以养育一代又一代人。

我诅咒以建设的名义糟蹋大地的行为。整规成了人类文明的象征，不修边幅原始的大地反而成了人们声讨的对象，人类在按照自己的意愿塑造着大地的未来，但从来没有考虑过大地的感受。假如大地也会叫疼，汽车压过去，混凝土不让它呼吸，深长的桩基插入它的心脏，大地该以怎样的一种方式表达这种痛苦？幸亏大地只懂得承受，只懂得顺着人类中心主义的理论被动地接受人类的改造。我真希望某一天，大地上安满传感器，让人类能通过大地的哭喊，反思自己的罪恶。

其实人类完全可以与大地和解，保留大地基本的尊严。完全可以把大地请向空中，把最原始的地貌和土质，仿照原始土地的样子，设计在每一栋楼房上。这样的建筑物，或许在几十年、几百年之后，只怕当人类意识到这一点而想回报大地时早无回天之力。汽车与道路结为盟友，时刻在算计着一片又一片土地。汽车让大地在混凝土的鲸吞中失去了再生的能力。那些装载着人类先辈无数美好故事的土地，永远消失在现代汽车轮下。面对这些所谓现代化的交通工具，我突然为人类而感到透心的悲哀。

世界各国都在缩减着城乡差别，而乡村迈向城市的道路，到底是前进还是倒退？意味着美好还是人类的自我灭绝？这真得打上一百个问号。当汽车的噪音盖过雄鸡清晨的鸣叫，当汽车轮子的飞转代替了木轮车的笨重滚动时，人类已走在无法回头的路上。

大地上的汽车越来越多，能存活的蚂蚁们却越来越少。蚂蚁的领地成为人类未来生活的缩影。我不知道自己想变成一只蚂蚁还是驾驭汽车的高级动物。面对越来越多的汽车，在城市里，总有一种阻滞感，压抑着我的呼吸。我想对汽车说，给蚂蚁们让让路吧，也让大地歇息歇息……

2018 年 5 月 13 日

青檀与石榴

我惊诧于这种树木能和石头为伍，它不仅能在石头缝里吸取营养，而且能把石头拱开。在楚汉之间的这条沟里，它们世代繁衍，有的已经活了上千岁；有的刚刚在悬崖上站稳脚跟。在万千峰峦之间，在几乎没有土壤的石头缝隙里，它们有的像龙，有的如虎，有的如调皮的山鸡，有的如豁达的和尚在敞露着胸膛。它们还有一个好听的名字叫翼朴，我看到它们一棵棵怀抱着巨石在山里默然不语，我就想哭。在一棵据说有一千多年历史的古树前，我静默成一个渺小的蚂蚁，我看到它突起的疙瘩，看到它扭曲着痛苦的身躯挣扎着的样子，我就为这种树的内力所撼服。这是怎样的一种内力啊！它穿透了时空，让艰难书写身体的坚强；在令人难以想象的艰难环境里，让细密的质地结实着自己的身体。我看到它们中的一棵，岁月虽然掏空了它的身体，但在它的胸膛深处，一棵幼小的翼朴猛地从它的心脏里钻挺出来，叙述着它们世代不屈的风骨。青檀，堪称内地的胡杨，是古代勇士的化身，是一个旅者渴盼见到的顶礼膜拜之物。一个男人必须隐含青檀的那种坚韧内涵，与石头抗争的精神。

青檀是刻意到山里参悟的智者，楚汉之间，它们不言不语，如超然物外的高人。在与生硬的石头长期的斗争中，青檀不言不语，它学会了用心劲抗争。它无法改变石头，过分的喧哗和浮躁，不起一点作用。在恶风苦雨里，青檀靠着自我砥砺，完成着与残酷的环境相抗争的意愿。在被它挤碎的石头上我读懂了它的心；在缺少泥土衬托的石缝里，盎然的绿叶是它快乐的笑脸。山下的万千石榴树则如喜山爱水的女人，红艳艳的花朵和青檀的刚劲形成鲜明的对比。如果说青檀是读过书的豪者，石榴则是喜欢这种读书人的风情女子。它们一同喜欢石头，喜欢缺少湿润的土地，喜欢干燥的北方环境。它们有着相同的爱好，共同的秉性，但始终保持着一种天然距离。石榴的婀娜装点着山水，似乎不是为了赢得青檀的所好；青檀的冷峻也不是无视石榴的美丽。它们在互相观望中默然老去，没有牵手，却有关爱；没有厮磨，却有相知。无语却藏万言，不抱却裹爱痴。在这样的山涧行走，山下的石榴和山上的青檀让你不由自主地想起凡俗的世间烟火。那些超凡脱俗物我两忘的男女，终生互相赞美，抛却了世俗的羁绊，相望着却不言不语。岁月赶走他们曾有的爱慕，留下的只是隔着时空的相互守望。

离山而走，青檀依旧在，石榴自然红。我无语凝噎，树的造化神奇如此者，在距峄城西侧七里山沟中的这大半天逛游里，我是充分地感受到了。

2018 年 6 月 24 日　于瑞丽

清华之树

在清华行走，可以当做最好的休闲，路两边的绿让你忘记了行走的疲劳，这里的一草一木洋溢着亲人的味道。在清华学习，我格外珍惜学习外的散步时光，沿着那些说不清名字的小路，做一位舒心的漫步者，实在高妙。

清华园的路因为树的存在，就有了别致的味道。树的品种很多，堪称树的博物馆，高的有银杏、刺槐、松、柏，矮的有柳、苦楝、连翘，丛生的还有金银花等灌木，更多的树我叫不上名字。仅松树就有雪松、塔松等很多种，行走在校园里，猜树名自是一种乐趣。相同的树可以猜它最初的来源地，不同的树可以分辨叶子之间的差异，在树枝间流连，树香伴着花开，是校园里的静绿，是静绿中的花红。

一棵杨树，立在路边，华盖如云，树身上有巨大的树疤，矗在那里。一棵已显威武，一排或几排这样的树，沿马路荡开去，你可以想象它们的气势。在清华行走，真不想停下来，那么多可以反复欣赏的风景，那么多让人沉迷的树木！我在银杏树前驻足，猜测一棵老银杏树的树龄。银杏叶已泛黄，在老银杏树的对面，一棵小银杏树悄悄地生长着，她的枝条如新入学的孩子们般柔弱，这棵老银杏树，在秋天的阳光下，好像在微笑着，静看着小银杏树成长。

不愧是百年清华，而有的树木远远超过百年的历史。那棵树干已空的老槐树，那棵树皮裂开的老柏树，怕都有几百年的树龄了吧，它们在校园里，就这样静默着，俨然一位历史老人，面对着校园里的一切，过去与现在。

清华校园里的树，是自由成长的树，树身带着时代的印记，有几条道路上种植着白毛杨，构成威武雄壮的队伍。十年树木，百年树人，这些建园后种植的白杨树，成了清华的一种象征，清华培育的科学家像参天的白杨一样遍布世界各地。行走在清华校园，你会被这些高大的白杨树所吸引，仰望它们，你会想到清华的育人史，也会想到更多只可意会的东西。

法国梧桐树，和中国老梧桐不同，有人说它原本是中国品种，只不过在上海法租界被嫁接后才成了现在这个样子。法国梧桐树树身下端的树皮干裂着，上端的树皮则向人显示着树木清晰的成长脉络，整个树看上去，犹如穿了迷彩服一般。一根主干在树中段向上形成四五根粗大的分枝，勇敢地扎向空中，是不屈者的象征；成片看去，有点像千手观音。法国梧桐的静美与丰富，在清华校园里可以随时遇到，这种树，会让你联想到同宿舍的同学，毕业工作多少年，仍然忘不了学校的培养，虽然天各一方，但根始终在一处。如果说法国梧桐以倔强著称，经过垂杨柳与臭槐嫁接的树则像一位天然的艺术家，它们对外的完美与内在枝条的错综复杂完美统一在一起，成为树的典范。

水边的柳树是最优美的诗歌，夏日遗留下来的蝉鸣还未完全消失，清亮的河水流来又流走，这些柳条像美女的秀发，微风中，轻轻荡来荡去，倒映在水中，宛若从天上来到人间。在水中柳条们与白云对话，与鸟儿和鸣，我站在柳树旁边，静静倾听着这声音，生怕打扰了它们。多情的柳丝啊，真是世间的情种。

清华的树种真是数不胜数，爬山虎成为建筑的宠儿，在清华的夏天，红砖房掩映在爬山虎的绿色之中，高大的核桃树、松树、柏树、榆树都在建筑的周围，形成绿色长墙。站在这样的楼房前，你会久久不肯离去；我在荷塘边的公园里坐下来，老槐树的影子完全遮住了硕大的石桌，我双手支着下巴，看近处和远处的树木，犹如置身在原始森林里。清华之美，美在这些数不胜数的树木中。这些树木，自然、舒展，相互帮扶、包容，既保持个体的独立，又彰显整体的气势。在清华，我静静看着这些树，这些无语的树，突然感觉要有好多话说给它们，在晴空下，在月夜里。这些自然成长而又品质非凡的圣灵，微风中飘荡来树叶的声响，我的整个身子在树的气场中，逐渐舒展开来，树们此刻化为畅游思绪的海洋。

2016 年 8 月 28 日　于清华校园内

请找回灵魂

手机几乎成了魔鬼，每天牵拽着每一个人。说它是一个情人也可，说它是一个神器也中，总之，倘若没有手机，我们真不知道怎样生活。很多人丢了手机，犹如丢了灵魂；离开手机，感到无所适从。何时何地，我们都变成了依附于手机的动物。我非常羡慕不使用手机的老人，尽管他们的生活状态很原始，但这些老人活得才最像人。

的确，我被手机绑架了，我周围的朋友、同事和亲人也被手机绑架了。这些人已经成了手机的俘虏，上班离不开手机，下班离不开手机，睡觉也离不开手机。手机是他们的皇帝，手机是他们的灵魂。

分析一下，手机给我们带来了什么？信息？爱情？欲望的满足？金钱的通道，或者碎片化的知识？似乎，人的欲望，以前难以得到的一切，都能从手机里可以得到。人是喜欢自由的动物，手机提供了丰富多彩的发泄与吸收的双重效用，让该得到的能得到，该发泄的得以发泄，就这样，我们人类自己，在这种诱惑下迷失了自己。手机是最能诱惑人的现代化的工具，几乎能满足人的很多欲望。从而，人类开始六根不净，开始凭借着手机完成自己的思想飞跃，完成自己的超人体验。在手机面前，每个人都成为无意识的俘虏，技术以技术的优势侵袭着我们的大脑。当我们从手机中获得的越多，我们越离不开手机的胁迫。手机与自然、社会、人群之间的关系的密贴度，让人类成为手机的奴隶，于是，我们的灵魂开始迷失，为手机而传播，向手机谄媚，为流言欢呼。我们被手机从早晨牵拽到深夜，从清晰思考到思想混沌，被花花绿绿的世界扭曲着灵魂，最终跟着手机后面或狂热或糊涂或刚愎自用地奔跑。我们丢失了曾经拥有的时间，丢失了当初的纯真，丢失了自己应有的特色。在与别人同质化的同时，也成为一个人云亦云的人。

倘若你放下手机，哪怕一个上午，走进大自然，聆听天籁之音；感受大自然本身的自然风光，你会找到久违的风景，远远大于手机里最美好的照片；倘若你把与亲人的视频转换成当面的捶捶腿、揉揉肩，您会领略到亲情所带给你的真实体验；倘若你把手机上的金银珠宝的闪光，改变成游逛街市的那份惬意，真实永远在真实的呈现里，而手机里的虚幻会抹杀你灵魂的高度与真情的温度。

我和我的朋友总会相约在某一刻、某一段、某一天，关了手机，尽情地用眼耳鼻口舌感受自然界的一切，用操着各地方言的普通话完成在空气中的声波交流。我们不需要手机里那些公知们的引导、专家的厥词，我们最需要的是找到我们自己！

我在寻找自己灵魂的过程中，诅咒我的盲从。现代化的一切，在改变着我们。人类习惯于偷懒的习性，左右着我们的言行。手机让我们丢弃了灵魂，汽车让我们不习惯行走，楼房让我们远离大地，城市让我们丢失了民族文化的气息。现实的一切，在现代化的名号里，一点点发生着变异，而我们却浑然不觉，直到我们彻底丢失了灵魂，还以现代人的高傲自居。

我想在这个夏天，把我的灵魂找回来。所以，更多时候，朋友们，你们可能打不通我的手机，因为灵魂比手机更重要。我要去寻找属于自己的灵魂！我不想丢弃我曾经流俗而高尚、纯真的灵魂！

2018 年 6 月 25 日　于瑞丽

瑞丽半年一瞬间

怎么一下子上半年就结束了。当十二点的钟声敲过，随着风雨敲打窗帘的声音变得熟悉起来，瑞丽之夜的凉爽气息提醒我，的确是半年过去了。

我选择元月一日抵达瑞丽，就是为了时间的确定感吗？从北京到瑞丽，是几个小时的时间，还是几千公里的空间？或者几多寂寞，几多热情，几多空闲？

我来瑞丽都做了些什么？我应该做些什么？假如我今天选择离开，瑞丽对我又有哪些牵挂，哪些无奈，哪些遗憾？或者哪些满足。假如一切重新开始，我又该对瑞丽如何诉说？

当高速路两旁的绿色撞入我对荒凉熟视无睹的眼睛，我感觉瑞丽就是我的家；而芳草萋萋成为一个城市永远的风景，我又渴望那种规整与宏大。瑞丽的山山水水，让我留恋，我在元月一日到六月三十日的这半年时间里，除了因工作原因短暂离开瑞丽外，更多时光，我是在瑞丽度过的。每天有那么熟悉而又陌生的村寨等着我。熟悉，是因为在我的梦境中，这些酷似天上的村庄情景，不止一次地出现过；陌生的是村庄里古老的乐器，当地的方言，待客的细节。我在融入中感到边缘，而在边缘感中感受亲切。当农场与高山相伴，咖啡豆与橡胶树互望，中缅通道的未来呈现在桌面，我就感觉每一天给我的时间太少太少。

在这半年里，除了拼命地读书，就是刻苦地走路，人也整整瘦了十五斤。我知道每一斤肉的离去，都报答我以美景新知。我在读书中感知云南、感知瑞丽的历史，感知当地的风土人情，感知祝酒歌的欢快。

我几次去等嘎古茶林喝了古树茶，几次去蜂场亲手割蜜，几次去农场感受参天大树，几次去莫里感受瀑布的气势，几次去一寨两国亲眼看异国的小朋友自由穿梭，几次到弄岛感受那个叫弄木峡的村庄，几次在菠萝蜜前辨别它与榴莲的区别，几次与缅甸来访的朋友共叙胞波情谊。而当我要抓住瑞丽春天的凤凰花时，凤凰花谢了；当我要留住夏天的莲雾时，莲雾们一夜之间落地如花；当我再到一个那个亲切的村庄感受佛家的静谧时，那个伴随的人却去了异地他乡。

美在美景中毁灭，而时光在时光涌来中流逝。

一天是一天的收获，一天是一天的时空，一天是一天的边疆。我分管的，我看到的，我边缘的，我周围的，我思考的，都一点点汇聚，又一点点消失。我度日中，老师来，夫人来，女儿来，学生来，同学来，老乡来，商人来，瑞丽成了另一个驿站。

而所有的记忆锁在记忆深处，这一刻，停止在边疆。

等待的是未来岁月的开始。

一切刚刚结束，一切又重新开始。

我好像又回到了起点，回到了刚刚来到瑞丽的那一天。我想，我的所想一直面向的是创新的未来，毫不退缩的未来，甚至是不畏强权与腐朽的未来。

我从这个开始，等待着下一个结束。

每个圆满的结点都意味着是重新的起点。

在瑞丽，这样的感受最深。

2018 年 7 月 1 日星期 于瑞丽宿舍

铁路味道

铁路，作为带有现代工业文明特色的行业，从业其中的人会有浓重的铁路味道；即使离开铁路，这味道也会跟随你一生。对此，我深有感触。

20 世纪 80 年代，我接班到济南铁路局下面的一个工程单位，在那里我度过了宝贵的青春时光。工地上繁重的劳动没有压倒一个青年，因为洋溢在我心头的是属于一个青年的好奇与热情，更重要的是属于铁路人的那种氛围感染了我。在铁路工程队，老少之间的传承，同事之间的互助，工作中的欢笑，至今回忆起来都很温暖，铁路工程队的生活虽苦犹乐。铁路工程队培养了无数吃苦耐劳者，他们中有不少人成为作家、工程师、演员或者学者，铁路工程队是一座大熔炉，锻造了我的意志，为我以后的人生积储了奋进的力量。

我喜欢在铁路上跑通勤的感觉。在青年时代，国内的交通和通信还不算发达的情况下，铁路工人享受着两大便利，一是可以享受通勤的快乐，再是感受电话的通畅。这种身心的愉悦感，透着属于铁路工人的那种自豪，藏着一种铁路人的气韵。在通勤车上的铁路人自然更多。跑通勤的铁路人即使同坐一车数年，互相之间可能还不知道姓名，但见面总会打招呼，遇事总要相帮。车上的那种感觉洋溢着家的温情，通勤车上的感觉真好。浪漫的火车在春天里催生爱情，熟悉的通勤琐事也曾经化为作家笔下的凝重。这是属于铁路人的一种感觉，那感觉似乎就是铁路乃一条藤，站车总倾注着铁路工人的深情。在铁路上，在拨号机盛行的年代，电话可以传来遥远的声音，我们那时期待什么？期待着远方的希望与爱情！一条银线，足以牵动我们的心灵，让我们与远方的朋友、亲人、恋人形同目前，铁路通信的发达曾经让很多在地方工作的朋友羡慕。

铁路的半军事化造成铁路人雷厉风行的性格，铁路人的守时成为一种美德。在铁路工作过的同志，都有这种美德，这是日积月累的结果；铁路人的直白和豪爽也是出了名的，在铁路同行之间，有一说一，有二说二的办事风格，言语方式的确会让路外的人叹为观止。没有更多的言语修饰和隐晦，多的是直白告知，当然也不乏古道热肠。

最让人钦佩的是铁路人的吃苦精神。有人研究过一种奇特的现象：从铁路调到地方工作的人大多很快得到提拔和重用，究其原因就是因为铁路人的那种工作风格和吃苦精神，给人耳目一新的感觉。是的，几乎每一个铁路人都尝过吃苦的滋味。艰苦的条件锤炼了他们，近乎苛刻的工作标准成就了他们。不少人离开铁路后，谈起铁路会一往情深，他会怀念铁路上的过往，他会感恩铁路对他的培养。

带有铁味的铁路，给从业的工人一种严谨、踏实、豪迈之气，铁路工人坚韧而通达，豪放而不失章法。铁路工人的这种气质，这种生活方式，这种应力场，形成一种独特的铁路味，让人能强烈地感受到。在很多地方，我们能透过一个人的言行，感受到他与铁路的关系，在铁路从业的长短。铁路的行话嫁接到生活中去，形成独特的行话；铁路的气息孕育着一代又一代工程人从一个工地到另一个工地，生活的程式在革故鼎新中也显现铁路历史的光芒，我时常被这种味道所陶醉。

身为铁路人是幸福的，生活在铁路这个大家庭是自豪的。当今天，我们乘坐高速列车，铁路工人的自豪感会油然而生。铁路似乎总在导引着时代飞奔。在不同的年代，我们都能不同程度地领略铁路的那种大气恢弘之美，时代先锋之姿，全国一体之势，所有这一切折射到铁路工人身上，构成铁路人的一种精气神，这种精气神是一种特有的气质，是属于铁路人独有的一种品质。

为什么我的眼睛深含泪水，因为我对这土地爱得深沉。铁路人也有诗人一样的情感，他们在用一种独特的视角观察着铁路、体验着铁路、塑造着铁路。我作为铁路的一员，曾经为置身这个行业而兴奋、执着、坚韧，而后步入一种沉静。我感激铁路对我人格的塑造，在感受铁路味道之时，我也成为这个气场的一分子，我时常为之感动。在深夜，我无语而思，让记忆的火车鸣响温情的汽笛，仿佛又回到了刚入路的时刻，那时的我，热情、兴奋，带着对铁路的憧憬，美好的梦境从此开始，夜晚如水，轻洗着我的铁路之旅，幕幕清晰如画，干净爽利。

2018 年 7 月 11 日　于瑞丽

同　门

感情这东西，投入越多，伤害越深。所以，对感情表示理智，是最聪明的行为。

矛盾多产生于与周围的人，亲戚、朋友或者同事。同学自然也是一种，岁月是最好的检测师，可以衡量一个人内心的真实与虚伪。宏大的人，最终会走向狭隘；慷慨的人，最终会走向吝啬；柔弱的人，最终会走向刚强。是岁月的磨练，也是经验的积累。尽管经验后面躲藏着无奈、神秘或者恶作剧，但正剧总会被玩笑台词所占领。丝毫不用再去期待什么，不用去说明什么，也不用证明什么。时光，填塞了曾经纯洁的心，让火热的情感，被那些自以为聪明的设计所吞没。晃荡在圈子里，你会悲哀；跳出圈子，才知道天地实际上大得很。

每个人都在这样的悖论中生活，当你以一种心境揣度别人时，别人在用另外的心境来揣度你。生活充满了这样的悲喜剧。你想说，你想说什么？你什么都不要说。

同门意味着什么？意味着同道、同学、同师、同心、同光？其实你错了，同道可能吗？即使同一个个体，终生沿着一条道路都不可能。同学假如不是一个阶段性的过程，也是一个求知过程中的伪名词，即使二人同班同位三年五载，学习的一切未必是相同的。知识或为人，很可能就是在一个下午，一次记忆密码中出现的东西。同学中刀枪相残的不在少数吧？同师就一定一致吗？即使是一奶同胞，也会一个去坐禅，一个去做屠夫。不要以同师、同母画符号，这就如以同乡论英雄一样可笑；同心就更是奢望，我不相信这个世界上有心情完全相同的两个人。事实教育我，即使你始终不渝地热心对待一个人，也难以得到他的理解与回馈，仅仅是回馈而不是回报！所以，大可不必在这一点上期期艾艾。倘若说同光，那更是不可能的事，老师是大树，有人站在树荫下，有人立在阳光里，体温不一样，心情大概也不一样吧？在桥上问鱼儿欢快与否，与在水中问桥是否耐久一样愚蠢。

同门仅仅是围绕着一棵树生存的一个个形态各异的个体而已，你离树的远与近，丝毫不影响你与同门的距离。无论同门在不在，树依然在着；无论太阳在不在，树叶一样在着。一个人读书，未必一定要渴望树的认知，更何必得到同门的认同。为了树，可以离树近一点；也为了树，可以离树远一点。倘若为了同门，远离了树，或许是人喝醉了吧？

人喝醉了很好。人的真实，就在这醒与非醒之间寻找平衡。因为爱，知道了非爱；因为醉，知道了非醉；因为同门，知道了非同门。其实这个社会，很现实的同时，藏着很多卑鄙的东西，即使同母同父亦未必同心，何况同门之间？

远离是清醒的唯一方式。从今，不再以同门说话，不再轻易喊别人师兄、师弟、师姐、师妹，这个社会，不存在真正的同门，形式上的同门构成对"同门"一词的绝对反讽。

我不知道自己是老了，还是糊涂了，天彻底地黑了，看不见月亮昔日的柔光了。

是以纪念！

2018 年 7 月 12 日星期四　于瑞丽

无界之界

今天，随分管外事工作的昆鹏副市长，沿着瑞丽与缅甸的边界走了一趟。虽来瑞丽后，一直分管交通工作，也曾到边境公路走过几遍，但像这一次一个界桩一个界桩地看，的确体会到国与国之间的分界的直感。

一条瑞丽江就是天然的分界线。在国际惯例中，因河流而分界的例子很多，而在阔大的瑞丽江，因江而设立的界桩明晰地制定了两国的分野。而河流的自然流向，有时流向对岸，有时流向我方，形成犬牙交错的分界感觉。中缅的瑞丽江分界也会在这种岁月之河的映照下，要定期进行必要的勘界。一条瑞丽江，中缅人民共饮一江水，而这种分野的自然性也提醒着两国人民的胞波情谊。

与此相同的是那条南宛河，今天的南宛河正值夏日，没有了旱季河水的碧绿清澈，南宛河水如暴怒的怒江之水，从陇川流入瑞丽，再汇入瑞丽江。河的此岸是中国，彼岸是缅甸，对岸的缅民在和我们打招呼。当界桩防护员的民兵告诉我们，对岸好多人是他们的亲戚，一条河并没有把他们的亲情分开。对岸的乡亲们经常过来购物，我们的边民也常去对岸串亲戚。在户育乡班岭大桥，我看到来往的边民，对方多于我们。客观地讲，从沿着边疆之路看过去，对方缅民的房屋和道路略逊我方一筹，中方展开友谊的怀抱，在帮助对方缅民兄弟解决生活中的困难。南宛河水昼夜不息，流淌着中缅人民的友谊之歌；瑞丽江水波涛汹涌，讲述着两国人民的传统故事。一个村寨两个国家，一座界碑，面向两个方向，我面对缅甸让朋友照下升起五星红旗的中方土地，那一刻，并没有感到我们因为富裕而居高临下，我更想对方边民早日摆脱战火、贫穷和道路的泥泞。来瑞丽的半年，每当看到街头涌现的缅民乞丐，我的心里涌上万般滋味。

我们冒雨沿着姐相乡与缅甸的边境线行走，这是我感受到的最有人间温情的边境线。一条不过一尺的小水沟，两侧是低矮的田埂，那边的田埂是缅方，这面的田埂是中方。我们沿着蜿蜒而行的田埂从西走向东，从南走向北，再从北走向南，从南折向东，这是怎样有趣的边境线啊！在一座界碑前，一条蛇吓了大家一跳，假如这条蛇在这边咬了人，逃到缅方境内，我们能否去捕捉？随行的民兵说，没有我想象的那么复杂，他爱人就是对面缅方寨子里的女孩，两个寨子相近不远，互有姻缘。看着他满脸笑意，我回望我们走过的边界田埂，想象这恐怕是天底下最充满善意的边界。两边的水稻几乎一样高低，一样葱绿，一样苗壮，虽然从房屋的格局上、道路的平整上看，中方好于缅方，但柔软的田埂提醒到访者，中缅友谊有着千丝万缕的历史渊源。

沿着姐相乡的边防巡逻道，看着巡逻道外 10 米以外的界桩，我为这样的边界线而感到幸福。这种无界之界，其实更需要在国与国之间流行，因为世界真正属于大家，大家才会热爱这个世界。

2018 年 7 月 16 日

宿

少时虽家贫，但有三间瓦屋，我居一间，有一床。别姓侄儿求住，共眠一床，各睡一头沂蒙山谓之"通腿儿"。侄儿汗脚，特臭，害我每晚掩鼻而眠；我足不出汗，脚比手香，让这小子沾了好几个冬天的光。

志学之年，接班泰山脚下，住大通铺。劳累一天过后，怕羞，常在被窝里脱内裤；老师傅性骚嘴贱，专捡让青年们脸红心跳的言语滔滔不绝，然后赌咒发誓，看青年们是否有定力。讲完骚故事，老师傅就掀被，常被青年人压死被子阻挡。大通铺，声色犬马，一览无余。冬天，北方冷，支上两个大火炉，烤馒头，温酒，香味溢满整个屋子；自然也有不讲究的，烤鞋，烤袜子，我有昔日被乡下侄子熏过的功底，倒也能承受；可怜那些来自城市的白脸，想抗议，但老师傅脸黑嘴辣，只好把抗议的话咽回去。那时候，老师傅有权威，我每天帮他们打开水泡茶，洗脚水也打。不像现在，一老就被人嫌弃。

后来上学归来，有了学历意味着有了技术，在工程队有了独居一室的优待。有仍住工棚大通铺的工友，过来小酌话家常，倒也感到温馨。幸福是相比较而存在的，我时常感受到各种满足，与常年生活在一线有关。对比，会让人产生愧意。在大通铺环境下生存过的人，没有不能生存的地方，所以我对住宿条件一向不讲究。

彼时出差，住的是招待所，一般是四人一间，如都是静音使者，也倒罢了。偏偏有鼾声如雷者，捂上耳朵也难入眠；放屁、说梦话的，更让人浮想联翩；如有醉酒的，吐得一塌糊涂，你也要忍受。所以时常感谢乡下那位侄子，他仅脚臭而已，不像招待所的多声部、多味道，让人难以忍受。

后来到北京，房子成了居民们大呼小叫的东西。夫人有远见，在北京城东购置一三居之所。为了装修，我去同楼一邻居家参观，见其客厅竟然也摆着一张大床。三代人共居一室，公公和儿媳，虽同是一家人，起居穿戴之尴尬，可想而知。那天，我好像看到了人家的羞处，回到空荡荡的房子里，一个人在那里流了很长时间的泪，直把我的房子看成广阔的海洋般。在北京，这样的家庭不少，有些是北京老户，有些是外来游子，和他们相比，我没有理由说我不幸福。

看着各个城市鳞次栉比的高楼，我总会想到那些还没有宽敞住处的人家。在泰山脚下生活时，我有一个习惯，每到周末，总要抽出一天，到泰山侧峰的山顶上裸奔。那里人迹罕至，只有小鸟与松鼠之类相伴。带一安全网做的吊床，一头系在松树上，一头系在槐树上，人就裸在山风中，看书、听收音机，无比惬意。松树上的松鼠，开始好奇，后来凑趣，再后来竟然也可当着我的面而睡去。彼时年轻，夜晚覆肚而眠，却也不曾感冒；那时柔嫩而香，却没有虎狼近前，可能虎狼嫌人肉太酸，遂能让我呼呼大睡。现已廉颇老矣，见松鼠，松鼠都不待见我。不像彼时，你看松鼠一眼，松鼠也看你一眼。山风吹我，也同样吹松鼠，我和松鼠，平等而自由。

我到瑞丽工作，此处乃边疆小城，人口略过二十万，小城藏富于民，不少民间富豪住着别墅高楼，但也看到居住条件逼仄者，常引我唏嘘。人之为宿，不过求一屋一床，即便如此微弱愿望，在这个世界上，仍有一些人难得满足。我从不和别人比吃穿，也不和人比住宿。唯有所比的，就是每天快乐地享受工作与学习。没想到，边民之宿，也让我如此纠结。倒是在某地，见一村负责人，也想当贫困户，问之，才知贫困户之家，因得扶持而有宽敞居所。贫困户因贫受扶，倒也应该；但因扶持而形成依赖堕落之风，倒也值得我们警惕。

佛家讲戒如见贼，房子阔大者，常不觉贼，而被贼之；又云定如缚贼，可见有了定力，贼就被绑住了，不为物喜，不为己悲；倘若能超越贫富、名利，登高望远，则有慧光矣。慧如杀贼，到了这一层次，人就活得滋润些了吧？

其实，在我的心底，更喜欢松鼠一般的生活。每棵树都是自己的居所，每阵风都是自己的朋友，每一天都在自由的呼吸中睡去，每个早晨又在晨光中醒来，无拘无束，无高无低，无近无远，无欲无求，无心无肺，只是风一样地存在罢了。

只是我，离泰山越来越远了，离自然越来越远了。因为我在城市，因为我在尘世，因为我每天要在宽大与狭窄的对比中接受煎熬，悖论让我失去了本应有的纯粹的自由。

2018 年 7 月 8 日星期日　于瑞丽市委宿舍

有一个美丽的地方需要铁路

不来瑞丽，不知道瑞丽的美好；不住瑞丽，不知道瑞丽的人善；不离开瑞丽，不知道留恋是什么感觉。周末，我随几位同事，在州铁建办蔺如程主任的带领下，前往大瑞铁路调研，车走一路，人想一路。没有对比就没有发言权，当有一天，您乘坐火车从大理出发，抵达瑞丽之时，您会感觉到瑞丽的美丽与洒脱。

而此刻，我们在荒山野坡中穿行，时而从山脚爬上山顶，时而从顶峰绕向山下。每一次旋转都意味着曲线的漫长，每一处风景似乎都被更远的风景所遮蔽。从瑞丽到大理的过程，需要穿越千山万水。山越来越高，水越来越深，道路越来越蜿蜒。和沿途的城镇相比，瑞丽更富有欧洲小城的风味；和沿途的树木相比，瑞丽的树木似乎更有整体感，互相间更有团结意识，郁郁葱葱的程度让我惊叹。我喜欢瑞丽的一切，不仅仅感叹于瑞丽有着北京城没有的一切，也有着周围城市没有的一切。正如一位歌唱家所描写的一样，瑞丽的确是“一个美丽的地方”，这个地方像天堂。四季瓜果飘香，常年歌声荡漾，终日江水流淌。是边疆的美妙，是原始森林的树木清香、鸟儿鸣唱，是缅甸胞波情谊的源远流长……在瑞丽的每一天，我被这种风景人情迷恋，我被边疆的一切所浸染。美景给人的体味总有说不出的感觉。沿山而出几天，我对瑞丽的牵挂就多了一丝焦心。不可更多言说的瑞丽，像一只柔美的手。你在，她抚摸你；你走，它，牵拽你。尽管瑞丽当地的美食，有些我还不习惯，但我看到更多的外地人对瑞丽当地的美食大快朵颐，我还是感到欣慰。当有人赞美瑞丽，我高兴；当有人说瑞丽一声不好，我不悦。这样的心境是否偏狭我不知道，我只知道在瑞丽的每一天，瑞丽赠送给我的就是欢快、愉悦与充实。

　　车在通往高黎贡山的隧道上奔跑，我们到达隧道局承担施工的隧道前停下车。小火车拉着我们走向隧道深处。汽笛声声，又把我带回当年在工地披星戴月的日子，心底涌上一股热流。我坚持到掌子面，一睹盾构机的风采。中国人巧学先进技术，研发了先进的盾构机。我十分厌恶一个词，那就是"独一无二"，有人恨不得认为一切靠自我研发才光荣，事实上，在科学技术时新日异的今天，任何的自我吹嘘和缺少借鉴都是错误的。真正好的技术是集大成者，反观中国高铁的发展，推动了动车技术和工程施工技术的创新，前提是开放，过程是借鉴，结果是集成创新。一个国家需要这样的气魄，一个人更需要这样的努力。在隧道局施工现场，我看到先进的施工工艺和整洁美观的工地，我就拥有一份工程人的自豪；在十八局怒江特大桥工地，适逢有个桥墩封顶，噼里啪啦的鞭炮声迎接着我们的到来。几位同事对如此宏伟的大桥叹为观止，这座世界第一的铁路钢板桥，其宏伟的气势让人过目难忘；而抵达大柱山隧道，面对隧道内流出的日流量 8 万余方的水，我们可以想象施工的艰难。洞内施工人员每天要在 37 摄氏度的环境中施工，每天要靠冰块降温，每班工作不超过两小时。这条隧道从开工到现在，已经施工了近十年，当年刚分来的大学生，早已成为孩子的爸爸妈妈；项目经理的孩子也从一个顽童成长为一名小伙子。铁路工程人的坚守与拼搏是靠点点滴滴的行动，是靠实实在在的奉献。每当我听到一些具有官僚腔调的人说话，倍感不舒服，大概与自己常年干工程养成的这种实打实的作风有关。遂写一首诗赞之：

破岩十年惟铁汉，

豆蔻年华皱纹添。

山水十吨奏日歌，

钻机频推摧巉岩。

我欲因之化为云，

日缠夜绕峰峦巅。

敢问稚子可相伴，

书声琅琅伴母眠。

　　参观完三处施工项目，同事们感慨万千。蔺主任也深受鼓舞，赞叹铁军精神，也对大瑞铁路建设的艰难嗟叹不已。铁路建设者以他们的汗水与热血，浇灌了大瑞铁路的精神之花。我看同来的交通局长和铁建办主任，一个个赞许有加之余，也对自己的工作重新进行评判。事物在比较中获得鉴别，和铁路工程人相比，他们在气度、坚守和奉献、拼搏精神上，的确还有更多的精神品质值得我们学习。我为曾是一位铁路工程人而骄傲，我也为以一个铁路管理者的身份在边疆工作而自豪。不由得又作诗一首：

车轮碾碎边疆苦，

铁人铺就大瑞路。

桥隧溅满英雄汗，

数年难穿一坦途。

彩云之南风景美，

汽笛何日震山丘。

夜思昼想贯通日，

哪管周末养身舒。

　　常有人问我：大瑞铁路何时通车？瑞丽何时才能见到火车？我想说，朋友们，快了！从你急切的心情，我想说明日就通车；从铁路工程人的浴血奋战，我想说，火车，总有一天会抵达这最丽的地方。

中国不乏站着说话腰不疼的人，缺少的是扎扎实实埋头苦干的实干家。我从大瑞铁路调研回来，对大瑞铁路早日建成，内心充满期待；也对这些埋头苦干的建设者感到心疼。他们在荒山野外，奉献着青春，贡献着智慧，孕育着中华民族的志气与磅礴未来。瑞丽会因他们的努力而更美好。

当美丽的地方——瑞丽通火车的那一天，我一定乘上飞快的火车，在崇山峻岭之间穿行，在彩云之南飞翔。如果你非要问我，具体哪一天开通大瑞铁路，我会与你一同再会那些抛家离子的工程人，他们脸上的汗水会回答你，他们坚毅的眼神会回答你，隧道里彻夜不断流出的山水会告诉你……

2018 年 7 月 20 日

一个人的力量有多大

抛却政治倾向性不谈，曼德拉坐牢 21 年而精神不衰，我一直在追寻其因。这个人的内心到底有多强大？从曼德拉身上，我感觉到一位卓越领导者所具备的力量。生活中人，外表威武雄壮者比比皆是，但真正富有力量的人却很少知。我所谓的力量，是精神的力量，不是手劲的大小，走路的威武，说话的高亢。的确，有时候，那些精神高大的人才让我感到敬仰！

城乡有很多我钦佩的顽强的残疾人，他们胜过懦弱的正常人。在农村，有些身残志坚者，要么身怀绝技，要么不断向生活抗争，要么成为致富能手。在他们身上，奇迹发生了，他们把自己的力量挖掘到极致。和许多正常人相比，这些人的思想深处是努力，是抗争，是创新，是勇气，也是一种生活的态度。而在城市，那些走向艺术殿堂的残疾人，你会看到他们身上优雅的力量、修炼的功夫、岁月的镀金。

我曾面对一位口书艺术家而惭愧。这位艺术家早年因车祸失去了双臂和一条腿，但他没有倒下，而是用嘴叼笔进行书法训练。开始游动于街市卖艺，后来成为当地小有名气的书法家，再后来参与电视表演深受观众赞许，再后来赢得一位美女的芳心，获得了美满爱情。如今，他拥有一个美满的家庭，书法作品不了解其背景的人难以相信是残疾人的口书。倘若他当初也像一位正常人一样平庸、懒散，等待他的或许是接济、可怜的眼光或者遗弃的结局。他向自己挖掘力量，成为一位自我强大的典范。这种生活中的真实案例，却往往被我们忽略，人们习惯了过平庸而淡常的生活，而让自己本有的力量搁置起来。

生活充满了各种凶险，而人生意味着诸多艰难。有的人面对困难，坚贞不屈、隐忍向上；有的则深感畏惧，选择消极应对甚至逃避、屈服；更有甚者，则选择了死亡的方式。其实，生活是最好的老师，越是艰难的环境，越是恶劣的考验，越是极限状态下的生存，越能激发人内心深处的力量。只有向内心深处挖掘，向自己要力量，才能倾向于智慧，求助于技能，凑拢于阳光。躯体的强大不是一天养成的，而精神力量的积聚又岂能是一天养成？

来瑞丽后，我认识一位文化茶人或茶文化人，早年曾在深圳为人擦皮鞋，这种初尝人间冷暖的生活让他珍惜一切，使其善于思考，全身心投入工作。对茶文化的凝结，让其生活有了新的品位。尴尬的境遇会是力量的源泉，被生活碰翻在地不要紧，要紧的是找出原因，克服困难，寻找发展机会，好好挖掘前行的路才是积聚力量的开始。

伟人和庸人的区别在于，伟人愈挫愈勇，而庸人遇挫就灰心丧气；伟人从坎坷中吸取教训，庸人从潦倒中感到悲凉；伟人吸取众家智慧修身养性，庸人求万家帮助而从不提升自己；伟人胸怀四海而眼视远方，庸人藏一己之私而仅见方寸之地。悲哀者的下场自有其悲哀，而伟大者的辉煌自有其伟大。伟人向外求的是砥砺，向内求的是心海强大；而庸人向外求的是权与利，向内求的是一时苟且。伟人的力量是滚雪球，庸人的生存轨迹是针刺皮球。方式不一，内容不同，结局自然不同。

我时常追问自己，也代众多人询问，一个人的力量到底有多大？该选择怎样的方式将常被人自身紧锁而休眠的力量激发出来？采取怎样的方式才能让人的一生避免庸人的轨道？如何向伟人学习生活的优雅和对人类的贡献？如何在平静中积聚前行的动力？如何从伟人的成功中汲取生活的力量，又如何从庸人的颓废里提取警醒自己的元素？

人自身蕴含着力量的深井，打捞深井之水，需要智慧、技术和勇气，需要一个人追问到底的自思和警醒。诚然，需要避开的是对伟人缺点的承接和庸人优秀特点的舍弃。但一个人穷其一生，也不可能挖掘完自身的力量，人自身是一座巍峨的大山，连自身都很难认知。

2018 年 3 月 3 日星期六　于瑞丽

春色书香润肌肤

人民大学的周末书市很有看头，从中可以淘到许多好书，我经常去；师弟李西泽是典型的淘书人，几乎每次去都会遇到他。西泽师弟是河南人，有时摸着旧书感慨地说：以后离开北京，好书很难觅到了，正如优雅的女人，时机一错过，就嫁做别人妇，彼时后悔晚矣。西泽有好习惯，每早坚持跑步令我敬仰，在春花烂漫的时日，他如新绽的柳丝，给人以簇新的感觉。特别是在周末书市上，看其热汗未干，爱不释手的样子，一种书海荡漾的惬意就四散开来。我很容易在这种语境下受感染，和他说上一些话，在这个春天里，心里感觉暖洋洋的。

记得在泰山脚下，最喜欢的就是在春天里，挎上几本书，去河边的小树林，或者泰山周边的小岭上去读书。泰山春天的风大而不柔，需要到避风的地方感受青草的芳香；看满山遍野的青色，听叽叽喳喳的鸟鸣，读古今中外的文字，那份陶醉从心里到身外，又从身外融入脑海，那份惬意，非亲历者难以感受！

春色蕴涵养生的气场。春天里万物升腾起一种盎然向上之姿，一切在摆脱陈旧中复苏，你感受到自然在以一种摧枯拉朽的力量前进。绿芽、河水、微风都是春天的信号，在这样的时日，你的心很容易被搅扰得萌动起来，如春草一样，在大地上展开平凡的叶脉。这种舒展的感觉，是一种发自内心的欢喜，一种摆脱沉闷束缚的自由释放。

书香自有食物难以抵达的劲力。其实书里埋着春天的因子，是一种最好的食粮。人可以在书中乐以忘忧，也可以在书语中悲以抒怀，

好书可能让人沉醉其中，无视生活的优劣。书的那份香，是菜根之香，平淡之香，清纯之香。沉醉在书海里，犹如徜徉于春天里，书香含有春天的特质。

人的身心需要春色书香的润泽。最好在春天里感受书的美好，在读书中糅合进春天的意蕴。春天，一切都是新的，春是推陈出新，春是柔和之母，春是山水画家，春是动情诗人；书是春的承载，书是春的萌芽，书是胎儿的萌生，书中藏匿着修身养性的药香。在春天里读书，你会感觉到发自心底的滋润；在读书时感受春天，你会获得不同于以往的春天。

莫说风沙撼山岳，春色书香润肌肤。在春天里，一个人，或邀二三知己，走到山里去，走到大海边，去真切地感受大自然，在湖光山色中体味书香，纵情驰骋自己的思想，岂不快哉！

2018 年 3 月 4 日　于瑞丽

学会辨别性阅读

"开卷有益"这句话把读书的好处说到了极致。事实上，读书是一件快乐的事，对一位有辨别力的人而言，读什么书都会受益。"老不看三国，少不看水浒"是有道理的，所以，一个人要根据自己的实际情况，有选择地阅读。时间对每个人都是公平的，在不同的年龄段，不同的工作岗位，或者不同的爱好，选择不同的阅读方式。

我在铁路工程队工作时，最喜欢读的书就是技术书籍和时尚书。铁路工程队条件艰苦，学术氛围不够浓厚，技术人员多是独立作战，遇到技术问题，能问的人毕竟很少，这就要多买技术书籍，记得那时我买了很多技术书，反复看。有关定额编撰的书认真研究，对施工方案反复揣摩，所以遇到事情，心里就亮堂，工程队与社会脱节严重，特别是城市生活的时尚元素缺少，我就适当买些这类书籍阅读。

后来走向管理者岗位，管理的书自然要多读一些，但在挑拣这类书时，比较注重的是结合自身工作的，譬如技术管理、行政管理或者文秘管理之类，对一些工具性的书则经常翻翻，受益匪浅。我当时英语底子差，有一段时间刻苦钻研英语，倒也为阅读相关外文书提供了不少乐趣。当然，为了参加完善学历教育，自己从一个专科生，再专升本，再读研究生，再去读博士，一路上围绕学历而买的书也不少。在学院之外感受学术教育，需要一种啃骨头的精神。这种阅读虽然拘谨，但给了我系统性的学术教育，感觉这种阅读还是很有必要。

对文学一以贯之的爱好驱动我始终没有放弃对文学书的阅读，但

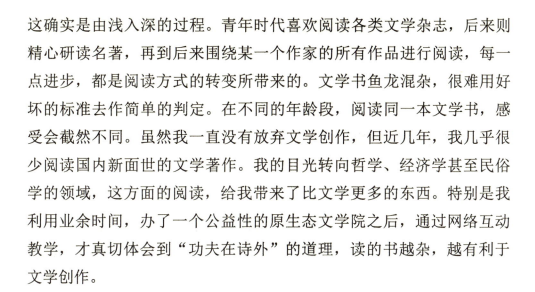

这确实是由浅入深的过程。青年时代喜欢阅读各类文学杂志，后来则精心研读名著，再到后来围绕某一个作家的所有作品进行阅读，每一点进步，都是阅读方式的转变所带来的。文学书鱼龙混杂，很难用好坏的标准去作简单的判定。在不同的年龄段，阅读同一本文学书，感受会截然不同。虽然我一直没有放弃文学创作，但近几年，我几乎很少阅读国内新面世的文学著作。我的目光转向哲学、经济学甚至民俗学的领域，这方面的阅读，给我带来了比文学更多的东西。特别是我利用业余时间，办了一个公益性的原生态文学院之后，通过网络互动教学，才真切体会到"功夫在诗外"的道理，读的书越杂，越有利于文学创作。

2018 年 3 月 5 日　于瑞丽

那些树叶间的阳光

在树叶与树叶之间，枝条与枝条之间，树与树之间，阳光温顺下来。阳光是泼皮的孩子，树是讲理的儒者，树叶是儒者的衣裳，阳光让它们青翠起来。树叶扩张着枝条的气势，枝条又壮大着树们的威武，一年又一年，时光蔓延，树叶绿了黄，黄了绿，绿了又黄。叶落满地的时候，枝条疏朗，而树们又规划了年轮。这既是树的哲学，也是叶子生长的哲学。

我顺着林间小路行走，享受树叶的声音，观看枝条的摇动。在藏书馆的楼后，大片铺设的木地板上，找一处干净的所在，仰天躺下，阳光，那些从树叶间筛下的阳光，顿时温和了许多。风吹拂着脸颊上的汗水，看那明暗互换的树叶，被阳光咬着、晃着，相互抽打着，树枝们交头接耳，时不时还向阳光抛一个深情的媚眼，树们似乎陶醉其中。这是一年里阳光最盛的时候，也是树叶们最光彩的时节。我仰望翠绿的树叶，树叶们摇曳着阳光，阳光被树叶切割、折叠、玩耍，抚平了它夏日里的暴虐、狂躁，面对绿色，阳光放缓了俯冲的速度。

阳光在不同季节呈现不同的性格。在夏日，太阳的暴烈不像冬日暖阳那样亲切。人们躲避着阳光，躲避着夏日里的燥热，期盼着秋天的到来。夏日的太阳，想必是与人过不去的罢，而树叶在不断地迎合着火热的阳光。树木跳跃着，阳光也跳跃着，阳光与树叶之间，好似在孕育着专属于夏天的爱情。不时有新树芽发出来，膨大、展平、嬉笑与相互依偎，树叶们争宠于太阳，以阳光洒照身心。我看着这些树叶，像阳光一样亲吻它们，倾听它们的私语。蚂蚁悠闲地爬过我的臂膀，痒痒的，如阳光轻漫树叶。大地上的人们，焦躁地踱来踱去，此刻，我想田野中的人们或许更为焦急，人们在忙碌着他们自认为十分有意义的事情。没有被树荫遮蔽的大地，此刻，一定也和人一样焦躁，好像通体在冒着热气。唯有树叶筛下的阳光，四散开来，舒展得如同禅者。

我半睁半眯地享受着阳光，阳光迎合着树叶，树叶伴随着阳光，它们一同在我脸上书写着夏日景象。我渴望有一片树叶掉下来，再掉下来，扩大着阳光的面积。树叶忙着与阳光接吻，顾不上我此刻的感受。周末里的校园，要比往日里寂静，暑假的到来，为这些树叶们提供了与阳光偷情的机会。

我陶醉在这样的感觉里，任凭蚂蚁们排成队伍，在我的臂膀上耀武扬威地爬过，一只又一只。它们一定感觉到自己十分伟大，它们无视阳光与树叶的显摆，甚至对我臂膀的温度也熟视无睹。这是一群自由的蚂蚁，我任凭它们游动、挪移，不久便游进了梦乡。

醒来离开那处木地板的时候，不知天空何时布满了乌云，树叶也在风吹树摇中全无了彼时的意韵。臂膀上落满了不知哪里吹来的灰尘，蚂蚁也不知跑到哪里去了。我抖落满身灰尘，不无遗憾地再仰看那满树枝叶，再也找不到阳光与树叶接吻的和谐，一切，恍若隔世！

天已变成黄昏，雨，或不久就要来了罢？

2017 年 7 月 10 日 于北京

大地的耳鸣

血压导致我耳鸣，我不得不去找医生按摩，我总相信物理治疗超越药物治疗。我行走在大地上，去看一个又一个医生。我的耳朵鼓了又鼓，想听而听不见。耳朵内万马奔腾，我听到一个声音在哭，另一个声音在笑。

我看到去年的一棵树已经丢失了，冬天里不断传来老人故去的信息，甚至有两位年轻的同学也去世了；在泰山脚下，不时传来老同事离开世界的消息，我仅仅是耳鸣。岁月追赶，时光时刻提醒着我衰老了，我很固执，从不吃药。我继续行走，行走在城市之间。城市是大地的耳朵吗？我似乎听到了大地的耳鼓声，大地也一定听到了人类的嘈杂声。

人类让大地患上了高血压。在城市的每个角落，充满各类嘈杂的声音。人类为了自己当下生存得更好，已然不顾大自然的感受，也不顾及子孙们是否还能看到当下的景物，甚至不在乎大地是否有健全的耳朵，哪怕仅仅一只。

从我记事起，人类就在大地上不停地折腾。村庄在不断地扩大，城市在不断地延伸。铺不完的路，建不完的房，修不完的隧道……这些泛滥起来的建筑物，提供了人类折腾大地的路径。大地用无数只耳朵倾听人类的淫笑，在人类自以为幸福的声音里缩紧了肚皮。

无数楼房、桥涵和隧道，就是大地形态各异的耳朵，它们让大地开始感知人类的伟大存在。大地患上了耳鸣，被迫倾听人类的贪婪。

从一个村庄，到另一个村庄，大地的耳鸣逐渐加重；自从有了城市，大地的耳鸣一天也没有停止过。混凝土覆盖了大地，然后城市之外又出现了新城，偶尔，阔大的硬化地面会被划开，这些硬化路面像强盗一样，蒙住大地的肚皮，霸道地让自己成为大地的主人。这些硬化面不知道大地原来是有肚皮的，人走上去松软，清新，众多的植物可以从大地的肚皮上长出来，长成人的模样，但比人可爱得多；自然大地也是有脸面的，但城市不给大地脸面，城市吞噬了大地的肚皮，只让大地长出无数只耸立的耳朵，倾听人类对大自然的摧残。

我看到春天大地上的绿色，夏天热风催满树叶蓬，还有秋天的果实，秋天的果实是大地最诚实的奉献，到了冬天，大地打了个哈欠，落叶在它的肚皮上酣睡，在毫无戒备的诗意里，大地度过最坦然的时光。而今，一年四季，反季节的蔬菜肆无忌惮地在大地上成长，大地没有礼拜天。在春天，大地失却了生机勃勃的模样，被城市的雾霾所笼罩；在夏日，城市土地上摆着的塑料花驱赶着大地上的野花，人类越来越注重形式而远离内容；在秋天，果实已经变得不那么重要，落叶成了人们朋友圈的产物；而冬日，没有寒风，城市人享受着如春天般的大地。人们忘记了自己是生命体，忘记了大地上的万物是生命体，更忘记了大地本身也是孕育生命的生命体。

而大地也和我一样就在不知不觉中患上了耳鸣症。

大地的高血压是人类赐予的。人类污染了大地的血液。让每一条河流都充满了人类的罪恶与贪婪。纯洁的水被各怀心机者污染，而这些血液不仅要养活人类，还要滋润大地。更多的污染物改变了大地的基因，大地的耳朵这厢听着开矿的声音，那厢就在吞噬人类污染的水流。大地没有眼泪，大地不断把身体的某一部分屈辱成历史，它很无奈。山在历史中虚无掉了，它们的身体被填海了，生长它们的土地又重新长出高楼。无数大地的耳朵，我看到了大地的无奈，人类的贪婪，

我似乎听到大地的叫喊。

我知道，大地是孕育生命的生命体，我知道，我只有两只耳朵感受到耳鸣的痛苦，而大地，无数只耳朵，被迫感知耳鸣。

我盼望我的耳朵能听到正常的声音，也希望大地的耳朵能听到正常的声音，更希望每一个活着的人都为大地提供悦耳的声音。但愿更多的人不要为了生存而忘记了妈妈的存在。

2016 年 11 月 30 日星期三于北京

有脾气的茶

参加茶道哲学研究会议，大咖云集，各抒己见。一时间，上至唐宋，地牵外国，小小茶盏，被学者们演绎得眼花缭乱。我生性混沌，少时很少喝茶；在铁路工程队喝的是大碗茶，为解渴，也为解乏。连茶的种类都分不清，遑论茶道。就如一位乞丐，手中断无分文，怎么能敢和那些财务达到高度自由的人比阔气？在这种场合，唯有洗耳恭听的份。讲台上，你方唱罢我登场，哲学大咖讲茶道轮回；史学家讲中国茶道的发展；研究传统文化的大和尚则讲述"茶禅一味"的来历；还有来自农业部的退休官员讲述当代茶圣著写《茶经注述》的甘苦。更有一些学者，把茶道源远流长与"一带一路"紧密相连，有的还有宏大计划，准备把沿途各国受益于茶文化的历史按国别区分，一国做书一册。最感兴趣的是一位学者论述，准备茶化西方，以茶文化为突破口，让欧西文化被我中华茶文化感召，听来别有情趣。

会后与明禅大和尚去大益茶楼吃茶，大师点拨再三，一再邀请去他所主持的寺院吃茶享受。明禅大和尚属于聪慧通达之人。讲佛理，求超然；悟佛法，不用说。几句话就把佛意阐明，释佛乃超度，不是评判左右。既不能占左，也不靠右，更不是局中讲中和之道。佛家讲超然，超然物外而又不乏真性情，才是佛家的造化。他讲皎然和尚三杯吃茶叹语，如与其刚吃茶回来一般。席间明禅不时点拨大家，还劝我最好将《碧岩绿》改编成现代动漫故事，动漫人物最好设计成一位外国和尚，演绎中国茶禅文化感化西方的现代情节。明禅法师比较了中国儒释道的发展轨迹，认为儒家以德化人，推送到国外去，很多外国人还有相当一段接受的过程；道教的虚空和以术传道恐怕也没有多少外国人明白；而佛教的传递则会生发出更多智慧的因子，茶道与宗教同理，需要智慧的支撑。明禅法师的谈吐妙趣横生，全无出家人的神话做派，倒有喝茶者的十分淡定。我未必同意他的评判，但也多少打开了评判的疆界。倒是觉得道家少谈些价值观，对以术载道或许更好些。品茶数年不如须臾顿悟，静中自斟不如与民同乐。茶艺的花哨与琴瑟的配合固然能增添茶香，静默啜饮才感觉摇头的滋味。茶禅一味，境界也就是如此。茶中有禅意，禅中含茶理，茶禅就是禅茶，有些知行合一的意思在里面。

大益茶楼以喝普洱为主。禅师的朋友有带生普来的，在茶楼上品茶，没有禅师那里的山泉水，禅师的朋友对茶艺师泡出来的茶略感遗憾。禅师的朋友解释，茶是有脾气的，对准了水，装对了壶，把握好了温度，茶味才能出来。水不好，冲不通透，茶味出不来；茶壶不对脾气，茶的内味就散发不出来，茶无回甘，好茶也被损害，色香味大异其趣，一味好茶就白白浪费掉了。这是 20 世纪 80 年代的生普，在南方藏了近四十年，和人一样，已到中年。禅师的朋友说这茶透出沉香的味来，我则闻出像旧箱子返潮发霉的味道。无怪乎禅师的朋友说，同一块茶饼，不同的人去泡，味道却明显不同。禅师解释，同一壶茶，欢快的人喝了甜美，忧郁的人喝了酸苦。同是普洱，有些茶是适合在晴天喝的，有些茶是适合在阴天喝的。二者不可混淆，倘若不慎混喝，轻则不爽，重则致病。我只感觉禅师说得有理。我想起在乡下时，母亲不让我喝凉茶，隔夜茶更是不能喝的。茶这东西的确是有脾气的。茶犹如人，它就是一个自然的生命体，你以怎样的态度对它，它会以怎样的态度回对你。

我跟着禅师学习打坐，禅师说，这样有利于身体健康。我几次想打坐成禅师的模样，均未能如愿，隆起的肚腹阻挡着腿足的自由活动，而禅师的打坐自由而端庄。边打坐边喝茶的和尚我这还是第一次见到。

禅意无限，茶意又岂是我辈所能解释的了得？感谢禅师的朋友，让我知道了茶是有脾气的，不仅仅不同的茶有不同的脾气，就是同一种茶，因时间地点不同，它也会以不同的脾气示人。在茶面前，我很羞愧，岁月已经埋没了我越来越少的棱角，我从茶身上找到了曾经消失的自己。

其实，茶禅一味哪能是一个下午的会议所能解释得了的？夜色渐晚，茶味渐渐淡了。禅师明天还要离京，众人闻之起身告辞，大家纷纷追随禅师而去。我回望这间茶室，没斟完的茶还散放在桌子上，它们像被边缘化的朋友，脉脉含情之余散发着无奈的香气。此刻它们的脾气唯有沉默与平静。我慢慢离开这个屋子，此时，明禅法师已经离开了大益茶楼，我想着明禅法师朋友的话，想着这样一个大咖云集的下午，想着茶禅一味的种种解释，心头涌上几句话，想对朋友们说，周围的人都走净了。悬在北京大学半空的灯光有些像虚假的星光招摇在夜晚的大地上，因为这虚假的星光，我忽然感觉到夜也是有脾气的。世间万物都是有脾气的，我也和它们一样。

2017 年 6 月 10 日星期六 于光大花园

地　眸

我被一场梦惊醒。

一只眼睛，一只硕大的眼睛，从大地上张开。依稀是故乡，又依稀是混沌的世界，那只眼睛张开就没有合上，睁开，再睁开，我模糊地看到两个字：地眸。被惊醒，在茫茫暗夜之中，周围的一切都是黑的，什么都看不到，我惊恐大地为什么张开了一只眼，在暗夜里，我思忖着这个世界。

因为干渴，大地渐渐缺少了纯净的水分。流淌在她身上的可供人类使用的水只剩三分之一，大地焦灼的心再也无法抑制住悲伤，于是她睁开了一只眼；在大地上横行的垃圾、嘈杂的汽车、喧嚷的人群，让大地无法安静，于是她睁开了一只眼。或许这个世界上有打不尽的贪官、说不尽的委屈、永远消失不了的龌龊，大地要用她的一只眼睛扫射还是谴责？那无休无止的薄膜，一年又一年覆盖着大地，只为着人类的贪婪，大地是不是感觉皮肤已经失却了原来的纯洁，无法自由地呼吸？或许大地看到了和我一样诞生于山乡而游历于城市的人疏远了大地，所以才怨艾地睁开一只眼睛？

那只眼竖立在遥远的大地上，而不是横亘在大地上，这只眼睛发出的光微弱而平静，好像装着苍穹与大海，历史与未来，装着我的家乡与这个越来越膨胀的城市。我似乎看到地眸已经风干了，如秋天里飘散的落叶，无助而仓皇。

我在暗夜里颤抖着，如一只兔子见到狮子般觳觫着。想起那个雨夜，她尽情地吮吸着雨水，拔节的草在她身上长起来，大地是万物的母亲啊，而我们长久忽略了母亲的存在，让她哭泣，让她在暗夜里睁开了一只眸子，这只无助的眼睛，无奈的眼睛，可怜的眼睛！

突然，有一种想回家的冲动。我回忆起母亲，在一个高大的围墙内，母亲在那里似乎呼唤着我和弟弟的到来。一个四面围起的墙，里面什么也没有，高高的墙壁耸立着，我刚想问询母亲在哪儿歇息，在哪里吃饭，在哪里与人闲聊，天就亮了。我惊异那没有一棵树的院落，惊异大地怎么不长哪怕一棵植物，石头砌筑的高墙冷漠、凄凉。我睁开眼睛，母亲不见了，母亲消失在天光里。我痛恨黎明，痛恨与母亲相聚的时间竟是这样短暂。

故乡一直在远方，生我养我的故乡，贫穷一直是她的代名词。我的童年行走在山乡，而后一直远离了她，远离了那片给我食物与温暖的土地，远离了河流与植物，远离了那消失殆尽的童年。从此，故乡成了记忆里的树叶。城市里的混凝土隔离了我与大地的亲密接触，那地眸就是地母打开的一扇门吧？她想吸引我对关注。

许多年没有回故乡了。叶落归根这个成语寄托了多少人终年的梦想。人有一道围墙，对大地的依附，对故乡的怀念，对母亲的衷心，我们困在其中，走也走不出来。我们贪恋围墙内的爱，围墙内的温暖，还有围墙内的安全感。这个世界，纵使没有风，没有雨，没有植物，没有河水，没有山路，站成一尊石像，也要依偎着母亲。

我该怎样回眸大地之眸？大地之眸所藏的万千情怀我该怎样去解读？在蓝天之下，月光之中、海的咆哮、风的追逐里，大地平静地睁开她的一只眸，我颤抖着，不希望她睁开另一只眸；我应该考虑为母亲做些什么，考虑母亲肌肤的洁净，思虑母亲呼吸的匀称，让大地之眸在沉睡中平静下去，养育一代又一代。在这个期待黎明的时刻，我希望看到那只地眸闪烁出一线——哪怕只有一线胜过黑暗的光明，那是让地眸充盈亮丽、温暖与赞美人的力量！

2016 年 10 月 30 日 5 点 于光大花园

那棵树

开始以为是棵草，从花盆里拱出来时，文弱的一根苗，的确如草。养着养着就变了，在阳台上，它长成了一棵树。与浇水多少无关，它有着树的基因。白天我们上班去了，它独守阳台，默默地成长，小心地守望。它凝视着周围的一切。

其实，看着它越长越大，我理解它内心的孤独与悲怆。不知它是遗落的种子还是园丁故意栽培在花盆里错过了花期？长出来，却不像花，一点点长高了，全然如一位气宇轩昂的孩子。正是昂然向上的时光，我却将它连同花盆禁锢在阳台上，这应该说是我的罪过。

它只感受阳光，没有经受风雨；它在十二层的高度俯瞰众人，却少了在大地上与众树翩跹起舞的可能性。有一天，我对伊说：把它移栽到公园里吧?！伊无语，人的不舍构成对树的戕害，观赏有时就是一种暴力。我那天一个人对着小树私语，希望小树能听懂。树儿长高了一点，背有些驼了，大概是花盆里的养分不够。有次出差，伊和我一周多未回家，别的花可怜巴巴的样子，有的干脆以枯死作为对我的控诉。而树依然扎愣着身体，挺立成一个瘦弱的智者。它保持了它的风骨，树就是树，在最后一刻，它依然精神矍铄。有一年去峄城青檀寺，青檀的根须盘络在石头上，似乎看不到土与水的滋养，但那绿却直扎你的眼。我的心被冲撞了一下，感到疼痛，又感到温暖。树毕竟是树，树有树生存的逻辑与气节。花不懂，阳光不懂，窗外的风儿懂，或许大地更懂。

　　从观赏的角度讲，我也许持与伊一样的观点，在我们的目光下，让一棵树成为风景，无论这棵树失去怎样好的一次成长时机。为了满足人类眼睛的欲望，我们忽视了一棵树的内在需求。我一直认为，树是有灵魂的，树的灵魂是属于大地的。而今，一个花盆，阻隔了大地与树。树因土而勉强活着，土因存在而延伸着大地的气质。断裂在束缚与武断之间，一朵花可以纵情于花盆，而一棵树难以在一个花盆里施展。同样的一棵树，在大地上成长，该是碗口粗了吧？而今，成长几年的这棵树，在我家的阳台上，成了一员宦官，即使在冬天，也比大地上的树木晚些时日落叶，它的灵魂该对谁诉说？

　　我时常在看书的间隙看一眼它，它有时就是一个读书人，气宇不凡地伫立着；而在阴雨连连的日子，它则像一位怨妇，期期艾艾，望着窗外的天空。有时出差几天，回来我总要直奔阳台，我一直想让这棵树早一日魂归大地。

　　一棵脱离了自然的树，在城市的阳台里，感受不到风的洗礼，雨的亲吻。它寂寞成学者，而无学者的城府，多了的只是空寂的时光吧！大地和阳光，雨与冰雪，它没有享受过，感受过。有几次在外地，梦见这棵树长成了参天大树，在原始森林里超越群树，而出差回来，那在阳台上的小树，不但没长，感觉还有些缩了，不由地心伤起来。更有一次，小树在梦中折断，泪水涟涟中醒来，见伊酣然入睡，望向被月光照着的小树，我才心安。

　　期待有一天，我把这棵小树归还大地，如让动物窜进森林，蝴蝶返回原生态。我想，这棵树的自然成长比什么都好，也许人们的好心让它不缺水土，但一棵向上成长的树，期待的永远是宽阔的土地，那土地让它伸展粗壮的根须，让它感受阳光与月亮，风雨与沙尘。即使有一天枯干成木，这棵树也会无怨无悔。我计划着在伊不注意的时候，就把它搬走，送它到很远很远的地方，无人可以看到。我要让它的灵魂游动在大地上，永远自由。我想它一定会高兴的，为了它，人类应该设置通道，而不应该设置枷锁。为自然的灵魂找家，是人类不可推卸的职责；为自己的灵魂找家，则是人类必须完成的使命。

2017 年 9 月 16 日星期六 11:00 于中国人民大学人文楼 711 房间

吃香的喝辣的

花生米是我最喜欢吃的，一个与一个疏离而连续，是一段又一段的时光。香气重叠而口感踏实，如一位讲究的人，耐看，有嚼头。当然，这也与故乡有关，故乡沙岭上的花生米个大饱满，扔到嘴里，发出与你较劲的香，是地力强、土壤甜的缘故。鲜花生出土的样子好看，顺叶一拉，半空一抖，砂土散落，花生们如洗净的白藕瓜般雪白，有仙风道骨之气。黏土地里的花生没这品相，黑一块黄一块，癞痢头一般难看，其米多水，晒干了远逊于砂土地里的花生。花生自家产的，招待客人，必上餐桌，或者伴以韭菜炒鸡蛋之类。一个菜硬，吃起来有响声，咀嚼着香味出来；一个菜软，润迷舌尖。这时若有酒，哪怕自斟自饮，也是享受。无论多高尚的人，诱人的食物总难让人拒绝。花生这东西，我没考究是否天南地北都产，但我发现祖国各地的朋友，不爱吃的占少数。和吃大蒜不同，有些人不喜欢大蒜的味道，南北人吃大蒜时的形象也大相径庭。北方人爱大瓣吃蒜，嘎嘣脆裂声中，享受的是那份爽气；南方人则爱切成片，一片一片慢品，像吃人参片，吃相颇为雅致。我在南方，以北方之姿吃大蒜，惹得食客笑。国人对同一食品的差异化吃法，形成地域饮食特色。对花生的吃法渐趋统一，有些像普通话，统一了人们的感觉。这香就四溢在餐桌之上 ，虽没有余香绕口三日不绝，却也是吃了这口想下口。山东是产花生大省，众生爱吃花生，酒鬼们尤甚。况且花生做法颇多，煮炒油炸，或给花生穿衣，或让花生再裸体，吃法千奇百怪，但都没跑了一个香字。在铁路工程队时，最喜欢雨天，二三工友围在一起侃大山，边喝边品，花生是必不可少的。花生米各自独立，又簇然成盘，品之，香味从口中漾出来，吃者享受，观者高兴。有时也可自斟自饮，有酥皮花生，手搓一个，扔到嘴里一个，与时光较量。有神人吃花生，花生扔到半空再遥控般奔向大嘴，看者惊讶，难以学会。父亲爱酒如命，一盘花生只剩最后一粒的时候，他就醉了。

铁路工程队的老人们不喜欢喝酒的不多，不醉酒的也没有几个。酒后宏音大嗓，天是老大，他是老二，但第二天照样到工地上规规矩矩地干活。晚上酒桌前一蹲，大话开讲。白天是物质财富的创造者，晚上则是精神产品的虚妄者。这样的生活我度过了二十余年，想一想也有味。

男人不喝酒就缺了男人的味道，我一直这样认为。对平时沉默、内敛的男人而言，酒是他最知心的朋友。喝多了，一吐块垒；再喝多了，世界上就没有一件难事了。酒让人在现实的苦难中找到虚幻的幸福。男人们通过比酒，显示着自己的威风。我发现，不少不喝酒的文人缺少豪情，酒前酒后，大合大开的境界，味道不一样，给人的刺激也不一样。初次喝酒，是在泰安铁路货场。比我小的李玉川、苏茂波、苏善业都会喝酒，我们当时都是童工，在老工人们醉眼蒙眬的熏陶下，难以独善其身。第一口酒真辣啊，一入口，火辣辣地往嗓子下爬，一直爬到肚子里，感到有一个火虫子钻在里面。那一口酒，足足让我睡了一整个下午。后来，就越喝越上瘾，现在成了事实上的酒鬼了。现在，酒一入口，没甚味道，不觉辣，反倒有些甜。更多时候，喝酒如喝水，酒成了酒场上与其他人比胆气的道具。时光，就在这样不知不觉中度过了。

一日，北京某高校的张先生来访，他是研究长城的专家，从南到北，从东到西，几乎快走遍了古长城。他慨叹长城毁坏日甚一日，沿途的古村落破损加快，寺院壁画剥蚀令人痛心，他慨叹，我们在自毁长城啊！席间，除了长城让我们惋惜，他说出的一个信息让赴宴者大为兴奋。他说，他岳父是一位老军人，今年九十多岁了，给他解释了什么叫"吃香的喝辣的"？大家面面相觑，倾听他的回答。他神秘一笑，指着盘子里的花生米，"就是吃花生喝白酒啊！"众人恍然大悟，想想十分在理。他说，那时旧军队里的人，能以吃上花生米喝上白酒为荣，大家点头称是。

乖乖，奈何我这大半生，整天吃香的喝辣的，我还有什么不满足的？旧军人崇尚的生活我是天天在过啊，忽然惭愧起来。在无人惊扰的黎明，我想着自己"吃香的喝辣的"一生，有没有做得不合适之处？

2017 年 6 月 21 日星期三早 5:00—5:40 于光大花园

学　历

　　周末，与一朋友去看一位企业家。企业家在大兴，农民工出身。"非典"那一年（2003年），农民工从母亲手里接过117元钱，只身奔赴京城，一步步成长为今天的企业家。我在企业家所拥有的院子里行走，奇花异草、天南地北的珍宝集中于他的公司，我问企业家的学历，他不无羞涩地告诉我：只是小学毕业。我的心里顿时五味杂陈。一则因为自己奋斗六年半，刚刚获取博士学位，总认为学识代表着一个人的品位；二则感觉小学学历和成功很难画等号。但我从企业家务实的谈吐以及他谦逊的表现上可以感觉他成功的道理所在。在这位企业家所在的公司里，我盘桓行走，看着自然生长的植物和自然谈吐的下属，感慨万千。

　　学历这东西，不知道哪一天讲起来了，但整个中国或者外国发展的历史，你看看皇帝或者总统的成长史，高学历的真不在多数。尤其是中国，除了世袭的皇帝，开国的皇帝大多是"心黑、胆大、脸皮厚"的主儿，所以在中国，遵循这样的生存原则，文凭不算什么，敢干才是第一。我想这位农民工，"干"是他走向成功的哲学。"知识越多越反动"曾是某一个历史阶段向知识分子开炮的理论依据。"无知者无畏"则是许多没有畏惧者的基本人生走向。所以，在这样的氛围中，学历低的比学历高的发展迅速，既有历史原因，也有现实依托。

　　综合社会各方面的探索成果，在当下中国，抑或上推或者下延，本科学历对一个人仕途的发展足矣。在时刻强调第一学历的今天，偏上或者偏下似乎都于仕途不利。虽然不乏低学历的人走向高位的案例，但毕竟第一学历是本科的人走向领导岗位的多。组织部门的考察有意无意之间就把一个人的智商定位为上大学的一瞬间，貌似无意的考察意愿其实蕴含着对最初学历的看重。所以鱼龙混杂的本科队伍中，有一部分人就有了浑水摸鱼的资本，就像许多后期通过浑水摸鱼读了硕士、博士的人一样。中国的教育出了问题，更重要的是中国的选人用人机制出了问题。一讲文凭，文凭外的人无份；一讲劳动，没有劳动过的人无份。一段时间的干部政策，造成一段时间的心理挫伤，忽明忽暗，让人难以捉摸。

面对一位仅有十四年城市打工史的农民工，我肃然起敬。他通过自己的努力拥有了成功与财富，才能与未来。他没有用更多的时间去追求学历与无聊的赞美，他在用金钱衡量着自己的过去与成功。当他的心向文化倾斜时，他追求的是生活的自然和文化的熏陶。他没有去追求现实生活之外虚无缥缈的东西。

我在追求学历的道路上傻傻地走过了二十多年的路程，而这位农民工出身的兄弟只通过短暂的十四年的历史改变了自己。他用母亲微薄的血汗钱冲击了自我，强烈的求生愿望让他对未来的判断以生存为基础。而我，以虚无缥缈的学历为目标，二者的高下瞬间便知分晓。

看来，开国皇帝的人生哲学还是值得借鉴；以现实需要为基本点，过好自己的生活远比学历重要，除了那些以读书为乐趣的傻子。

是的，是的，我听到同学的劝告，只好垂头丧气地去喝酒去了。

天上布满繁星，在夜空下撸串，挺好，确实挺好。

2017 年 7 月 2 日星期日 23:19 于光大花园

游动的灵魂

倘若一个人喜欢旅行，在曼妙的海边，一边欣赏着大海、日出和盘旋的鸟儿，一边享受着美味。列车徐徐行驶，你好像在看电影，但眼前的景色确是真真切切的存在。这时，你是一种什么感觉？在日本，我去伊豆旅游，就是乘坐这样的观光列车。列车抵达一处风景点，感觉就像从时光隧道里开出来，从樱花深处开出来，从古典故事里开出来的。当列车与车站融为一体，当列车的外景与内饰相得益彰，当你的所有思想都在旅行中得以激发或共鸣，那份沉醉延时很长。到日本乘海岸观光车旅游，这样的享受你会随时感受得到。在通往伊豆的铁路线上，你可以在车站上温水泡脚，也可以到樱花盛开的地方享受美食。当南方樱花盛开时，去北方的海岛上还可以在风雪中享受温泉。别致的风景促成日本的观光列车与周围景色相辉映，你会贪恋列车的自由穿梭。我喜欢留恋在南北方的站台上，日本站台的素朴，一如没有经过雕饰的美女，看上去爽朗而清丽。日本的铁道设计者一般不追求站台的奢华与车站的亮丽，因古而旧，因旧而文，文与史相凝，给人一种牵挂乡愁般的亲切。

如果你把日本的车站等同于日本的观光列车，您就大错特错了。日本的列车设计师是始终与游客站在一起的，他们以深度揣摩游客的需要为基础，以精湛的设计技术为依托，融入历史、文化和地域元素，让不同地域、不同季节的观光列车成为游动的风景。在这游动的灵魂之上，写着思想，写着文化，写着地域特色，写着传统与古典，写着

现代与未来，也写着一个儿童的向往，一位母亲的心愿，一位老妪的惊奇。当千奇百怪的观光列车以其外在形态的多样性展示在游客面前，当披着铠甲的武士与你在某一个旅游站点合影，你的旅程不仅具有冲破平淡的可能，也有搜获新鲜的惊奇。

当把最顶尖的建筑设计师作为观光列车的设计者时，动与静的结合，建筑美与现代科技的结合就融为一体了。你难以想象，在观光列车里，你可以感受风，可以面对阳光与大海，更重要的是可以享受采摘草莓的过程，可以品尝当地最纯正的龙虾，当然你还可以在列车上享受泡温泉足浴。在现代科技与古典艺术相结合的意蕴里，列车不再是乘坐功能的单一化呈现，而会提供满足不同群体特色需要的美丽场所。是开往童话王国的童话，也是黑猫站长领衔的幽默，还有蓝色派对的开放，一切的一切，在观光列车上都成为一种可能。你会为日本的设计师而击掌，会为精湛而大胆的制造工艺而惊叹，会被他们对废旧列车的利用而惊叹，也会为他们将没有的风景挖掘成风景而做出的种种努力而感动。日本的列车设计师，将观光列车打造成会说话的灵魂，会思想的灵魂，会传播的灵魂，能走入乘客心灵的灵魂。这是一种与火车经济低迷抗争的设计，也是集中日本建筑师和铁道运营者智慧的设计，更是将顾客的使用需要与审美需要考虑到骨子里的设计。

我在日本，浮光掠影地看到一些观光列车，也亲身乘坐过一些观光列车。但真正让我感受到日本的观光列车全方位之美的却是上海交通大学新出的一本书《和风下的观光列车》。在日友人姜建强先生强烈推荐我一读，这本图书，图文并茂，适应读图时代的阅读需要。接书当天，我就一气读完。这本由日经设计的图书不仅有专业水准，也有人文情结。译者宝锁和赵斌玮先生又是职业编辑，将此书翻译得明白晓畅，像列车设计者考虑游客的感受一样，译者充分考虑中国读者的需要，翻译解释得非常到位。掩卷遐思，又好像回到在日本旅游的

时光。好的创意总会激动人心，人类共同的文明会促使我们跳出狭隘的圈子去感受美好生活。感谢编译者！让我在书桌前又涌上马上乘观光车去旅游的情思。

2017 年 7 月 3 日　于光大花园

蝎子抵京

清明过后的一段时间，沂蒙山的蝎子最好逮。风一刮，蝎子们蠢蠢欲动。掀开山上的每块石头，都会有蝎子盘踞。它的两夹扬起，向侵略者示威。不过这种招数，对有经验的农人而言，不过是小把戏。所以，瓶子里不一会就可以装满蝎子。

我小时候，做过这种捉蝎子的劳作。初抓蝎子时，因为害怕，或者因为心急，被蝎子的螯夹过，也被蝎子蜇过，好几天不消肿。隔了两个春天，不敢去山上掀石头。蝎子老走进梦里，好像当时正看《封神榜》，配合着书里的情节，夜里做梦，会看见满山都是蝎子，常被吓出一身汗。

小时到山石下面掀蝎子，主要是为了用蝎子换钱。当时蝎子应该是一分钱一个，几个蝎子就可以换一本儿童画书。整个童年，我没敢吃过一次蝎子。母亲害怕蝎子张牙舞爪的样子，总让我把瓶子放到另一个屋子里。当天捉的蝎子要卖到供销社收购组里，时间长了，蝎子会死掉，那就卖不出去了。

真正吃炸蝎子，是在工作数年后的事。有一次参与铁路顶进桥施工，靠近山区，村主任拿出土特产来招待大家，蝎子算土特产的一种。当时还担心蝎子到肚子里，尾针会划破肠子，毒素会渗入身体，总要把最后一截掐掉。村主任就言语，最毒的才是最好的。他反复说这句话，我才知道世间有这样的道理。最毒的是最好的，原来如是。

村主任又说，以毒攻毒，这物件可以把你身体里的毒素拱出来，陈年坏病，一吃它，祛除病根。听村长说得在理，我就失去了对蝎子的恐惧。再吃，蝎子整体金黄，犹如吃炸金蝉一般，满嘴那叫一个香啊！

有一年到西安某单位，有一道菜，就是粉条竖起的白山上，活蝎子在上面爬，菜名忘了，好像很有诗意。因为蝎子突然成了活菜，我的恐惧又恢复到童年时代，打着愣的不敢吃。看男士们一个个跃跃欲试，我还是倍感惊恐。竟有一位女士，吃得有滋有味，神态十分淡定。这样的女子我是断不敢娶的，她吃蝎子的淡然足以证明她能制服天下最威猛的男人。我属于胆小怕事者，以后见了这位女子，都是恭恭敬敬地说话，不敢高音大嗓，生怕她把我当蝎子对待。

春天，去平邑九间棚村，文友韩先生送我两盒蝎子。当今的蝎子也能登高远望了，和我童年时的蝎子所享受的待遇不同了，住的房子都是透明高贵的，还有透气孔，可谓八面威风。用这样的盒子装蝎子，蝎子可以数天不死。从山顶带到北京，我将它们放到冰箱里，准备到暑热之日，拿出来享用。

朋友田先生，也是故乡人，自知故乡事。有一天不远千里，从沂蒙山又运来蝎子，蝎子们辗转两日，到我手上时，依然个个鲜活。我用凉水一冲，满盆的土腥气，和我小时地里剜菜闻到的味道一样。洗干净的蝎子们似乎并不领我的情，它们在盆子里爬上爬下，我想，这些蝎子们，自然是不知道它们已经抵达皇城的了。蝎子的一生，假如不被人从石头下翻出来，也会平静地度过。我只记得，小蝎子是从母蝎子背部裂生出来的，我小时候看到好多母蝎子在生完小蝎子之后就死去了。有人说，初生的小蝎子会吸食母亲身上的汁液养活自己，在母亲的背上完成第一次蜕皮才能生存下去。这个说法，我没有去找方家考证，但母蝎子的死我是真切地看过的。自然界以这种方式做母亲的动物，到底有多少？生物的进化永远存在许多未解开的谜。

这些抵京的蝎子们终于成了我盘中的美味。我在吃这些蝎子之前，把盘子中的炸蝎子拍照发到朋友圈，没想到反应十分强烈。广州人说：这玩意能吃吗？一个信佛的人说：你这吃了多少条生命啊！内蒙古的一位朋友直接指责我，说我就是《西游记》里的老妖怪；不少山东人倒是积极响应，"看着就是香！""故乡的好味道！""一毒解百病啊！"一位典雅的女性则谆谆告诫：灵性的东西是吃不得的啊！！！有的则以行家的姿态说：不可多吃，吃多了上火，十足全蝎才为上品。一位知道我高血压的朋友则说：如是腌制的，就不要吃了。有的朋友则说：哇！看着就怕怕啊！朋友们南辕北辙的话，我看着，一会笑笑，又一会笑笑。

我还是遵从我的经验，谨慎地将这些蝎子吃到肚子里去了。之所以谨慎，是因为刚听到一位朋友说，一位德国人吃了炸蝎子，满脸发紫。街头拦车，没有一个出租车愿意停下。倒是我朋友帮他送进医院，抢救了他。自此，德国人对我这位朋友感恩戴德。有关蝎子的故事，听来的很多，不足为据，这里就不说了。几位在鲁迅文学院学习的作家朋友听说我吃蝎子，也想品尝品尝。只不过来自山东的这些美味都已经进肚了，冰箱里没有了。我不知怎么回答这些朋友，春天里抵京的蝎子才最有味道，其他季节的蝎子据说要么很勒口，要么没味道，治病的疗效也不高。这些都是我听来的，未验真伪。怕说多了，反被这些作家们说我矫情，终究还是没有说。那些作家们，也再没提蝎子们的事，我也就顺水推舟了。

我知道，明年春天，朋友们依然会送来沂蒙蝎子，那是家乡的味道。要是蝎子们知道抵京的结局就是成为在下的盘中美味，宁愿永远在石头下生活一生一世，也不到这金碧辉煌的皇城来。明年文学院的作家们又会新来一批，不知道是南方人还是北方人，他们对抵京的蝎子，态度可是截然不同的。

这个下午，我是在回忆抵京之蝎的美味中度过的。屋外很热，屋里很凉。蝎子们断然不必贪恋石头外的世界。有时贪恋就是迷途，远徙就是丧生。我这些思想，蝎子们是弄不懂的，何况，它们自己的命运永远无法掌握在自己手里。悲哉！悲哉！阿弥陀佛！阿弥陀佛！

2017 年 6 月 16 日星期五 于北京游燕斋

诱　惑

其实向培静兄告辞，并没有考虑到在中关村大街上被暴雨浇灌半个小时。北京的很多东西狐假虎威，这次来真的了，我在无助的空中整整被雨教训了半个小时，很多愚蠢的行为总是在经过事实教育之后才感觉到愚蠢。倘若我不声明提前离开，在酒场上哪怕一句话不说，也不会让这一副肉身跟着我受罪。我一直对我的躯体怀有歉疚，因为我倔强的灵魂，我有时让这身躯壳老跟着我受罪。当培静兄的朋友给我曲高和寡的感觉之后，我还是决定要走。走其实是最明智的选择，中国人的老祖宗太聪明，三十六计走为上，一走了之，一走为和，可我无法控制变幻莫测的天气。北京从来没这么严肃过，我已经来北京快九年了。北京从来没有像今晚这样，给我这么严肃的面容。我一直感觉北京是温和的，但北京的今晚却是不温和的，我想骂一句什么，我读过书，虚伪的虚荣让我不能面对真正的真实。

还是倒叙吧，倒叙更容易让人知道一件事情的来龙去脉。

我已经习惯了在世俗的圈子里享受世俗，但有时诱惑确实让我不能自已。譬如官诱，有人说明天有人要帮你提到一个不错的位置，想我年龄这般，还有人青睐，真是感激涕零，叩拜有加；譬如色诱，说女人貌美如花，对我倾情有加，我则俨然以皇帝在世，凛然有君子之风；譬如文诱，说某某主编，某某主席，可以让你的作品四处开花，文坛成为奇葩，一时相识恨晚，想我这等小作家竟有如此幸运，一定是见佛三拜，见名作家一定签名敬拜所致；譬如财诱，某位央企或者私企的老板说，慕你才华，来我企业，日有斗金，暮有享院。我感激涕零，恨已浅见，然也，再然也。

还是倒叙吧。和两位美女爬山的过程，其实世界阳光灿烂。灿烂的阳光和美女的笑容一样美丽，我喜欢，我喜欢美女般的阳光，也喜欢阳光下的小路。

那一刻我们一同走在通往北京人都知道的这座山的小路上。

小路无邪，有历史流传的石台阶，有现代人迎合现代人的木台阶。我在山间小路上行走，唉，真想骂一句粗话，怎么着，北京的山，竟然有一种山诱的感觉哪？！

我在山间行走，美女一前一后，如果不是北京的山，我会以美女为美；而今，是北京的山，我不知道以谁为美。我都不知道这么多年，我为什么没有爬过这座被此城人理解为神圣的山，秋天的山，甚至冬季无法忘怀的山。我要哭了。身上冒着泪水一样的汗水，我走向山顶，我走向这个城市最高的高度。每到一个城市，我总喜欢爬山，总喜欢站在一个城市最高的高度，感受市长才有的情怀。后来我采访过十个市长，他们竟然没有一个攀登过他们所在城市的山顶，这让我悲哀了许久许久。

倒叙到这里吧，雨水的教训还是深刻的。上天会惩罚一个不该承接的人承接，也会惩罚一个不该离开的人离开。半个小时的雨大水浇，我在老天爷的教训中警醒自己。

其实，还要倒叙一下，爬山的过程更可爱。流一阵汗，来一阵风。湿了又干，干了又湿。竟然忽略了官诱、色诱、文诱、财诱……我本想写一篇这个城市这座山的游记，但我喝醉了无法写；我只记得灵性的片段：美女、汗水、文友、雨水。我在交织中交织，在感受中感受，这个城市的雨儿越来越没有规律了，我也只好越来越没有规律了。

等了半个小时出租车没等到，我还是乘坐公共汽车回家，雨水让我每一个部位受到淋漓尽致的洗礼，像汗水袭击身体，像阳光亲吻全身，像山顶的风摧垮我的灵魂。

此刻，我已回家。我什么也不能说，我不能告诉夫人，告诉她陪伴我爬山的是两个美女；也不能告她她不感兴趣的文坛盛事；更不能告诉她外面的雨很大，浇灌了我的身体；更不能说在该打到的士的地方看不到车的影子。反正，我此刻在沙发上敲打着属于我的文字，那边是夫人喜欢看的电视节目，它们丝毫不能影响我的写作，这就足够了。

唯让我满意的是一个干净的热水澡，让我洗去了汗水、龌龊和雨水的干扰，也洗去了酒气、复杂与过往。

此刻最好，此刻最好，和我在酒桌上点花生米的感觉一样好。

2017 年 7 月 7 日星期五晚 11:30 酒后写于光大花园

巧　青

　　巧青的针线活在小县城独一无二，有人说巧青无师自通，有人说巧青悟性高，会偷艺。巧青当兵走的那一年，不少邻居大妈来看巧青。巧青当兵的地方在北京皇城根儿。表哥在军营，路子广。巧青刚想在女红上大显身手的时候，被表哥招进军营，成了一位英姿飒爽的女兵。

　　女兵的苦对巧青算不了什么，军营里的饭菜很快就把巧青养成一朵又白又壮的花儿。军营里的战士们喜欢和巧青说话，巧青喜欢军营里的铁血男儿们，巧青唱歌像百灵鸟。有一位老将军，看上了巧青的乖巧，说什么也要让巧青成为自己的儿媳妇。将军的儿子叫宝钢，国营大厂里上班，从小在军营里混大，也有几分英气。巧青的表哥替巧青做了主。秋高气爽的一天，巧青与宝钢举行了一个革命化的婚礼，从此，巧青就进入了一个军人的家庭。

　　结婚后才知道，宝钢这军人子弟，啥活干不了不说，脾气还挺大。晚上夫妻做那事，让巧青翻来覆去的换姿势，还动不动以上司的口气下命令。好歹巧青有军人素质，忍了几年，女儿一出生，丈夫一家人，马上换了脸色。老将军喜欢儿子，丈夫喜欢儿子，婆婆喜欢儿子，连小姑子也喜欢儿子。这时候，巧青的乖巧不再重要，重要的是女儿只能是女儿。宝钢回家的次数日渐减少，有几次，巧青去商店，竟然看到宝钢挽着一个女人的手臂，从商店这头，走到商店那头，看见巧青，如没事人一般。

　　哭了一夜。肿了眼泡，面对着嘻嘻笑的女儿，巧青还是忍住了；有两次，宝钢带女人回家，巧青气得肚子疼。在一个血染西天的黄昏，巧青决定和宝钢谈谈。她说到父母的责任，说到一个人在社会上的名声，说到女儿的可爱，她把自己都说哭了，而宝钢的脸色却越来越难看，宝钢把碗筷摔在地上，一拧脖子，人就走了。

巧青谈判无望，求助公公婆婆。公公开始还劝慰巧青几句，时间一长，耐不住婆婆拉长的脸色，也就不言语了。孩子慢慢长大，逢年过节，丈夫不喊，婆婆不叫，开始几年，巧青还抱着各种幻想，但经常看到丈夫挽着一个女人的手臂，再挽着另外一个女人的手臂，巧青的脸就慢慢凉了。

逢女儿生日，巧青就给女儿买一大堆的玩具；要是巧青过生日，女儿也会给巧青画许多画儿。表哥、表嫂隔三差五打个电话，关心这娘俩。军营里的规整和养孩子的辛苦让巧青没有更多的时间想自己的事。巧青都忘了自己曾经拥有丈夫了。

表哥退休的那一年，巧青也转业了，转到政府部门。她和女儿还住在军营里，她把精力放在工作和女儿身上。时光过得真快！转眼女儿已经快高中毕业了。宝钢有一次回来，似乎有些回心转意的意思。正碰上女儿生日，宝钢没给女儿买一点礼物，甚至一句吉祥的话都没有。巧青泪眼莹莹。一句话也没说，也没留宝钢，也没撵宝钢，最后还是宝钢若有所失地走了。

终于坚持等女儿参加完高考，巧青对宝钢说：我们已经分居了十几年，现在把手续办了吧？宝钢却坚决不同意。巧青远在小县城的母亲打来电话，奉劝巧青还是凑合着过吧，婆婆家也发来求好的信息。巧青住在部队大院的房子里，孩子读大学后，倍感孤独；可回头想想这些年，宝钢没有半点怜悯孩子，不管不问不给钱，靠着巧青自己支撑；婆婆一家权当没有巧青母女存在。除了这一家人有想要一个男孩的理由之外，巧青真不知自己做错了什么。但想想母亲那满头白发，她还

是以沉默表示了应允。

宝钢终于住到家里来了，不过二人还是分住。巧青部队待久了，干活利索，宝钢在家，她就做饭，从来不给宝钢说一句话；宝钢也知趣，做什么就吃什么。二人在一起生活着，每日如看无声电影。

巧青计划着这样待上几年，等女儿毕业了，她就去陪着女儿。她希望女儿尽早生个娃儿，好把这一辈子积攒的话儿说给娃儿听。每次这样想，她就会给女儿电话，千叮咛万嘱咐，一定要让女儿早一点找个男朋友。女儿笑着在电话那头说：老娘，我就喜欢过女光棍的日子。不像你，一辈子看老公和婆婆的脸色讨生活！巧青泪眼婆娑，自言自语：这孩子，女红不做倒也罢了，连男友都不要了……

2017 年 10 月 5 日星期四　于光大花园

城市过客

哪个城市也不属于你，你只不过是一个城市过客。哪怕你在一个城市买了房子，落下了户口，那个城市也不属于你。漂泊是文人注定的宿命。昨夜，我看一位女摄影家的文字，竟熬亮了黎明。她从孤独里找到自由，从一个人的远行中品尝到快乐。风景在摄影家的眼里，满眼皆美，一路寂寞。这是观者的幸福，也是行者的痛苦。

我从一个城市，到达另一个城市，借钱买了房子，又再卖掉。我像迁徙的候鸟，从这边到那边，从那边到这边，但没有在一处安顿下来的愿望，也没有频繁辗转南北的可能。在一个城市居留，有许多现实因素，如果人不依赖吃喝就能生存，我一定选择不停地行走在路上；假如不用睡觉就可以正常生活，我愿意摸索在漫漫长夜里。长夜是属于旅行者的。长夜给人寂静，送人静心，有时也让你敞开胸怀，裸体行走在沙粒之上。夜晚听大海的涛声，如一只乖巧的企鹅卧着。但这一切都是假设，肉身让我们不得不向现实屈服。多高昂的嘴都会被贪婪的胃牵连而失去尊严。生活是现实的堤坝，必须越过去，才能喝到纯净的水。为了更大的自由，你必须向你的躯体投降，无论多么伟大的灵魂。在这一刻，为了现在的这张嘴，你必须忍受屈辱，面对权贵，尝受身心分离的痛苦；也许为了未来你这张嘴，你要学会忍耐，自我修养，追求点点滴滴的成功。未来其实就孕育在现实之中。巨大的纠葛一生挥之不去，即使终老，也就是新的平衡打破了过去的平衡。在最需要言说的终点，你已经口干舌燥，彼时，你只好选择沉默。

今日，是一切起点与终点。城市不是你的城市，现在和将来，都不是。那个遥远的乡村，逐渐嬗变成你精神的故乡，不用解释你与她的血缘，也不用言说曾经的亲切，不用描述那片土地上泥土的信息或者羊儿的鸣叫。一切已经远去并继续远去着，你用不着惭愧、纠结甚至回望。生活的冷打碎了过往的纯真。铜墙铁壁是现实，而通向未来的路就狭窄在两堵墙壁之间，歪歪扭扭伸向远方。

当饥饿成为生命的折点，在这里你只有选择向胃投降，维持生理的需要；当疾病侵袭躯体，让你的游走成为无奈，病床上最好的举动是听从医生的摆布，回忆爱情或许是最好的解脱方式。

是的，回忆你的爱情，爱情不仅仅限于男欢女爱。你爱家人，爱朋友，爱同学，爱社会中人；你爱动物，爱自然，甚至爱星球，有时你也爱虚无。在这个世界上，只有渴望摆脱肉身束缚的人才配拥有广博的爱情，而在肉欲束缚中的爱，则仓皇成婚姻、媾和或狼狈为奸。

我在大地上行走，从一个城市到另一个城市，城市中间是渴望长成城市模样的乡村，走来走去，换来的终究是一声叹息。那叹息随着雾霾远走而飞，永远不会和我明天的叹息重逢，它们甚至不能组成一个完整的链条，各自散乱在空中，我也无法追逐上它们。所有的城市和我一样，都成为这个世界上的过客；而地球不过是星辰之间的过客。我像一枚叶子一样飘来飘去，虽有嫩芽、舒展和金黄，终究会枯萎成一个蜷缩的形象，一粒尘埃，直至在大地上消失得无影无踪。

2017 年 4 月 7 日星期五 于北京

红尘一笑

谁也摆脱不了红尘的干扰，即使是出了家的和尚。我看弘一法师过去的信，记录了一件事。他为了看一位病人，奈何战火阻隔，半年之后才得以成行。看其与朋友的书信来往，其情切切，其语谆谆，更像一位可亲可敬的民间老师。我和佛学界的朋友交往，他们对世事的洞察，对人与人之间关系的超然理解，似乎就生活在现世之中。红尘对他们似乎不是什么了不起的域外世界，他们已经习惯了与俗界众生打交道。我曾慕名拜访某地方丈，方丈请我到餐馆吃饭，他竟然给我点了荤菜。他吃他的素，我吃我的荤，席间气氛融洽。

生活在红尘之中，需要和尚的超然；现在完全封闭的和尚几乎没有了。有一位浙江寺院的和尚，出家前是一位公务员，天生怕蛇，当了住持后，为了怕蛇伤僧众，就加高了围墙。有人认为他是假修行，我认为这位僧人是真性情。滚滚红尘中，到底有几人能看透世事？自然、真实，一切才变得唯美。

北京人有很深厚的概括能力，缘于高官巨贾太多，他们一代又一代传承下来，可谓经多见广，眼界自然有别于偏狭地区的人。所以不少北京人喜欢过嘴瘾，说者往往无意，听者长有其心。一句话捅到肠子底，所以北京人的语言穿透力强，喊着历史，藏着文化。譬如有一个词"装逼"，要是外地人说，总说的不那么到位，而北京人评价人，不会把真装逼的人丢下一个，也不会让不装逼的人满脸冤屈。北京人善于分析人的内心世界，善于看清一个人的地位与其言行是否相称，更善于从各种仪式上分清言语者的内外是否统一，所以北京人说一个人装逼，用不着你去做深度分析，大抵那人真是在装逼。有关这个问题，我揣摩数年。想想这数朝皇都，一代传一代，一招变数招。北京人的辨别力能不逐渐提升？他们对装逼者的辨别能力绝对超越外地人。如果仔细观察，北京人说某人装逼，某人是影后，某人是鸭子，回应者一定会报以会心一笑。我有时站在北京人旁边，一切看得清，但我不敢笑。怕我笑得没有北京人自然。与我同辈的北京人，他们的爷爷早就见过李鸿章的做派，而我爷爷只见过山里的土匪。那是断然不能比的。装逼之术，北京人深知其中三昧，我这外地人大概也就看个皮毛。有时虽也笑笑，但会背着北京人笑。北京人的功底不是我们乡下人能比的，同是红尘，格局大小不一样，笑的气色和力度也不能一样。这就如冬夏时令的不同，饮食物品也不能一样。红尘之笑，如同吃食一样讲究。

记得有个朋友在银行工作，他们曾有一段时间锻炼微笑，我的朋友嘴大，微笑起来却像哭，的确没有他端庄不笑时好看。有些行业，强调步调一致，要笑都笑一个模样，其实大嘴和小嘴，看上去感觉难能相同，更别说男人和女人，撒娇的风情与蹙眉的妩媚无法统一到一个境界。允许多元化的微笑，也是杜绝装逼的妙招。

我在办公室度过一段生活，总要到商场和大街上逛一逛，红尘已经不是用滚滚、滔滔所能形容。世间的万物变化太快，有些地方你几天不去，过去的红尘就永远见不到了。矗立起来的高楼大厦，又营造出新的红尘格局。有人在楼顶上对着月亮撒尿，你听说了，也会莞尔一笑。红尘中的许多微幽默，或许就来自于红尘深处，高楼也遮挡不住。

2017 年 6 月 15 日星期四 于北京

别拿白发当资本

近日网传一个视频：一位白发老者，在火车上，因为嗑瓜子随意吐皮，列车服务员清扫时，被劝说几句。该老人就把瓜子皮用脚四处推散，还从别处拿来瓜子壳，撒在车厢里。这位老者的尊容看上去还算和善，看到他的过火举动，我真感觉不可思议。网友们一片惊呼，认为"坏人开始变老了"，有的网友则历数身边类似老者的恶行。联想去年看到的一个视频，一对在三亚旅游的老年夫妇，张口闭口儿女如何官居高位，要给司机点厉害颜色看看，污言秽语之多，连三岁孩子都不如。诸如此类的老年人的"暴行"日渐增多，说明我们应该反思对待老人的态度，老人也应该反思自己在社会中的站位。

对老人尊重是社会的进步，也意味着文明的延续，人性的自然。老吾老以及人之老，每个人都会变老。从生理意义上说，人老了，器官不灵了，行走迟缓，语言表达难以到位，需要社会公众特别是年轻人的尊重、看护与帮助；从文化意义上说，老人历经一生，其好的经验、善的品行、吃苦精神和战胜困难的勇气，都值得晚辈们学习。尊重老人，意味着对文化的承接，对历史的敬重，体现了社会对老人的体贴，显示了人类的文明进化。每个人都会变老，没有一位老人喜欢被社会遗弃。对老人良善、温和的态度，是民族发展的需要，是文化传承的需要。

问题的另一面是，假如一位老人有悖于老人的形象，为老不尊，时常借民众对老者的尊重而肆意妄为，则会招惹公众的厌恶。人们之所以对老人尊重，前提是老人要像一位老人，倘若老人以孩子的撒泼、泼皮的言行甚至有悖于正常伦理的言行展示社会，这样的老者自然会受到社会唾弃。民众的眼睛是雪亮的，率性而为不是老者的风范，与其一生的经历不相称。

自然不能要求所有的老人都能达到统一的道德水准，但当猥琐老人在公交车上伸出咸猪手，当无耻老人以乱伦之行招摇过市，当流氓老人以其恶行挑战公众的底线时，民众就会忽略他那一头白发的遮蔽，甚至会更加痛恶这些出格老人所做的一切。

历史是公正的老师，社会是大众的平台。一个人的修为是一生的事业，人可以退休，但道德水准不能退休。白发是用来闪光的，是用来衬托老人的沧桑和历史记忆的，而不是促成其撒野于公众的，更不能成为谋取不当利益的保护伞的。在社会敬仰老人的前提下，老人是否也应该扪心自问：言行是否与年龄相称？从某种意义上说，老人应该宽恕社会，以洞彻之心宽容青年人，以更严格的自律意识走完余生，而不应该放任自流。

中国有句古话："有志不在年高，无志妄活百岁"，强调志气对一个人的重要性。而道德有时比志气重要，倘若一位白发老者，缺少对自己品性的修剪，明知不可为而为之，明知不可言而言之，言行失范，得到的不仅是社会的唾弃，恐怕最终失去的会是亲情、友情和生存的根本。在当下，一切都在日新月异变化着，新媒体的风靡，已经让所有的公众置于社会监督之下，青年人与时俱进的学习都难跟得上时代发展步伐，何况老者因自身生理因素带来接受新事物的迟缓？别拿白发去说事，别倚老卖老，才是智慧老者所为。越来越要夹住尾巴做人，越老越要谦和为人，越老越要与人为善，才是长寿之策、明智之举！

2017 年 5 月 24 日星期三 于北京

历史中存在许多玩笑

人民大学藏书楼有许多好东西，譬如 20 世纪 50 年代的《文艺报》就存了不少，当然也有那个年代的《人民日报》《光明日报》，有些东西读起来，惊醒脑袋。其中就有中国作家协会兰州分会的《文学工作跃进二十条》，其中提到"作家队伍大发展，半年五百人，一年两千人，三年上一万"，这个省有如此发展速度，也不知当时的作协脑袋怎么长的；时任某省委书记的王某解放思想，自己加入了作协，也希望文学作品像小麦的产量一样高产；更有一篇文章，题目十分骇人"广泛发动群众，大搞文艺理论"，再有"大搞报告文学"之类，我看了额头直冒汗，那个年代以搞提产是常事啊。这些人的勃勃雄心至今还能从某些领导的工作布置里感受地到，可惜我至今没有形成这样的气魄。文艺界好大喜功之风已经多年，没写过多少字的领导者指挥着文艺群体忽左忽右，让作家们无所适从。看到徐怀谦的一篇《害怕感动》，倒是写出了对老人生存的担忧，多少让我心里安稳些。但徐怀谦却永远不能再写出这样的文章了，他因抑郁症而跳楼自杀了。

这个世界上，历朝历代不要脸的文人有增无减。为了求得在当世获得潇洒，不惜出卖人格和尊严，一年到头说假话。作家号称是"人类灵魂的工程师"，可他们自己的灵魂一点也不干净，很多作家一辈子劣迹斑斑，讨好完张三，就去讨好张三的敌人李四，气节全无。我曾十分仰慕某一位美学家和历史学家。当今天看到他们发表在 20 世纪 50 年代的文章，深为他们的丑恶嘴脸所惊奇。这些被后世称为"大家"的所谓学者，原来骨子里是一路的虚假货色。我不相信那时，作为一个文人，不表态就会被枪毙，遇到这种情况，我宁愿做一个沉默寡言者，也不愿意去做苟且偷生的人。从这个意义上说，我更喜欢鲁迅先生一以贯之的坚韧、刚正与深刻。尽管面对后世作家的诸多咒骂，但这种咒骂中无耻作家居多。

慑于权势的压力，作家为了生存下去，可能会有些微的走形，是可以理解的；但如果一位塑造灵魂的作家热衷于出卖良心，他获取的将是永久的唾骂。这个下午，几张泛黄的旧报纸，就把几位艺术名家从历史中清理出来，从我脑海的高处拉下来。不是我的偏执，也不是这些作家们当时的情绪不正常，而是历史给大家开了个玩笑。历史永远在玩笑中向前走着，历史永远在诽谤真实中可怜地向前延伸，但也在获得真实检验中，让人们看清玩笑的本质。

你可以成为一位低品位永不获奖的作家，但不要成为一位专说假话、满嘴放大炮的作家。平民可以淹没在岁月的长河里，而文字会完整记录作家的思想。铅字能成就作家，也会出卖作家，唯有对文字充满敬畏的作家，才配称得上"作家"这个称号。但遗憾的是，这样的作家在这个世界上越来越少了。

我在颤抖中阅读完几本报纸合订本，厚重的尘垢让我喘息困难，我的双手沾满黑色的印迹，但那些报纸散发着玩笑的气质，让我整个下午生活在惶恐之中——这个世界本没有什么大师，只有真实的声音，可以穿越时光隧道，把未来照亮。

不知何时，泪已布满面颊。外面阳光尚好，这是一个没有雾霾的天气，我的心情尚好。离开藏书楼，离开人大，我汇入无尽的地铁人流。看到众人，这一天，又会有多少人记录此刻的真实与虚假？我为我是一个作家而惶恐。

2017 年 6 月 14 日星期三　于北京

好心人的委屈

故乡讲迷信的乡亲不少。老同学常来电话，说做梦梦见了我，叮嘱我注意这，还要注意那。有时还说去帮我找了好几个算命先生，如何如何。这些同学还活在三十年前的记忆里，他们对我的好，让我温暖中含着苦笑，只有在电话里点头称是，我不能多说一句话，否则他们就会感觉到委屈。

不同的人生活在不同的意境里。以前，我也经常以自己的心态去劝说别人。不能说自己的愿望不好，最终结果却是可悲的。人的意念不同，自己认为好的东西，在别人那里可能是坏的。更多时候，我们连自己都没有弄明白，却到处去做救世主，最后落得各方埋怨。时常听到有人抱怨"好心没好报"，以自己的好恶作为衡量别人心境的标准，最终大多是这个结局。

借钱给别人，本是一件助人为乐的好事情，如果你以自己的心境或者自己的品质去衡量别人，那十有八九会犯错误。一个品质优秀的人不喜欢让借钱人打借条，而借钱人很可能就会钻你这个空子，到期不还或赖账，弄得债主心里憋屈，还无法对人言说。借出去钱次数越多，就会产生更多的怨恨。所以好多聪明人，见朋友借钱，有会说无；遇到应急的朋友干脆就提前送去小数额，让对方免开尊口。借钱出去，收获满肚子的气息，还惹是生非甚至对簿公堂，实在令人烦心，这其实都是好心惹的祸。理智的人不这样面对社会，他会按照规矩来，先小人后君子，该打借条打借条，相信字据而不轻信表白，虽显得生硬，但最终不会把双方关系闹僵。假如开始两肋插刀，依据所谓的情谊，最后大多被情谊所伤。

生活是最好的老师，人越老，做事越谨慎。所以年龄大的人常被称作"老狐狸"。一辈子做官的人一旦退休，为什么感觉处处不适应？因为他在台上，人们处处在适应他，他是居高临下；而下台后，除极个别亲信还没有忘记他的所谓恩情外，大多不再像过去那样对待他，他要天天适应大家。一前一后，境况大变。达观的官员，退休前就想通了这些道理，所以能颐养天年。而那些习惯于官场思维者，就大骂人心不古，郁郁而终者多。

人看清别人容易，看清自己很难。说别人处处缺点，看自己却头头是道。在人性越来越张扬的今天，把自傲当做自信，无耻当做通达，刚愎自用当做坚定果决，谄媚求荣当做尊重上级……在这种心态下，变形的价值判断会让人心态失衡，会让坏人觉得自己是好人，好人总感觉委屈。作为父母，喜欢为儿女包办一切，儿女未必会沿着父母设计的路，有时放开手才是明智的选择。

无数经历告诉我们，理性处理问题很难。遇事多想一些，多从对方角度考虑考虑，跳出惯性思维的藩篱，委屈就会少些，生活就会洒脱些，就少了些怨天尤人的气质，没心没肺有时真是有心有肺的表现，不影响打嗝放屁打呼噜。

2017 年 3 月 25 日星期六 于光大花园

同学与老乡

　　同学多是好事，互相帮助，互相提醒。同学最知根知底，能说到点子上，所以，同学之间互相成事者多，但因为同学关系，狼狈为奸的也不少，最终双双入狱的也不在少数。也有暗地里你争我夺的同学，貌似亲兄弟，私底下却是真动刀枪的人。政治上的你死我活让一些同学反目为仇。为了自己生活得更好，出卖同学的越来越多。所以，竞争场上的同学已经失去了同桌时的温馨，再也不是骨子里的那种好，而带着利益的翅膀在飞行。曾参与某场宴会，席间听到客人在聊起许多同学之间尔虞我诈的事情，听来让人寒心。同学间喝茶可为友，一旦论起酒色财气，反目为仇的居多。当然，随着社会阅历增多，同学之间因为政见不同、做人理念有别，分道扬镳的也不少。你盘中的鲜肉别人会看作恶食，所以，同学之间随着岁月的流逝，渐行渐远也许对双方都是一件好事。如果企图通过一次聚会，把全班同学再团结成上学时的模样，既无必要，也不可能。我倒是佩服某个学校的同学之心齐整，一位同学有难八方支援，这样的同学真情，让人心暖。毕竟同学一场，尽管心灵越来越远，但断断不可见死不救，更不能落井下石，萌生害人之心。因为曾经青春过、同窗过，甚至友谊过，一切都往远处看，宽容大度一些。虽说达不到一辈同学三辈亲的程度，也没有必要整日冷面相对。

　　老乡是一个有些暧昧的词语，多加了一些感性的调味品在里面。理性的人不信任这个东西。因为即使一个村庄的人，照样有正人君子和龌龊小人。你想一离故乡，就达到个个精神饱满，人人皆为圣贤，显然是一种理想化的想法。"一个老乡半个公章"的时代，的确有过，在部队，在学校，在大型企业，老乡之间的抱团也曾有过。但反过来想想，这样做的结果，对一个时代而言，对领导者而言，未必有多好，这和以地域看人的观点如出一辙。如果真能以地域划分人的品性的话，这个世界上的一切事情就都好办了。一方面要承认地区差异，另一方面不要误认为湿地总产生青蛙，照样也有癞蛤蟆。

我早年因为老乡观念，也曾振振有词，从不对老乡不设防，总认为地缘关系，人就容易走近。事实证明，这样的想法很幼稚，有些老乡，打着老乡的名义，坑你、骗你、踩你、害你、污你、逼你，你开始还蒙在鼓里，等看清了这类老乡的嘴脸，你就会为你的误判而叫冤。奔着利益而去的人，最终会失去了利益；想沾老乡光的人最终总被老乡所害。所以，聪明的人靠公理说话，有企图的人靠说瞎话赢得老乡赞誉度日。我对老乡与非老乡算得上是一视同仁，因为我知道这其中的道理所在；我从不轻易相信某某省的人如何行，因为，即使在赞誉声最高的省份里，照样有品质恶劣的人。

同学是手电筒，可以互相帮衬着走向远方，但不可将光束朝向无望的天空乱射，更不可沿着虚幻的光柱爬升；老乡则是荠荠菜，腌好煮烂再吃，拿过来就生吃，容易扎嘴。

我对同学越来越冷静，对老乡越来越疏远了。岁月告诉我，这是真理，也是生存法则。

2017 年 6 月 15 日星期四 于光大花园

孰是孰非

"一将功成万骨枯"指的是昔日战场上发生的事情。其中显示了将的威武与士兵的贡献，没有对将军的智勇论是非长短。事实上，"兵熊熊一个，将熊熊一窝"，将军的力量自然不可忽视。和传统社会相比，当下的将军意识在逐渐瓦解，队伍里的人要想保持高度一致性，增加了莫大的难度。思维的多元化导致了行为的多元化。战场上的逃兵多了，有头脑的士兵多了，将军的"功成"就增加了些许的难度。这是好事还是坏事？还真的不好说。

从某种意义上来说，有战争就有牺牲。将军作为指挥者，得到最基本的保护，最终获得胜利果实，也是一个团队的荣耀。对将军而言，追求领导者的智慧境界，寻求战争的时机，破解危险、克服困难，以极小的损失获得最大的成功，是将军们共同的心愿。倘若是个便便将军，脑满肠肥，没有多少军事才，只是凭借将军的权利，指挥士兵们东奔西突，最终获得的战果无几。即使胜利，也是悲凉的胜利。战争的千变万化，永远不可能以一种模式赢得永远的成功。随机应变应该是优秀指挥家的智能体验。而对士兵而言，也有矛盾心理。一则作为群体的一员，不服从将军意味着背叛，就构不成军事合力；但当将军的指挥明显失误时，聪慧的士兵就会犹豫不决；进是炮灰，退是叛徒。犹豫不决之间可能就成了牺牲品。当将军沦为士兵，士兵成长为将军后，这样的悲剧依然会上演，将军与士兵之间的悖论扩展为父子，延伸为上下级，或者推及任何一个组织，这样的状况周而复始地发生，演绎着形形色色的悲剧故事。

没有任何一个人能对正在发生或者即将发生的事情做出永远正确的判断，我们对历史的评析也是在囫囵吞枣中自以为是。生活的轨迹总是充满虚幻的意象，历史总在这种浮浮沉沉中延展自己的翅膀，若隐若现，若明若暗。每个人都是历史链条中的一分子：或为上级，或为下级；或为父亲，或为儿子。君君臣臣父父子的纲常在打破中重构，又在重构中被打破。

究竟孰是孰非？没有公断，也不可能有公断。一个退休的大学教师，慨叹他一生教育学生的理论，全是无稽之谈，他的后半生走到了他前半生的反面。生活时常给人们开这样的玩笑。当地位、年龄或者生活的环境发生变化时，人的心态可能会发生逆转。一个人今天做自己的爸爸，明天就是自己的儿子，甚至是仇敌。研究人这种心态的变化，不仅仅是哲学家的事情。

有了这样的警惕性，对自己大可不必那么自信。而应该时刻把自己放到变化的环境中去理性地考量，不要把自己打扮成多么高尚的人，当然也大可不必自惭形秽。

有人管着一个企业，失去了企业，他就失去了所有的依托；有人始终管着自己，凭着思路往前走，借机修理、反思自己，做自己的主人，或许晚年的日子会更好过些。平民和领导的区别，不在于地位，而在于头脑的清醒，这是亘古不变的真理！

2017 年 7 月 1 日星期六 于中国人民大学

官僚的外衣

沈从文先生曾经也是一个北漂。那时，他从旧军队里出来，考北京大学没考上，考上别的大学又没钱交学费，只好到老乡那里蹭吃蹭喝，作为北漂一族，看惯了皇城的冷漠，对各类官僚深有感觉。有时他就自我安慰：这些官僚，脱掉了外衣，还不如我一个文人。那时，他的文字根底浅，孙伏园将他的投稿粘连成一长串，当着他的面，扔进废纸篓里，当时对沈从文的刺激也够厉害的。后来沈先生十分感激孙先生，认为正是孙先生的刺激，让自己潜心修行。尽管沈先生的文字多为鲁迅先生所诟病，平心而论，他的文字还是颇有亮点的。后来，沈先生潜心博物学研究，其造诣非一般人所能企及。我读他写扇子的文章，旁征博引，从古到今，别有风趣，许多穿官服的纷纷遗失，独有类似沈先生一类貌似弱者，还活在读者心里。

中国人的乐于当官，估计能追溯到奴隶制时代。当官的振臂一呼，应者云集，应该是男子气魄和领袖形象的展示。几千年的封建国家，官的诱惑几乎波及所有男人，即使女人也不甘示弱，前面出了一个武则天，后面出了一个慈禧。官这东西，在中国，意味着权力，标榜着利益，充溢着欲望的实现。在一些人眼里，当官意味着成功，所以，几千年来，为官之路上，前赴后继者不计其数。琢磨如何当官，如何讨好官员，如何层层晋升，成了官员们整天琢磨、煞费苦心的事情。在"向上看全是腚，回头望满是脸"的层级制官僚体系中，一些人痴心攀爬，为争取拥有屁股后更多的笑脸。

这样一来，更多的为官者就一直走向极端自私的路，一旦步入了为官者的渠道，他就心无旁骛，拼命投机钻营，置公共伦理于不顾，也超越了正常的亲情、公义，根本不会讲什么公共道德。在他的眼睛里，讨上级喜欢为第一，顾自己官帽为要旨，搜罗关系网，打击异己，结党营私。有人说：政治是杀爹的游戏，这些人，整天在玩这些游戏。什么操守，什么功德，什么才能，统统扔到远处。只要能不丢官帽，不失高位，亲爹可杀，亲子可没，亲人可无。在他们的眼睛里，自己就是未来，世界要归自己主宰。

在强大的官者眼里，地位赐予他们超智的才能。稍微剥掉官僚们那层外衣，你就可以看到这些利欲熏心的家伙其实弱不禁风。他的一系列积聚起来的恶行尽管百般掩盖，仍无法遮蔽。长期的官场争斗，已经让他丧失掉靠人性正常交往的能力；一旦失去权利，他会感觉到无所适从。有些人离开官位或为朽木一块，没有几个官僚是能脱离了体制而生存好的。所以，沈从文当年的慨叹，至今也没有过时。

是不是所有的官员皆是如此？当然不是，只有那些始终不以官者自居的官，才有可能保持清醒的头脑。他们在位时不张狂，失去官位时不悲哀。做官时的平常心，让他获得了做民时的坦荡思想，波澜不惊真君子！可惜这样的为官者凤毛麟角。不管你信不信，社会就是这样向前发展着。

2017 年 5 月 17 日星期三 于北京

捉刀鬼

近日有文说领导人见诸报端的文章一多半是抄袭的，查来查去，原来是秘书班子所为。看来很平常的一件事，发展成街谈巷议的新闻事件。有必要说说捉刀鬼的境遇。

古时，皇帝们打江山时，多是自己动手，身边的刀笔吏不多；到后来坐稳了江山，一切就要按规矩来，刀笔吏不能不要。所以，层层秘书，能称得上官的就要有秘书，小到村主任，大到省长，文字秘书不可或缺。我在铁路工程队工作时，和乡镇长打交道很多，有舞文弄墨的秘书为镇长写发言稿，关键处要用同音字标出来，这个镇长竟然也把同音字念错，一时成为笑谈。所以，当领导的习惯于秘书代劳，已经不是什么稀罕事，特别是那些一路当领导的，好多功能都慢慢淡化了。手不能倒水，要让别人来倒；有电脑不会操作，习惯于"一指禅"用来玩游戏；发言自有秘书代笔。以至于领导退休后，很多民间俗事不能适应，说白了，生活不能很好地自理。话不会说了，茶也喝得少了。处级领导让人代笔在报刊上发表文章是常事。我看过一位领导的文集，百分之八十的文章是秘书所为，和那些开国皇帝比一比，真是连我辈也深感羞愧。

说归说，代人捉刀也是出力难讨好的行当。坐在领导身边，领导放个屁都不敢说是臭的，还要恭恭敬敬做出如入芝兰之室状。捉刀吏要有皇帝的视野，太监的心胸，丫鬟的举止，乞丐的表情，实在难学、难做、难装。时而摇尾乞怜，时而聆听圣训，时而环顾左右而沉默，时而行文洒脱如将军，身为捉刀吏，有时也处于被选择的状态，没有办法。

不过，越是近在咫尺，越是谦恭如狗，越有提拔的可能性。好多人为了未来，也就忍了。忍过了秘书这一节，等待的，应该是美好前程。所以，很多秘书出身的领导就有秘书心态，认为自己提拔后，手下所有的秘书都是忠诚卫士，哪能在给自己写的文章里偷懒。那种"被发表"的领导纵使一肚子委屈，也只能打碎了牙，和血吞了。

问题是，官场的这种现象持续不衰，该由领导人自己写的文章依然靠秘书代笔。秘书们写好了不见得讨个笑脸；写错了，则换取一顿训斥，领导永远是正确的。所以，捉刀者往往成为领导的替罪羊。现在股级和科级都很难亲自动笔了，那些级别高的官员，你也就别指望他们能亲自动手了。

应接不暇的捉刀鬼们，难免对某些应景的文章东拼西凑，应付了事。对秘书这个行当来说，他和作家不同，自由思想是不能有的，一定要服从领导意志，文章要体现领导的思想，要能将领导的即席讲话发挥到极致。所以，很多秘书忙碌了一辈子，到老了，说不出更多属于自己的话。倘若一个捉刀鬼一生为几位领导服务，他的语言被几位领导纵横揉搓、左右拉扯，最后究竟能抵达怎样一种境界，连捉刀鬼自己都说不清楚了。

其实捉刀鬼每天在干着钻心扯肺的事儿，犹如裸体在刀尖上跳舞，一不小心就被割掉了命根儿，这才是最致命的。所以捉刀鬼的眼神，细看开去，在盛气凌人的背后，总藏着一丝永远的悲凉，这是许多作家们所不齿的一个行当。

2017 年 7 月 4 日星期二 于北京

放屁的艺术

屁乃五谷杂粮经人体消化之气也。在乡下田园里，常见鲁迅先生百草园中的斑蝥，俗称"放屁虫"的，其所喷之物，臭不可闻。人本尤物，断不可有此类恶毒气体产生；和斑蝥相比，实在是上好的动物。

即使是端正贤淑的女子，也避免不了放屁的尴尬。路易十三之前，巴黎街道上，经常有人从楼房上将屎尿倾倒在大街上，据记载，路易十三就曾被一位少年倒了一身尿，不过，他没有怨恨这位少年，倒是对少年起早读书的好学精神予以赞扬。那个时候的宫廷女子似乎对自己的排泄物不大在乎。糟糕的剧场建筑设计师，经常忘记设计厕所。所以宫廷妇女时常每人手提一个便壶，演出中当场开尿，现在想起来简直不可思议。路易十三的屁曾经得到一位宫廷诗人的赞美，颂其声之柔和大气，其味亲民如甘，等等。可见这位诗人的用心良苦是经过怎样的过滤和升华才提取出来的。这样的诗歌，过去有，现在还有。

其实，放屁在各个朝代都有讲究。在中国，大臣因为上朝时放屁而被革职的也不是没有记载。记得在铁路工程队工作时，一位电工对领导不满，放屁气贯长虹，久久不绝，此屁多年后还让同事们不时回忆。宫女温婉，放屁多以无形无声处之，所以许多女人的美多体现在日常的自律上。在十七世纪的巴黎，对上流社会的女人最大的约束就是，一定要把屁牢牢挤住，能不在公共场所放的就不要在公共场所放，能在人少时放的就不在人多的时候放。放屁之举，如何优雅有致，足可以锤炼一位尊贵的女士。不过，现代医学表明，"憋屁"是一种自戕之举，对健康不利。

昔日有位军中谋士，能根据屁味判断对方所吃之物，俗人只能悟出韭菜鸡蛋之类成屁后的气味，此公却能断言对方军队有无粮草，官兵吃的是肉还是草。如此者三，将军以其屁鉴为谋，屡战屡胜。此君死后，民众颂其为"屁将军"。

现代城市人的活动空间大，公交车、地铁、电梯、会场，生人居多，容易滋生厚脸皮，默然放屁者不在少数，甚至放了充一脸无辜相的居多。有时像被动吸烟一样，在享受雾霾之后，再享受无名氏的屁味，也是城市生活的无奈；亦用勇敢者，亮出"好汉做事好汉当"的架势，让屁声充满旋律美，也让你在公共场所大叹之余，忍俊不禁。

曾有一酒驾者被一警察逮个正着。酒驾者多方央求，警察不允其走，酒驾者哀求曰：您就把我当屁放了吧！警察长笑间，酒驾者已溜之乎也。屁之功劳，此莫大焉！

在城市里生存，犹如在缺少羞耻感的处所徜徉。我在更多时候，放屁总要选没有人的地方；在有人的地方，屁老放不出来。我怀疑自己的高血压与此有关。人生如梦，屁总如影随形，赶也赶不跑。不过，又总是牵挂和担心，生怕有一天控制不好，在大庭广众之下，屁门背叛于我，令我失尊于世。宁愿一生委屈自己，也要让屁憋在肚子里，更不能让屁轻易成为污染别人耳鼻的东西。只是，屁虽产生于你，更多时候却难以被你控制。

有时，我倒羡慕中世纪的法国妇女，她们可以行走在并不宽阔的大街上，左一个屁，右一个屁，有时放一路连环屁。她们一边放屁，一边与绅士们自由潇洒地聊天，享受那份身体的自由。只是，现代社会，这样的举止很少了，一个很好认定的事件，因为所谓的体面，而失去了事物的真实性。追究屁的制造者或者臭气的散发源，似乎成了当代哲学家和文学家们必须的义务。

2017 年 7 月 21 日星期五　于北京

文化传承需要脊梁人才

88 岁的一代名导杨洁去世了，几代观众为之心痛。杨洁主导的电视剧 86 版《西游记》，成为他们童年的快乐记忆，重播次数逾 3000 次。作为中国电视剧第一代导演，6 年披荆斩棘，霸屏 30 年之久，可见其艺术魅力之大。

相对于当下抗日神剧之"神"，《西游记》着实是一部有关神的电视剧。杨洁 52 岁时以多病之躯接下了这部神剧。她亲力亲为，走遍 20 多个省份，与剧组人员一道，遭遇数次危险。她自己掏钱，给工作人员吃饭；缺少技术，她亲带剧组去学习，25 集拍完，她只拿了 90 元钱报酬。剧组用取经的精神和毅力来完成电视剧创作。杨洁做事认真，费尽心思挖掘出六小龄童饰演孙悟空。光唐僧，饰演者就有六人。靠团队齐心协力，台词精心设计，选景恢宏逼真，终于成就经典之作。

从杨洁身上，我们看到了文化血脉传承中脊梁的力量。相比当下影视剧行业的乱象，联想编剧对历史典籍的篡改与乱弹，杨洁以及剧组的精神坚守，尤为可贵。从杨洁身上，人们至少看到四点脊梁之劲力：一是虔诚对待经典，改编忠于原作。《西游记》原著构筑精巧，取自民间传说，后经吴承恩几度修改，终成经典之作。该巨著之所以赢得广大读者，盖因取自民间，深度升华后，重回民间，经过了时间数度淘洗，才有经典之名。要想准确用电视剧语言反映原著，需要全面其精髓，搭建从宏观到微观，从人物到细节，从形式到内容的完整体系。杨洁带领她的团队做到了。观众喜欢剧中人物活灵活现，整部剧是原著的创新抵达。杨洁历时六年，和剧组一起精雕细刻，揣度剧中人物之深，铺排结构之巧，前所未有。靠心血重塑经典，靠逼真完善人物。以经典之技术追求完成了经典之作的再创造。二是以吃苦精神塑就脊梁之心，带动团队塑魂。导演是剧组的主心骨，导演的作风就是剧组的作风。杨洁之风骨，体现在富有领头羊精神，具备排除万难的吃苦品格。靠此，杨洁带领团队，不断寻找最贴近剧情的外景地；克服拍摄中之万难，靠个人的精神品质感召和带动团队，使剧组成为饱满的风帆，所向披靡。三是杨洁的奉献精神促进了文化血脉的传承。报载，24 岁时杨洁因病抽掉几根肋骨，电视剧拍摄的六年，是杨洁艰难"奔六"的六年。人到年老，精神易衰，杨洁却愈战愈勇，毫不懈怠。以自己的奉献之行，带领团队成为经典之作的传承者。该剧丝丝入扣，体现了杨洁团队一以贯之的奉献精神，这种精神足让当下动辄讲条件的时尚导演、演员们汗颜。为了文化血脉，艺人需要这种热血奉献精神。四是杨洁淡泊名利、甘守寂寞的品格是中国文人传统在新时代的生动表现。文化人生活在现实之中，皆有七情六欲，也尝生活所艰。杨洁超然物外，25 集电视剧只拿 90 元钱片酬，让利欲熏心者无地自容；电视剧获奖后，演员们受奖，观众粉丝欢呼拥戴，而杨洁甘于寂寞，乐在后台，独享"看万山红遍"的超越，足显老艺术家的人格魅力。《西游记》的成功展示了杨洁精神之美，清晰记录了杨洁的脊梁作用。

经典之作需要我们吸纳继承，脊梁的贡献对文化传承的影响尤为值得总结。杨洁的修炼，既代表了优秀影视剧制作人的文化品质，又折射了与古典巨著相统一的取经精神。纵观当下电视剧的粗制滥造，到处充斥着违背原作之戏说乱说，假以"普世价值"之名，行"英雄虚无""爱国有罪"之实的低劣之作。重拾杨洁精神，强调发挥文化脊梁的作用，是保证电视剧从业者善待经典、酿出厚重文化之作的必由之路。历史一步步走来，终靠一点点传承，投机取巧获取的断然是短命的回报，经典艺术品的产生更是如此。

2017 年 7 月 22 日　于北京

晨　思

阳光挂在天上，如不愿吃草的绵羊；天比天更高，围墙外面还是围墙。我站在院子里，院子是属于大家的，我没有只属于自己的院子，属于我自己的院子荒芜着，在乡下，在曾经蓝天白云俯瞰的下面。现在，那里的天也染成了灰色，大地长了癣，空气里弥漫着人类的欢喜，而空气本身充满了忧伤。

此刻，我在院子里站着，把自己站成蘑菇的样子，我不知道自己是毒蘑菇还是香蘑菇。我脑袋里什么也没有，用脚思考，脚把我带向哪里，我就走向哪里。昨夜的花朵用手机拍了，出来却是惨白，拍摄的景物和眼中的景物的确不同，而真正的景物与眼中的景物又有什么不同？路的漫长因为脚而产生舒畅与艰难的感觉，我听凭脚的指引，脑子一片木然。

我像被砍成两段的蚯蚓，上半身和下半身在跳着不同的舞蹈。有时人不如一条蚯蚓的自愈力强，人类习惯了用大脑思考，久了，就钝化了其他器官的敏感性。那一天脚上磨出了泡，是那种硕大而又意味深长的血泡，那血泡对接着童年的旅途，一直从家中延伸到驴脖子山上。我一直在驴脖子山上找驴，找了好几年。一位老人说，只有从远处看，驴脖子山才像一头驴的脖子，你到山上找，怎么能找到那头驴？我的脚起泡了，我看到一头驴为了找另一头驴拼命地跋涉，停下脚步，我就成了一头驴；在这个养人的院子里，我仰天长啸，发出驴一样的叫声。会说人话的人们纷纷驻足，他们充满惊愕或者疑问，有的人竟然笑了。天在天的里面，围墙在围墙的里面，然后我就哭了。眼泪血泡般大小，驱赶着我的童年，然后，一切都丢失了，丢失得无影无踪。

腿是思想的思想家，我一直无语，我知道沉默是沉默者的伪装。在无风的秋天，我看到风的奔跑带来了无风的韵律。甩开两手，我把思想留在半空里，用手辅助脚思考，脚就勤快起来。脚是躯体的牵引师，是脚让我远离故乡，远离大地，远离高楼，脚把我从一地引入另一地，从深山引向城市，又从城市引向遥远的地方。我渴望找到一处只用脚思考的地方，丈量每一处土地，感受每一处坑坑洼洼，用脚体会农人的笑，鱼跃水面的声音。茶花长在天上，天空扎入水中，没有围墙，没有天空。天在水里，墙隐没在地里，我的脚把我变成蝴蝶，飞呀飞，飞回童年的执拗。让童年那双不会思想的脚，学会远远对着一座山观望。把山看成山，把自己从与驴的暧昧里解脱出来。

一座颇像阳具的山被人类无限解读，许多女子在无人的黄昏偷偷观望。其实，眼睛蒙蔽了人类，一座山怎么会有性的功能？眼睛和脑袋时常会压榨思想的气囊，让高尚变得卑微，悠远成为时尚，一生变成薄纸，传言成为鸡汤。只有把思想彻底交给脚，这里走走，那里看看。风才是风，水才是水，风水才是风水。

我一个人站在院子里，没等听到最后一声蝉鸣，秋就快要过去了；没等看到蚂蚁的逃遁，天就猛地凉起来了。据说远方的远方，是一个不知四季的所在，我决定带着会思考的双脚，踏遍青山，让自己慢慢老去。在这个世界上，用脑子思考是一种浪费，用眼睛观察是一种奢侈。唯有用脚去感知大地的温度，去寻找蚂蚁，通过搓地声去恐吓响

尾蛇，才能留下思想的脚印。这样脚思着，天就亮起来了，天与天开始叠加，围墙与围墙意象重合，而我仍在用双脚思考，把头当成脚，把脚当成头，旁若无人地向前走着，有人说我在玩倒立，看成一门艺术，有人说我疯了。只有我的脚知道，我与大地成了真正的朋友。

2017 年 2 月 20 日　于北京

有脾气好不好

十年前我见过一位领导，他在台上讲话时说："我这人脾气不好，喜欢批评人！"十年后再见到他时，他依然在台上说："我这人脾气不好，爱训人。"不久前他退休了，主动加了我的微信，感到像换了一个人。周围的邻居也说，这位领导现在整天笑脸对着邻居，让大家发现他原来也有笑神经。想想这位领导的变迁，再想想每个人的行为，感觉这个社会充满了悖论。

不知何时开始，有脾气有性格成了值得赞扬的个性化特点，但对整个世界的和谐而言，以"我有脾气"而自傲的人越来越多，这世界就多了些惊恐的成分，毕竟不是好事情。为什么有人台上台下是两面人？是权力让他变异，还是他本身没有定性？鲁迅先生所指的"一阔脸就变"的人越来越多，对整个社会的文化价值观，也形成误导。

大江健三郎先生是个现实主义者，他的儿子光刚生下来时，头上一个大瘤子。面对残疾儿，他有些失望，有几天甚至都不喜欢到医院里看望儿子。后来做父亲的责任迫使他面对这样一个儿子，光的乐感很强，他就培养儿子音乐的兴趣，后来光成功了。大江健三郎的耐心也是在现实中一点点磨炼的，读他的书，你会感觉到他的细腻、敏感与善良。

一个人的修行其实无所不在，对个人而言，无法选择出身，但完全可以选择以怎样的态度去生活。中国传统文化里的奴性文化，让生活在现实世界里的人失去了基本的判别力。有人一旦走向领导岗位，

旁边的人就不敢指出他的错误。特别是一当上主要领导，则像穿上皇帝的新衣一般。报载的领导者犯罪，与这种奴性十足的下属太多不无关系。正常的意见通道抵达不上去，加之领导者自身再不常自省，等待他的也就只有失败了。这在封闭的旧时代，如此做领导，维持的时间可能会长些。而在信息化时代，则就有点掩耳盗铃了。问题是你不仅仅生活在下属仰望的目光里，你还生活在社会大众的监督中。以脾气不好而自嘲，不如改改自己的脾气为好。

生活中需要换位思考，假如你换位了，一切就都可以改变。不可能要求每位领导和蔼可亲，但在走向领导岗位之后，收敛一下性格，改一改坏脾气，在推进工作的同时，多考虑考虑下属的感受，也不能不说是一种进步。理性的领导总会多元化地融合社会各方才智，靠冷脸色去征服别人，未必能换来别人的真心实意。

有脾气好不好？回答这个问题实在有些难。但对一项工作而言，如果和颜悦色就能达到目标，为何要让大家战战兢兢？困难有时需要大家一起面对，关键时刻或许需要领导当头棒喝，但更多时候，人们喜欢宽容和蔼的领导，除非那些受虐狂，以听领导骂声为强心剂。时代变了，做一个善解人意的领导，少发些脾气，多教些方法，会更好些吧！

2017 年 2 月 21 日星期二　于北京

汗漫黄昏

年老体弱，一感冒就涕泗横流。师弟在新疆饭店请客，贪杯误事，当晚身体就闹别扭。至第二天一早，头脑昏昏沉沉。弥漫中怪梦连连。学生魏薇母女从贵州来，强挪身体迎接，返家时，四体乏力。怕与高血压有关。余患病，很少吃药，听医生说这样可以增强免疫力。本来应该很惬意的周末，度过了一个难受的礼拜六。

周日，在家读书，胞妹来电话叙及其厂遭盗窃事，心情更加不爽。言语中训斥胞妹几句，过后又觉过分，一本原计划读完的书只好丢弃一旁。生活由芜杂的事情构成，人处在病与不病之间的感觉最难过。中午时分，好友李君喊我赴宴。至和顺小镇，几杯普洱下肚，方感通体舒泰。李君劝我少酌，恭敬不如从命，二三杯美酒品过，涕泪竟然止住。喝酒治感冒的理论暂时有了注脚。人长了年岁，免疫力开始下降。喜欢在家吃饭，粥好菜香。无奈朋友同学频繁相邀，总是磨不开面子。虽无利益瓜葛，却有身体担忧。心善有时是身体的杀手。平日里不累时很少午休，这场酒回来，虽觉身体有些转好，终也有些疲乏。头一沾床，就呼呼大睡了。好歹怪梦皆无。

醒来但觉精神大好。吃蝎子、品花生，小康生活。两碗粥一喝，人顿觉有了气力。突然有了散步的冲动。穿上丝绸短裤，有些黄世仁的感觉；套上红色 T 恤，提醒我也曾青春过。沿着上班走过的路，先向西走，抵达公园，再一路向北，不觉黄昏就近了。

今年和往年不同，一走路就爱出汗，有医生说好，有好友说虚，有学生劝我要多休息。平时早晨上班路上，要通过微信给原生态文学院的同学们上一个小时的课，坐上地铁，才觉有些困乏，靠打开一本书驱赶疲劳，我的好多书就是在地铁上读完的。有人见我发朋友圈，不是山水，就是美女，以为我是浪荡公子，细心的读者会根据时间猜测判断，大多是在一早一晚上下班路上拍摄的。面对文字和图片，仁者见仁智者见智，你不可能堵住任何人的嘴，把一个人说到最坏，也就是那个人好的开始。所以我不介意别人的尖嘴或者小汇报，问心无愧间，世界就如烟云。

人是易受环境影响的动物。到了公园，似乎两条腿就会使劲迈开。周围都是运动的人，你不运动你就是落后分子。沿着公园行走，看散步的胖子、瘦子，男人、女人，丑的、俊的，高的、矮的，老人、小孩，各有其趣。和早晨散步者斗志昂扬的气氛不同，晚上的公园多了一些生活的情调。跳舞的人婀娜多姿，甩鞭的人也多了一点柔情。这边是情语切切的恋人，那边是父女逗乐的亲情，我散步在公园间，看着听着。北京这几天，雨多凉快，公园里的草散发出清香。和春天的清香不同，这时的草香的有些过于浓郁了，好像一进入草场就难以脱身出来似的；与人竞赛的芦苇越长越高，探身到路中央来了，它们的齐整让人惊诧。自然的事物，因为是自然的规整，自然给你自然的享受。我在那些芦苇前留影，手轻触一朵花或一根草，做亲昵状留影。伊说我做作，我其实是自然而亲切的。感觉世间万物皆为生灵。家中的花，我会把它们看作孩子，适时地料理、浇灌，感觉就尽了父亲呵护孩子的庄严。

走到稻田深处时，我深情地凝望这片城市中的稻田。有一年深秋，我报名参加公园里的稻子收割，感受的不是农民的辛苦，倒是收割的欣喜。这些稻子在公园里与周围的绿色融为一体。等到金黄呈现，才能显示出它们的与众不同。一年四季常见的两个大鸟巢，此刻掩映在茂密的树叶里，黄昏把树叶掩埋，路灯下的荷塘此刻也倦懒起来。我对伊说，有人善喝荷花茶，到黄昏时分，将茶叶放入荷花中，晚上，荷花闭拢了花瓣，第二天花瓣打开时，那茶则会透着荷花的芬芳。伊很惊奇，凑近了看那荷花，原来竟真是开了又闭上的。那些荷花们如劳顿一天的人们，渐渐地睡去了，亭亭玉立的荷花杆立着，衬着或舒或卷的荷叶，有贴着水面的荷叶，铺成绿绸，旁边涤荡着水草，我在靠近荷花的石头上，嗅闻荷花的香味，满池子的香气不同于早晨怒放时节的那份感觉，如清茶之于普洱，已是两种味道了。伊耐不住在荷塘边的时光，大约是受不了岸边柳树上的蝉鸣。伊说：蝉鸣是求偶的信号吧？我戏言，那蝉的荷尔蒙含量也够大的。没有蝉鸣的夏天似乎不叫夏天，犹如沙漠，我指着两棵挺拔葱郁的塔松对伊说，倘若这两棵树在沙漠上，就会给人无限的希望和向往。它们在城市里就平淡多了，一如蝉鸣，倘若在沙漠里听到，好比听到大雁的叫声。我所指的当然是寸草不生的沙漠，看网络视频，涌动的沙河如水一样不停奔涌，那份恐惧来自平静中的不平静。

　　走着走着，膀子甩开了，腿也打开了。不知不觉汗水溢满了全身，感觉整个黄昏也被汗漫一般。回家时，身体大好，急忙拉杂写下这些琐碎的文字，记录下这个夏天的一个细节。

2017 年 7 月 23 日星期日 于北京

沟通的难度

在这个世界上，最亲近的不是血缘，而是理念。所以，持相同政见者容易尿到一个壶里；而认识不同的人，纵使你有千条妙计，也是枉然。倘若不信，你可以从身边人、身边事考究起来。所谓"无缘对面不相识，有缘千里来相会"，小偷有小偷的智慧，大盗有大盗的哲学，穷酸文人有穷酸文人的理论，著名作家有著名作家的招数。去除代沟的因素之外，父与子的关系处理不是亲情就能左右的，恰恰是理念驱使二者的分裂。爹妈穷迫，反而促使孩子自强；父母商贾，却培养出纨绔子弟。生活的辩证法告诉我们，望子成龙的结果可能是竹篮打水。父与子意见统一，大于血缘关系的统一。

有个皇帝的儿子，桀骜不驯，皇帝驾崩前留言，心想平时说东孩子却往西，干脆死后让孩子把自己埋在水里，皇子一定会把自己埋到山上。但皇帝一死，皇子大伤其心，想自己一生与皇父做对，这一次就从了皇尊，结果把皇帝就葬在水里。每个人都会认为自己的儿子一定会继承自己的衣钵，自己的下属一定会听自己的，事实上，结果并非如此。

因此，与人沟通是最难的事。那些说"我为你好"的人未必真是为了人家好，一个喜欢吃煎饼的人你非给他鲍鱼吃，他可能从味觉到脾胃未必接受得了；一个不惜以恶意揣摩别人的人，纵使你用最善良的言行去感化他，他总以为你别有企图。与虎谋皮，成功者稀；与懒者语快，达效者少。问题在于对方的先入为主，或者你的先入为主，造成双方沟通上的困难。

这个世界上，最难做的事情是沟通了。对一件事情的理解因为站位不同，就会出现不同的效果。一座矗立在海峡中的圆形孔洞，打鱼者看到了小船可从中穿越，艺术家看到了那图形像一匹渴饮的战马，建筑家看到了它结构的不稳定性，战略家看到了它的关隘作用。假如渔民问及艺术家，艺术家无法回答那洞口的确切宽度；假如建筑家问战略家，战略家则会认为此处不可修建楼宇。同一事物，不同职业的人会有不同的看法，即使对同一职业的人而言，也会因层次不同，得出截然不同的答案。

科学答案与社会选择自有不同。这让我们在沟通中费尽气力、踌躇不已。有人对厮守一生的夫妇最终分道扬镳大惑不解，而当事双方却感到从此获得了自由。一个人在另一个人阴影里生活，等于有了两个阴影。倘若没有了对方，也就没有了太阳与阴影的相互伴生。生活经常给我们开这样的玩笑。抑郁症患者喜欢走极端，就是因为他想通过决绝的方式与心中的影子告别。

最近看到一篇稿子，断言不要和垃圾人接触，认为垃圾人充满了负能量，其实，这位作者何尝不带有自己的主观思想？先入为主的观点让人与周围隔离，带着防范的心理向世人表现真诚毕竟代表不了真诚。明智的做法是，沟通需要求助时间的磨合，真诚就要彻底去除虚伪。

在沟通的道路上，没有屡试不爽的标准理论可以奉行，因人因地因时制宜才是最重要的。所以好多被别人誉为"变色龙"的人，在生活中却是最好的沟通者，这一点，已经被无数的历史事件所证明。坚贞者留下气节与鲜血，而善于沟通者却度过一生颇为富足、优雅的生活。后世的继承者们，这两路人马依然存在。风尘如土的世上，晴天一身土，雨天一身泥，唯有庄稼，不弃不离这泛黄的土地，在一年又一年的更迭中，绿化自己，成就种子，传播历世不衰的生命原色。

2017 年 7 月 27 日星期四　于北京

相信良心

良心是信仰的底线，或者说相信良心也是一种信仰。

年轻人容易被忽悠，被宗教和理想忽悠，就会沿着一条路走下去。遥想当年如何如何，成为许多老者的口头禅。有时以一生平顺或者死之前的荣华富贵作为对一个人一生的评判标准，其实未必是准确的评价。

善良的人或许有一颗善良的心，未必能办成善良的事。善良者多想象人性好的一面，而对人性恶的一面很少给予考虑。他所看到的永远是阳光，未必看到阳光带来的阴影。所以，他的思考往往是浅显的，缺乏多维度地对问题实质的考察。所以，生活中，"好心办坏事"的人为数不少。我很少和那些自我标榜善良的人打交道，一则这种人的所谓善良有时不通世事，再就是他们中混杂了打着善良旗号的伪君子。

恶人之恶，或来之于家族文化遗传，或因之于个人坎坷经历使然。在恶人的眼睛里，这个世界处处、人人都和自己作对，他的起点在于自私，衡量事物的标准看是否对自己有利。有利的就是我的朋友，没利的就是坏蛋、敌人。这种人善于搞小圈子，用小圈子的真理来限制公理。或抛出"只要对我小圈子好，你就是好人"的理论，说穿了，是把自私放大了。仔细分析，不少利己主义者和贪官就是靠这一套蒙蔽了很多人。等人们恍然大悟，往往事已蹉跎。这种恶人常常自我标榜，化身真理和权威，以各种利益诱惑身边人，当更多人进入他的圈子，他的势力范围会逐渐加大。仔细分析他生存的底座，你会发现他始终飘摇在海上，随时都有翻船的危险。

宗教的局限在于用一种精神束缚人。过去字典里讲"宗教是麻醉人民的精神鸦片"，这话就有些片面。作为宗教本身而言，信仰者源源不断，总有其道理所在。人活世上，有的图当世安宁，有的求来世成仙。宗教适应这种需要而诞生，解决人的精神问题，不算坏事。加之世间很多事恰巧被宗教所解释，所以信奉宗教的人信念愈加坚定。在乡下，我问一位信奉基督教的人为什么骂人？他说他不骂好人。感情他已经把坏人当成非人；在城市，我问一位信佛的老者，为什么还喝啤酒，他答：啤酒不是酒。感情白酒才是酒。所以更多人不是为了信宗教而宗教，而是为了求得自我安慰。我常到寺院里与禅师交流，也愿意和信众们交流。据统计，中国信奉各类宗教者已经超亿人，这些人中间大多是为了寻求心灵的安慰而信教的，至于让他说他信奉的教义是什么，不少人说不出。闭着眼睛念经，比什么都不念似乎好些。

无论善人恶人或者不好不坏的人，这些人都是人。但良心作为一个基准线，能让好人变坏人，坏人变好人。好坏之间，没有明确界限。因为衡量的价值不一样。各个国家之间有差异，民族之间也有差异。你认为好的东西，我认为恰恰是坏的。对一个人短暂的一生，也是如此。对一件事的不同态度，实际上体现了不同人的良心观。譬如，某一个贪官曾经是你的朋友或者老乡，你在该提醒他的时候提醒他，让他避免堕入深渊，你认为你尽了自己的良心；另有一种应对措施是助纣为虐。二者的结局都很难说。但前者，你要么很糟糕被他冷落或者被打击，要么被感恩，贪官止手或者弃恶从善，毕竟对社会是件好事；后者也有几种情况，要么你与贪官一起飞黄腾达，要么你与贪官同归于尽，或者贪官进去了，你却上去了。所以良心这东西具有多面性。不能用简单的好坏来判定。

但有一点可以肯定，随着阅历增多，你对良心的解读会越来越有城府，讲良心会越来越有水平。因为良心是基于一种基本的事实前提，是对历史的评判，对善良的解读，也是对人性的考验。虽然在不同的年龄段，你对良心的看法不一样，这源于你价值观的改变，但良心能促就一个人内心的自我完善。因为相信良心，做出的事就无愧于心；因为相信良心，就等于你评判事实的标准是真实，而不是权力与金钱。良心是一杆秤，时刻在称着你灵魂的重量。

　　有时和朋友私下里辩论，我强调良心的重要性。朋友说：良心多少钱一斤？你看几个政治家讲良心？因为讲良心，多少人命归黄泉？因为讲良心，多少人失去了升官发财的机会？我指着远处的堤坝对他说，良心就好比那道大坝，欲望是水。有些能抵挡得住，就会惠利于民；有些漫延开来，就会贻害百姓。但这些的确不是良心的错，期待良心能水涨船高，那是理想者的妄想！他望着我，半天没说一句话，然后会转身走了，他的身影越拉越长，远处是渐入山峦的夕阳……

2017 年 3 月 20 日　于北京

致那些瞧不起你的人

一个人的所谓成熟，不仅在于"人情练达即文章"，更重要的是处变不惊，学会接纳那些对你有意见的人。或者说，对你有意见的人越多，你改进的可能性就越大。前提是包容与理解，汲取与升华。

别人对你瞧不起，总有瞧不起你的理由，三观不对这是最根本的。人在世界上生存，秉承什么样的理念，就会做成什么样的事情。憨厚是一种美德，对油滑的人而言可能就意味着愚钝；能言善辩是一种能力，可儒家学者认为"巧言令色鲜矣仁"；吃饭快节约时间，可中医认为这不利于养生；给师尊购物本身出于好心，可别人认为你想投机取巧；与女人开玩笑在你看来是幽默的表现，正人君子就以为你有骚扰人的嫌疑；拉起街上跌倒的老人，却被老人污为撞人者……生活中，我行我素固然不好，但拘谨于三点一线依然被冠之于保守。一个人在世上，不可能让所有的人都满意，甚至也不可能让自己满意。但一生磕磕绊绊，从一粒种子，长成麦苗，不乏浪漫时光。成熟了，被磨成面，再被做成各类面食。能被人爽心快意地永远赞美或永远踏在脚下，都是极小的一段时光，所以大可不必延续单一形式的生活。守成中求取变化，你被甲君厌恶的短处，恰恰是乙君喜欢你的地方；丙君或许忽视你的容貌，丁君却是外貌协会的。大可不必为着外人而活，如若那样，你真不知每天出门，首先该迈哪一只脚。

但做事总归要讲规矩，社会有个基本的法则。如何知道自己的不足并改善之，不是去刻意研究那些赞美你的人，恰恰是研究那些瞧不起你的人，他们的意见也许正是你的致命伤。

依我的体会，这种研究给人生活的感召或许更大。即使那些瞧不起你的人对你有深深的偏见，他们的话语也含有一定的道理。假若你是一位超凡脱俗的人，众目睽睽之下，你将众生看作平等；而有些人认为你目无领导，这样的错觉会让一些人对你有意见，你虽然问心无愧，但外界的评价依然如此。这时，你要研究一下那些对你有意见的人的意见的精神实质，调整一下表现方式，对人对事讲究一点仪式感，这丝毫不会降低你的品位；再譬如，你明明知道张三李四的小把戏带有狭隘的心计和报复的成分，倘若你能佯作不知，哈哈一笑，坦然的心境会让你度过美好的一天。

世间本无事，庸人自扰之。除非你一个人生活在深山老林里，不用触及与人交往的问题（但可能遇到与动物交往的困难，那可更恐怖！）。所以，适度考虑与周围人的和谐相处还是很重要的。尤其那些对你有意见的人，通过各种方式都会呈现出来，或者说话，或者手势，或者一个眼神，或者通过别人添油加醋的转述，听到或看到这些，自然不要动怒，平复一下心情，好好研究意见君的意见，他的价值观未必是你认同、努力的方向，但他的意见却值得你做一定程度的反思。这个世界上，从来没有无缘无故的爱和恨，尽管每个人选择的生活方式不同，但大众规范下的基本规则，每个人还是要遵守。大庭广众之下的随地便溺自然该当谴责，但入厕小解时的解裤动作似乎在你的个人控制之列。对前者的意见君你要全盘接受，对后者的意见君则要分清里表，分清轻重，分清形式与内容的区别。

我经常研究那些对我有意见的人的意见，坦率地说，他们的意见给我不少上进的力量。从某种意义上说，这些对你有意见的人，是你的贵人；特别是能一语中的、直指你的七寸的那些人堪称君子！即使你的敌人，倘若他指出你没有核武器的缺陷，你也大可不必为此动怒，好好研究你的核武器，不是为了让他欢喜，而是为了让你自己更加强大。所以，王鼎钧先生曰：爱敌人，才是一个君子，大抵如此。

2017 年 7 月 25 日星期二　于北京

谁还敢写潘金莲

从新浪网上读到一篇报道《潘金莲状告冯小刚：潘氏族人几百年侮辱该正名了》，说的是广州增城的一位名叫潘金莲的妇女，状告刘震云和冯小刚，认为电影《我不是潘金莲》毁坏了潘家的名誉。审判结果还没有出来，但这则消息却很有趣。一是牵扯着对历史人物的评判，再是牵扯对当下生存者的尊重，再就是牵扯作家的写作向度。

对历史人物的评判，我们多是根据史料记载，历史往往是胜利者的历史。一个国家、单位甚至家族，被称为十足坏的人，未必就是坏人，历史存有这种情况。尽管《史记》写作者十分客观，但里面的人物，真实度如何？有些根本无法验证。民间传说很多，官方的宣传资料又有限，孰假孰真，真是不好辨别。问题是，众口一词，代代相传，好人也可能变为坏人，坏人也可能成了好人。加之无良文人的传播，真假又多了一层迷雾。这位叫潘金莲的女子为自己呼吁，为家族平反。应该看作一种不错的文化现象，不能看作简单的一个娱乐事件，一笑了之。

这一事件还显示出公民人性意识的增强。任何社会，对民众个体的尊重总是必要的。如果一位公民在社会中，老因祖先的"丑恶历史"被人指着和尚骂秃子、指桑骂槐，却也是十分尴尬。昔日一同事姓秦，朋友以绰号"秦桧"称之，当时看他表情，凸显五味杂陈之状。时代的进步体现交往的简单，过多地将历史符号加到现实生活中的人身上，确实有点不公平。即使对同一个人，前一段的历史未必代表他现在的状态，但事实上已经成为影响他进步的砝码。我对档案中的历史论考察方法存疑，因为人总是在变化的。过去的档案只有参考价值，但对未来而言，考察其当下的思想和技能才最重要。前段时间人们戏谑说：特朗普要是在中国，恐怕连小科长也干不上。从中也可看出档案考察干部的缺失。

再就是作家写作人物的细心挑拣变得十分重要。在人人看重自己的今天，要写一个人物已经不能顺手拈来了，不仅要看他当下的行为，更要查一下有没有辱没了他的祖宗八代。一篇文章事小，吃上官司事大，可不要为了书写的快意，而随意臧否人物。这对作家而言，究竟是好是坏，不好一概而论。对信口开河的作家而论，增强考量生活的全面性没有什么不好；但对批判型的作家，是非要逼他到虚拟空间里找寻人物去吗？将来姓氏是否只好用"ABCD"代替，也不好说。

每次娱乐事件后面，裹挟着社会进步和公民觉醒，也存在着文化冲突与现实利益的纠葛，透过现象分析其本质，也是我们当下享受娱乐事件的另类思考吧！

2017 年 3 月 22 日星期三 于北京

大地交响曲

艺术是相通的。认识大提琴手刘女士纯属巧合，她缘文求人，得以成为朋友。尔后，我可以优雅地享受交响乐；此前，则以听交响乐为主。年轻时的同事杨先生，嗜书成瘾，喜听交响乐，曾传染于我。

这里是最能体现观众素质的场所。更多的观众会遵守音乐堂播出的注意事项，始终做一位规矩的听众，再就是音乐堂的富丽堂皇也让欣赏者顿生肃穆之感。或许是曲高和寡，除了在学校，无论是在中山音乐堂还是国家大剧院，观众总是填不满座席。我在金碧辉煌的大厅里听交响乐，没有感觉到听交响乐的那份悠然，更多的感觉像回到了大地。

是的，回到了大地。金黄的舞台就是交响乐驰骋的大地。我看到了万马奔腾，看到了麦浪摇曳，还看到了一束盛开的牡丹花。看到了呜咽的河流、漫天飞舞的落叶与板结的土地。大地沉睡了，一场雪，悄无声息。远处传来细小的风声，更反衬出雪的雅静。雪静悄悄的，生怕打扰了这个世界，风最终还是忍不住这样的清纯，它哭了。在风的呼号中，我看到了暖阳升起来，大地开始松开腰肢，冰河开始化冻，水流潺潺，终于汇成强劲的河流，浩浩汤汤；鸟儿开始飞跃河面，声音由小到大，叽叽喳喳。大地全身通泰，四处洋溢着生机。风声、水声、鸟鸣声，庄稼拔节声，大地好像无所顾忌地自由伸展，一直到很远很远，没有边界。镜头拉向一只蝴蝶，粉色的，粉色幽暗成观众席上的那份暗红，蝴蝶轻巧地飞着，合着指挥棒的节奏，在背景音乐的

烘托中，蝴蝶翩翩起舞，飞成了一首诗、一幅画、一个情结、一段故事。蝴蝶掠过城市的时候，速度慢了下来，大地也静下来感受太阳的光照，我屏住呼吸，听春蚕咬噬桑叶急切的声音，听青蛙鸣叫的声音，甚至听到了嘈杂的汽车声，在大地远处，车声像春蚕吞噬着桑叶一样吞噬着大地。大地渐渐地在缩小，演奏者们成为大地上被秋霜染上色的蝼蛄，蝼蛄们耙搂着土地，土地扭转着腰身，大地好像还没有经过夏天就进入了秋天。

汽车开过来，机器搭起来，楼房建起来，大地开始咆哮，在城市的巷道里，土地被深深地压在石板下，人们在享受整齐的同时，也在深深感受着寒冷。斑驳的墙壁讲述着植根于土地却又远离土地的文明。舞台没有改变土地的颜色，而琴声似乎把人们拉往远离大地的世界，蝼蛄们在挣扎，蚯蚓们在挣扎，大地上的动物们在挣扎，芦苇倾倒，荷叶残败，风中没有树叶的影子，光秃秃的躯干犹如城市光洁的街道。一只寻找食物的猫，在城市的街道上行走，吃光了所有的残汤剩羹，依然无法解除饥饿；它依旧执着地行走，想走到田野，哪怕是啃几口土，但空气中充斥着寒冷，一种与孤独相伴的冷。

冬天来了，蝼蛄们躲在土地的穴道里冬眠，它们期待着另一个春天的到来。它们在温暖的土地怀抱里做梦，梦中是春天盛大的场面：漫山遍野的鲜花，荡漾着微波的河流，牛羊欢叫的草原，放荡不羁的瀑布，蝼蛄们安静起来，你似乎能看到埋藏在大地深处的光芒，随着指挥棒的指引，万千蝼蛄们在为大地的明天找寻春天的通道。而琴声停止，一切都已遁去。

灯光大开，我又回到了现实。

瑟缩在城市的寒风中，我怀念那充满暖意的土地。

2016 年 11 月 9 日星期三　于北京

过程美丽才算美丽

更多人习惯于等，等着有时间去进行一次长途旅行，等着有机会去看看同学，等着找机会去享受一次美食……有的人等了一辈子，都没有实现自己的愿望，哪怕他的愿望很小很小。有人喜欢来一次说走就走的旅行，也有人为了一次出国旅游，精心策划良久，虽然同是出游，心境却不相同。我们习惯于积攒金钱，但时光在积攒金钱中远去。当金钱还没有攒够，皱纹已经爬上了脸颊，今天推明天，明日何其多？蹉跎中岁月已流失，步履已蹒跚。未来成为众多人的期望，在这样的泡沫里，更多人在希望里虚幻自己。回望过去，他们一生都在等，一生都在焦灼、期盼中度过。更多时候，他们或怨天尤人，或自怨自艾。生活在他们那里更多的是悲哀与无奈，停滞与守旧。他们忽略了每一天，把美好的每一天晦涩成灰色的旅途。

我不赞成这样的生活方式，我希望把握每一天的美丽。与其积攒金钱浪费时间，不如与时间并驾齐驱。享受每一天的美好，享受每一天的每一个细节，让自己的每时每刻都在美好的心情陪伴下度过，纵使在年老之日，没有金钱养老，但有宽阔的心胸、爽朗的性格，透明的眼睛，这就够了。笑着离开这个世界和哭丧着脸离开这个世界最大的区别是，前者享受了美好，奉献了美好，创造了美好，而后者恰恰相反。

充分感受每一天的每一段时光，就是和时间赛跑，或者说与时间并驾齐驱。时间是个诙谐的朋友，你真心对待它，它就会慢下来陪伴你；你忽视它，它就跑得飞快。一个注视时间的人，就会与虚伪无缘，就会像水晶一样活得透明，就会自觉抵御那些无聊的品格。一个透明的人，给人带去的或许是幼稚，但他所带给社会的还有善良与自律。在对时间的珍视里，一个乐天派能小心翼翼地珍惜生活。学习、创造，愉悦自己、帮助他人。他没有时间去议论他人，也不会甚而不能抽出时间搬弄是非。享受自然的时间不够，阅读名著的光阴不多，倾听高论的机遇太少，书写感悟的时空有限……他要珍惜分分秒秒，在他的眼中的事物，已经幻化了色彩，境界打着旋儿飞升，花是花，花非花，花又是花，花又非花……每一次旋转和提升，都是一次小彻小悟。在自我驱动中，美好的一天过去，新的美好的一天又到来了。

他学会了悠然地面对生活，面对泥泞，面对困苦和艰难。他的内心深处积聚起强大的力量，这力量如铁似钢，任何人夺不走，任何人也整不垮。他知道自己的力量来自于日积月累的阅读，天长日久的自信，绵绵长长的自我审视。每一寸光阴的快乐、达观、舒展，让他养成笑对困难的风格，这样的风格让他无暇顾及周围的说辞，无意报复别人对他的报复，怀疑别人对他的怀疑。沿着一条光明的路向前走，永远光明。他坚信自己的选择没有错，纵使一无所有，他已经拥有了美好的过往，这就够了。

攒钱一辈子的中国老太太在行将就木之时，终于长舒一口气；还贷款一辈子的外国老妇人慨叹这一辈子过得值。前者成了金钱的奴隶，后者成了风险的拥有者。我赞赏与时间相伴，拥有时间，珍惜时间，过好当下，时时刻刻以一种超然的心境享受每一个细节。这样的快乐，就是过程的快乐；这样的成长，就是幸福的成长。

我坚信，过程的美丽才算美丽。把等待幸福交给未来，是傻瓜才去做的事情，享受当下、感悟当下，感念每一寸光阴，才是一个智者的所为！无论您身处何境，扰乱你的不是环境而是你自己。你自己平静了，世界就平静了；你自己征服了自己，这个世界就不存在征服你的人了。我想，美丽的过程就会到来，大抵如此吧！

2018 年 4 月 10 日星期二早 7 点　于昆明

自 恋

自恋是人的本性吗？或许来自于人的自私，或者因为人的保护心理。自恋有时让人获得片刻的欣慰，但更多时候，自恋者陷入自我构造的一种氛围里不能自拔。

自恋者队伍也不乏名人，古今中外都有，因自恋而剑走偏锋的艺术家也不少。不影响人的自恋，对一个人的成长好处大于坏处，但影响人的自恋，就会波及社会，波及伦理，甚至文化。当年希特勒就是一位高度自恋者，拥趸者众，他的宣传部长则是明显的代表。自恋和自信不同，前者靠感觉，后者靠理性，过于自信就是自恋，自恋发展到极致，就是感觉自己放的屁都是香的，自恋者未必相信自身处处超人，但有几点超越于他人，就会踌躇满志。

我在山东工作时喜爱文学，有一年参加作家班学习。有一位男作家喜欢甩头，还喜欢到食堂里敲打脸盆，他还喜欢像女人一样整理衣角，是一位十分自恋的男人。多年之后再见到他，甩头的姿势没变，整理衣角的习惯没有变，一起吃饭，用筷子敲打碗盆的习惯也没有变。当然，这个昔日十分自恋的男人，语言风格也没有变，依旧写着乡土文字，自得其乐，大骂文坛人心不古。我几次想笑，但却没有笑出来。

有时我将微信晒朋友圈，一溜儿晒九张，就被朋友、同学责怪为"太自恋了！"反思我对那位作家的看法，是否过于苛刻了？或者是自己在用挑剔的眼光在看人家？人家自恋不自恋与我何干？他的甩头抑或是一种风度，那种敲盆也意味着传递声响，至于像女人一样整理衣角有什么不好？男人为什么不能向女人学习，女人为何不能干男人的事情？扩展开任何一个人的行为都有自恋情节，那我们就无法正确地去评价一个人了。我依然故我的每天发我的朋友圈，是否只顾及了自己的感受，却不知道观众的心情？也许不喜欢吃酸菜的读者，看到我发的酸菜就会作呕；也许怕吃蝎子的人看到我敢吃蝎子，就误以为我有蝎子一样的心境。推展开去，任何一幅图片，都可以引发人的无限联想；任何一段文字，如果以文字狱的方式问罪，都可以找到其中的瑕疵。平静地活着，不发只言片语，不发半张图片？就默然而存于世。我想问：这样的生活有什么意思？难道人就是为了平静而来的吗？既然这个世界有美声悦耳，有美景爽目，有美食润舌，有美味充鼻，为何要熟视无睹，无声而眠？

自恋作为一种生活方式，在这个世界上，是应对困难最好的工具。哪怕你低微，但你有低微的乐趣；哪怕你渺小，但你有渺小的视野。自恋让自己找到与自然对话的通道，与群体沟通的可能，是自身疗伤的平台。在自恋中，你可以放松自己、打开自己，张扬自己，让气球变大，膨胀你片刻的梦想，完成过程的自我放松。有时这种感觉超好，它比自信来得隽永，也来得婉约。偶尔自恋一下，会摆脱雾霾和困境的叨扰，心会放松，世界也会因自恋而美好起来。我对年轻朋友的自恋充满欣赏，中年人的自恋充满赞许，而对老年人的自恋常报以敬重。我需要自恋，自恋会让一个人的心变得年轻起来，也推荐朋友们走进自恋者的队伍。

2018 年 3 月 22 日星期四 12 点 于德宏党校

谁是思想者?

　　民间的智者让人难忘。故乡有一位能掐会算的奇人,左邻右舍丢了东西,甚至走失了亲人,这位智者就做沉默状,十有八九能算出丢失的物件、走失的亲人在哪里,众人皆仰望之。许多年后,在奇人卧于病榻之时,我去拜望这位众人赞佩的老者,其容顿时灿然,两眼轮转后挤出狡黠之光:孩子,我不是神人!我不过是顺着失主的叙述,结合我的经验进行反复的推敲罢了。人的习惯、牲畜的走动、田地的万物都有定数,研究透了,自然就找到了其中诀窍。老人言语后若有所失,我听后恍然大悟。

　　真正的大师在民间,这位智者,留给我最初的思想家印象。其实,在农村,巫婆是伪装的思想者,算命先生是逐利的思想人,他们以迷惑人的语言迷惑人的思想,民间俗众对他们深信不疑。我相信那位智者,能非常轻松地看透他们的把戏,而智者不语。智者的思考决定他不会去打乱乡间的平衡,有时巫婆会为乡亲减轻痛苦,"治疗"疾病;而算命者会给苦难的民众带来未来的"希望"。民间蕴含着丰富的智慧力量。纵使是位鲁莽的农人,生活的艰难也会让他拥有丰富的应对技能,相对于那些自以为聪明的城里人,特别是那些连果实分不清是树上结的还是地下出的人,这些鲁莽的农人都算是初级思想者。从应对艰难生活的技能而言,大多数普通的城市生活者应该甘拜农民下风,历史充满了生存的逻辑。"肉食者鄙"!谈笑于高楼大厦中间,享有高度物质文明的人,有时没有满面愁容的农民兄弟富有智慧,穷困让智慧蒙羞，艰难让思想闪光。在经过更多的对比之后，我更喜欢与农民交往，特别是喜欢和农村里那些富有思想的人交往。哪怕他是一个巫婆、算命先生，甚而他的躯体残缺不全，但他们生活在思想的体系里。超然去看这些人，无论是正向和反向，这些人的思维还是给常人一种思考自己、反思过去的疆域。

无疑，京城是个大咖云集的地方。一面充满混世魔王、小贩巨贾和流氓文人，另一面，城市里拥有研究思想的思想家。这些先生们穷其一生之力，或趴在故纸堆里，或倾向于某一种时代思潮，或自沉于个人创建的理论。殚精竭虑中，思考着思想，攀登着智慧高峰。在这些思想家群体里，并不是所有的思想者都为我所喜欢。我更注重那些秉承知行合一理念的思想家。思想家研究思想，既要深入其中，又要跳得出来；既要深邃如大海，又要简单如露珠；既能侃侃而谈折服学者于论坛，又要善于解决生活琐事；既能著作等身，又能不弃日常细节。

我与北大一位研究创新理论的教授为友，他在研究思想者的思想，方法论中的方法，既是一位授人以渔的学者，又是践行逻辑生活的智者。人清爽，话干净，做事利落，犹如草原上的一棵树，平静而又出奇。我识别思想家的出发点，即在于此。

一个生活凌乱缺少条理的人，一个桌子上摆满各类书籍看似拥有古今中外经典知识的人，一个大腹便便只会人云亦云缺少自我独特表达的官者，我时常看轻他们。这些混迹在思想圈子里的所谓思想家，其思想混乱的程度，有时会对你造成思想的误导。徜徉于大学校园里的学问家多，思想家少，需要加以长久的甄别。倒是民间的思想家容易辨别。特别在穷乡僻壤，这些思想家披荆斩棘、历经淘洗、卓然而立，深得民众信任，他们的思想经受住了时空的考验，与他们相谈，自然会受益良多。所以，更多时间我希望到农村去走一走，农村的许多思想家，渐渐活成了一棵古树，闪烁着历史的神秘感、宗族文化感和时代的气息，在这些民间思想家面前，有时，我会羞愧得无地自容，遗留心底的，只有对他们深深的敬意！

2018 年 3 月 2 日凌晨 5 时 于腾冲

君子与小人

　　普天下的小人认为自己是君子，而君子视野里多是好人，所以世间充满了诡异。有小人总会发现小人，世界又充满了意思。

　　世间不可能有小人承认自己是小人，对小人缺少准确的定义。一个人的伦理观不一样，对人的判断自然也不一样。张三认为李四是小人，王五可能把李四看作是英雄。站在事物的两方，英雄和叛徒可以互换，君子和小人可以互易。年轻时不知道站在河边看水，更不知站在山顶瞭望，更多时候是站在水里评水，只知道水的温热、深浅，而不知道水的走向。对一个人的看法，多是从他是否危及自己的切身利益出发而去判断，伤及自己就是小人，让自己获利就是君子。这种简单二元法的划分，的确冤枉了好多人。因为视野的局限，让自身失去了很多发现机会，最起码是错过了那些与不是小人也不是君子者的合作机会。

　　阅历是最能让一个人成熟的，哭泣同样使人前进，在经过无数事情的洗礼之后，公平正义的观点就不是仅仅从自己的角度去考虑了。过去那些被自己认为小人的人成了君子，而认为的君子有的则成为虚伪的小人。

　　一个人的君子观的确会随着年龄的变化而变化，而追随时空的变化，我们嘲笑自己当初是多么肤浅。偶尔看电视，看到一家人为了分家产不可开交，开始鄙夷那些斤斤计较的人，认为他们是不忠不孝的小人，久了却从中看出端倪，那些貌似公允、大度、宽容的沉默者才是被人忽略的小人。正如生活中的老好人，有着甜蜜蜜的笑容，体贴人的话语，与世无争的态度，我一向是把这些人当做好人或君子的。后来在一个地方待久了，才知道这些老好人就是煮青蛙的温水，他们才是真正意义上的小人。有时还真不如那些让人厌恶的小人更让人服气。正是这些貌似君子的"好人"，让公平沉默，使正义无声。这些微笑着的小人就是生活中的伪君子。而那些当面一套背后一套的人则更值得警惕，他们这种贴着伪善标签的人杀伤力最大，一旦让你跌倒，就要一剑封喉。鲁迅先生提出一个都不宽恕，内心含有对各类小人怎样的憎恶？

一个人在不同的阶段，对小人和君子的认识是不同的。一方面是个人评判的标准在发生变化；另一方面，社会的评判标准也在发生变化。少时喜欢的乡间土路换成了柏油马路，评判的标准自然不一。所以，在不同的时期，君子不一样，小人也不一样。

其实小人是可以转化的，也是可以作为镜子的。因为对小人而言，他和你一样也在成长。更何况更多时候，对方只是说了实话或者在不该说话的时候说了话，你就把对方当成了小人，实际上不过自己是小人罢了。

我们常说别人"以小人之心度君子之腹"，其实很少从对方角度反思一下自己。如果你反思了，你就会体会到自己也有小人情节，也就不会苛求别人了。

我曾经写过一篇《小人之美》，意在强调小人的砥砺作用，化腐朽为神奇，用小人挑出的毛病对照完善自己。中国有句话"止谤莫若自修"说的就是这个道理。能看到小人身上的优点，化敌为友，不断提升自己，去除自身的小人思想，才是涵养君子情怀的根本。

如果你的身边总是有限的朋友，而缺少众多的提意见的人，你就要警惕是否到了小人国。赞美的绝对化和反对者的无限延伸一样可怕，更可怕的是我们内心一直存在的自我君子的认知。不承认自己有时有小人情怀的人永远无法走到君子的队伍里。正如一枚果实，曾经的青涩是成熟的必须。所以，世间本无绝对的君子与小人，有时只不过是我们庸人自扰罢了。在这个意义上，原谅告密者，笑看权贵发威乃至朋友叛变就能谈笑风生了。人生如戏，谁能断定自己和别人在不同阶段的舞台上涂抹一样的色彩？

2018 年 3 月 4 日凌晨 4 时许　于昆明

洪良哥

来边疆工作两个半月了。有人对我每天在微信圈晒图不解，暗暗劝我，挂职副市长要学会低调啊。我一笑了之。他不知道，我的背后有一支他看不见的队伍，聚集着我的同事、朋友、亲人、同学。他们每天都在看我的朋友圈，是鞭策，是激励，也是关心与提醒。我像水晶一样在阳光下生活，这些关注我的人是我背后巨大的靠山。其中有一位兄长刘洪良，已经退休，几乎每天都在关注着我的朋友圈，有时会有只言片语发来，但足以让我心热。

1981 年，我还是一个未脱稚气的孩子。那一年，我来到铁路工程队，在泰安铁路西货场，刘洪良当时是工班长。我和他一样，都是顶替父亲到铁路工作的，不同的是，他接班前是村里的支部书记，而我当时还是个孩子。在铁路工程队，洪良哥像大哥哥一样，不时关心着我，从日常饮食到现场劳动，他就像一位亲人，对我嘘寒问暖。后来我考上电大，脱产学习三年，在济南铁路医院几次遇到洪良哥，那时，他已经不再担任工班长了。不知道他为何患病，经常跑医院，而见到我，依然十分亲切，问东问西，不厌其烦，至今回忆起来，恍如昨日。后来我毕业又回到工程队工作，曾与他短暂共事，那时他已被聘为工程队的定额员，我则为技术员。他见我常笑，我则把他看作值得信任的大哥。

有一年，他还为我介绍了一位女朋友，貌美如花，泰安铁路医院中医大夫的妻妹。洪良兄因常去看病，与中医大夫熟了，就做起牵线人。虽最终无缘于那位姑娘，但洪良哥的那份关心，却一直铭刻于心。

后来，我和没读过大学的洪良哥一样做了工程队的定额工程师，因分属两个工程队，每月中旬都会到工程段机关批奖金，洪良哥老实，我和几位定额工程师有时会开他玩笑。人事科的几位兄弟，工作认真负责，相聚亲如家人，现在回忆起来，那时的同事之间的关系，真叫幸福、和谐。

再后来，我就永远离开了泰安，离开了朝夕相处的洪良哥，下广州、奔青岛，赶济南，上北京，无论到哪里，都能收到老二队同事们的信息。洪亮哥对我的关心是最多的。他会问我的现状，问我的家人，问我的工作情况，甚至问一些令人难以启齿的东西，俨然亲哥。当然，他也会吹起自己的孩子，夸耀自己的老婆，炫耀自己退休后的幸福生活。我听着，就像听亲人在讲述故事。更多时候，我和我的同事们，会认为洪良哥"黏糊"，但现在回想起来，正是这"黏糊"温暖了我这大半生。老单位的许多同事们后来接触少了，但仍有洪良哥一样的人，经常对我关心着，十分让人感动。

我来瑞丽工作后，洪良兄时常提醒我，不要忘记工程队的艰苦岁月，不要做贪官，要勤政为民。发现我晒花图发树图，就提醒我不要游山玩水，要勤政为民。有时，我对他的提醒不以为然，但静下时想想，有这样一位兄长，在远方盯着你，该是怎样的难得？

其实，和洪良哥一起关注我的老单位工程二段的同事们还有很多：明友、振喜、祥琴、俊海、淑凤、继增……这些老同事春风化雨般的语言，看似简单，其实蕴含着无限深情。在他们的叮咛中，我有时无语哽咽。他们为我的哪怕一次微小的成功而欢呼雀跃，也会为我的失误而扼腕叹息，同事们的时刻提醒，好像让我拥有了警报器，随时检点自己。

当我在朋友圈发出图片：瑞丽出租车开始打表了，洪亮哥发来一句调侃的话，有鼓励，也有揶揄，那一刻，我无限感慨。我一个人在瑞丽，远离山东，远离北京，远离亲人，看似是孤立的存在，其实却关联着很多人而生存。生存本身套着生存的历史，含着友谊的力量。而人与人之间的爱护会让你在平凡中感觉到纯粹，感觉到关心的力量。我在接受关爱中也在关爱着别人。洪良兄就是一面镜子啊，虽然老式，但很亲切。

今天，我乘坐在终于打表的出租车上，享受着工作推进的快乐，也依稀看到洪良哥满意的笑容。和众多同事一样，他的笑充满赞许，也充满期待，使我感觉有无数双推动我的手。我真诚感谢他们，感谢这些可亲可敬的人！

2018 年 3 月 15 日星期四　于瑞丽

有多少故人值得我们回忆

亲人故去，难免悲伤，但能让你时常回忆起来的并不太多。人是自私的动物，故去的亲人生前对自己关怀得多，就念想得多；冷而怪异的亲人，日月一拉，大抵就忘记了。生活充满了辩证法，"有的人活着，他已经死了；有的人死了，他还活着"。人死如灯灭，可有些人的灯，一死就真灭了；而有些人的灯，却一直亮着。

有位古人，亲人去世，抚琴高歌大笑，被俗人视为怪人。细想一番，这个古人自有其道理。亲人摆脱了尘世哀怨，或挣脱出疾病困扰，或远遁人间纠葛，死者得其所，歌者最贴心。这样解释或许更入理一些吧！中国人讲究死者为尊，一个人一旦故去，人们不再追究他的过往，想的都是他一世的好事。其实，人的一切并不因为他故去而烟消云散，相反，有些人会被诅咒，有些人会被怀念。

生存方式的选择可能让一个人获得前后不一的待遇。有人在世风光，死后一文不值；有人在世潦倒，故去却风光无限。说说文人吧，有些文人在世，或穷困潦倒，或仕途不顺，或情场失意，人生的延宕难以让其舒畅一生，而其死后却有更多的仰望者。当世的人，喜欢的是现实，而文人所显示的大多是浪漫，是未来，是预测，是情怀。所以当世的文人获得未来人的赞同也在情理之中。文人的不叫面、不通融、不识相，甚至不畏权势，难能让其在当世获得舒展。假如灵魂犹在，假如故去的文人能有所感知，能获得更多拥趸的文人或许会含笑九泉了吧！相反，喜气盈盈的贪官，凶神恶煞的酷吏，追名逐利的奸商，倚门卖笑的妓女……从不考虑死后的骂名，而依然逍遥在世间。似乎扯远了，更多的苟且者还是想着每日的生活，很少人去想自己百年之后的事。

我曾经在一个寂寞的下午，回忆时间剪切的时间，空间跨越的空间，在时空的压迫中，感受故人中的佼佼者。即使亲人，所忆所痛者甚少，故去的朋友同事，又有几位让自己痛心裂肺的？最后定格在脑海的亲人和外人，专家与文盲，官者与平民，中国与外国人，无一例外的，可描述为细腻的慷慨人，细腻指其对别人关心胜过自己的细心、贴心与爱心，慷慨指其大度、大方和大气。这一类人令你欢愉，好像他们还神灵活现地活在你的面前。他们给你打气，给你鼓舞，也给你力量。另一种难忘的故人就是那些曾经严重伤害你的人，赶也赶不走。说成生活中的大白话——就是极端的好人和坏人。这些故人成为你回忆的对象，而那些平淡的故人大多从脑海里消失了，想竭力回忆他们在世的脸庞都很难。

人越来越老，会眼硬起来，大概沧桑所致。泪在心中流多了，隐忍无限，感觉流在脸上，就显得肤浅无聊的多。长寿者的长寿有时不在其人间躯体存活的长短。我在书海里仰望那些智者，他们有的活了几千年，而人间的长寿老人，百岁以上已属罕见。

听过很多长生不老的故事，但真正长生不老的人没有见过。但有时能感受到一位几千年的古人，赫然屹立，谈笑风生，这样的故人会让我心明眼亮。

当亲人远去，我会选择沉默。所有世间的接触已经尽了我们的情分。哭喊，救活不了亲人！故人已化作镜子，其良善与瑕疵，大多应成为我们活着的借鉴吧！而为着故去者的哭泣，或者所谓丧事的大操大办，还是不必了吧！那于故人无益，何必给活着的人看？在越来越功利的现实社会，把精力多匀给周边的亲人和朋友吧！珍惜亲人、善待朋友、爱护自己才是根本。我们不能达到那位狂笑不已的古人的境界，却也能成为亲朋的思念。倘若有一天也成了故人，能被亲人感思，被大众念想，被历史镶嵌，或许会更让人更心安一些罢！

2018 年 3 月 1 日晨五时 于瑞丽

树

农村是最能显现私有化的地方，即使是一大二公的公社化时期，每家每院，门前屋后总是种满了树。树有多种，有成材做栋梁用的，有挂满果实的，也有一年四季开花的。因了这些树，一个家就显出生机。前些年计划生育时期，"要想富，少生孩子多种树"；近两年崇尚二胎之际，"要想好，少种树木生二宝"。中国政策，充满了二元悖论，怎么说，怎么有理。

北方的树疏朗，越往北越疏朗，到草原上，就疏朗成一棵树了。众树在一起，看不出树的气质，倘若在一望无际的草原，有一棵树挺立在草原之上，你的心里，会升腾起一股浩然之气，那棵树，会烙印在你的脑海深处。北方男人希望成为那样一棵树，众生匍匐中高扬挺立之旗，享受八面风雨和一袭阳光。这棵树，占尽了草原的阔大之地，威震人心。

我去过衡山，衡山树高，似乎越往山顶，树越高越挺拔，挺拔过几十米，这在北方很少见到。和北方树不同的是，衡山之树，树与树之间互相拥挤，盖因南方雨水多之故，你能活，我也能活。北方少水，每棵树活起来，都是一条汉子，各自疏离着，互相观望，不像衡山之树，互相间贴得那么近，枝叶相扶，好像有万千话要说。再往南，譬如广州，树与树之间就没有了分野，你喜欢我的叶子，我喜欢你的根须。你不嫌我的形丑，我不嫌你的貌陋，颇像开放的广州男女。一方水土养一方人，此话不虚。树木对人的影像，幻化进人的思想，对一地而言，人即树，树为人，真不好分辨。

我刚到瑞丽，坐在接我的汽车上，向远处看去，山峦叠翠，万木献姿，树与草相伴，草与树依偎。看不出树与树的分野，分不清草与树的异类，即使到了城市，树根有草，众草围护一棵树，让你唏嘘中多有怜爱。我时常在鸟鸣前醒来，总想看黎明的曙光，总想听第一声鸟啼，有时我会猜测鸟儿在哪一棵树上，在哪一个枝条上鸣叫。

院子里有几棵老树，其中的一棵榕树虽没有上百年，怕也有几十年了吧？树老了，就如人老了一样，树皮苍劲，树疤周围旋着岁月的底色，看上去都会伤眼睛；有高大的王子棕，树冠高挺，小风一吹，就要掉下来似的，有种色厉内荏的感觉，代表着某类人；沿石阶徐行，小树与草无二，还要防蛇。走大街时，路两旁的桂圆树上，结着星星点点的桂圆果，像不认真学习的孩子写出的字，歪扭而调皮。沿街的菠萝蜜、芒果之类提醒我：我这是在边疆之城生活啊，不能以北方树的疏朗，约束西南树木的自然生长。只是这些树，长着长着就有了草的气质，我看着心疼。

昨天下午，沿着高速公路延长线行走，我看到路两旁的树稀稀疏疏的，远没有草儿们茂盛，即使有些去年种植的树，要么已死，要么枯瘦如柴。一个适宜树木成长的城市，路两旁的树却是这个样子，细看去，才知道是栽种者图省事，没有换土，土中杂有混凝土以及石块。树很灵性，你给它什么土，它给你什么颜色。我在马路上游走，一棵一棵树数过去，再一棵一棵树数过来，真希望它们顷刻间长成参天大树，比翼北方公路两边的树，郁郁葱葱、高大疏朗，给行人美的享受。

我在边疆时常会站在路边，静静地欣赏一棵树。不知道这些树们会不会在我离开瑞丽的时候向我致意？哪怕它们有一枚叶子的表情，都会让我泪雨滂沱。毕竟，我曾以一个北方人的心境，研究它们的成长，尊重它们的选择，倾听它们的呼声，享受它们的绿荫。或者，我本身太刻意了，胡思乱想多了，我在北方那么多年，又有多少树叶，曾为我赴任南方而频频点头？

我为我的多情而自嘲。树们毕竟是树，它们习惯了自己的成长，习惯从大地上掠夺营养，又有几棵树回报过大地？这样想着，人就迷糊起来，不知不觉就进入了梦乡。唯有梦，唯有梦啊，有时能给人带来说不出的清香。

2018 年 7 月 9 日星期一　于红河红木酒店

水

　　水是好东西，家乡人这么说，省城人这么说，北京人这么说，我在人大读书时美国人也这么说。我有时回忆起少年时代在帮妈妈栽种地瓜时一口气喝干一小罐水的急切，也曾有在山地测量时靠喝小溪水解渴的记忆。水的确是好东西。无论从故乡到省城，还是从省城到北京，水质有差别，入口无二求。靠水解渴，靠水泡茶，靠水施工，靠水种地，人不可一日无水。

　　离开故乡的那一年，临沂的河水还很薄浅，但现在的临沂，却也堪称水城了。只是故乡小山村的水，反而浑浊了。每到一地，看到纯净之水，喜不自禁；看到污浊之水，还是心堵。有七八年的光景，很少坐火车，有一年从石家庄赶回济南，河北大地上的污水你争我夺，我心里很不是滋味。京沪高铁施工时，我分管协调工作，从河北经山东到江苏，所到之处，常见污泥浊水，而河两岸的居民熟视无睹。我曾为好多河流呐喊过，我知道这些河流不会说话，我要替它们说话。文人喜欢风花雪月，每当遇到担当之事，容易"王顾左右而言他"，这种事，我做不来。看来我离一个真正文人的距离还很远。在北京，倘若赶上下雨，你没带伞，回到家衣服上的斑点龌龊难看，白衬衫更加明显，每当这时，我好像看到雨滴在流泪。很少有人去诅咒城市之水的污浊，人们在喧哗和灿烂中已经远离纯粹。我更喜欢洁净之水，这些水，带有圣人的心地，让你舒服。

　　我喜欢喝山泉水。在泰山脚下生存，曾有几多时光，我喜欢到山上打水。泰山之水，融进了泰山石的滋味，还有野草的滋味，甘甜中有清冽之美。后来就很少喝到了。很多昔日的同事，也从泰安迁移到天津，感受城市之水了。城市的自来水多少有些味道，而被电视台曝光的矿泉水，又使我心有余悸，我在上班时很少喝水，这也是多年在工程队游走养成的习惯。不喝水的人有忍耐性，而经常喝水的人面皮透亮，吸引人，但能吃苦者少。山区少水，锻炼了我的耐性，工程队的艰苦条件，让在工地上喝水成为奢侈。岁月磨就的习惯，让我对水没有太多苛求。

一个人的时候，我很少想起来喝水；对茶的崇拜，几乎都是别人忽悠的结果。夫人研究茶，属于先期奔小康的人，我对白开水尚且没有更多选择的习惯，她已经开始研究茶道了。平时个人买的茶叶纯粹出于审美，学生送来的茶叶，我则很少喝，除了辗转送人，就是把它们冷落在家中一隅，如果不是生理上提出对水的渴求，我怕是每天喝一杯水就能自由生存的人。

到过很多缺水的城市，看到的却是满城洋溢着水的意象，水，的确成了那个城市的灵魂；而对不缺水的城市，我却看到对水的蔑视，从形式到内容上的蔑视，水成了这个城市的垃圾。

我的家在沂蒙山区，少时，全村只有一眼大井，父老乡亲都吃一口井的水。夏天，泉水直冒花，井水清澈，挑回家，总要先用舀子来上一气，好喝极了；到了旱季，井快干了，打上的水是黄汤，澄一澄，还是要喝。水成了金贵的记忆。虽说家乡现在有了自来水，而我却定格在那个少水的时代。看到滚滚江水流逝，总感觉每天跑掉的都是金子。

到弥勒去参观，看到循环利用的水之洁净，人工湖的阔大，水给居民带来的福利，我就想到少时的挑水情形。那时，我还不过十五岁，要挑几里路才能把水挑回家，犒赏自己的，就是一舀子水。而今，这样的舀子少了，即使有，怕也舀不到那甘洌的水了。

江水东流，我站在岸边思索，不知道江中流的，是否还是一种叫水的物质？

2018 年 7 月 10 日星期二 23：30 于昆明

雨

    雨会浇出北方大地的一片烟尘又一片烟尘；缺水的北方，烟尘过后，雨像旱地的蝗虫，打着滚儿积聚，常旱且有雨季的大涝，演绎北方常有的夏天故事。而在瑞丽，雨像狗舌一样，舐舐着大地，纵使大地是无肉的骨头，也被狗舌温润着。瑞丽之雨，不紧不慢，不大不小，不分层次，不讲时段，说下就下，说来就来，像瑞丽翡翠市场上的赌石者，常来常往。

    享雨，怕是最好的慰心项目。手可敷在腹上，想象当年东床上王羲之的张狂；一只耳朵听着雨声，一只耳朵听着矿泉水被加热，感觉只要万物动起来，就有乐趣，就有值得欣赏的韵味。雨，在北方，似乎从天上就被贼人密谋，飘下来，总会溅污衣衫；而在瑞丽，你可以仰脸接雨，唇齿间，一品雨的甜意。瑞丽之雨，携着花香，藏着水果的味道！不愿意奉献果香的，雨儿就柔它一刀，将其果实洒落在地上——像莲雾等水果，躺在大地上叙说着雨儿的脾气。再柔顺的东西也是有脾气的，而瑞丽的雨不只是柔顺，它把自己的性格糅进江水里，江水变得浑浊、咆哮；贴在树上，树叶还你夜醒后的新绿。

    我在芒岗村，沿着青砖铺成的小径而行，风哭成了雨，吻别着一颗百香果，百香果在由青转紫的回眸里，活像一位打工者回到家中面对亲人的脸。而我，埋在雨水里，看这异地搬来的村庄，错落在山坡上。整个村庄，在烟雨中延伸开了一条下山的路。路和雨水一样都向下流着，一直流到城市里，像乡下人的眼光，面对的永远是城市，而

背对的则是生养他们的大山。

风息了，太阳就出来了。我在一个莫名其妙的下午，沿着阳光的路径，再一次走进芒岗村，走过几家贫困户家庭。有两家贫困户，援建后的住房，高大而宽敞，比我住在城里的房屋阔绰数倍；而另有几家贫困户，还住在土墼素瓦的房子里。阳光挤晒出未曾感受过的热，我行走在村中硬化道上，很希望此刻有雨下来。瑞丽不缺雨，但此刻我想得到一场透雨，得到一丝润肺的清凉。

我狐疑于一个居住着勤劳村民的村庄，竟也有年富力强者，每日眼中容忍龌龊的粪便流淌在自己院落里，这类人怎么富裕得起来？致贫者，除了天灾人祸之外，懒散而缺少羞耻感，进而形成的不争气者，不在少数。其实，这样的致贫者，我真想给他们下一场北方的雨，暴风骤雨。瑞丽之雨，让他们麻木了吗？瑞丽之雨，让他们熟视无睹了吗？

听闻一位贫困户的女儿考上了大学，对这个因学致贫的家庭，我充满敬佩和同情。他有两个女儿，一个今年考入大学，另一位女儿在读高二，成绩也很不错。我说，以后女儿大学毕业了，你是不是要随女儿到城里？他闪烁着参差不齐的牙齿回答我：城里不是我待的地方，我要在芒岗村过一辈子。村主任介绍说，这位父亲很能干，全村贫困户都像他一样自觉，扶贫工作就好做了。

瑞丽之夜常冷。我住三楼，夜里，清凉会顺着楼梯爬上来，钻满整个屋子，落雨之夜，更会如此。昨夜，正在屋里享受着清凉，忽闻敲门声，原来是两位保安兄弟送来一盘收拾好的菠萝蜜，入口即有芳香，顿觉全身温暖。在北方的此刻，倘若不开空调，一定是在热汗淋漓中才能享受美食。而我，在瑞丽清凉之夜，感受这最细心而又纯洁的温暖果品。两位保安兄弟，一位家在弄岛，一位家在户育，都属边疆村寨。日常，他们习惯于观看菠萝蜜的形态。而今晚，他们端来的这一盘，让我想起他们的村庄。这些原住民们，是否也有芒岗村那类贫困户？在这个雨夜，边民是以怎样的心境，听着雨敲落大地的声音？

风住了，雨没停。我吃着菠萝蜜，想着长满菠萝蜜树的村庄。此刻，属于边疆村庄的夜，是寂静的，还是骚动的？边疆村庄的黎明，总让人期待。在听雨声中，我对瑞丽之雨又多了额外的感情。而心情之复杂，让我彻夜难眠。

2018 年 7 月 17 日星期二　于市委宿舍

竹

　　北方的竹，疏朗之相。近春节，鲁南山乡，家家都要插竹迎接新年。盖因绿色在北方的冬天很少，竹叶形象又特别，插在门上，磨眼里，都好看；可做竹哨，雪地里就流荡着春天的声音；也可去了枝条，挑起一挂炮仗，噼里啪啦地放上一通，驱鬼祛魅。从没吃过家乡的竹笋，盖因竹子太细，笋小到可以忽略的地步。有竹木做的军棋，课下摆战，啪啪响，可提孩子的勇气，好玩。

　　后来去黄山，见到黄山毛竹，骇了一跳。南方的竹子有些像北方人的性格，可劲儿长，要长到天深处去的气势；那年去衡山，看到竹子与高树比拼，才知道北方之竹，实乃竹中小巫；再到广州，看竹子外面包着一层皮，想竹子在彼地也怕热，心疼。看郑板桥画的竹子，疏密得当，有君子之风骨，南方之竹，非北方之竹所不能贵者也。

　　到云南，所见之竹，驱逐了以前的见识，凤尾竹多，一丛丛，一片片，满眼皆是。到寨子里去，见竹楼竹篱笆，吃竹筒饭，坐竹板凳，喝竹叶茶，看景颇族老汉抽竹筒水烟袋。煮竹茶燃竹木，相煎两不急。茶有竹筒香，烟有竹叶味，恍若山中仙人。酌酒用新竹现做成的杯子，烧菜用竹子焙出的新菜，竹，成了少数民族不可缺的生活用品。那一日，去参观博物馆，忽见抓鱼用的竹篓，背香油的竹油篓，还有竹子做成的竹草筐，比山东的藤条筐轻便、易拿。北方竹子很少开花，南方竹子开花则有之，花落结子，谓之竹米，虽硬，却是灾荒之年的救命之物。我爱收集笔筒，红木笔筒太凝重了，铁质笔筒太冷漠了，而南方的竹笔筒，挺立中藏沉实，庄重里有个性，喜欢。

说着说着就到了雨季，以疏朗个性撩我的竹子，到了南方显得这么没有气节。长成松树的样子，有丛竹，直接与草为伴，没有一点特立独行的气质。我在北方，喜欢在劳累的深夜，抓一张白纸，先画竹干，再画竹叶，画竹叶可甩笔，一笔一笔就把忧伤与烦闷甩走了；而南方之竹，你簇拥我，我挤压你，互相之间没有一点间隙，是无尽头的雨使然，还是丰腴的土地使然，抑或是竹子们悠闲惯了，要故意伸出枝叶到别人的领地？竹子的风格，构成疏朗的北方与拥挤的南方，地域，让它们的性格变得如此泾渭分明。

北方，把竹子当做精神的寄托；南方，把竹子当做器皿的来源。在瑞丽，与少数民族群众交流，几乎所能想到用到的工具，都有竹子的影子；所能活跃的项目，都与竹子有关。吃的玩的蹦的跳的弹唱娱乐的都与竹子挂钩。竹文化的深远，显现着少数民族生活的变迁，我在德昂族村寨，一个纯手工制作的乐器前，傻愣着，发思古之幽情，一棵竹子，成就一个人的想象；一片竹林，养育一个古老的村庄；连绵不绝的竹海，则构成西南边疆绵远的故事。

我在瑞丽欣赏竹子，把瑞丽的竹子与北方的竹子对比，我说不清瑞丽各类竹子的名字，但从形似北方竹子的形象里，能大致判别瑞丽竹子的风格，感受各类竹子的用途、脾性与各种可能性。的确，生活教育了我，不要因为认识一只天鹅，就认为天下的天鹅都是白色的。瑞丽虽小，竹子的品种却超过了我以前对竹子的所有认知。所以，我鼓励自己，每天要勇敢地走出去，别以为你走了几十年，就知道了许多，其实，一切，才刚刚开始。

2018 年 7 月 24 日星期二 于市委宿舍

兵

不知不觉就到了老年人的行列。而我对战争也由少年时的狂热，变为现在的平和甚至反对的态度了。正如青年时代热衷于造桥修路，而如今，我更希望看到原生态一样。

我的童年，对军装的热爱构成一种风潮。那时，如果有一套绿军装穿在身上，真觉得十分自豪；父亲为我买过海军衫、绿军装，在当年我们那贫穷的山乡，着实让我风光了一番。很多小伙伴想穿，但没有钱买。玩游戏时，小伙伴们最高兴的就是让我借绿军装和海军衫给他们穿，那是一个崇尚英雄的时代，电影里放的、喇叭里播的，人们向往的都是战士之勇，穿着绿军装的兵！当时正举行着对越自卫反击战，我和小伙伴们在学校里摩拳擦掌，遗憾的是，当年验兵我因为身高不够而没能当上兵。浴血奋战的战士，是热血男儿向往的标杆哪，更是女大学生追求的偶像。一晃四十多年过去了，世界发生了很大的变化，敲锣打鼓送子参军的景象已很难看到。

虽未入伍，但铁路是半军事化的管理，也多少培养我军人的素养。年轻时也曾参与民兵训练，那时十分想穿一身军装，在泥地里摸爬滚打也毫不畏惧。青春易逝，我曾有许多军队里的朋友。做将军的一讲话就雷霆万钧，做战士的一做事就有板有眼。一位铁道兵转业的战士，和我在一个施工队技术组工作。冬夜，同事们出门几步就尿，唯有他，起夜时穿戴整齐，到几百米外的厕所解手。这个细节，让我终生难忘。那年，我在京沪高铁供职，一群多年不见的老铁道兵，酒桌相遇，唱起《铁道兵之歌》，每个人都泪流满面。兵是一种气质，兵是一种精神，兵也是一种力量。

武装部张平部长邀请我去打靶，看到那么多穿迷彩服的民兵，我多少有些冲动，似乎少年时代的记忆又在冲击着我的血性。但当听到震耳的枪炮声时，我还是有些心慌。从少年到老年，仿佛眨眼的工夫，但岁月注入我脑海的更多是作家的悲悯、文化人对和平的期盼以及人类友善相处的和谐。我希望我是一位战士，但为何我在枪炮前，心里咚咚直跳个不停？行伍出身的马孝忠副市长，潇洒举枪，托枪之姿、威武之气让人钦佩；张平部长辅助着我，将手枪端平，"砰"一枪过去，响声惊动我的心海，打了五发之后，我的心已经跳个不停；张部长又让我打步枪，我连连摆手，我的心都要跳出来了。和童年相比，今天的我知道：在万千学者的熏陶下，我的价值观已经发生了很大的变化。与其说我是在打枪，不如说枪声在刺激我；我连连摆手，不要打步枪了，张平部长和其他几位民兵兄弟一再鼓励我，硬着头皮卧倒在地上，向着远方的靶子打去，"砰砰""砰砰"，我感觉我的心像一只惊恐的小鸟，都要飞出来了。打完了，一脸汗水，我感到身上好像跑着无数只蚂蚁；我避开靶位，手抚摸着心脏，在座位上坐下，老半天心还是狂跳不止；心跳归心跳，这时的勇气反倒比刚来时多了一点，等到打机枪时，我已经能坦然感受枪托的后坐力了。几梭子子弹打完，张部长再让我去打枪，我只有连连摆手了。我看着这些勇敢的民兵兄弟，只好惭愧告退。倘若上战场，我这种心态，虽然不会成为逃兵，但也会在迟疑之中，丧失战胜对方的机会。

打枪的体验，让我反思自己的一生，思考战争给人带来的各类灾难。每个人对士兵的感觉都有不同，但士兵身上的铁血气质和规范言行，值得每个人学习。经年所学，无非文人之道、修建之术；而兵，为护卫我们不惜舍生取义、为国为民献身。这样的规矩，文人做不来。

同是少年出道，军人可能无我，文人可能自私。军人以牺牲自己而捍卫和平，文人以思想意念制止战争。虽然他们的气质不同，但愿望似乎是一样的。只是，兵的存在，正是人类自私的产物，是国家机器或政治的工具。而文人又何尝不是？很多文弱的文人，其语言思想的杀伤力超越了无数个士兵。

在建军节前夕，打了三种枪，回忆起一生相遇过的军人兄弟，我向这些兄弟致敬。致敬的因素，不仅仅因为他们是会打枪的军人。我在心脏平复下来以后，从心底里无限感谢他们！

2018 年 7 月 31 日 于瑞丽

果

堂兄荣生，人极其聪明。吾少时，兄带我去邻村看电影，怕我睡着，一会给我一个糖球（山楂）吃。糖球很酸，会刺激人的神经，那酸，一直酸到现在。

山东水果多，负盛名者众。"烟台苹果莱阳梨，赶不上潍坊的萝卜皮"，不是戏言，都好吃。余在泰安多年，邻城肥城，桃名远播。桃熟时，插一吸管，能一口气吸完，只剩外皮。鲁南有万亩石榴园，花开红一片，果熟香十里。好友张继书院在附近。每逢秋后，这小子不邮石榴，多会遭我戏骂。德州靠近河北，盛产金丝小枣。那年我在京沪高铁供职，闲暇登上万亩枣林木质瞭望塔，但见枣林红星点点，煞是馋人。金丝小枣因扯开枣肉，便有金丝粘连而得名，糖分高，入口绵润。这自然生长的果子，超过人工做的德州扒鸡的盛名。后来吃过德州乐陵的无核蜜枣，不甜，是改良的。枣应有核，才正宗。人类混蛋，把西红柿改小了，西瓜改方了，樱桃改大了。没有了以前的真纯味，罪过。说起故乡水果，三天三夜说不完，与南方水果相比，北方水果以质取胜，个顶个的比南方水果耐放。

到瑞丽工作，一年四季可以品尝水果，恣坏了我这个口馋的人。百香果酸中带甜；火龙果汁液鲜红，一不小心会染红衣服；西番莲我能连吃三个，酸得打牙也不罢休。如有闲情，去百香果园转转，则会看到果实悬在半空，欣赏胜过品尝。西双版纳比瑞丽热，那里有椰子。椰子树高高悬在大马路上，果熟季节，会不会砸到行人和车辆啊？在瑞丽，这种担心就少些。瑞丽马路边的水果品种很多：芒果、菠萝蜜、李子等等。果子成熟了，城管会摘下送给养老院和分发给城市市民。这样的福分，北京人享受不到。人民大学核桃树很多，读博六年，我一个核桃没吃上，不知道是谁吃了，也不知道按什么体系分配。

农场刘老师，人很热情，送来橄榄泡的酒，我则回赠以书；得知我不习惯南方主食，蒸了馒头给我，连送两回，我怕违反纪律，还是狠心拒绝了。一位德昂族朋友，摘来一小盆李子，吃起来香脆而甜。常与市委的保安兄弟说话，问及他们寨子里的情况，久了，就互相关心起来。这些兄弟们很朴实，隔几天给我送来一个菠萝蜜。这个外表长刺的大家伙，衡量其成熟的标志之一就是摁上去，它是软的。再硬的果实，成熟了就会软下来。第一次吃菠萝蜜，一口气吃掉一整个。据说，两枚菠萝蜜子，营养超过一个鸡蛋，我这一口气仿佛吃了十几个鸡蛋，怪不得肚子发胀。保安兄弟再送来菠萝蜜时，就不敢独享了。任何事，独乐乐不如众乐乐，然也。

在北方爱吃山茱萸，口感好；到瑞丽吃山茱萸，才感觉以前所食，貌似赝品。瑞丽人有口福，吃的都是顶呱呱的新鲜水果。

清晨，我爱走路去上班。市委门口有两排荔枝树，开花时被我忽略，结果时却也金黄。有一天早晨，我耐不住诱惑，摘下一粒品尝，甜而有韵，倘若被视频监控到，也请监管者原谅。北方人来到瑞丽，不被这里的水果打动的一定不是正常人，我是正常人，面对这满街的果树上的水果，有时我的理智战胜不了我的味觉，您就原谅我这个北方人吧！

2018 年 7 月 29 日

牛

我认识牛，不是从牛肉干开始的。

乡下一位叫"县干"的大哥（不知大爷给他取这名字，是尊重县里的干部，还是埋汰县里的干部），人矮嘴碎，机关枪一样，随口就是一梭子。县干大哥的这习惯，是常年养牛形成的。生产队里的牛饲养员，当时就只有他自己，整天与牛身影不离。县干大哥，终生未娶，把他终生的爱情，献给了生产队里的牛。他与牛住在牛棚里，便于出来喂牛。

上初中时，家里来了亲戚，只好到县干哥牛棚里去住。冬天，外面很冷，牛棚却很暖和。有垛起来的晒干的花生秧遮挡，风进不来；麦穰铺在身下，暖和、滑腻。半夜，牛反刍，县干大哥就起来骂牛，有些嗔怪的语气，牛老实了，我就睡去了；在铡草声中醒来，只见县干哥嘴边泛着白沫，不知是骂牛骂出的唾液，还是摘食花生秧上遗落的果儿所致。

县干哥说着牛，牛慢慢吃着草，用鼻音回应着。夏天，牛棚里充满牛虻，县干哥也不畏惧。常在广阔的田野上看县干哥拿小石头驱牛，却不打在牛身上。牛是生产队的工具，偷牛、杀牛会被判刑，县干大哥掌握原则，骂牛不犯法。牛老了，我长大了。离开家乡的那一年，分田到户，牛分了，县干大哥的眼圈红了很长时间。昨夜突然想到，多年不养牛的老家哥哥县干，可曾还活着？与牛相伴多年，离开牛，不知他怎么活的？他会说牛话，但一定不是吹牛的话，他因让牛活着，而自己才愉快地活着。有时我就想，当年出来工作，一生看过无数牛，却没有一条县干哥养的牛踏实、能干。

去内蒙古，见到悠然食草的牛，它们油光瓦亮，确实没有故乡负重之牛的身板。同是黄牛，山东的黄牛用来耕田，性讷而眼光平；内蒙古草原的牛，傲视苍穹，跑起来俨然烈马。内蒙古牛肉好吃，与其常跑，形成肉疙瘩有关。到草原，几乎次次都要买些牛肉干回来，味香，有嚼头。

我喜欢风干的牛肉，内蒙古人品性实在（几乎越远离城市的人越诚实），牛肉干做得好。读过《牛虻》，好多细节忘了，书里的牛，总没有现实的牛形象；在铁路工作多年，总见火车上南来北往的拉那一车皮一车皮的牛，不知是用来屠宰，还是用来配种。牛们在车厢里很神气，犹如我无牵无挂，乘车去做一次无目的的旅行。

不知何时有"吹牛"一词，因牛之大，牛之憨？在京，听一女大学者讲课，言称"吹牛""屌丝"之类，把乡下女人一生说不出口的话，一碰嘴唇就说几个来回，我又想到乡下那些朴素的牛和县干大哥。

来瑞丽后，偶尔见到水牛，听当地老乡讲，以前，各村都有好多牛，有水牛，有黄牛，犁田、驮物、供人食用，现在机械多了，牛少了。盛产大象的地方，大象消失了；适宜水牛生长的地方，水牛稀少了。

知青时期，王小波在陇川，个子太高，插秧困难，队长让他放牛，他得以大量地读书，牛自由，他也自由。我采访当年的老队长，问他对王小波什么印象？队长说：不好也不坏，人邋遢，喜欢读书。王小波当知青时不惹队长，队长也走不到他心里去。看来，读书很好，愉悦了自己，也不惹人烦，不像写文章，话说猛了点，别人以为你在说他。

瑞丽菜市场有一种水牛做的牛干巴，外皮撒了芝麻粒一样的东西，好吃不贵。瑞丽当地牛少，多从缅甸进口。我回京时，有瑞丽好友为我买了一点，早餐佐食，香中有韧劲，嚼之，进食就有节奏感；回瑞丽，我为他带回烤鸭，作为感谢。有时我在瑞丽，邮寄给北京人百香果之类的水果，对方一条回复的短信也没有，就为城市人的忙碌和冷漠而尴尬，有时也为自己这种过分热情而后悔。城市是越来越自私了，而乡下人诚实如旧的牛与人越来越少了。

我非牛人，偏要做牛事，可悲。买来牛肉干巴，反复嚼，想要嚼出与以前不同的模样来，才罢休。岁月会让人去掉牛气，增强旷达之心，多是因为这些故意的冷漠引起的吧！

有时想起所见过的牛，就想找人吹吹。在城市里，可惜无人愿意听，就怀疑：喧闹的城市，这是我需要的吗？想找乡下人吹，更多的乡下人都到城里打工去了。那天，看到一个放牛倌，想和他吹吹，他眼里放出来的光，哀怨而悠长，我又想起县干哥，他虽结巴，但一给牛说话就流利；他虽不识字，一到田野里，就给牛唱歌。而今的放牛倌，懒懒散散的样子，像没有精神的牛，游荡在大山之中。

2018 年 8 月 4 日　于瑞丽市委

师

韩愈所言"师者，传道、授业、解惑也"，对此我是越来越怀疑了。当下的中国，很少能有为师者，沿着这样的路径教书育人。非不能也，而难为也。

道者，精神、思想、道理、方法也。"温良恭俭让"是孔子之道，心学为王阳明之道，"思想自由、兼容并包"为蔡元培之道。而今为师者，有道者罕见，传道者寥寥。师者至于今日，能传真情已抵至圣了。各位看官，笔者无意于捕风说影，而言朴真老师抒发真性情已属不易。无论小学、中学、大学，乃至各类培训，能求真师真性情者，已属上乘，岂敢觊觎闻道之师。"朝闻道，夕死可矣"，现代人都长寿，难闻道也。说当下师者，传情为第一要务。

授业之师有乎，也可能有，不过越来越少了。和古代的一对一传承，一位老师带有限的几位学生相比，现代之师徒关系，学生几近批发。业者，技能文化也。可做求生之本，可为救国之技，可为捍民之术。聪明的，从小到大，您从哪位老师身上独得此技？古之老师，精研细究经书，毕其终生之功于一役，而今学科分类之细，令人咋舌，学生得一斑而失全豹，很难有集大成者。以此得师传，又以此授徒，可谓一窝不如一窝。正如过去的老中医，望闻问切之后，药到病除；而今医院辗转一天，却查不出病因。一则病变扑朔，二则缺少系统医者，所以病相迷离。因此，当下求师，寻一技已是难事，求高技算是奢望，入深思却如残星。能有师点一技而知全貌之术，可遇不可求也。

至于解惑，则尤为悲摧。古人单纯，问天问地问自己，沿着一条路径拓展。今人复杂，老师迷惑多多不能自解，学生碎片化知识求助互联网，未必相信老师，惑终为惑，而不得其解。现代人的叛逆，让本不应为惑者最终成惑，学生要想杀出一条路径来，叛逆未必不是一件好事。过于相信老师的一家之解惑，已无法应对当下复杂之时事。何况做学问本有接着说、反着说、另外说之别。当今师生，师不必为没能为学生解惑而羞愧，学生也不必求师解惑一切为止境。师生同迷一体一事，已属当下师生之佳境也。

　　总结一下，韩愈之说衍变到今天，已由"传道、授业、解惑也"发展成"传情、点悟、同迷也"，悲喜也乎？！

　　作为北京建筑大学的校外研究生导师，我对学生，敢说超越于校内导师的严厉，五年带了十个学生，对每个学生总视如孩子。不敢说有韩愈描述之功，只能体会到传真情以确立其求真之思，点一题让其知慕高技之妙，同科研追寻世界之未知之奇。我总感觉，带学生的成就感要强于带同事，前者可结终生砥砺之情，后者时过境迁之后就各分东西了。所以遇到沾染庸俗社会风气的学生，必严厉斥之"你以为你是谁？！"在我的眼里，学生就是学生，对方的职位与我无关。当学生以非学生的口吻跟我说话，找我办事，多被训斥或遭回绝。我这样做，非为维护韩愈师道之说，多少有点老师的虚荣心在作怪。世风之下，生不为生，师者却要更为师者了。如此做，悲喜之中，尚有快意也哉！

2018 年 8 月 27 日　于市委宿舍

友

人的真假，很难一眼看透。何者为敌，何者为友，还真不好一言以蔽之。有人云：有永远的利益，没有永远的朋友。而对超然的人而言，利益的意义就少些，理性的成分就多些，这类人的朋友观，怕与常人不同。

来瑞丽后，偶有朋友吃饭，正与我在北京相仿。我虽不攀龙附凤，也不厌鱼恶虾，盖因写作之故也。对方品质的好坏，并不影响我个人的品质，正如采访过一些吸毒者，并没有导致我吸毒一样。对吸毒者的唏嘘，并不代表我认同他的价值观。一位瑞丽的朋友有一天十分惊诧地告诉我：那位平时不喝酒，说话很稳当的人锒铛入狱了。我也曾和这人吃过几次饭，但我不惊诧。生活中的多面人太多了，这正是文学研究的范围。他笑，不一定是心笑；他黑，不一定是心黑；他谄媚，不一定是真谄媚；他无语，不是说他肚子里没有话。这个世界，人是最复杂的动物，与狗不同。瑞丽的狗最潇洒，躺在大街上，汽车喇叭再三摁下去，它依然故我，不理不睬，呼呼大睡。

所以，友谊这东西很好玩。或者说交友的过程是自爱的过程，推论到爱情也是如此。有人说爱情是双方的事情，我不这样认为，我总感觉爱情就是巩固自己价值观的过程。其实，友谊也是如此。一个相交几十年的朋友背离你而去，你会痛哭一场，甚而大病一场，或者顿足捶胸，大骂对方一番。想一想，原因本在你：你把对方虚幻了几十

年，你在感情中游弋了一生，而人家一直理智地活着。这样的格局故事，演绎了若干个朝代。所以，感情丰富的动物，最容易受伤害，在这个世界上最短命。虎狼之属，不会心疼小鸟的妙音而软下心来，它的眼睛，除了睡觉一直冷静地睁着，越大越好。所以，交友不慎，纯粹是一句假话；修养不深，才是根本的根本。

但人过于理性，平常就会对一盘菜的化学成分做深度分析，而失去了吃的胃口。生活就是这样充满悖论，但清醒的人会给理性留一扇窗户。我有许多朋友（也可能是自己把人家当朋友，而人家没把我当朋友），只有书信、微信、电话往来，几十年如一日，而同工作于一室的未必就能成为好朋友。譬如唐师曾，我喜欢他的直率、真实、辛劳和记录现实中对古老历史的串联感，他的微信视频，我每天都要看一遍，有趣；那位远在纽约的老散文家王鼎钧，通过电话聆听到他苍老的声音，他的六十多本书，我几乎都读完了。说到底，我把他们当作真正的朋友。我知道，我这样做，其实是爱着心底的自己。

通能师弟，是我在人大哲学院读书时认识的住持。那一年专门去看他，他为僧，我为俗。没想到他请我到民店就餐，点荤菜给我吃，自己点了素菜而食。这是我所见到的最超脱的僧人。这样的朋友，或许会真正走到对方心里吧！通能师弟，做住持修过两个寺院，接其母到寺院住，老母亲慈祥如仙，待我十分亲切。来瑞丽后，几次约通能与其老母同来边疆，研究傣家佛教文化，通能却怕为我添乱，没有应允我。而我时常抽空看我俩一起的合影，看阳光洒在北京的地面上，寺院的山墙上。我真希望有一天，我和他一起，享受着阳光洒在瑞丽江水上的感觉。

所有的友谊来自于自己，所有的恩怨也来自于自己，因为倘若你爱这个世界，这个世界就对你充满了爱意，敌人也会对你充满了敬意；

倘若你仇恨这个世界，这个世界就没有一处值得称颂的地方，纵使你的朋友，也会鄙夷你的小气。因为爱，会让你在理性的天平上，多一点自爱的勇气，让你活得更滋润些！

2018 年 7 月 26 日星期四　于瑞丽市委

纸

对纸的贪恋让我形成读书的习惯。卖鱼的舅舅买来报纸包鱼，我就把副刊上的文章剪下来。所以，直到现在写文章还有报纸的痕迹。报纸终归是报纸，几十年过去了，样式和内容变化不是太大。副刊之副，可见描述的准确。

少时爱纸，正面用完了用反面；蘸水笔写字，纸会洇，不知是纸的原因，还是墨水的原因。报纸上可以写毛笔字，也能用报纸的留白处用圆珠笔写字，挺好玩。

喜欢纸，刚有复印机那会，对光滑雪白的纸尤其喜爱，字写上去，感觉对得住字。一张白纸，写上干净、利索的文字，好像穷人住上了高档房屋，舒心。

因为喜欢纸，就喜欢各类笔记本。原来在工程队小笔记本多，不好看，不容易积攒资料。段机关有装订好的大本，带格子，覆硬皮，是铁路局统一的格式。一位好兄弟，知我爱此，一次送我十本。我用来记日记，厚厚的十本日记，每天可以在上面尽情地挥洒。一切情语皆景语，至今回忆起来，都感觉到是一种奢侈的享受。不像现在记日记，像流水账，寡而无味。岁月会敲打掉人的棱角，让生活变得寂寥起来。青年人保持的幻想其实是美丽的，无知者无畏，无知者有时也很可爱。有时见到别类的纸本，爱不释手，就会买下来。有一次，到腾冲，纸匠将花压入纸内，制成的本，花香四溢，买了两本，文友喜爱，只好送她们了。心底里多少有些舍不得。

鼎公有篇文章《白纸的传奇》，写在上海工作的父亲，战乱时节回故乡，带回了一个皮箱，乡下人对箱子充满好奇，后来才知是拿回了一箱子白纸，清白的白纸为王鼎钧的童年带来欢乐，一纸成报，数纸练学问，让童年的王鼎钧醉于书写，奠定了他散文大家的文学启蒙的美好时光。彭程老师的散文集《纸上的足印》则让我们感受到一个散文家的文字力量。尘衣女士曾写过一篇文章，说白纸像刀一样锋利，曾经割破了她的手指。我不知一张纸上的文字，到底能打败多少崇拜者、敌人或者看客？

现在人将学习演变成娱乐，头悬梁锥刺股，那是古人干的傻事。学英语有了语音软件，学书法则有现成的书帖水印。一位瑞丽的朋友，头几天写字还歪歪扭扭，半月过去，则有点模样，现在看上去则俨然有书法家的姿态了。朋友乔丽将书帖送与我，可惜时光多流失在宿舍之外，那些书帖看我的眼光都是爱恋的。

恩旭小老弟常找一些书给我看，他小小年纪，读的书比我还多，值得我学习。有些书我很喜欢，不仅是文字，也与书的装帧、设计有关系，有些泛黄的软纸，承载着奇妙的文字，读书是享受，触摸书页的感觉也是享受。《红楼梦》我买了几个版本，盖因与这种情结有关。

与纸的这种牵连，多是文字搭桥。一个爱书的人会爱文字，会珍惜文字的价值。虽然很多次我在和出版社商讨稿酬事宜时羞于讨价还价，但我知道每一张纸上所留下的，已经不是一个纸外人所能理解的。

2018 年 8 月 1 日 于瑞丽市委宿舍

猪

猪在北方，被用作笨的代名词，骂人不聪明，会说猪脑子；说人臃肿、不利索，会说长得和猪一样。猪的肮脏与懒惰，是北方人所厌恶的。但骂猪多有嗔怪之意，不像骂人为狗，狼心狗肺、狗玩意、狗×的之类，多是情绪升级后才使用的名词。

在瑞丽，有一种猪，叫小耳朵猪，猪态可掬。看着可爱，其实埋藏在边疆人心中的这种猪，可以烤成又香又嫩的尤物，外硬内软，吃一口流油，吃两口钻心，大概如毒品。有人发给贫困户小耳朵猪种进行养殖，户主左看右看，左思右想，还是没有控制住口水，烤了吃了。这不是个例，所以在边疆扶贫，最好不要发小耳朵猪。因为小耳朵猪可爱，对好吃的鸡，边疆人爱笑称小耳朵鸡。

见过豪猪，内地较少。长得像刺猬，一根根钢针直刺云天，好不威武。边疆人爱吃各种动物，诸物一烤见分晓。刺猬在北方被视作圣物，村头发现了，要请到田野里去。边疆人对这种貌似缩小版的豪猪，百吃不厌。我有一次误吃此物，不知道是否是稀有保护动物，味道也与豪猪相爽。豪猪全身皆宝，形如钢针的豪猪刺，炸酥了，脆而香，据说入药，可治胃病。但不知当地人怎么杀豪猪，豪猪身上的刺一定会对侵略者不客气，杀这种猪，需要勇气。

有一个村庄，坐落在深山里，山肚子的水，喂养了这里的村民。听说他们要上一个养猪项目，我坚决反对，一是猪的粪便还用传统方式处理，危及生态，再就是养猪的不可持续性会让一个村庄拉回到传统农业的境地。我更希望他们建一个矿泉水厂，让大山成为他们村永不衰竭的银行。文人多畅想，喜欢把事情理想化，有时超越现实，但唯美的理想，总比龌龊的设计要好一些。

去回环村，见一妇女酿小锅米酒，酒窖徜徉，人已熏醉。酿酒主人为一中年妇女，自幼生活在回环村，上小学时就喜欢卖些东西于学生，学会"贿赂"同桌帮她写作业，很多汉字她会念而不会写，就是长期"贿赂"人家的结果。

这个自幼就有经商天分的女子，十分勤劳。刚学酿酒，不知好歹。引来亲友品尝，不断改进，渐入佳境。如今，已酿二十余年矣。其夫为人所抢去，自己一人支撑天下，养一女，读了医学院，为村内唯一的大学生；又养一男助己，子娶缅女，一家人其乐融融。门前有大树，院落几座，皆有酒窖。酒缸上面，覆一红布，用缸盖压之，看一缸蔚然，数众缸，则有威武之势。她的小锅酒，已营销大江南北，我和好友张君夫妇过其家而入，品酒而坐，农妇上花生米、端水库鱼、撮鸡枞一碗，边喝边唏嘘。农妇爱唱，一曲歌唱出民族心声，一曲歌唱出半生委屈。歌声悠扬，且能随情入境，把我们几人也编入其中，堪称民间歌手。

此女子野心不小，时常帮村民，总希望带动全村致富，看其所酿四大屋子烧酒，知其每天出四锅米酒，足足有六七百斤。花十万元钱买了茶花，又养"飞鸡"一片。最让我动情的是养猪四圈，一圈黑而整齐，一圈白而喊叫，又有一圈大而磅礴。最喜欢那圈只有两头的黄皮猪，貌比豪猪精神，皮比黄牛好看，油光瓦亮，为猪中绅士。那妇女做事实在，酿酒必真材实料，喂猪必原生态食品，一草，一玉米，一麸子，她的猪，应该是我在瑞丽见到的最真实的猪。我在边疆，真希望这样的猪多养一些。

离开回环村，这位妇女像这座大山一样，令我们几位到访者感慨唏嘘！

2018 年 8 月 13 日星期一　于瑞丽市委宿舍

天

　　山里人喜欢到山外看山，我是山里人，总喜欢山外的天空。小时，第一次出远门，才知道有些地方比沂蒙山荒凉。家乡的山是绿山，水是碧水，天是蓝天；而彼处的山是荒山，水是死水，天上布满矿粉乌云。天与天不同。

　　有一年到海南，和著名作家刘荒田先生一起在天之涯、海之角合影，以为自己真的到了天的尽头，后来地方去多了，才知道这是人糊弄人的一个说法。外国也有些景点，用这类概念蒙人。

　　"人定胜天"这句话，说说可以，事实上并不可能。记得有一年大旱，几个村的人到流井村头挑水，最后井底的水都变成黄泥汤了，还有人挑，老天爷不下雨啊！来到边疆瑞丽，雨季的雨啊，淅淅沥沥下个不停，想干的工程也施工不成。如果谁在这时候说，人定胜天，那他一定和阿 Q 一样聪明。

　　北京的天，折磨了我整整十年。在泰山脚下，我喜欢那里的一切，山顶的风，大河的水，湛蓝的天，即使有雾，也是荡漾在山际，很少看到有雾霾的天气。泰山有三美：白菜、豆腐、水。白菜无污染，入口发脆声；豆腐软嫩爽滑，吃一口还想吃第二口；水则因为光照，而发出湛蓝的光。那年，我在大河蓄能电站下库施工，看着满库碧水惊叹不已。有这样的水，才能对得起这样的天，有这样的天，才配有这样的水。

　　而突然之间就到了北京。期间，失去了泰山脚下的欢乐。在北京气闷，为了生活而生活，为了生活每天就要"享受"地铁上的挤，路途上的塞，旅人的臭汗味道。更要容忍天空中的雾霾。每年，春天的整个北京笼罩在雾霾之中，看周围的人，脸都是扭曲了的；大家都在渴望晴天，我和朋友们总是期盼着，夜晚用酒来麻痹自己，期盼着第二天天会干净起来；一个春天过去了，第二个春天依然如此。终于按捺不住，在某年春天，我去了海南。海南的天空，才是真正的天空。气顺了，人就精神了。回到北京不久，夏天就到了。

北京的夏天，闷热中含着霾气。尽管政府加大了治理的力度，周边省份停了很多工厂，也禁止农民焚烧秸秆，但最终的效果依然不大。我曾经主持过北京市科协从一个项目——北京城市周边建设对大气污染的影响，做了很多监测，也提出了改善意见，但不知最后发挥了多大作用。北京太大，可控的因素比不可控的因素大，汽车尾气占比很大。近两年，虽说北京的天空好看多了，但和纯净之地相比，还让人有些惶恐。在雾霾的淫威下，城市，缩小成家与办公室的距离。周末，我到北京周边山区旅游，呼吸过难得的森林空气，才感觉北京一下子变大了许多。

到了瑞丽，一切都敞亮了。漫山遍野的绿，映着天空的白云。这里，没有高耸入云的高层建筑，也缺少奇形怪状的艺术家的时尚表演，但这里有最湛蓝的天空。那些天空外的天空，让你生出很多遐想，边疆的天啊，为什么那么大，那么远，那么澄澈，那么让人留恋？

一江之水天上来，流出国门又流回；一只云雀空中叫，万只欢鸟齐声鸣。摄影家们在森林屏息，骑车驴友在乡村硬化路上狂奔。凤尾竹低下竞争的头颅，享受和风细雨的亲切。我在莲雾树下，观赏一只莲雾的晶莹。莲雾树上的天空，越展越远，比海南的天含蓄，比北京的天清纯，比故乡的天现代。瑞丽的天空，是边疆的天空，令人向往的天空，现实而有趣味的天空。

天，真是个好东西。没有天，无所谓地。山东人说不靠谱的人，会说那人"整天够不着天捞不着地"的，实际上，够不着的天空，才是真正的天空。不像北京，天空貌似就在手中，雾霾如天，随时会挤压过来，可只会让人胸闷气短。

在瑞丽，整个夏天，你都会感受到雨，那雨，每天似乎都从天空深处游来，如扯不断的丝。静听雨声，等待瑞丽秋天的抵达。

据说，秋天的瑞丽，天空无比美丽，这份美丽，一直会保持到来年的整个春天。而北京，在短暂的秋之高远之后，又会陷入一个雾霾的轮回，想想都有些后怕。

2018 年 8 月 15 日星期三　于瑞丽市委宿舍

水

一起挂职的朋友简称"挂友"，挂友来瑞丽，我一般要把瑞丽的独特性介绍给他们。譬如手抓饭、百香果，还有瑞丽的古树茶、蜂蜜，当然还有瑞丽江和原始森林。大象没法介绍了，多少年之前就没有了，听知青说，他们还曾见过大象；弄莫湖公园也可以介绍，湿地就不介绍了，多少年前就没有了，瑞丽不少中年朋友说早些年他们的湿地，好大好大一片啊！鹭鸶倒是可以介绍的，前些天有人还策划着去弄莫湖钓鱼，被英明的领导制止了，给这些洁白的鸟留一点温馨的空间吧！我看到在田野的鹭鸶，有时就想化作一只鹭鸶。这个城市有很多美丽的、传统的、独一无二的东西正在日渐消失，我有时想跑到森林里大哭一场。上次依靠的古树不见了，上次见过的蝴蝶不见了，上次看到的花蛇不见了。我不知道，N年之后，我来到瑞丽，这片原始森林是否还存在？

早年，作为一位游荡的工程人，我喝过天南海北的水，看过大大小小的河，趟过看不透的水，而到了边疆瑞丽，冬天可以看碧绿的江水，夏天可以看翻滚的黄浪。水，我捉摸不透；江，我看不明白。今日挂友来瑞丽，我找不到干净的水，我想，这些水为什么一到了夏天就不干净？是水太贪心，还是万物多有依附的心理？

洗澡间的水，曾经流了一天还是脏的，或者说，我曾经在这种脏水的润泽下度过了好多个日日夜夜。边疆的洗澡间和内地不同，水压很低，如小孩尿尿。我每次洗澡，看着水的羞涩，我也就羞涩了。半年过去了，又是一月，加压泵终于安上，只出热水，水压如吃了伟哥的阳具，冷水没有了，我只好傻看着淋浴喷头，裸站在一边，望"水"兴叹。只好又让人在冷水管上安了加压泵，只是浑水全来了，今夜，听浑水如雨下，一会去看看，水还是黑浑的，再去看看，水还是黑浑的。只好继续放水，我不知道是我的眼昏花了，还是水喝醉了。

挂友来，高兴能与挂友一起到莫里瀑布游玩。雨季里，这是第一次来到莫里瀑布，此前已有数次到过莫里瀑布。入门处的水，是温泉之水，清澈见底；沿路而走，水不是全浑，却也觉出渐高渐远。水花喷溅之美，越走越多。来瑞丽数月了，这里的生物多样性、动物多样性已足让我惊叹，即使消失一些，也比内地多得多。而莫里瀑布的水，从山上来，从天上来，奔流向下不复回。这水，一半是山泉，一半是雨水。上山的路，是看水的路；上山的眼，是被树叶染绿的眼；上山的耳朵，是被水声敲麻的耳朵。我的心就湿了，湿成了一首诗。

"上善若水"，是许多书法家喜欢写的字，大书法家也写，刚出道的人也写，赠予我这个字的人也有许多，后来请教一大学者，原来，我理解的上善若水不是人家的本意，我为我的孤陋寡闻而羞愧。幸亏我没有将那些条幅挂在书房里，炫耀的结局往往被炫耀出卖。我尽量让自己生活得更客观。一次，去某地洗温泉，微信圈晒出的图上有美女，好友劝我快速删掉，说，如有人误解，一千张嘴也说不清。中国是容易产生故事的国度，漫长的农耕文化，滋养了冬日休闲时节的民间故事高手，我自然不希望我成为故事的主角。

离大瀑布不远，有一处小瀑布。春天来的时候，水如游丝，瀑布的对面，坐一佛，袒胸露背，摇一蒲扇，笑看瀑布日月变化。瀑布前横卧一木，是山上被风雨刮倒而躺下来的巨木。大概躺倒的时间太长了，巨木身上，是好看的青苔。掬一捧水，洗脸，滑溜爽朗。能感觉到小瀑布推过来的微风，留影而笑。

　　沿石阶再上，处处皆湿透，看远处白练似舞，不一会就到了主瀑。第一次见到莫里瀑布，寒意四起，几乎感冒，那时正是旱季。春天的莫里瀑布，像中年人的爱情，理性而凝重。而眼下入秋的莫里瀑布，携风带雨，一如热恋的青年男女。还没靠近它，衣服全湿了，感觉到背后有一只大手要将你推开，水有了这种气势，也算水中圣者。只见几十米的白练，锁着万千的筋骨，稍微一站，就甩你个透湿。我先是湿了后背，想正眼望一眼瀑布，立马就湿了前身。水造化到这样的境界，却也让我这等凡人折服。

　　洗澡间的水，依然是浑的，我怨恨自己回家太早，应该用更多时光感受莫里瀑布的大小对比、季节变化，体验它们柔中带刚，散中凝聚的个性。瀑布之水才是水之上者也。无水洗澡，想想瀑布之水，也好借此入眠了。

2018 年 8 月 17 日星期五 于市委宿舍

虫

瑞丽的鸟也好，虫也好。秋虫唧唧，宣告着又一个季节的到来。夏晨，鸟鸣把我唤醒；而秋夜，虫鸣伴我入眠。虫鸣虽小，但传布甚远，好像来自山那边很远的坝子，那声音，很有节奏感。

泰山上有"虫二"刻石，其实是"风月无边"的意思。传统农耕时代，文人们喜欢打文字的主意，加点或去笔，引发人们的好奇，也算一种创新。

远在山东的兄弟，捎来知了龟，这是我喜欢吃的东西。山东沂蒙是我的家乡，春、夏、秋都有好吃的虫儿。春天吃蝎子，风一吹，蝎子们在石头底下探头探脑，拿一根筷子，劈开口，中夹一棍，做成夹子，瞄准蝎子，一夹准一个。人是善于思考的动物，万物都可入口，何况毒蝎之微躯？夫人是南方人，不敢吃蝎子，但会硬着头皮炸给我吃。在京城，吃香喷喷蝎子的同时，想想夫人炸蝎子时的龇牙咧嘴，心中荡漾一丝暖意。夏天，北方的虫子就多些，蚂蚱、瞎冲子、知了猴，都是好吃的东西。很少有人吃蜻蜓，伙伴们喜欢用蜘蛛网套蜻蜓，有大蚂蚱般的，也有小鱼儿似的，捕到了，看它们的复眼，捏着一只翅膀，让它的另一只翅膀扇动，也是有趣的事儿。那天在遮放树洞温泉，看周围飞舞着蜻蜓，仿佛回到了家乡。秋天，豆子落叶了，吃了一夏天豆叶的豆虫，撑着圆鼓鼓的身子，正好捉来烧着吃。伙伴们到地里拾秋，会捡一些柴火，堆起一个土堆，烧热了，将豆虫、地瓜、花生之类放入烤热的土中，耐心地等一会，就可享受到荤素搭配的美

味，也算童年一乐。

瑞丽的虫子会叫的如蟋蟀，怕不能吃；虫子中不会叫的却也能为边疆人民提供美食。有一种竹虫，大如蚕豆，吃起来美味可口，想想竹虫在竹子里享受着幸福生活，干净一生，最终却也难逃人的魔口。边疆人吃虫，藏在树里的、躲在巢里的，都吃。这有点跟啄木鸟抢食的味道，更有点驱赶熊类的味道，熊是吃蜂蜜的，人则是吃蜂蛹的。瑞丽人吃的蜂蛹，多是从山上采来的野生蜂蛹，我在村民家里也看到他们养殖的蜂巢，就是用来养了吃的大蜂蛹。瑞丽人吃虫，有些不太讲究，北方树上蜇人的毛毛虫，在街面上也有人买回炸着吃；在云南，其他地区还有吃百虫宴的。听朋友说，他吃过炸蜈蚣、炸蜘蛛，还吃过水蜻蜓、打屁虫的，只是听他说，我没有亲眼见过，更没有享受过。倒是在瑞丽吃过蚂蚁蛋，有点淡淡的酸，还有吃炸飞蚂蚁的，我怕是不敢吃。南方人会笑话北方人吃蝎子野蛮，北方人会笑话南方人吃蚂蚁无品，其实不过五十步笑百步而已，都藏着人的贪婪。在云南其他地方吃过椰子虫，类似竹虫的味道。瑞丽有一种植物里的虫，状如鸡蛋，口感也如鸡蛋；在昆明吃过较多的昆虫宴，但达不到百虫宴的程度。

在瑞丽，反差很大的故事会时常碰到，譬如会有美女夜里晒朋友圈，晒硕大的牛屎虫刚刚炸着吃完。所谓牛屎虫，就是在牛屎里长大的屎壳郎的幼虫，听听就缺少美感，北方人是断断不吃的。一位美女在餐桌上谈起，洋溢着满脸幸福，我则在一旁，呆呆地张大了口，眼睛也直了。听她说着那美味，她在我眼里，却瞬间失去了原有的美丽。

今夜，会叫的虫子最接近人类，大概它们有思维，是不会让人轻易捕捉到的，被吃的可能性就小些。这只是我的一厢情愿，蚂蚱飞得不远吗？人类不是照样炸酥了它们飞翔的翅膀，以满足自己的口腹之欲，说到底，还是人类最可恶，让各类虫子都无处逃匿。

2018 年 8 月 14 日星期二 于市委宿舍

午

　　北京好像没有春天，草一青，夏天就到了；又好像没有秋天，果一黄，天就冷了。这一点不像我的故乡山东，一季一季的，很分明。可以贪婪地享受春天，可以幸福地领略秋之天空的高远。而我来到瑞丽，感觉瑞丽的四季比北京还模糊，一年到头根本没有四季。按雨季和旱季分，我看也不合适，唯一分明的，就是瑞丽的午间了。

　　初来瑞丽，中午的时光是最难度过的。倘若在北京，上班者也就一小时的午休时间，吃饭加散步，快快地吃，快快地走，快快地上班，一切都是快快地。像没有人照顾的风，很快吹过去了。看同事的眼光是匆匆的，瞥路人的心情是飞跃的，就是瞅美女的姿势都是慌乱的。午间的北京，实在是飞驰的高铁车轮，刚上车，就从北京飞到了天津。我有时故意压低了脚步，在商场与一位销售按摩椅的江苏兄弟交谈，刚享受一点按摩的舒服，手机闹钟就响了，扫兴地起身，不情愿地上班，看匆忙而过的自行车、摩托车、小汽车，鬼影一样飘过。午而非午，是北京人的生活写照。

　　瑞丽则不同，十一点半下班，两点半上班，中间足足有三个小时的时间，去除上班来回路上的二十分钟，去除吃饭十分钟，还有两个半小时空闲。刚来时，我不习惯午睡（北京根本没有午睡），一个人坐在宿舍里，满屋的寂静，连室外的树叶和阳光也是寂静的；鸟鸣声声，更加衬托这种寂静的空旷感。

　　瑞丽的中午，没有北京中午的那种急促的短暂，却有寂寥的漫长。

很长时间，我在屋子里啥也不干，傻傻的，傻成星空里的一粒尘埃。这是边疆的中午，漫长得如一只路边狗的眼光，漫长得让你都想哭。那么多瑞丽人，会选择在这样的中午，与漫长一样睡去，再在漫长中醒来，而我无法一时从急促里停顿下来。

不知不觉雨季就到了，此刻，北京的夏天酷热难耐，而瑞丽的夏天，会在午间浸透出一些冷意来，爬满你的眼角，催眠你的心海。再傻呆也傻呆不住了。我把不远的来回上班时空拉长、放大，把来回走路的时间放大到四十分钟或者一个小时。故意悠闲地走路，故意搜索路边的景物，故意像那些果实一样仰望天空。听罗兴亚人叫卖珠宝，看木工房里的工人制作家具，看着芒果一天天成熟，又一点长成一个小圆圈，最后长成猪腰子的形象；有时被我忽视的桂圆，突然从树荫里冒出来，看莲雾啪啪啪摔在地上。那棵像竹子的树，如一位老人，看着你每天慢慢地走过。许多虚浮的事物，沉实起来；远处的村庄不再模糊，我也习惯了瑞丽的中午，在边疆，享受一天两次的睡眠。这种慢悠悠的习惯，一天天地养成，我怀疑自己，在回到北京之后，能否再适应那份忙碌？瑞丽的中午更像中午，对睡眠而言，夜是正餐，而午则是小酌。醒后很舒服，我为我在北京逝去的那些午休而追悔。瑞丽之午，才是真中午。

那年到广州做项目经理，每夜都要熬到很晚。午夜的生活似乎比白天更有意义。广州的中午，即使在春天，睡起来都不是那么舒服。瑞丽的中午，你好像睡在清凉的海水里，飘摇着，钢琴曲一样摇摆着，疏朗着；而在广州，中午睡觉，就感觉如睡在阳光烤过的石头上。午夜，作为广州人的补充，不仅可以填补白天身体的缺憾，还能带来口腹之欲。我记得在广州，自己吹气一样地胖起来，就胖在午夜的不节制喝酒与吃烤串上。而瑞丽却无这样的午夜，只有一个颇有诗意的中午，我是越来越喜欢瑞丽的中午了。瑞丽之午啊，慢得像绅士，大如

海阔，我喜欢。

瑞丽的中午，除了可以享受午睡的惬意之外，还有足够的时间可以观赏世事，可以阅读美文，可以驱赶因快而积攒的寂寥。我在这样的时光里，渐渐感受到慢生活奇妙的节拍之美。

2018 年 8 月 9 日星期四　于瑞丽